Kate Weinberg

Die Lügner

KATE WEINBERG

Die Lügner

ROMAN

Aus dem Englischen von
Anne Brauner und Alexandra Ernst

bold

Ausführliche Informationen über
unsere Autoren und Bücher
www.readbold.de

MIX
Papier aus verantwortungsvollen Quellen
FSC® C083411

Deutsche Erstausgabe
2020 bold, ein Imprint der
dtv Verlagsgesellschaft mbH & Co. KG, München

Titel der englischen Originalausgabe: ›The Truants‹,
2019 erschienen bei Bloomsbury Publishing Plc.

Umschlaggestaltung: dtv nach einem Entwurf von Greg Heinimann
Innenillustration: Greg Heinimann
Gesetzt aus der Palatino
Satz: Gaby Michel, Hamburg
Druck und Bindung: CPI books GmbH, Leck
Gedruckt auf säurefreiem, chlorfrei gebleichtem Papier
Printed in Germany · ISBN 978-3-423-23007-0

Für Dad, der uns Nacht für Nacht vorgelesen hat.

PROLOG

Schwer zu sagen, in wen ich mich zuerst verliebt habe. Denn dass es Liebe war, daran gibt es keinen Zweifel.

Ich sehnte mich danach, Alec zu küssen. Alec, dessen Gesicht ich betrachtete, sobald niemand zusah, als gäbe es dort einen Hinweis in der Kerbe seiner Oberlippe oder der Haarsträhne, die er wie ein Komma hinters Ohr strich. Oder in den Geschichten, die er uns erzählte, während wir in seinem grotesken Auto irgendwohin fuhren, Georgie auf dem Beifahrersitz mit den nackten Füßen auf dem Armaturenbrett, die Hand aus dem Fenster gestreckt, und Nick und ich, die wir uns auf dem Rücksitz ein Bier teilten und nach vorn beugten – seine Schulter warm an meiner –, um nur ja nichts zu verpassen. Später lagen wir zu viert unter einem knallblauen Himmel weit weg von den Seminarräumen, in denen wir hätten sein sollen. Es roch stark nach feuchter Erde und Kiefern und es juckte mir in den Fingern, Alecs Hand zu berühren, die nur ein paar verbotene Zentimeter entfernt lag.

Aber auch in den Blicken, die ich Lorna schenkte, lag Verlangen. Ein besessenes Interesse, das nicht nur ihrem Verstand galt, den ich sofort gegen meinen eingetauscht hätte, oder ihrer leisen Stimme, in der ein unterschwelliges Lachen vibrierte, sondern auch ihrer Erscheinung, ihrer Kleidung. Sie trug lange Röcke zu abgestoßenen Cowboystiefeln oder zerknitterte Blusen, die aussahen, als hätte sie sie im letzten Augenblick aus dem Trockner geholt, damit sie in Kombination zu ihrem ungeschminkten sommersprossigen Gesicht eine besonders seltene Schönheit offenbarten – jene, die nicht angestrengt wirkt.

Ja, ich begehrte sie ebenfalls, bis hin zu ihrem altmodischen Fahrrad, mit dem sie über den Campus fuhr, immer etwas Merkwürdiges im Korb: eine Tüte Quitten, ein Tacker oder ein Teil eines Gartenschlauchs – Gegenstände, die einen dazu verleiteten, sie beschützen zu wollen.

Ich habe praktisch alle ihre Vorlesungen mit dem Handy mitgeschnitten. Die Rede, die sie vor dem Puppenspiel gehalten hat, höre ich mir am häufigsten an. Als gäbe sie in diesen zwölf Minuten mit ihrer rauen Stimme Antworten auf alle Fragen, die ich mir sechs Jahre danach immer noch stelle. Hätte ich besser zugehört und hingesehen, hätte ich die überall verstreuten Zeichen gedeutet – wäre es dann anders ausgegangen?

Ich kann in der Aufnahme den genauen Moment bestimmen, an dem Lorna die Bühne betreten hat. Ich weiß noch, dass es keine Heizung gab, oder vielleicht war sie auch kaputt, und deshalb saßen alle in Hut und Handschuhen da und klagten über die Kälte. Man hört, wie Nick mir seinen Mantel anbietet und Georgie lärmend eine Tüte Süßigkeiten öffnet. Dann, nach ungefähr zwanzig Sekunden wird das Geraschel durch eine tiefe, interessierte Stille ersetzt. Ich weiß auch, warum. Wir sahen zu, wie sie ins Scheinwerferlicht trat, sich durchs Haar fuhr und auf uns herablächelte, als wäre sie überrascht, wie voll es war.

»Wir verdanken es einer Frau, dass wir heute hier sind.« In der darauffolgenden Pause hat sie vermutlich das Buch hochgehoben, um es uns zu zeigen. »Wenn Sie noch nichts von ihr gelesen haben, kann ich Ihnen nur empfehlen, sich aus dem Staub zu machen und sich irgendwo ins Warme zu begeben.«

Sie erntete ein amüsiertes Murmeln von uns, ihrem Publikum, und die Spannung ließ ein wenig nach. Man lehnte sich zurück und begab sich in ihre Hand. *Sie ist der Star der Universität und wird das Eintrittsgeld wert sein.* Und dann geriet sie in Schwung, in einem anderen Tonfall diesmal, knapp und zielgerichtet: Wer nicht mitkommt, hat hier nichts zu suchen.

»Wer«, fragte Lorna herausfordernd, »ist der Täter? Die Person, die das Verbrechen begeht oder die Person, die sie dazu verleitet? Ist es unter gewissen Umständen erlaubt, die Gerechtigkeit in die eigene Hand zu nehmen, um weitere, schlimmere Straftaten zu verhindern? Könnten *Sie,* wenn der Druck zu groß wird, einen Mord begehen?«

An diesem Punkt drehe ich die Lautstärke höher, bis der Klang zu kippen droht, und ich glaube es zu hören: Alecs regelmäßige Atmung neben mir. *Ein, aus. Ein, aus.* Wenn ich die Augen schließe, spüre ich sein Bein an meinem, als er sich vorbeugt, fasziniert wie wir alle von der Rednerin auf der Bühne. Dann lehnt er sich zu mir, das Gesicht dicht an meinem, und flüstert etwas. »Ich versteh nichts«, wispere ich zurück, und er kommt noch näher, sein warmer Atem jagt über meinen Rücken. »Ich habe gesagt …« Und dann muss er die Lippen direkt auf mein Ohr gelegt haben, denn das Mikrofon hat nichts aufgenommen.

Lornas Stimme kommt weiter vom Band – ich kenne die Worte auswendig –, und dennoch höre ich nicht mehr hin. Denn obwohl ich vergessen habe, was er sagte, bin ich in Gedanken wieder dort, auf diesen harten Sitzen, in einer Wolke von Eukalyptus, weil jemand ein Hustenbonbon lutscht. Gleichzeitig lächelt Alec im Dunkeln und mein Herz schlägt mit der immer gleichen Frage: *»Fühlst du das, fühlst du das?«* Und ich bleibe dort, noch lange nach dem letzten Applaus, bis zu dem kratzenden Geräusch, als ich das Handy in meiner Tasche ausschalte.

Dort, damals, da will ich wieder sein und auf dem Grat verlockender, verbotener Möglichkeiten tanzen. Statt hier zu sitzen, im Schutt der ganzen schrecklichen Angelegenheit.

Ich spule zurück und höre es mir noch einmal an.

1

Sehr geehrte Frau Dr. Clay,

da ich in der Einführungswoche fast die ganze Zeit krank war, bin ich gerade erst dazu gekommen, im Institut für Anglistik meine Post zu öffnen. Eigentlich wollte ich nächsten Dienstag bei Ihnen in den Kurs »Der Teufel hat die besten Sprüche« einsteigen, doch laut einer Notiz der Verwaltung darf ich wegen ›Überbelegung‹ nicht teilnehmen und stehe auf der Warteliste für einen ›bisher nicht bekannten Termin‹.

Ich schreibe Ihnen, um Ihnen mitzuteilen, wie sehr ich unter dieser Neuigkeit leide. Seit ich Ihr Meisterstück *Die Absteiger* zum ersten Mal gelesen habe, sehe ich in Ihrem beißenden und respektlosen Werk so etwas wie ein Manifest fürs Leben. Ich habe mich an dieser Universität nur beworben, um von Ihnen unterrichtet zu werden, und nachdem ich sofort angenommen wurde, bat ich um die Einschreibung in ein Modul, das Sie in diesem Trimester anbieten. Seit zu Sommeranfang meine Teilnahme in dem Seminar »Der Teufel hat die besten Sprüche« bestätigt wurde, habe ich die ganze Leseliste abgearbeitet und mich unter anderem in die mit Gin getränkten Köpfe von Hunter S. Thompson, Zelda Fitzgerald und John Cheever versenkt.

All das habe ich größtenteils im Hinterzimmer einer Tierhandlung in Reigate getan, wo ich den Sommer über die Käfige von Wellensittichen und Hamstern gereinigt habe, um mir mein Studium zu finanzieren. Erträglich war es nur durch die Vorstellung, demnächst Ihren Unterricht zu genießen.

> Deshalb ist diese Nachricht ein harter Schlag für mich. Da wir uns noch nicht begegnet sind, verstehe ich nicht, was ich getan haben könnte …

Jemand klopfte. Ich ignorierte ihn und tippte entschlossen weiter.

> … um plötzlich weniger interessant oder qualifiziert zu sein als andere Studierende …

Es klopfte weiter.

> Es fühlt sich an, als würde jemand meine Träume zertreten – um ein berühmtes Gedicht abzuwandeln. Dieser Brief ist ein letzter Versuch, ein Appell an Ihre Menschlichkeit …

Die Tür wurde aufgerissen und vor mir stand ein blonder Typ mit trägen, wissenden Augen in einem attraktiven Gesicht. Mark, oder vielleicht Max. Zweites Studienjahr. Historiker. Nennen wir ihn Max.

Einen Augenblick lang sah er mich verwirrt an, bis er den Blick von mir, die ich im Schneidersitz auf dem Bett saß, misstrauisch durch den Raum schweifen ließ: nackte, von Posterstrips verschandelte Wände, schmales Einzelbett, schmaler Kleiderschrank, mein halb ausgepackter Koffer.

»'tschuldigung, hab mich im Zimmer vertan.« Er wollte bereits gehen, als er sich noch einmal umdrehte und die Hand an den Türrahmen legte. »Hey, haben wir uns nicht gestern in der Bar kennengelernt?«

Ich nickte und verkniff mir eine ironische Bemerkung. Ich habe lange dunkle Korkenzieherlocken, einen breiten Mund

und bin eher schmal gebaut. Meine Erfahrung ist, dass Jungs mich kurz anschauen und dann woandershin blicken. Max hatte diesem Muster perfekt entsprochen, indem er gestern auf mich zugegangen war und mir lächelnd in die Augen gesehen hatte, alles in der Hoffnung, Georgie anzumachen. Eine rücksichtsvolle Geste gegenüber der Freundin der eigentlichen Zielperson – das kannte ich nur zu gut. Auch an diesem Abend war es schon ein paar Mal so abgelaufen, sodass mich der Verdacht beschlichen hatte, meine neue Freundin würde zu den Mädchen zählen, die Männer unwiderstehlich fanden. Ihr fast zu kurviger Körper, ihr jungenhaft frisiertes blondes Haar, der träumerische Blick ließ alle – sogar mich – an Sex denken.

»Georgie ist also eine gute Freundin von dir?«, fragte Max, setzte sich ans Fußende meines Bettes und strich seinen frisch gewaschenen Pony zurück.

»Irgendwie schon.« Hätte ich nicht diesen Brief schreiben wollen, hätte ich mich darüber amüsiert, wie offensichtlich er mich benutzte. Doch ich beendete den Satz und unterschrieb mit einem digitalem Schnörkel: *Mit freundlichen, nach wie vor hoffnungsvollen Grüßen, Jessica Walker.*

»Ihr seid nicht zusammen zur Schule gegangen oder so was?«

»Wieso fragst du?«

»Ach, nur so. Mädchen, die sich von der Schule kennen, sind doch meistens unzertrennlich. Und ihr habt sehr vertraut gewirkt.« Max zählte zu den Männern, die deutlich an Attraktivität verlieren, wenn sie lächeln. Zumal er auch eher fies grinste und dabei zu viele, eng stehende Zähne offenbarte.

»Wir kennen uns seit letzter Woche.«

»Aber ihr seid jetzt schon beste Freundinnen.« Er nickte wissend. »Weißt du zufällig, wo sie ist? Sie wollte mit mir Kaffee trinken und ich bin sicher, dass sie Zimmer sechzehn B gesagt hat. Wir sind doch hier in sechzehn B, oder?«

Beinahe hätte ich gelacht. *Vielen Dank auch, Georgie.* »Sie ist für ein paar Tage nach Hause gefahren.«

»Oh?« Er zögerte kurz. »Um ihren Freund zu besuchen?«

Ich zuckte mit den Schultern. »Ich habe ihr Tagebuch nicht gelesen.«

Er hob beschwichtigend die Hände. »Ist ja gut.« Er sah mich noch einmal an, als müsste er Hinweise in einer Bedienungsanleitung lesen, die er eigentlich nicht benutzen wollte. »Sagst du mir noch mal, wie du heißt?«

Ich betrachtete das schwächliche, attraktive Gesicht und sein Hemd, das er in die gebügelte Jeans gesteckt hatte. Unbedeutende staatliche Schule, schätzte ich. Vater Chauvi. Bequeme Weltanschauung.

»Die Antwort lautet: ›Ich weiß es nicht.‹«

»Was weißt du nicht?«

»Ob Georgie einen Freund hat.«

Seine Ohrläppchen färbten sich rosa, doch er riss sich so weit zusammen, um lachend darüber hinwegzugehen. »Bestimmt hat sie einen. Sag ihr doch bitte, Max wäre hier gewesen, ja?«

Nachdem er gegangen war, las ich die E-Mail mehrmals durch und verharrte mit dem Cursor über dem »Senden«-Symbol. Die Nachricht war armselig, ein kindischer Schmollbrief nach vier Tagen Magen-Darm und einem wackeligen Ausflug in die Bar, zu dem Georgie mich überredet hatte, »weil man mit Ava Gardner nur so lange durchkommt, bis man sich plötzlich in Howard Hughes verwandelt.« Eigentlich hatte ich die Mail für mich geschrieben, nicht um sie tatsächlich abzuschicken. Da am Sonntag das Verwaltungsbüro geschlossen war und ich meiner Enttäuschung nicht anders Luft machen konnte, hatte ich mir sogar die Mühe gemacht, auf der Homepage der Universität Dr. Lorna Clays E-Mail-Adresse zu suchen. Doch dann warf ich einen Blick auf mein Exemplar der *Absteiger*, das so abgenutzt war, dass es gar nicht mehr richtig schloss, und dachte, *verdammt, was habe ich schon zu verlieren?* Und in einem unvermittelten Adrenalinstoß schickte ich die Mail mit einem Mausklick ab.

Kaum hatte ich den Laptop geschlossen, legte sich die Reue wie eine kratzige Decke über mich.

Und dann sank das Kratzen tiefer in meine Knochen, während ich an den zweiten Weihnachtstag vor neun Monaten denken musste, an dem meine Schwester maulend auf dem Sofa saß und mein Vater schlechte Witze über ihren Freund machte (Dan Pike: andere Mütter hätten auch schöne Söhne). Er verstand nicht, dass man mit der Pointe und Witzen allgemein nichts anfangen konnte, wenn man mit einundzwanzig über Weihnachten sitzengelassen wurde – mein Dad, der im Gartenschuppen fantastische Figuren malte und seine Vorstellungskraft dort abgegeben hatte. Mein älterer Bruder grinste nur und kraulte am Kamin das knochige Rückgrat unseres schokobraunen Labradors Gladstone, während das alles den Zwillingen am Arsch vorbeiging und meine Mutter gar nicht richtig zuhörte und sich noch viel weniger Gedanken machte. Schließlich war ich aufgestanden und rausgegangen.

Als ich in die Küche ging, hatte ich zufällig ein Buch in der Hand, das ausgerechnet Onkel Toto uns zu Weihnachten geschenkt hatte, und ich erinnere mich an das Gefühl, wie ich mit dem Hintern am warmen AGA-Herd und dem Geruch von Mince Pie in der Luft, glühendem Teer gleich, die ersten Seiten von *Die Absteiger* las – einem Buch, das im besten Fall ausgeklügelt belanglos sein konnte, ein Buch über betrunkene verstorbene Schriftsteller. *Literaturkritik,* seit wann veränderte so etwas das Leben, hallo? Doch genau so erging es mir. Und ich merkte es bereits im ersten Absatz, weil Lornas Stimme mich zog und niederdrückte wie eine kabbelige See, die einen unter Wasser und aufs Meer hinausträgt, sodass ich ungefähr auf der fünften Seite das Buch umdrehte und mir das Foto der Autorin ansah, ihr kluges schönes Gesicht, las, wo sie lehrte und dachte: *Da ist sie ja endlich.* Die Person, die mich aus dieser kleinen muffigen Welt herausholt, bevor ich an ihrer Banalität ersticke.

Die Zimmer im Wohnheim waren mit schmalen deckenhohen Fenstern ausgestattet, doch als ich eins öffnen wollte, fiel mir wieder ein, dass es nicht möglich war. Damit niemand Selbstmord beging, dachte ich mit Blick auf die grauen Asphaltplatten.

Ein nicht abreißender Strom von Menschen bewegte sich unter einem bedeckten Morgenhimmel von den zickzackförmigen Wohnheimen über den kümmerlichen Rasen zu den grauen Betonblöcken, die die Rückwände der Mensa bildeten. Ohne die leuchtende Aussicht auf Lornas Unterricht sah ich mich mit der öden Realität konfrontiert, in der ich die kommenden drei Jahre verbringen sollte: einem Drecksloch aus Beton mitten im flachen stürmischen Norfolk, das auf jeder Landkarte wie der pralle Arsch Großbritanniens aussieht.

Schlimmer war, dass sie mich in irgendeinen anderen Kurs stecken würden, höchstwahrscheinlich zu Dr. Porter, der schwarze Skinny Jeans und einen einzelnen Ohrring trug. Beim Eignungsgespräch hatte er mich direkt als Lorna-Groupie geoutet, und er unterrichtete mit Sicherheit etwas Überhebliches und Unverständliches wie »Phonetik der Postmoderne« oder einen dieser anderen Kurse, die in mir kurz eine gewisse Sympathie für die Ansichten meiner Mutter zum Anglistikstudium weckten.

Punkte erschienen auf dem Fenster, rasch wurden es immer mehr. Es regnete.

Ich wartete, bis ich sah, wie Max mit seinem sorgfältig frisierten Haar das Wohnheim verließ und auf der Suche nach einem tröstlichen Bacon-Ei-Sandwich Richtung Mensa ging. Dann zog ich mich um und ging zwei Türen weiter. Nachdem ich auf die Uhr gesehen hatte, klopfte ich laut und trat ein.

In Georgies Zimmer war es dunkel und ein wenig stickig. Sie setzte sich im Bett hektisch auf, schob mit der einen Hand ihre Augenmaske in die blonden Haare, zog mit der anderen einen Ohrstöpsel heraus und tastete nach der Nachttischlampe. Als sie mich erkannte, ließ sie sich mit einem Stöhnen wieder in die Kissen fallen.

»Willst du mich *verarschen?*«

»Tut mir leid, aber es ist schon Mittag und ich stecke in einer Krise.«

Georgie zog auch den anderen Ohrstöpsel heraus. Während die Maske in einem albernen Winkel über ihrer Stirn hing, blinzelte sie mich mit einem verquollenen Auge an. »Oh, Süße. Ist dir wieder schlecht?«

»Schlimmer«, antwortete ich. »Lorna hat mich rausgeworfen.«

Gesellschaftlich betrachtet, konnte man meine erste Woche an der Uni nur als Katastrophe bezeichnen. Eine knappe Stunde nachdem meine Mutter mich und mein Gepäck mit einem Küsschen auf die Wange und einem forschen Blick durchs

Zimmer – »sauber scheint es ja zu sein!« – abgesetzt hatte, setzten die Krämpfe ein. Darauf folgten drei Tage mit Schüttelfrost und Schweißausbrüchen, in denen ich wegen einer Magen-Darm-Grippe das Zimmer nicht verlassen konnte und niedergeschlagen durchs Fenster auf die Grüppchen der Studierenden blickte, die sich in wechselnder Zusammenstellung an der Bar aufhielten. Wenn ich genügend Energie aufbrachte, kritzelte ich voller Selbstmitleid etwas in mein Tagebuch.

Am dritten Tag schleppte ich mich trotz hohen Fiebers und getrübtem Blickfeld nach unten zum Willkommensumtrunk des Instituts für Anglistik. Dort war Georgie in einer engen, ausgeblichenen Jeans und silbernen Sneakers auf mich zugekommen. Ihre blondierte Frisur endete am Haaransatz ihres langen, schlanken Halses. »Ein hässliches Völkchen, diese Anglistikstudenten, was?«, murmelte sie aus dem Mundwinkel wie ein Gangster, als der weißhaarige Studienleiter eine geschwollene Begrüßungsrede hielt. »Findest du es nicht auch unfassbar, dass Lorna nicht zu ihrer eigenen Party kommt? Diese Frau ist eine lebende Legende. Angeblich hat sie was mit meinem Betreuer Professor Steadman.« Sie zeigte auf einen großen Mann mit Brille und grauem Haar. »Aber das *kann* doch nicht stimmen …« Georgie hielt inne und musterte mich genauer. »Hey, weißt du, dass deine Zähne klappern?«

Zu meiner Freude stand sie am nächsten Tag mit einer Ladung Schokolade und anderen Süßigkeiten vor meiner Tür, »gegen den Heißhunger«, wie sie laut verkündete (»Angeblich hast du die ganze Woche Gras in deinem Zimmer geraucht. Das wird die Gerüchte weiter anfachen«), sowie zwei verschiedenen verschreibungspflichtigen Schmerzmitteln (»Hau rein, ich habe noch mehr davon«) und einer Zeitschrift mit zahllosen Partyfotos von pferdegesichtigen Adeligen (»Mach die ja nicht runter. Ich bin mit der Hälfte verwandt und hab mit fast allen anderen rumgeknutscht. Guck dir den an, Tristan Burton-Hill. Der ist so nobel, der bekommt den Mund nicht mehr zu …«).

Ich war überrascht, dass sie in den nächsten Tagen regelmäßig vorbeikam. An einem Tag saß sie mit einem Käselaib am Fußende meines Bettes und hackte mit einem Teelöffel darauf ein, bis er völlig verbogen war, oder brachte am Tag danach einen Strauß Wildblumen mit, die wie schmutzige Gänseblümchen aussahen und die sie am See auf dem Campus gepflückt hatte. »Das ist Nies-Schafgarbe für deine Schnupfnase. Als Kind hatte ich eine Phase, in der ich Feldblumen gepresst habe. Ich habe das komplette Lexikon der Wildblumen auswendig gelernt, was rückblickend echt merkwürdig ist. Unglaublich, was man als Einzelkind tut, um sich die Zeit zu vertreiben. Danach habe ich mich aufs Töpfern verlegt und unzählige Pisspötte hergestellt. Echt, unzählige, danach musste ich fünf Jahre lang keine Weihnachtsgeschenke mehr kaufen. Soll ich sie in deinen Zahnputzbecher stellen? Wie geht's dir denn heute? Kommt's immer noch oben und unten raus?«

So war das mit Georgie. Ihr Tonfall wechselte so schnell, dass einem der Kopf schwirrte. Sie glich einem Spielautomaten, alle Lampen an in beständigem Hauptgewinnmodus, doch ihre Freundlichkeit war aufrichtig, und unter dem schlagfertigen, aufgeweckten Geplapper flackerte betörend etwas Zarteres auf.

»Kannst du nicht darum bitten, in meinen Christie-Kurs zu wechseln?«, schlug sie nun unter ihrer verschobenen Augenmaske vor. »Das wäre doch lustig, oder?«

Georgie hatte sich für zwei Studiengänge eingeschrieben, einmal in Philosophie und einmal in Anglistik. Sie behauptete, der philosophische Teil sollte sie »attraktiver erscheinen lassen«, aber ich hatte bereits das starke Gefühl, dass sie trotz ihrer zur Schau getragenen unbekümmerten Vergnügungssucht hochintelligent, insgeheim fleißig und sehr daran interessiert war, ihren Eltern – »pflichtvergessenen Narzissten, alle beide« – zu beweisen, wie verdammt clever sie war.

Ich nickte. »Daran habe ich auch schon gedacht. Aber der ist bestimmt genauso voll.«

Abgesehen vom Kultstatus ihres Buches *Die Absteiger* war Lorna dafür bekannt, dass sie Autorinnen »rettete«, die verschollen oder als unbedeutend aus dem Kanon gestrichen worden waren. Eins dieser »personenbezogenen Revisionismus«-Seminare bezog sich auf Agatha Christie, über die sie angeblich gerade ein Buch schrieb. Als ich mich online für die Kurse einschrieb, hatte ich mir auch Lornas Christie-Seminar »Vom Campus ermordet« mit einem Hauch von Sehnsucht angesehen.

Mit dreizehn, vierzehn habe ich einer alten Dame namens Stella, die ich in Reigate regelmäßig besuchte, vieles von Agatha Christie vorgelesen und nicht viel später begonnen, die Bücher selbst zu lesen – als Unterhaltung zwischen ernsteren Büchern. Doch obwohl ich die fein eingefädelte Handlung liebte, die Art, wie Hinweise und falsche Fährten verknüpft wurden, war mir auch bewusst, wie bestenfalls fadenscheinig die Figuren und wie dürftig die Themen waren. Ich konnte mir nicht vorstellen, wie selbst Lorna daraus einen Uni-Kurs stricken konnte. Deshalb hatte ich nicht lange gezögert und ihr anderes Seminar »Der Teufel hat die besten Sprüche« gewählt.

Jetzt stand Georgie endlich auf, zog ohne ein Zeichen von Verlegenheit das Nachthemd aus und hakte den Verschluss ihres BHs vorne unter ihren schweren Brüsten zu.

»Die Situation schreit eindeutig nach einem Drink«, sagte sie, drehte den BH nach hinten und steckte mit routiniertem Schwung die Arme durch die Träger.

»Aber die Bar öffnet erst in vier Stunden.«

Sie warf einen Blick aus dem Fenster. »Es nieselt eigentlich nur. Wir können uns mit einer Flasche auf eine Bank am See setzen.«

Dann nahm sie die lange, dünne Flasche mit russischem Wodka vom Schreibtisch. Das Etikett war kyrillisch, was mich schwer beeindruckte.

»Bist du dabei?«

Ich blickte in das dicke Wellenschliffglas der Flasche. »Ich habe eine viel bessere Idee.«

2

Wenn man am Wohnheim rechts abbog und an der Mensa vorbeiging, verlor man alle Gedanken und Erinnerungen an die Natur.

Das Zentrum des Campus bestand aus einem dichten grauen Netzwerk brutalistischer Gebäude und Wege. Der Beton schien sich sogar über den Erdboden zu stülpen, über die Mauern der Fachbereiche, Geschäfte, der Bibliothek und sogar an den meisten Tagen über den bedeckten zinnfarbenen Himmel. »Die Schüssel« lag mittendrin, im Kreis angelegte Stufen wie ein gedrungenes Amphitheater, das den Studierenden zwischen einzelnen Seminaren als Durchgangsstation zum Essen, Blättern und Flirten diente.

»Wenn nicht Sonntag wäre und ich keine Wodkaflasche in der Hand hätte, würde ich meinen, du bringst mich in die Arche«, sagte Georgie.

Sie stieg zwei Stufen höher, um weiter von einem schlaksigen Typen mit einem übergroßen Adamsapfel fortzukommen, der allein dort saß und etwas Schmieriges aus einer Frischhaltefolie aß. Sein Blick zuckte von links nach rechts, als wir an ihm vorbeikamen. *Komisches Pärchen,* dachte er sicher. Ein blasses, schmales Mädchen mit einem wirren Lockenkopf und weiten, abgerissenen Sachen folgte einer großen, sinnlichen Blonden, deren Sonnenbräune auf ein exotisches Gap Year schließen ließ.

»Die Arche« war auf dem Campus der Spitzname für die geisteswissenschaftliche Fakultät, deren Form vage an ein

Schiff erinnerte. Unter den Gebäuden rund um die Schüssel war es das größte und stattlichste, das in meinen Augen eher einem sowjetischen Kriegsschiff ähnelte, auf Grund gelaufen in einem Meer aus Beton. Die Eingangstür war geöffnet, doch die Beleuchtung war nicht eingeschaltet und wir liefen an geschlossenen Seminarräumen vorbei. Am Ende des Ganges arbeitete sich der Hausmeister mit einem quietschenden Mopp vor und zog den Gestank nach Bleichmittel hinter sich her. Das getüpfelte Linoleum glänzte feucht.

»Woher weißt du überhaupt, wo es langgeht?«, fragte Georgie. »Du hast dich doch die ganze Woche in deinem Zimmer verkrochen.«

Ich führte sie durch den Gang nach hinten zu den Sicherheitstüren: »ZUTRITT VERBOTEN. NOTAUSGANG.« Georgie zog die Augenbrauen hoch, als ich die beiden Metallschranken lautstark herunterdrückte. Über eine schmale Treppe, die muffig nach Mäusedreck roch, stiegen wir ein Stockwerk höher.

»Am Tag des Eignungsgesprächs bin ich zu früh gekommen. Hier lang«, sagte ich und gestikulierte quer durch einen Raum mit Dämmmaterial zu der Tür am anderen Ende.

»Ich darf das noch mal festhalten«, sagte Georgie und sprang über mehrere Rohre. »Du kommst an eine Universität, an der du dich niemals beworben hättest, wenn du dich nicht verliebt hättest, und zwar in – Mother*fucker!*« Als ich mich umdrehte, war sie gestolpert und hatte sich gerade noch festhalten können.

»Uups, geht's wieder?«, fragte ich.

»Alles okay … Zeh gestoßen.«

»Ich habe das Schimpfwort nie verstanden«, sagte ich, und dann sprudelten zu meinem eigenen Erstaunen die Worte aus mir heraus: »Ich dachte immer, also, dass ruhig mehr Menschen mit meiner Mutter hätten ficken sollen.«

Georgie lachte verständnisvoll. »Pass auf, was du dir wünschst. Mir wäre es lieber, meine Mutter hätte mit weniger Männern gevögelt.«

Ich wurde rot und musste lachen, als ich die nächsten Türen öffnete und wir auf einmal in einem anderen Licht unter dem weiten grauen Himmel herauskamen. Die Feuerleiter ratterte, als wir die letzten Stufen zu dem kleinen Flachdach hinaufstiegen.

»Heilige Scheiße«, sagte Georgie grinsend. »Wie super ist das denn?«

Wir befanden uns auf dem höchsten Punkt der Arche. Von hier hatte man die ganze Universität im Blick – die Betongebäude, die wie Spinnenbeine von der Schüssel abgingen, und die Wege zu den vier zickzackförmigen Wohnheimen am Rand der grünen Rasenfläche, die zum See und in den Wald führte. Unten in der Schüssel stand der Typ mit dem großen Adamsapfel klein wie ein Legomännchen auf und stieg die Stufen hoch.

Nachdem wir uns auf eine Delle in der Dachpappe gesetzt hatten, öffnete Georgie die Wodkaflasche. Sie trank, reichte sie mir weiter und holte eine zerdrückte Tüte mit kleinen fischförmigen Käsekräckern aus der Tasche.

Ich wollte mir eine halbwegs interessante Bemerkung überlegen, merkte aber, dass mir meine Mutter noch im Kopf herumspukte. Di Walker war Geburtshelferin und hatte fünf Kinder. Da denkt man an eine warmherzige, fürsorgliche Person, die gelassen mit dem Chaos jongliert. Doch obwohl sie täglich mit den intimsten Aspekten des menschlichen Daseins zu tun hatte, war sie eine kühle, unaufdringliche Frau ohne den geringsten Hang zur Zärtlichkeit. Ich hatte immer das Gefühl, für mich, ihr mittleres Kind und ihre zweite Tochter, interessierte sie sich am wenigsten. Tatsächlich konnte ich mich, wie ich Georgie erzählte, kaum daran erinnern, dass wir außer im Auto jemals zu zweit mehr als eine Stunde allein verbracht hätten.

»Wie, nie?«, fragte Georgie und trank noch einen Schluck. »Das *kann* nicht stimmen.«

»Das einzige Mal, das mir einfällt, hat sie mich zum Tee ausgeführt, nachdem sie mich in einer Polizeiwache an der Küste abholen musste. Wir waren alle zusammen mit dem Zug gefahren und hatten Karten gespielt, Shithead.«

»Ich liebe Shithead!«, steuerte Georgie bei.

»Wir waren auf dem Weg zu einem Familienfest. Ich habe mich in eine andere Reihe gesetzt, um zu schlafen, und prompt sind sie ohne mich ausgestiegen. Erst nach gut zwei Stunden hat mal jemand gemerkt, dass ich nicht mehr da war, während ich in der Zwischenzeit an der Endstation aufgewacht war. Ich musste bei der Polizei darauf warten, dass meine Mutter mich abholte. Anscheinend hatte sie ein schlechtes Gewissen, denn auf dem Rückweg sind wir in ein Café gegangen. Die Zitronenbaisertorte schmeckte wie Spülmittel.« Bei der Erinnerung machte ich eine Pause. »Aber ich dachte, die muss ich essen, sonst fühlt sich dieser Nachmittagstee unwirklich an.«

Georgie warf mir einen flüchtigen Blick zu. Ihre Eltern, Adlige mit einem Riesenhaus in Suffolk, die auf ihrem Anwesen jeden Sommer ein Musikfestival veranstalteten, das wochenlang dauerte und währenddessen jede Menge Drogen konsumiert wurden –, hatten ihre Tochter als Kind vergöttert.

»Das meine ich ernst«, sagte sie. »Vergöttert wie einen Gegenstand. Ich war diese hübsche kleine Elfe mit langen weißblonden Haaren, die meine Mutter mit Blumenkränzen schmückte und mit Champagnerflaschen zu ihren Gästen schickte. Selbstverständlich hatte sie eine Affäre nach der anderen …«

Ich sah Georgie interessiert an. »Wirklich? Eine echte *Affäre?*«

»Genau, also außerehelichen Sex. Beziehungsweise in ihrem Fall außergewöhnlichen außerehelichen Sex.«

Ich musste blinzeln. »Glaubst du, ihr ist klar, dass du Bescheid weißt?«

Georgie zuckte mit den Schultern. »Meine Mutter ist rein technisch nicht in der Lage, etwas aus der Perspektive eines anderen Menschen nachzuvollziehen. Im Gegenteil, soweit ich das beurteilen kann, sind meine Eltern am glücklichsten, wenn meine Mutter wegen eines aufregenden neuen Liebhabers in Hochstimmung ist.«

»Wow.« Ich trank einen Schluck Wodka. »Ich fand immer, dass meine Eltern sich am wohlsten fühlten, wenn Handwerker da waren. Sie sprachen mit anderen Stimmen und boten einander an, Tee zu kochen.«

Darüber lachte Georgie lange und schallend. Sie warf den Kopf in den Nacken, sodass ich ein Muttermal unter ihrem Kinn sehen konnte – überraschend groß und schokoladenbraun. Eine Woge der Freude überrollte mich, denn so fühlte es sich an, wenn man freche Dinge sagte, um Georgie Duncan zum Lachen zu bringen.

Dann hörte sie abrupt auf und legte mir die Hand auf den Arm. »Tut mir leid, du hast es lustig dargestellt, obwohl es das wahrscheinlich nicht ist.«

Ich senkte den Blick und überlegte, ob ich nachfragen sollte, woher die blassen Narben auf der Innenseite ihres Handgelenks stammten. Doch stattdessen beugte ich mich vor. »Halt mal kurz still.« Ich streckte die Hand nach ihrer Wange aus. »Da ist ein Stück von deinem Ohrstöpsel hängen geblieben.« Ich zupfte ihr vorsichtig das kleine Wachsstückchen aus einer blonden Strähne. »So, besser.«

Georgie, die ganz stillgehalten halte, grinste. »Ach, danke. Ich bin eine Chaotin, das wirst du schon noch merken. Noch etwas, das ich von meiner Mutter geerbt habe.«

»Das passt doch perfekt«, erwiderte ich. »Ich bin neugierig genug, um es zu merken. Also pass ich auf.« Ich griff nach dem Wodka und goss ihn direkt in die Verschlusskappe, Oberkante, und reichte Georgie die Flasche. »Komm, wir treffen eine Vereinbarung. Ich habe ein Auge auf dich und achte darauf, dass du nicht wie deine Mutter wirst. Und du passt auf mich auf, damit ich nicht wie meine ende.«

Wir standen auf, und ich trank den Shot auf Ex. Vielleicht war es der süße Kick des Wodkas, der seine Wirkung tat, oder wir teilten das fröhliche Gefühl von Möglichkeiten, die sich hier auftaten – einer Freundschaft, die sich bereits jetzt anders und aufregender anfühlte als jene aus den Jahren zu Hause –, aber mit einem Mal erschien die Betonwelt dort unten nicht mehr so hässlich und grau, sondern verboten und verlockend. Und ich dachte: *Auch ohne Lorna, selbst wenn ich warten muss, bin ich vielleicht doch genau am richtigen Ort gelandet.*

Dann trat ich einen Schritt vor, um einen besseren Blick auf den Höhenunterschied zwischen dem Dach und den kleinen Figuren zu werfen, die über die Stufen der Schüssel huschten, und verspürte eine verstörende Leichtigkeit. Einen Augenblick, nur ganz kurz, stellte ich mir vor zu springen.

3

Der nächste Morgen war schon fortgeschritten, als ich auf dem Bett saß, Müsli aß und eine E-Mail von einer Freundin aus Reigate las. Plötzlich landete eine neue Nachricht mit einem Ping in meinem Posteingang. Sie bestand aus fünf Zeilen.

Liebe Jessica,

es tut mir leid, dass Sie krank waren. Das Büro sollte Ihnen eigentlich mitteilen, dass ich Sie in meinen anderen Kurs über Agatha Christie, »Vom Campus ermordet«, aufgenommen habe. Er beginnt Donnerstag um 9 Uhr.

Bis dann. Ich freue mich?

Lorna

Ich las die E-Mail dreimal hintereinander, während der milchige Löffel in der Luft schwebte – einmal mit Erleichterung, einmal mit Euphorie und dann in einer Woge aus Scham.

Was, oh, was bedeutete dieses Fragezeichen? Vielleicht musste ich ihren letzten Satz folgendermaßen dekodieren: »Aus der unglaublichen Übertreibung in Ihrer E-Mail schließe ich, dass Sie total neurotisch sind und wappne mich schon einmal für Ihren Auftritt im Kurs«? Hatte ich die Person abgeschreckt, die ich am meisten beeindrucken wollte? Oder war es nur ein Tippfehler? Wie wahrscheinlich war es, dass einer

Dozentin für englische Literatur (die nicht zuletzt eine preisgekrönte Autorin war) beim zweiten Durchlesen ein Fragezeichen an einer dermaßen sonderbaren Stelle nicht auffiel? Autoren prüften doch sicherlich, was sie geschrieben hatten, und wenn es noch so unwichtig war, bevor sie auf »Senden« klickten, oder?

Schließlich, nachdem ich viel zu lange starr auf den Bildschirm geblickt hatte und Freude und Verfolgungswahn in meiner Brust Katz und Maus spielten, beschloss ich, dass ich laufen musste.

Wenn andere zu einem Drink oder einer Zigarette greifen, gehe ich joggen. Immer wenn in meiner Familie jemand etwas gesagt – oder nicht gesagt – hatte, was mich besonders getroffen hatte und mir daraufhin unerträglich eng um die Brust wurde, zog ich meine Laufschuhe an und rannte über das holprige Gelände des steilen Feldes hinter unserer Hecke. Bald überlagerten das Brennen in meiner Lunge und die Schleier vor meinen Augen alles andere, und ich konnte meinen Gedanken davonlaufen und im Rhythmus meiner Schritte eine seltsame schwerelose Ruhe finden.

Was nicht heißen soll, dass in Milton View etwas richtig Schlimmes geschehen wäre. Das war Teil des Problems: Es gab nichts Hässliches oder Interessantes. Wir wohnten in einem alten viktorianischen Schulgebäude direkt neben dem Golfplatz von Reigate Hill und die zugigen Panoramafenster im Wohnzimmer gingen auf das trügerisch schwierige neunte Loch (Rhododendren, Heide, ein hügeliger Fairway) hinaus.

Meine Eltern machten die meiste Zeit weder einen glücklichen noch unglücklichen Eindruck auf mich, aber sie gingen miteinander um wie die meisten Eltern meiner Freunde auch: wie zwei Erwachsene, die nicht viel gemeinsam haben und zufällig eine weite Autofahrt zusammen antreten. Endlos in die Länge gezogene Gespräche über Alltägliches, Schweigen, das gern mit Stimmen aus dem Radio angereichert wurde, dazu die wiederkehrende Ahnung, alles wäre besser ausgegangen, hätte man nur eine leicht abweichende Route eingeschlagen.

Obwohl wir zu fünft waren, war ich viel allein (meine älteren Geschwister, Freddie und Stef, bildeten über mir ein Team, so wie die Zwillinge unter mir). Meistens las ich. Auf dem Friedhof in unserer Nähe stand eine uralte Eibe mit einem knorrigen Astknoten, als hätte ein riesiger Wasserspeier sich einen idealen Sitz gebaut. Die Zeit dehnte sich, während ich mich in andere Körper versetzte und durch größere, dunklere, lebendigere Welten flog. Wenn ich mich später im Bad auszog, sah mein Hintern aus, als hätte man mit einem Bleistift die Borke abgepaust.

Zugegeben, im Haus gab es nie genug warmes Wasser oder freundliche Gesten meiner Mutter. Aber das Leben in unserer Gegend war nicht sonderlich hart. Wäre ich mit einem anderen Charakter geboren, hätte man es sogar als glücklich bezeichnen können.

Doch ich war zu dünnhäutig, zu sensibel für die psychologische Kriegsführung, die meine Geschwister beständig betrieben, und für die Halbwahrheiten, die von klirrendem Besteck und Gesprächen gedämpft wurden, sowie für die zerschlagenen Träume, die einer nach dem anderen im allgemeinen Betrieb untergingen.

Darum hielt ich mich schon als Kind lieber im Hintergrund. Ich entwickelte mich zu einer Art Zuschauerin, zu einer Zeugin, einer beiläufigen Beobachterin.

Erst als ich in meinen Joggingsachen vor das Wohnheim trat, merkte ich, wie komplett sich das Wetter seit gestern gewandelt hatte. Es war zu warm für die Jahreszeit, einer dieser aufreizenden Tage Mitte September, an dem der Sommer verspricht, noch einmal loszulegen.

Immer noch aufgewühlt von Lornas E-Mail, durchquerte ich zügig den asphaltierten Teil des Campus bis zu dem rasenbewachsenen Hang, der zur Parklandschaft führte, und lief dann schneller zu dem See, mit dem sie in der Werbebroschüre der Universität geprotzt hatten.

Selbstverständlich weiß ich noch, welche Musik ich an dem Tag gehört habe, ein altes Nina-Simone-Album, das ich von der Plattensammlung meines Vaters kopiert hatte. Nicht gerade typisch zum Joggen, aber es passte zu meiner Stimmung. Ihre tragende, satte Stimme vor dem Hintergrund der kratzigen Stille trieb mich mit ihrer lässigen Kraft an.

Als ich an einer Gruppe Studierender vorbeilief, die auf einem Hügel saßen, blickten sie mir interessiert nach. Dann begegneten mir noch zwei Mädchen, die sich verschwörerisch über das Display eines Handys beugten, und ein Händchen haltendes Paar, das mir das Gefühl verlieh, ich hätte ein ganzes Trimester und nicht nur eine Woche verpasst. Doch die Musik hielt mich aufrecht, ein paar Zentimeter über jeglicher Angst oder Gehemmtheit schwebend, wie wenn man nach dem ersten Shot Wodka auf leeren Magen falschen Mut schöpft.

Ich lief noch ungefähr zehn Minuten weiter, während sich die Wärme langsam in mir ausbreitete, am See vorbei und in den schütteren Wald, bevor ich den Wagen sah.

Er parkte direkt neben dem Weg und das unmissverständliche Heck ragte knapp zwischen zwei Bäumen hervor: ein schwarzer Leichenwagen mit schlammbespritzten Rädern, den man auf einem Friedhof erwartete, wo er langsam einfuhr und durch die großen Heckscheiben einen kurzen Blick auf einen straffen Strauß weißer Rosen und einen Sarg gewährte.

Außerhalb dieses Szenarios stößt man nur selten auf Leichenwagen. Schon wenn einer an der Ampel neben einem hält, erfährt man einen existenziellen Schub, eine schwarz glänzende Erinnerung daran, dass wir alle nur auf der Durchreise sind. Doch hier auf diesem matschigen Weg, der eindeutig nicht für Autos geeignet war, wirkte er geradezu bizarr, inszeniert wie eine Fotografie in einer Galerie für zeitgenössische Kunst.

Timing ist alles. In dem Moment, als ich um eine Kurve bog und den Leichenwagen entdeckte, erklangen die ersten Töne meines Lieblingssongs von Nina.

Ihr kennt ihn wahrscheinlich. Grundlage ist ein altes Gospellied über einen Verdammten, der am Tag des Jüngsten Gerichts wie wild herumrennt, um dem Teufel zu entkommen. Der Song beginnt mit ein paar einfachen Akkorden auf dem Klavier und einem drängenden Rattata-rattata-rattata vom Schlagzeuger an der Hi-Hat. Dann setzt der Gesang ein.

Und ab hier nimmt er Fahrt auf, erst noch ganz ruhig, aber mit einer Dringlichkeit, bei der sicher niemand mehr still sitzen kann. Ich dagegen lief langsamer, weil eine komische Vorahnung wie eine Faust auf meine Brust einprügelte, während mich der galoppierende Refrain gleichzeitig weitertrieb.

Eigentlich habe ich nicht die Angewohnheit, von hinten in Autos reinzuglotzen, in Leichenwagen schon mal gar nicht. Keine Ahnung, was ich erwartet habe. Wäre es ein Albtraum gewesen – und heutzutage habe ich mehr davon als mir lieb ist –, hätte dort ein offener Sarg gestanden, mit der Leiche eines mir bekannten Menschen. Doch es war kein Albtraum, obwohl meine Oberschenkel aneinanderklebten, je näher ich kam, und dieses bange Gefühl mir die Kehle zuschnürte.

Das Klatschen gab den Ausschlag. An einer Stelle – ein echter Geniestreich – fällt die Musik vollständig weg und man hört nur das gespenstische Geräusch klatschender Hände in einem zunächst langsamen und bedachtsamen Rhythmus, der immer schneller wird, je mehr Hände hinzukommen.

In diesem Moment, im Bann der Musik, blickte ich hinten in den Leichenwagen. Ich glaube, nur so kann man es erklären. Wieso wäre ich sonst von dem, was ich sah, dermaßen ergriffen gewesen? Zwei nackte verschlungene Körper, die sich auf einer Decke ganz privat in einem Rhythmus wiegten, der so alt war wie die Zeit. Selbstverständlich hatte ich hier und da Pornovideos gesehen. Man wächst nicht mit zwei älteren Geschwistern auf, darunter ein Junge, ohne sich den ein oder anderen körnigen Clip auf dem Handy ansehen zu müssen. Eine vollbusige Blonde, die sich über eine Waschmaschine beugte; Menschen mit unglaublichen Körpern, die in einem unfassbaren Winkel miteinander verschweißt waren. Doch was ich hier sah, gehörte in eine ganz andere Kategorie. Es war nicht gymnastisch und nicht einmal spektakulär und dennoch in seiner privaten Intensität sehr viel dramatischer.

Ich hätte mich abwenden sollen und hätte es vielleicht auch getan, wäre da nicht der Song gewesen, der mich mit der Dringlichkeit des Klatschens, kombiniert mit dem schockierenden Anblick wie angewurzelt verharren ließ. Ich blieb stehen und konnte den Blick nicht einmal abwenden, als das Klatschen immer fieberhafter in meinen Ohren dröhnte.

Sie konnte ich kaum sehen – ich wusste nur, dass es eine Sie war, weil eine blasse Hand in seiner großen, viel dunkleren an die Fensterscheibe gedrückt wurde. Von ihm sah ich zunächst das zerzauste Haar, das ihm ins Gesicht hing, einen langen, muskulösen Rücken und den angespannten Hintern, als er in sie stieß.

Durch die Musik wurde es schön und fesselnd. In diesem Moment hob er den Blick.

Ich war nahe genug dran, um es im Detail zu erfassen. Den Schweißfilm auf seiner Oberlippe, seine dichten, geschwungenen Augenbrauen und die Farbe seiner Augen, die in scharfem Kontrast zu seiner dunklen Erscheinung stand. Doch sein seltsamer Blick übertraf alles: glasig, leer, in der Intensität des Hier und Jetzt nach innen gerichtet.

Und in diesem Moment – auf die Sekunde genau in diesem Moment – endete der Song. Der Zauber war gebrochen.

Ich wurde von heißer Scham überwältigt und trat erschrocken zurück auf einen trockenen Zweig. Das Knacken war wie ein Schuss. Die Augen des Mannes richteten sich kurz auf mich und weiteten sich verblüfft – oder bildete ich mir das ein? Ohne abzuwarten, ob es so war oder nicht, wirbelte ich herum und rannte durch den Wald zurück. Mein Herz raste in meiner Kehle, während ich auf dem unebenen Boden immer wieder fast stolperte.

Nicht zum ersten Mal rannte ich vor etwas davon, das ich nicht hätte sehen dürfen.

4

Wenn ich an jenen Tag denke, sehe ich das Lamm, nicht den Schuppen.

Damals war ich acht oder neun. Ich weiß, dass es um Ostern herum war, weil die trächtigen Schafe in eine große verrostete Baracke weit hinten auf Farmer Roberts' Hof getrieben worden waren. Es war ein diesiger Heuschnupfentag, an dem große weiße Flaumflocken durch die Luft wehten, als ich zügig, atemlos und mit juckenden Augen auf dem Pfad unterwegs war, der von Milton View über den Hügel führte.

Die Geräusche aus der Baracke waren schon von Weitem zu hören und ich ging langsamer, da ich als Kind vom Land spürte, dass etwas Außergewöhnliches im Gange war. Drinnen war es schattig und kühl, Balsam für meine tränenden Augen. Ich ging an mehreren Buchten vorbei, die teilweise nur mit einem Mutterschaf besetzt waren, dessen dicker Bauch auf den baldigen Wurf hinwies, während andere bereits schützend über ihren Neugeborenen standen, die ihre milchigen Murmelaugen verdrehten. Es stank nach uringetränktem Stroh.

Erst als ich das höhlenartige Gebäude schon halb durchquert und mir die neuen Lämmer auf ihren torkelnden Beinchen angesehen hatte, die wie wild mit den Schwänzchen wedelten, während sie an den Zitzen ihrer Mütter saugten, hörte ich leise Stimmen. Farmer Roberts lehnte seitlich an einer Bucht und redete leise, aber drängend auf seine Tochter ein, die darin neben einem Schaf kniete.

Ich fürchtete mich ein wenig vor Farmer Roberts, aus dem guten Grund, dass er nur eine Gesichtshälfte hatte. Die andere sah aus – und wahrscheinlich war es auch so –, wie schlecht zusammengeklebte rosa Plastikteile, die um ein Glasauge angeordnet waren. Wie mein großer Bruder mir einst händereibend erzählte, hat es sich so zugetragen, dass Farmer Roberts sich mit einem Gewehr das Gehirn wegblasen wollte, aber nicht getroffen, sondern ein Loch in seine Wange geschossen hatte.

Seine Tochter Helen, eine unerschütterliche Jugendliche, betrachtete ich mit Ehrfurcht. Sie hatte wasserstoffblonde Haare mit dunklem Ansatz, fuhr riesige Traktoren und lächelte nur selten. Sie lächelte auch jetzt nicht, als sie am Hinterteil eines Mutterschafs hockte, das sich hingelegt hatte und leise Laute ausstieß. Unter seinem Schwanz war ein großer Blutfleck im Stroh.

Da ich mich Farmer Roberts von seiner schlechten Seite näherte und er damit beschäftigt war, auf seine Tochter einzureden, bemerkte er mich recht spät. Dann hob er kurz den Kopf und sagte knapp: »Bleib bitte zurück«, ehe er Helen erneut in einem leisen, überzeugenden Tonfall ansprach, der keinerlei Ähnlichkeit mit der barschen Stimme hatte, mit der er uns anknurrte, sobald er uns in der Nähe des Hofs antraf.

»Okay, es ist eine Steißlage, deshalb musst du ihr ein bisschen helfen. Nimm noch mehr Seife für deine Hand und dann steck sie rein, ganz vorsichtig, und fühle, was da drinnen los ist.« Ich sah gespannt und ein wenig angewidert zu, wie Helen ihre Hand hineinsteckte. Ihre Stirn glänzte vor Anstrengung. Das Schaf wand sich weiter, die Flanken hoben und senkten sich wie ein Blasebalg. Dann gab es eine Art Bellen von sich und eine rosa Hülle kam aus dem Hinterteil, die wiederum eine dünne graue Blase enthielt, in der ich zwei winzige Hufe zu entdecken glaubte.

»Halt sie gut fest, gleich hat sie es geschafft.«

Das Mutterschaf ächzte kehlig und rief ein Echo bei den Schafen und Lämmern in den benachbarten Buchten hervor, bevor ein klebriges, glitschiges Geräusch zu hören war und die Hinterbeine des Lamms ins Stroh glitten. Aufregung und Nervosität ballten sich zu einem gespannten Gefühl in meiner Brust, als ich den Triumph in Helens Blick bemerkte.

Aus unerfindlichen Gründen drehte ich den Kopf zu Farmer Roberts. Er hatte die gute Seite seines Mundes zu einem grimmigen Strich verzogen und mir blieb nur eine halbe Sekunde, mich darüber zu wundern, bis Helen fest zog und die Flanken des Schafs sich noch einmal zusammenzogen. Dann folgte ein dumpfer Aufschlag.

Wo der Kopf des Lamms hätte sein sollen, war nur ein blutiger, mit Mutterkuchen verschmierter Stumpf.

Ich starrte auf das kopflose Lamm und war so tief erschrocken, dass mir nicht einmal schlecht wurde. Aus irgendeinem Grund kam ich nicht darauf, dass der Kopf gar nicht erst gewachsen war, sondern dachte in dieser grotesken eingefrorenen Sekunde, er wäre durch das Zerren und die Kontraktionen abgerissen. Denn vor meinem geistigen Auge sah ich ihn vor mir, wie er im Schafsbauch herumschwappte.

Dann rappelte sich das Mutterschaf auf und entfernte sich von der entstellten Missgeburt.

Ich konnte gerade noch einen Blick auf Helens verblüffte Miene werfen, bevor ich aus der Baracke rannte, rannte, rannte.

Als ich nach Hause kam, spielten meine Brüder und Schwestern Kick-the-can und ich behielt die Sache für mich. Ich sprach auch nicht mit meinem Vater, der sowieso nie irgendetwas

Schlechtes hören wollte, und auch nicht mit meiner Mutter, die mit allem Schlechten, das ihr begegnete, fertigwurde und mich doch niemals trösten wollte.

Ich war auf mich allein gestellt. Das hatte ich bei jeder Bewegung meiner Arme und Beine gemerkt, als ich den Hügel hinunter nach Hause gerannt war.

Doch es sollte noch Jahre dauern, bis ich begriff, wovor ich wirklich davongelaufen war. Es war nicht nur der Schock dieser unnatürlichen Geburt. Etwas viel Schlimmeres hatte mich an diesem Morgen von zu Hause fortgetrieben – eine Szene im Gartenschuppen meines Vaters, deren Zeugin ich geworden war.

Wenn ich daran denke, was ich dort gesehen habe, ergreift mich das alte Grauen erneut. Und ich frage mich, was ich in jenem Moment verloren habe.

5

Man könnte meinen, es ging nur um Sex. Doch obwohl ich zugeben muss, dass Sex allgegenwärtig war – im Schatten lauernd, die Hände in den Taschen wie ein allzu offensichtlicher Verdächtiger – war das nicht der eigentliche Antrieb. Jedenfalls nicht für mich.

Bis zu jenem Tag bestanden meine sexuellen Erfahrungen (mein Tagebuch sei mein Zeuge) aus:

- Einem Jungen namens Michael, dessen Vater für Farmer Roberts arbeitete. Er zog mich hinter ein Brennnesselfeld, zeigte mir seinen Pimmel und wollte meinen sehen.
- Einer langen, absolut einseitigen Schwärmerei für Jake, den besten Freund meiner Schwester Stef, die mir drei Monate fieberhafter Gedanken am Tag und in der Nacht sowie die ersten warmen, feuchten Gefühle in meinem Unterleib bescherte.
- Harry Lewis, einem Freund meines großen Bruders Freddie, der mich an einem Familienfeiertag in Thurlestone, Devon geküsst hat – witzigerweise am Rand eines Golfplatzes. Wir »gingen« eine Woche miteinander und am letzten Abend befummelte er mich (leider in einer sandigen Senke auf besagtem Golfplatz).
- Meine Schulfreunde gründeten auf meine Initiative hin den »Dienstagsclub«, in dem wir uns wöchentlich unter dem Einfluss von viel Wodka Geschichten erzählten, je ausgefeilter, desto besser. Ich verliebte mich in meinen besten

Freund Luke und war geradezu besessen von unserer leidenschaftlichen platonischen Beziehung. Als wir es dann in der Nacht des Valentinstages endlich auf dem Rücksitz seines kleinen Schrägheckautos trieben, war die Erfahrung so mittelmäßig, dass wir trotz einiger Wiederholungen nach unserem Schulabschluss nie wieder ein Wort miteinander geredet haben.

Es war gerade zwanzig Minuten her, seit ich aus dem Wald zurückgekehrt war, als Georgie, ohne zu klopfen, in mein Zimmer stürmte und mich ansah. Ich saß in ein Handtuch gewickelt am Schreibtisch, mein Haar war noch feucht vom Duschen.

»Ah-*ha!* Ich suche dich schon den ganzen Tag.« Sie ließ sich auf mein Bett fallen. »Wo warst du denn?«

»Ich bin nur so herumgelaufen.« Dabei wurde ich rot. Schließlich drehte ich mich mit dem Stuhl wieder zu meinem Computer um, schloss Lornas Leseliste und wirbelte wieder in die andere Richtung. »Was ist denn los mit dir?«

»Mich hat's gerade komplett umgehauen. Und ich hätte nicht gedacht, dass ich das nach dem ersten Mal im Philosophieseminar bei Professor Steadman sagen würde.«

»Du hattest schon einen Kurs?«

»Heute Morgen um acht. Ich musste um halb acht aufstehen.«

»Wie können sie es wagen?«, fragte ich grinsend. Nachdem ich mein Handtuch höher unter die Achseln gezogen hatte, setzte ich mich Georgie gegenüber ans andere Ende des Bettes.

Sie redete weiter, doch ich driftete zu meinem Erlebnis ab, von dem ich Georgie schrecklich gern erzählen würde. Ich konnte mir vorstellen, wie sich ihre Augen vor Entzücken weiteten – »Sex und Tod, wie *prickelnd*« –, doch letztendlich behielt ich es lieber für mich. Aus Scham, ja, aber auch aus einem beklemmenden, kalten Gefühl, das viel schlimmer war. Außerdem *gehörte es mir,* dieses Schauspiel, über das ich im Wald gestolpert war. Es war außergewöhnlich und meins.

»Also … Steady spricht über die ethischen Aspekte von Abrahams Entschluss, seinen eigenen Sohn zu töten, als dieser freche Journalist ihn schon wieder unterbricht. Und diesmal ist es so still, dass man eine Stecknadel fallen hören würde …«

»'tschuldigung, ich habe den Faden verloren. Welcher freche Journalist?«

»Mensch, Jess«, sagte Georgie ungeduldig. »Der Typ, der seinen Stift kreiseln ließ. Hörst du mir überhaupt zu?«

»Die meiste Zeit schon.«

Sie sah mich eindringlicher an. »Was hast du denn?«

»Nichts.« Wieder wurde ich rot. »Ich … ich habe nur erfahren, dass ich zu dir in das Christie-Seminar verlegt wurde.«

»Echt?« Georgie sah mich aufrichtig begeistert an. »Für das ganze Trimester? Im Ernst?«

Ich nickte grinsend, erfreut, weil sie sich freute. »Aber für nächsten Donnerstag befürchte ich das Schlimmste. Wie soll ich bloß bis dahin all diese Bücher lesen?«

»Ich sage dir vor … *Oh!*« Sie schnipste mit den Fingern. »Beinahe hätte ich es vergessen. Seit heute weiß ich ganz genau, dass Steady und Lorna ein Paar sind. Mit Zusammenwohnen und allem Drum und Dran. Ha! Wusste ich doch, dass dich das interessieren würde.«

Ich blinzelte. »Wow, ich dachte irgendwie, sie wäre, also …«

»Über Beziehungen zu menschlichen Wesen erhaben? Ich weiß. Tja, große Neuigkeiten. Sie geht mit Old Steady. Und jetzt hör zu, es ist wichtig …«

Was hatte mich an dem Blick aus diesen Augen so fasziniert? Nicht nur die brennende Konzentration, sondern auch etwas Physisches, eine Anomalie in einer Iris, ein brauner Fleck im Hellblau wie ein Puzzleteil in der falschen Schachtel. Nicht, dass ich ihn in ein romantisches Licht stellen wollte, schließlich hatte er in einem Leichenwagen gevögelt. Wer machte denn so was? Und welches Mädchen gab sich dafür her? Was war ihr Ritual danach, Zigaretten rauchen und gregorianische Gesänge hören?

»Das hast du verstanden, oder?« Georgie warf mir einen Blick von der Seite zu.

»Ja«, antwortete ich rasch. »Du hast gesagt: Steady habe ein ethisches Bezugssystem vorgetragen ... um Abrahams Entscheidungen einzuordnen ...«

»Stimmt.« Georgie nickte misstrauisch. »Und er ist keine Lusche, mein Betreuer, er ist klug und auf den Punkt und bringt uns schwer ins Denken. Dann erwähnt er Sartre oder ähnlichen Quatsch und in dem Moment steht der südafrikanische Journalist auf und *zieht voll vom Leder.*«

»Was hat ein südafrikanischer Journalist in einem Uni-Seminar zu suchen?«

»Verdammt, Jess, das habe ich doch schon *gesagt.* Er macht eine Art Fortbildungsurlaub, weil er ein Buch schreiben will. Er schneit in alle Kurse mal rein, wie ein – keine Ahnung«, erwiderte sie gestikulierend. »Wie ein Stipendiat oder so was.«

»Okay? Und was hat er dann abgezogen?«

Georgie richtete sich kerzengerade auf, ihre Augen glänzten. »Also, die Sache ist die ...« Ihr kurzes Haar war zerzaust, nachdem sie auf meinem Kopfkissen gelegen hatte, und ihre runden Wangen waren rosig. Sie sah wie ein Putto an der Decke der Sixtinischen Kapelle aus, der sich an zu viel Wein und

Sex gütlich getan hatte. Wirklich unglaublich, dass an ihr sogar Speckröllchen gut aussahen.

»Offenbar kennt er Old Steady nicht erst seit gestern, denn als Erstes hat er gesagt, er soll den Mund halten. Einfach so: Sei still, Hugh. Er nennt ihn einfach Hugh! Alle glotzen, und dann wird der Journalist ganz ruhig und cool. Er erzählt von einem befreundeten Fotojournalisten, der ein Foto von einem verhungernden afrikanischen Mädchen gemacht hat, das von einem Geier aus nächster Nähe belauert wird, der nur auf ihren Tod wartet. Das Foto hat jede Menge Preise gewonnen, der Freund wurde berühmt – und hat sich ein paar Monate später umgebracht.« Georgie hält inne, um zu prüfen, ob ich noch mitkomme. »Diese Geschichte erzählt er uns in aller Seelenruhe, und als er uns am Haken hat – er ist übrigens fantastisch, der Typ, habe ich das schon erwähnt? –, nimmt er sich Steady vor. Und macht ihn fertig. Man wäre sich doch einig, meinte der Journalist, dass Philosophie nicht so akademisch sein sollte, keine wilde Mischung aus Linguistik und reinen Hypothesen. Philosophie soll uns behilflich sein, zu denken und Entscheidungen zu treffen. Er spricht schnell und abgehackt – du kennst doch den südafrikanischen Akzent –, aber dabei sieht er Steady in die Augen und nickt ihm sogar kurz zu, als er fertig ist, sodass es sich eher herausfordernd als respektlos anfühlt, verstehst du? Und dann entschuldigt er sich und verlässt den Saal. Als er beim Hinausgehen meinen Ellbogen streift, fühlt es sich an, als hätte mich ein Rockstar berührt. Wie auch immer, Steady steht sprachlos vorne am Whiteboard, den Marker in seiner erschlafften Hand, und alle anderen sehen sich an, als wollten sie sagen: *Ist das gerade wirklich passiert? Und wenn ja, hat das jemand mit dem Handy aufgenommen?*«

»Ganz schön dramatisch«, sagte ich lächelnd. Ich kannte

Georgie Duncan jetzt seit knapp acht Tagen und war mittlerweile sicher, dass sie dramatische Ereignisse magisch anzog.

»Ah, aber das Beste kommt noch«, meinte Georgie und beugte sich mit funkelnden Augen vor. »Ich habe es erst gar nicht mitbekommen, weil er es schlau angestellt hat, aber das hat er aufs Nachbarpult gelegt.« Sie hielt mir die flache Hand hin, auf der ein kleines herausgerissenes Stück Papier lag, mit zwei Falzen vierfach gefaltet.

Ich nahm es. Die Schrift war sehr klein und ordentlich, nach rechts geneigt. Eine schräge, spitzige Art zu schreiben, wie es Linkshänder häufig tun.

Drink im The Rose um 18 Uhr? Alec

Während ich das Papier in meiner Hand betrachtete, lief mir plötzlich ein kalter Schauer den Rücken hinunter. Als hätte sich eine Wolke vor die Sonne geschoben, die Georgie in mein Leben gebracht hatte. Als wäre ich dazu verdammt, die nächsten drei Jahre in der Dunkelheit zu schmoren und nach Lornas Glanz zu stochern wie nach dem nicht greifbaren Leuchten eines fernen Sterns.

Dann sah ich meine neue Freundin wieder an, ihr strahlendes, unwiderstehliches und verunsichertes Gesicht.

»Jess, was ist, wenn er nicht …«

»Du wirst ihn umhauen«, sagte ich überzeugt.

6

»Wo ist die Krimiabteilung?«

Der Bibliothekar war ein gut aussehender Mann um die dreißig mit einem gepflegten Bart und einem babyblauen T-Shirt, das sich über seiner muskulösen Brust spannte und auf dem stand: ICH SCHUMMELE BEIM YOGA. Er blickte nicht einmal auf, um zu antworten.

»Es gibt keine eigene Abteilung für Krimis«, sagte er, während er betont aggressiv Bücher über einen Scanner zog. »Das läuft alles unter Belletristik.«

»Ah, okay.« Ich warf einen Blick auf meinen Zettel. »Und Autobiografien?«

Piep, piep, piep, piep. Er hatte immer noch nicht den Kopf gehoben, aber ich hatte eine starke Vorahnung, dass seine Augen genauso blau waren wie sein T-Shirt.

»Zweiter Stock, letzte Reihe, es sei denn, die Autobiografie ist von einem Schriftsteller, dann steht sie unter diesem Namen bei der Belletristik. Bis zu sechs Bücher pro Woche für zwei Wochen, danach fällt eine Säumnisgebühr an«, erklärte er genüsslich. »Zehn Pence pro überfälligem Buch pro Tag.«

Vorbei an ratternden Druckern, dem Geruch von warmer Tinte und warmem Papier und dem statischen Summen der Computer, ging ich zu den Bücherregalen. An den Tischen dazwischen erkannte ich ein paar bekannte Gesichter. In der Geografieabteilung arbeitete ein Typ mit einer komplizierten Zahnspange, der gern vor der Bar abhing und mit einem lauten walisischen Akzent Witze erzählte, und in Kunstgeschichte traf ich ein Mädchen mit kurzem dunklem Haar, das ich zuletzt in einer der Gemeinschaftsküchen gesehen hatte, als sie mit einem rauchenden Toaster kämpfte. Während ein paar andere mir einen flüchtigen Seitenblick zuwarfen, als ich vorbeiging, spürte ich die dichte Atmosphäre, die angestrengte allgemeine Stille und ihre Unterströmungen. Ich musste an den Mann aus dem Leichenwagen denken. Studierte er auch hier? Würde ich ihn wiedererkennen? Oder er mich?

Die Belletristik füllte beinahe das gesamte Erdgeschoss. Ich ging die Regale durch, bis ich zu »C« gelangte. Calvino, Carey, Carver, Carroll. Die Bücher von Christie fielen mir direkt ins Auge, eine lange Reihe von farbenfrohen Taschenbüchern inmitten ernsthafter Buchrücken.

Erst als ich sie hier sah, wo sie mit ihren flotten, blutbespritzten Umschlägen dermaßen aus der Reihe fielen, begriff ich wirklich, dass *Lorna Clay* mir etwas über *Agatha Christie* beibringen würde. Mit einem Mal fühlte es sich an wie eins dieser wunderbaren Geschenke, die das Leben verteilt, wenn man nicht hinsieht. Möglicherweise war es nicht einmal ein Zufall, dass wir beide auf Christie standen.

Ich warf erneut einen Blick auf meinen Zettel. Für die erste Stunde – »Suche nach Agatha« – sollte man vier Bücher lesen. Drei Krimis, die ich gelesen hatte (wenngleich vor einer ganzen Weile) und Christies Autobiografie (die ich gar nicht kannte). Ich hatte noch genau achtundvierzig Stunden Zeit. Georgie war verschwunden und erstaunlicherweise konnte ich keins der Bücher in ihrem Zimmer finden. Wo hatte sie sie hingetan – zu ihrem Date mitgenommen? Einen Augenblick lang dachte ich wehmütig an die Christies mit ihren Eselsohren, die auf verschiedene Bücherregale in Milton View verteilt waren (von *Der Mord auf dem Golfplatz* gab es gleich mehrere Ausgaben, weil nicht nur ein Gast diesen Titel als ideales Dankeschön empfunden hatte).

Nachdem ich mir alle Buchrücken angesehen hatte, fand ich schließlich zwei der verlangten vier Bücher: *Das fehlende Glied in der Kette* und *Tödlicher Irrtum.*

Kein *Und dann gabs keines mehr,* keine Autobiografie.

Widerstrebend ging ich zu dem Hipster zurück.

Tipp, tipp, tipp, tipp auf seiner Tastatur. »Wir haben sieben Ausgaben von *Und dann gabs keines mehr.* Die sind alle ausgeliehen.«

»Ah, also *gibt* es keines mehr?«

Er würdigte mich keiner Antwort und ich wurde rot. »Was ist mit ihrer Autobiografie?«

»Vier Ausgaben, alle weg.« Endlich sah er mich an. Seine Augen waren tatsächlich blau, seine unteren Wimpern getuscht wie bei einem Mädchen. »Nächstes Mal sollten Sie eher kommen.« Er warf einen Blick auf die Leseliste in meiner Hand. »Nächste Woche ist es auch nicht besser, wenn Sie nicht einen Schritt zulegen.«

»Verstehe.« Ich hatte das mit dem Lächeln aufgegeben, aber es klebte noch in meinem Gesicht. »Gibt es in der Stadt noch mehr Bibliotheken?«

»Ja, aber es dauert ein paar Tage, bis man Mitglied ist. Bis wann brauchen Sie die Bücher?«

»Heute.«

»Oh je«, sagte er offenkundig entzückt. »Keine Chance.«

»Oh, also …«

»Sie können höchstens noch in die Buchhandlung gehen, aber billig wird das nicht.«

»Gut, danke.« In einer masochistischen Anwandlung wollte

ich noch sagen, dass mir das T-Shirt gefiel. Was hatten schöne, gemeine Menschen an sich, dass man ihnen gerne schmeichelte?

Die Buchhandlung auf dem Campus prunkte mit lackiertem Fischgrätparkett und roch nach neuen Schuhen. Tische, auf denen sich die Neuerscheinungen stapelten, lockten mit Drei-zum-Preis-von-zwei-Angeboten. Hinter einer Bücherwand zum Thema Militärgeschichte fand ich die Krimiabteilung schließlich versteckt im hintersten Teil des Ladens.

Es gab sechs Ausgaben von *Und dann gabs keines mehr* – offenbar war die Buchhandlung über den Lehrplan informiert. Ich nahm mir eine und ging zu den Autobiografien. Da war sie auch schon: *Agatha Christie – Die Autobiografie.* Auf dem Cover war ein Schwarz-Weiß-Foto von Agatha abgebildet, in dem sie als ältere Dame mit würdevoll und matronenhaft zurückgekämmtem Haar auftrat, was ihre hängenden Wangen und einen verschleierten, eher unglücklichen Blick noch betonte. Als ich das Buch umdrehte und den Preis sah, begann ich zu schwitzen. Bücher waren in meinem Budget nicht vorgesehen. Mit meiner Arbeit in der Tierhandlung hatte ich kein Vermögen angespart, und nachdem ich die Unterkunft bezahlt hatte, blieb mir nur wenig Geld für Essen und Trinken, von Dingen wie Shampoo und Zahnpasta ganz zu schweigen, die man brauchte, um nicht zum Außenseiter zu werden.

Ich stand da, in jeder Hand ein Buch, und überlegte.

Entweder verschwendete ich kostbare Lesezeit, indem ich in die Stadt ging und eine öffentliche Bibliothek suchte (in der Hoffnung, dass der sadistische Bibliothekar sich irrte und ich sofort Mitglied werden konnte), oder ich gab die Hälfte meines Wochenbudgets für Bücher aus, die ich wahrscheinlich nur einmal lesen würde. Plötzlich schlich sich wie aus dem Nichts eine finstere Idee in meine Gedanken. Mit einem Kribbeln im Nacken senkte ich den Blick auf meinen Beutel.

Und wenn ich sie einfach mitnahm? Also, ich wollte sie nicht *stehlen,* sondern nur ein paar Tage ausleihen und dann wieder ins Regal stellen. Welchen Schaden würde das anrichten, jetzt im Ernst? Ich würde besonders behutsam mit den Buchrücken umgehen und beim Lesen keinen Toast essen. Als ich in die Hocke ging und das Für und Wider erwog, sie einfach einzustecken, hörte ich plötzlich von der anderen Seite des Regals eine bekannte Stimme und zuckte zusammen.

»… du hast gerade zum dritten Mal ›eigentlich‹ gesagt. Also wirklich, Hugh, auf wessen Seite stehst du?«

Jetzt kam eine männliche, ältere und versöhnliche Stimme in Hörweite. »Versteh mich nicht falsch. Ich rate dir nur aufzupassen, nach dem, was geschehen ist. Halte dich ausnahmsweise an die Regeln – lade sie zum Beispiel nicht nach Hause ein, oder wenigstens nicht nachts.«

»Blödsinn«, erwiderte die mir bekannte Stimme. Ein nervöser Schauer durchfuhr mich, als ich sie aus nächster Nähe, direkt hinter dem Bücherregal hörte. »Wusstest du, dass Jon the Don den Gegenstand auf den Tisch legt, wenn er einem Studenten etwas geben will, statt es ihm in die Hand zu drücken? Als hätte er Angst, die Anwälte würden sich schon die Hände reiben, wenn man einem Studenten nur ins Gesicht sieht …« Ich hörte Schritte und entdeckte abgewetzte Cowboystiefel – schwarz mit aufgestickten Spiralen in allen Regenbogenfarben –, die in einer Entfernung von ungefähr einem Meter an dem Spalt unter den Regalen vorbeigingen. »Was soll's, wenn die Leute meinen, ich hätte meine Lieblinge? Was ist falsch daran, wenn ich jemanden herauspicke, weil ich mich für seine Ideen interessiere? Nur weil ich etwas Besonderes in jemandem sehe, heißt das noch lange nicht, dass alle anderen …«

»Ich schlage vor, dass du dein Verhalten änderst, nicht deine Meinung.« Das war wieder die Stimme des Mannes, amüsiert und resigniert. »Jeder weiß, dass ich damit nicht weit kommen würde.«

Erneut entstand eine Pause, Seiten wurden umgeblättert. Dann entfernte sich das Klappern der Schritte auf dem Holzboden. Ich blieb noch eine Weile in der Hocke, während meine Oberschenkel allmählich brannten, und versuchte, mein klopfendes Herz zu beruhigen. Die Stimme gehörte Lorna, davon war ich fest überzeugt.

Es schnürte mir die Brust zu, als hätten mich sämtliche Ereignisse, die von Onkel Totos Weihnachtsgeschenk in Gang gesetzt worden waren, an diese Stelle katapultiert, an der ich hinter Bücherregalen auf dem Betoncampus einer Universität in East Anglia hockte. Alle fatalen Wendungen verschmolzen plötzlich in meiner Brust: die Änderung meines Studienplatzwunsches in der letzten Minute (Oxbridge konnten mich mal, ihre Leseliste endete 1920, sie hinkten ein ganzes *Jahrhundert* hinterher); der zwangsläufige Streit mit meinen Eltern; die vielen Stunden, in denen ich mir Videoclips von Lorna ansah, die nächtliche Diskussionsrunden mit Argumenten belebte, die ich nicht ganz verstand; die Aufregung, als ich über irgendeinen Blödmann im Internet auf die Fernsehserie stieß, die auf ihrem Buch beruhte, und das Dreifache des üblichen Preises dafür bezahlte, weil er meine Schwachstelle ausnutzte; all diese lahmen, einsamen Tage in der Tierhandlung, im Gestank von Meerschweinchenkötteln und Verzweiflung. All das kam mir hoch und brachte mich zu folgendem Entschluss: Ich sollte den Mut aufbringen, die Bücher, die ich immer noch in der Hand hielt, in die Tasche zu stecken, aufzustehen und um das Regal herumzugehen.

»Entschuldigung, Dr. Clay?«

Lorna drehte sich um. Nachdem ich sie in so vielen Clips gesehen hatte, fühlte es sich an, wie wenn man im wahren Leben auf einen Filmstar stößt, in einem merkwürdigen Durcheinander aus Neuem und Bekanntem.

Ich *kannte* diese Augen, die in ihrem sommersprossigen Gesicht weit auseinander standen, und das helle orangefarbene Haar, das sich nicht bändigen ließ. Leibhaftig war sie jedoch größer als erwartet, ihr starker Knochenbau noch kräftiger, sodass der Gesamteindruck irgendwo zwischen fremd und schön schwankte, schließlich jedoch mit einer deutlichen Neigung zu Letzterem. Hinter ihr bemerkte ich den Mann, den Georgie mir bei dem Empfang des Instituts für Anglistik gezeigt hatte. Von Nahem sah Professor Steadman mit seinem grauen Schopf und der Brille sogar noch älter aus. Er hatte ein freundliches Gesicht und trug ein hellblaues Hemd in der Hose, die er zu weit hochgezogen hatte. Ein Kugelschreiber, der in seiner Hemdtasche steckte, hatte einen kleinen Tintenfleck verursacht.

Ich löste die Zunge vom Gaumen. »Ich studiere ab diesem Trimester bei Ihnen – Jess Walker.«

»Hallo.« Sie verzog kurz das Gesicht und warf ihrem Begleiter einen flüchtigen Oh-nein-Blick zu, doch dann lächelte sie und wartete mit einer freundlichen, ausdruckslosen Miene.

»Wir haben gemailt, weil ich den Kurs getauscht habe. Ich bin jetzt in Ihrem Agatha-Christie-Seminar.«

Sie runzelte die Stirn und schüttelte dann den Kopf. »Es tut mir leid, ich habe ein schrecklich schlechtes …« Sie unterbrach sich und riss die Augen auf. »Nein, warten Sie. Sind Sie die ›nach wie vor hoffnungsvolle Jessica‹?«

Das Blut schoss mir ins Gesicht.

»Ja. Es tut mir leid.« Meine Augen zuckten nervös. »Ich wollte sagen ... »Mir gingen die Worte aus und ich holte tief Luft. »Meine E-Mail war ein bisschen übertrieben. Bitte halten Sie mich nicht für eine verrückte Stalkerin.«

»Verstehe.« Sie kaute nachdenklich auf der Unterlippe. »Und wieso haben Sie sich hinter diesem Regal versteckt?«

Mein Magen krampfte sich zusammen. Das meinte sie doch nicht ernst, oder? Ich suchte in ihrem willensstarken Gesicht nach Hinweisen, doch sie sah nicht aus, als wäre ihr nach Scherzen zumute. Gleichzeitig hatte sie ihr Kinn auf eine Weise gehoben, die ich aus dem Fernsehen kannte.

»Ich habe mich nicht versteckt«, sagte ich. »Jedenfalls war es keine Absicht.« Mein Gesichtsausdruck vermittelte offenbar mein Entsetzen, denn Steady trat mit einem entschuldigenden Lächeln vor.

»Oh, schenken Sie ihr keine Beachtung, sie nimmt die Menschen gern auf den Arm. Hugh Steadman, freut mich.« Er hatte einen warmen, trockenen Händedruck und ich spürte seine Fingerknochen unter zarter, weicher Haut. »Bitte, Lorna, das arme Mädchen.«

Ich sah von einem zum anderen, unfähig zu erraten, wer der Wahrheit näher kam.

»Das mit der E-Mail tut mir leid«, wandte ich mich stockend an Lorna. »Ich hatte noch Fieber, als ich sie geschrieben habe.«

Sie lachte und legte eine Hand auf den Arm ihres Begleiters. »Hugh hat recht. Ich wollte Sie nur ein wenig ärgern. Eine schreckliche Angewohnheit, vor allem, wenn ich die Leute noch gar nicht kenne. Ihre Mail war sehr gut.«

Meine Wangen brannten. »Ich hätte nicht so eine lange Geschichte draus machen sollen …«

»Ich liebe lange Geschichten.« In ihrem Blick leuchtete plötzlich eine solch freundliche Verbrüderung, dass ich beinahe in Tränen ausgebrochen wäre.

»Wirklich?«

»Wirklich. Wir sehen uns am Donnerstag. Aber lesen Sie bitte alles.«

»Ja.«

Sie senkte den Blick für den Bruchteil einer Sekunde auf das Buch in ihren Händen und ich merkte ein wenig verspätet, dass ich entlassen war. Rasch murmelte ich noch ein Dankeschön und drehte mich um, bevor ich noch mehr Blödsinn von mir gab. Ich hatte Lorna getroffen, sie wusste, wer ich war und hatte meine Mail für gut befunden. Sie würde mich unterrichten, in Literatur, im Leben.

Ich hatte die Buchhandlung schon verlassen und durchquerte die Schüssel, als mir die nicht bezahlten Christie-Bücher in meinem Beutel wieder einfielen. Nachdem ich kurz erwogen hatte zurückzugehen, lächelte ich, zog den Kopf ein und hastete zum Wohnheim.

Ein kleines, unbedeutendes Verbrechen. Erst jetzt, im Rückblick auf all die Entscheidungen, die mir bevorstanden, entdecke ich das hauchzarte Wasserzeichen, die erste von vielen Grenzen, die ich überschreiten würde.

7

Ich verschlief an dem Tag, an dem Lornas Kurs begann. Ich hatte bis spät in die Nacht gelesen und dann den Wecker nicht gehört. Eilig zog ich mich an (Jeans, Lieblings-T-Shirt, rot und ohne Slogan), meine wilden Morgenlocken band ich in einen Pferdeschwanz und rannte über den Campus. Erst auf halber Strecke zur Arche merkte ich, dass ich mein Heft mit dem Zettel vergessen hatte, auf dem stand, in welchem Raum der Kurs stattfand.

In der Nähe saßen zwei Mädchen auf einer Mauer in der Sonne und tranken Kaffee. Auf den ersten Blick war klar, dass es keine Erstsemester waren. Ich fragte sie nach Lornas Kurs.

»Dr. Clay?«, wiederholte die Kleinere von beiden, ein auffallend schönes, blondes Mädchen mit einem spitzen, selbstbewussten Gesicht und einer leicht ironischen Stimme. Die Fingernägel bewiesen makellose französische Maniküre. »Klar, hier weiß jeder, wo Lorna unterrichtet. Zweiter Stock, links, letzte Tür. Neben dem Getränkeautomaten.«

»Dein erstes Seminar?«, fragte das andere Mädchen, das ein sommersprossiges, wohlwollenderes Gesicht hatte.

Ich nickte.

In den Augen der anderen mit dem spitzen Gesicht funkelte es. Sie beugte sich vor und senkte ein wenig die Stimme. »Dann hüte dich vor der Gehirnwäsche.«

Ich blinzelte. »Wie bitte?«

Die mit den Sommersprossen schüttelte den Kopf. »Lass das, Lara.«

Lara zuckte mit den Schultern. »Ich bin nur um ihre geistige Gesundheit besorgt. Lorna ist nicht ohne. Was ich da über Cambridge gehört habe …«

»Cambridge?« Das Wort rutschte mir einfach heraus und ich zögerte, mit einem Fuß bereits auf der nächsten Stufe.

Ich hatte gelesen, dass Lorna ihre letzte Dozentenstelle gekündigt hatte und es irgendwie rätselhaft war, warum sie so kurz nach der Veröffentlichung von *Die Absteiger* nach Norwich gewechselt war. Man konnte es nicht unbedingt als Hinterland bezeichnen, dennoch lag es nun mal in Norfolk. Ein Rückschritt, gerade als ihr akademischer Stern aufging. Ohne sie persönlich zu kennen, war ich davon überzeugt, dass es zu ihr passte. Genau so eine verdrehte antielitäre Nummer würde Lorna abziehen. Doch die Worte des Mädchens irritierten mich ebenso wie die Miene der anderen, als sie warnend eine Hand auf ihren Arm legte.

»Beachte sie gar nicht, man merkt gleich, dass sie Theaterwissenschaft studiert. Lorna ist eine fantastische Lehrerin. Ich würde alles dafür tun, in ihrem Kurs zu sein.« Ihr Lächeln erschien mir auf einmal gekünstelt. »Hüte dich lieber vor dem Getränkeautomaten, er rückt grundsätzlich kein Wechselgeld raus.«

Als ich den Seminarraum betrat, ließ Lorna sich nicht anmerken, ob sie mich erkannte.

Sie saß auf ihrem Pult, blätterte in ihren Unterlagen und ließ ihre Stiefel wenige Zentimeter über dem Boden baumeln. Mit hochgestecktem Haar, das bis auf ein paar lose Strähnen von einer Spange gehalten wurde, wirkte sie seriös. Neben ihr lag ein Stapel von Agatha Christies Büchern, die ich gerade gelesen hatte, außerdem Notizbücher – die gelb linierten –,

Stifte, ein dicker Schlüsselbund und ein zerknülltes Taschentuch. Auf dem Whiteboard hinter ihr stand ein Satz in grünem Marker.

Menschen verschwinden, wenn sie um jeden Preis gesehen werden wollen.

Mit einem nervösen Kribbeln im Bauch ging ich an ihr vorbei und setzte mich auf einen der zwölf Stühle, die an drei Tischen zu einem rechtwinkligen Hufeisen angeordnet waren. Während der Raum sich allmählich füllte, erkannte ich einige Gesichter aus der Willkommensrunde am Institut für Anglistik: Bill, den Jungen mit der sanften Stimme aus Cornwall; Niko, den Griechen mit den Koteletten, und ein Mädchen mit blondem Pferdeschwanz und einem abgebrochenen Schneidezahn … wie hieß sie noch gleich … Clare?

Keine Spur von Georgie. Seit Montag, als sie in einem kurzen Jeanskleid und mit auffälligem Augen-Make-up zu ihrem Date mit dem südafrikanischen Journalisten gegangen war, hatte ich sie nicht mehr gesehen. Dienstagmorgen hatte ich ihr geschrieben. *Und, war er da?* Nach der Antwort *(JA!!!)* war es keine Überraschung, dass ich nichts mehr von ihr hörte, doch falls sie wirklich nicht zu dieser Stunde käme, der ersten bei Lorna … also, das wäre schon merkwürdig.

Als die Uhr zwei Minuten nach halb anzeigte, waren nur noch zwei Plätze frei. Schließlich kam noch ein junger Typ, Graham aus Glasgow mit dichtem hellbraunen Haar und einer missmutigen Miene. Nur Georgie war immer noch nicht da, und als Lorna auf den leeren Stuhl blickte, brannten meine Wangen. Sollte ich sagen: *Meine Freundin war in den letzten drei Tagen mit einem heißen Journalisten im Bett, auf sie zu warten, hat keinen Zweck …*

Eine Neonröhre surrte abgehackt wie eine gestresste Wespe.

»Oh, diese verdammte Lampe.« Lorna sprang vom Pult und ging mit zwei langen Schritten durch den Raum, wo sie mehrfach auf den Schalter drückte, bis die Lampe zwar weiter flackerte, aber nicht mehr so lärmte.

»Das ist besser. So.« Sie sah auf die Uhr. »Wer kann mir sagen, welches Rätsel von Christie am schwersten zu knacken ist? Bill?«

Bill, den ich mittlerweile ganz attraktiv fand, obwohl, oder vielleicht auch weil er auf einem Auge leicht schielte – warf *Und dann gabs keines mehr* in den Ring. Ein anderer Teilnehmer nannte *Mord im Orientexpress* und Niko schlug *Alibi* vor.

Ich betrachtete Lornas Gesicht, während sie zuhörte und sich mit zusammengekniffenen Augen vorbeugte und mit dem losen Ende ihres Gürtels spielte. Unglaublich, dass sie sogar ohne die übliche Vorstellungsrunde unsere Namen kannte. Möglicherweise hatte sie sich die Fotos angesehen. Wie auch immer sie es anstellte, sie gab einem das Gefühl, dass sie sich mit einem ihrer glühenden Blicke einen Eindruck von jedermanns Intelligenz verschafft hatte, und zwar nicht nur von den Fähigkeiten, sondern auch vom Potenzial. Als spürte sie besser als man selbst, wozu man eines Tages fähig sein würde.

»Mit anderen Worten«, sagte Niko gerade, »die Insel wird zum Symbol des einsamen Ichs …«

»Danke, Niko«, erwiderte Lorna trocken. »Sagen Sie Bescheid, wenn Sie sich für eine Festanstellung bewerben. Noch jemand?«

Ich zermarterte mir das Gehirn, um herauszufinden, worauf sie hinauswollte. Welches der Verbrechen war am schwersten zu knacken? Gab es einen Zusammenhang zwischen dieser und der Frage am Whiteboard oder war diese nur vom vorherigen Seminar übrig geblieben? Wieso hatte Lorna das Wort

»Rätsel« statt »Verbrechen« benutzt? Spielte sie auf ein Buch an, das nicht auf der Leseliste stand? Vielleicht nicht einmal auf einen Krimi, sondern auf einen der Romane, die Christie unter Pseudonym geschrieben hatte?

Oder ... ich meldete mich zögernd.

»Jess?«

»Ich habe mich nur gefragt, wenn Sie ›Rätsel‹ sagen ... meinen Sie Christies Leben oder ihre Bücher?«

Lorna richtete ihren scharfen Blick auf mich. »Weiter.«

Ich biss mir auf die Lippe. Wie kam ich nach all den Büchern von Christie, in die ich mich über die Jahre vertieft hatte, bei allem, das ich in den letzten beiden Tagen gelesen hatte, darauf, einen Vorfall ans Licht zu zerren, über den ich sehr wenig wusste und der mir nur in der Einführung zu ihrer Autobiografie aufgefallen war?

»Ich meine die Zeit, in der *sie* verschwunden war«, fuhr ich langsam fort. »Im echten Leben. Waren es nicht sogar zwei Wochen?«

»Elf Tage«, antwortete Lorna. Als ihr Blick flüchtig den leeren Stuhl neben mir streifte – oder bildete ich mir das nur ein –, hatte ich plötzlich Georgie vor Augen und verspürte ein ängstliches Kribbeln. Drei Tage war sie nun schon weg. War es falsch, dass ich sie nicht gesucht hatte? Hätte ich es vielleicht melden sollen, beispielsweise bei der Frau mit der Höckernase im Verwaltungsbüro, oder hätte ich die Nummer ihrer Eltern ausfindig machen müssen, nachdem sie auf meine Nachrichten nicht mehr reagiert hatte?

Jetzt waren alle Blicke auf mich gerichtet und ich merkte, wie ich rot wurde. »Es ist immer noch ein Rätsel, weil Christie nie eine Erklärung dazu abgegeben hat, nicht einmal in ihrer Autobiografie, die kurz nach ihrem Tod erschienen ist. Ihre

Fans hatten darauf gehofft, nicht wahr? Aber sie hat es einfach unter den Teppich gekehrt.«

Lorna nickte knapp, ohne eine Miene zu verziehen. Keine Ahnung, ob sie diesen Vorstoß gut oder zu improvisiert fand. Ich versuchte, mich an weitere Fakten zu erinnern. »Ihr Mann hatte ihr gerade seine Affäre gestanden. Ich glaube, Agatha hat ihr Gedächtnis verloren und ist in ein Hotel geflüchtet. Die Öffentlichkeit hat sich furchtbar aufgeregt, es stand in allen Zeitungen, sogar auf der Titelseite, oder?« Ich schüttelte den Kopf. »Tut mir leid, mehr weiß ich nicht.«

»Sonst jemand?«

Clare steuerte noch einiges bei und Niko tat nur so, als wüsste er mehr, bis Lorna schließlich die Lücken füllte.

An einem kalten Abend im Dezember 1926, kurz nach dem Tod ihrer Mutter, eröffnete Agathas Mann Archie ihr, dass er sich in eine gemeinsame Freundin namens Nancy Neele verliebt hatte.

»Das Schreckliche daran«, sagte Lorna und beugte sich mit funkelnden Augen vor, »ist der *doppelte* Betrug. Stellt euch das vor – Agathas Mann, der schneidige Pilot aus dem Ersten Weltkrieg, nach dem sie verrückt war, und eine *gemeinsame Freundin!* Und all das war direkt vor Agathas Augen geschehen, für alle sichtbar. Sie hatten zusammen Golf gespielt. Nancy war übers Wochenende zu den Christies nach Styles gekommen.«

Als Lorna hier eine kurze Pause machte und den Blick senkte, spürte ich ein komisches Jucken in meinen Augen, als würde ich Heuschnupfen bekommen. In der falschen Jahreszeit.

»An dem Abend, als Archie es Agatha mitteilte«, fuhr Lorna fort, »hatten sie einen fürchterlichen Streit. Er stürmte hinaus, um das Wochenende mit seiner Geliebten zu verbringen. Kurz darauf ging Agatha nach oben, wo ihre Tochter schlief, gab ihr einen Abschiedskuss und verließ das Haus in ihrem Pelzmantel. Sie fuhr in die Nacht hinaus. Am nächsten Morgen wurde ihr Auto, ein Morris Cowley oberhalb eines Steinbruchs in der Nähe einer Talsperre abseits der Straße aufgefunden. Obwohl es in der Nacht sehr kalt war, lag ihr Pelzmantel auf dem Rücksitz und die Scheinwerfer brannten.«

Als Lorna innehielt, war es totenstill. Das Jucken in meinen Augen fühlte sich an, als käme es von weiter hinten. Erneut erschien Georgie vor meinem inneren Auge und diesmal rannte sie keuchend durch den Wald, ihr Jeanskleid zerrissen. Ich dachte an die Geschichte, wie der Journalist Steady vorgeführt hatte. Offensichtlich war er sprunghaft, vielleicht hatte er ihr etwas angetan …

»Elf Tage, nachdem man ihren Wagen gefunden hatte, wurde Agatha in einem Kurhotel in Harrogate aufgespürt. Weiß einer von Ihnen, unter welchem Namen sie dort abgestiegen ist?«

Clare hob blitzschnell die Hand. »Neele, das ist der Nachname der Geliebten ihres Mannes.«

»Richtig«, sagte Lorna und ließ erneut die Cowboystiefel hin und her schwingen. »Als eine gewisse Mrs Teresa Neele aus Südafrika. Was war da also los? Offiziell hieß es, Agatha hätte ihr Gedächtnis verloren. Glauben wir das? Und wenn nicht, was hatte sie vor?«

Mehrere Studierende meldeten sich. Clare meinte, sie hätte möglicherweise einen Nervenzusammenbruch erlitten, nachdem ihre Mutter gestorben war und ihr Mann sie betrogen hatte.

»Schon möglich, aber für jemanden mit einem Nervenzusammenbruch ist sie sehr systematisch vorgegangen«, meinte Lorna. »Sie ist mit dem Zug nach Harrogate gefahren, hat sich neue Kleidung zugelegt und unter dem Namen der Geliebten ihres Mannes ein Zimmer gemietet. Abends hat sie sogar getanzt, wenn die Hotelband spielte. Hört sich das nach einer Frau an, die zugrunde geht?«

»Aus Rache vielleicht?«, schlug Kenny vor. »Sie schiebt ihrem Mann einen Mord in die Schuhe, um ihn für seine Affäre zu bestrafen?«

»Auch möglich.« Lorna spielte erneut mit ihrem Gürtel. War das eine Angewohnheit, ein Zeichen? Wenn ja, wofür? Ungeduld? »*Auffällig* ist«, fuhr sie fort, »der Kontrast zu der Art und Weise, wie Christie im Übrigen ihr Leben gestaltete. Abgeschieden, zurückgezogen, stets trug die Vernunft den Sieg davon – wie in ihren Büchern, in denen ein Verbrechen nur ein Rätsel ist, das gelöst werden muss, in denen das Chaos am Ende beseitigt und der Mörder zur Rechenschaft gezogen wird.«

Als sie den Blick hob, meinte ich einen Hauch von Traurigkeit zu sehen, eine graue Wolke, die sich vor die Sonne schob. Die Neonröhre an der Decke begann erneut, zu flackern und zu surren.

Lorna seufzte. »Einen Moment, bitte.« Sie sprang von ihrem Pult und fummelte wieder am Schalter, aber die Neonröhre brummte weiterhin. »Scheißding«, sagte Lorna und schaltete sie aus.

Ohne künstliches Licht war der Unterrichtsraum düster und unheimlich. Lorna, die wieder auf der Tischkante hockte, war kaum mehr als ein Umriss, und auch ihre Stimme hatte sich verändert.

Sie fragte im Plauderton: »Wer von Ihnen ist als Kind von zu Hause weggelaufen?«

Nach kurzem Zögern meldeten sich einige.

»Okay, versuchen Sie bitte einmal, sich zu erinnern, wie es sich angefühlt hat. Und wenn Sie nie weggelaufen sind, erinnern Sie sich bitte daran, wie es war, sich vor den Eltern zu verstecken. Was wünscht man sich in dieser Situation? Möchte man gefunden werden?«

Ich schloss die Augen, verdrängte Georgie aus meinen Gedanken und dachte an Milton View, an die langen Stunden, in denen ich über die Roberts-Farm streunte, während meine Geschwister jeweils zu zweit spielten. Und an später, als ich nicht spazieren ging, sondern joggte. An die Gefühle, die ich nie richtig in Worte gefasst hatte, und den Stachel der Einsamkeit, außen vor gelassen zu werden – aber da war auch noch etwas anderes.

»Jess?«

Überrumpelt öffnete ich die Augen. Lorna sah mir direkt ins Gesicht.

»Sie haben den Kopf geschüttelt. Woran haben Sie gedacht?«

Ich blinzelte. »Ich habe nur darüber nachgedacht … wie es sich anfühlte, fortzulaufen.«

Lorna nickte. Eine Ader pochte an meinem Hals und ich holte tief Luft, während ich meine Gedanken sortierte.

»Wenn man wegläuft, möchte man nicht gefunden werden, das denkt man jedenfalls«, sagte ich bedächtig. »Man möchte allein sein und sich im Selbstmitleid suhlen. Aber im tiefsten Inneren …« Meine Stimme kippte ein wenig, das starke Gefühl drückte auf meine Kehle. »Na ja, die anderen sollen sich auch Sorgen machen.«

Es war, als hätte Lorna genau darauf gewartet. Ich war sehr erleichtert, dass ich ein Gefühl in Worte fassen konnte, das ich nie richtig verstanden hatte.

Plötzlich lächelte Lorna in das allgemeine Schweigen.

»Absolut richtig, Jess. Man möchte, dass sie sich Sorgen machen.«

Sie sah mich weiterhin unverwandt an. »Nächste Frage: Was geschieht als Erstes, wenn man sich verliebt? Wenn man verrückt nach jemandem ist, meine ich.«

Ich blinzelte betreten und wurde erneut rot. Was sollte ich bloß sagen? Dass ich keine Ahnung hatte? Überhaupt keinerlei Erfahrungen, was das Verlieben anging? Von Leidenschaft ganz zu schweigen. Aus unerfindlichen Gründen fiel mir der Mann im Leichenwagen ein, sein intensiver, benommener Blick.

»Ich weiß es nicht.«

»Als Archie Agatha am dritten Dezember 1926 gestand, dass er sich in eine andere Frau verliebt hatte, lief sie von zu Hause fort, weil sie etwas wollte. Was war das?«

Mittlerweile war es sehr still im Raum. Keiner hustete, raschelte mit Papier oder schaute heimlich unterm Tisch auf sein Handy. Alle waren vollkommen auf Lorna fixiert, alle Gesichter strahlten wach und aufmerksam.

»Das ganze Land suchte nach ihr, fünfhundert Polizisten und fünfzehntausend Freiwillige. Doch sie sehnte sich allein nach der Aufmerksamkeit eines einzigen Menschen.« Mit einem besonderen Glanz in den Augen sah Lorna uns an. »Agatha brach nicht zusammen, sie war auch nicht auf Rache aus. Sie wollte, dass er an sie dachte, die ganze Zeit, so wie früher.«

Nach einem Blick auf die Uhr sagte Lorna: »Okay, Leute, die Zeit ist um.« Die anderen sahen sich blinzelnd und benommen um, als wäre nach einem Film das Kinolicht eingeschaltet worden.

Sogar der schwermütige Graham lächelte mir beim Verlassen des Unterrichtsraums verhalten zu, als hätten wir gerade eine lebenswichtige Erfahrung gemacht.

»Der helle Wahnsinn, was?«

Ich nickte, so beeindruckt, dass ich meiner Stimme nicht traute.

Als ich die Treppe in der Arche hinunterging, an der Mauer vorbei, an der die beiden Mädchen gesessen hatten und die jetzt verlassen im Schatten lag, war mir vor Euphorie fast schwindelig. Genau dafür war ich in diesen flachen, farblosen Teil des Landes gezogen – um das zu lernen. Diese strahlende, brillante Lehrerin würde mich aus dem Schmalspurgleis reißen, auf dem ich sonst immer weitergegangen wäre, und mich drängen, mich zu entwickeln. *Absolut richtig, Jess.*

Erstaunlich, wie sie mich mit diesen drei Worten der Hülle der Gewöhnlichkeit entrissen und mir zu dem Glauben verholfen hatte, ich hätte etwas Mutiges und Wahrhaftiges getan. Wenn das die ›Gehirnwäsche‹ war, auf die das Mädchen an der Mauer angespielt hatte, dann wollte ich noch mehr davon. Georgie hatte etwas verpasst, schade, dass wir das nicht gemeinsam erleben konnten – dennoch war es albern gewesen, mich von dem Drama in Lornas Kurs hinreißen zu lassen, mich so um sie zu sorgen.

8

»Bist du sicher, dass ich mitkommen soll?«

Ich saß mit einem Becher Suppe auf dem Fußende von Georgies Bett und schaute zu, wie sie Sachen aus ihrem Schrank zerrte, kurz begutachtete und auf einen Sessel warf. »Für mich hört sich das nach einem heißen Date an.«

»Ganz sicher.« Sie hielt unfassbar kurze Jeansshorts mit aufgestickten Pailletten hoch. »Wir haben drei volle Tage miteinander verbracht. Höchste Zeit für Abwechslung, sonst langweile ich ihn noch.«

»Das bezweifle ich.«

Georgie beugte sich vor und trank einen großen Schluck aus einem Plastikbecher mit einem doppelten Gin-Tonic, den sie von der Bar mitgebracht hatte. »Außerdem«, sagte sie und kaute knirschend das Eis, »hat Gideon dich ausdrücklich auch eingeladen.«

Ich schnaubte. »Nur, weil du dieses Gerücht in die Welt gesetzt hast, ich würde Drogen nehmen.«

Sie machte sich daran, die Shorts anzuziehen. Die Pailletten funkelten wie wild, als sie erst auf einem und dann auf dem anderen Bein stand. »Was hast du eigentlich gegen Hauspartys?«

Ich zuckte mit den Schultern und stellte den Becher ab, um die lose Ecke eines Fotos wieder an der Wand zu befestigen. Auf dem Sepiaporträt blickte eine junge Frau mit Pilotenbrille auf der Stirn angestrengt in die grelle Sonne. Das war die Pilotin, die auf einem Flug um die Welt in den dreißiger Jahren verschollen war, wie Georgie mir erzählt hatte. Dabei hatte sie mit den Fingern geschnipst, *du weißt schon, wie hieß sie noch gleich …*

»Gibt es wirklich Leute, die Hauspartys mögen, außer wenn sie sturzbetrunken oder auf der Suche sind?« Ich klebte Amelia Earhart wieder an die Wand und hinterließ mit dem Fingernagel eine kleine sichelförmige Kerbe im Poster-Strip. »Es macht nur Spaß, wenn man in *dem* Zimmer ist, aber niemand weiß, welches es ist. Deshalb laufen alle permanent herum und tun so, als wüssten sie, wohin sie wollen.« Ich machte eine Pause, denn mittlerweile lag Georgie mit angezogenen Knien auf dem Fußboden und mühte sich mit den Knöpfen ab.

»Rede weiter«, sagte sie atemlos. »Das hilft.«

Ich grinste. »Entweder hält man sich an denjenigen, mit dem man gekommen ist, und versucht, den Lärm zu übertönen, obwohl man sich woanders in Ruhe unterhalten könnte, in bequemeren Sachen. Oder man lernt neue Leute kennen, wenn sie am wenigsten sie selbst sind und spielt am Ende Ego-Tennis …«

Georgie stand auf und drehte sich einmal im Kreis. »Was meinst du?«

Sie hatte es so gerade geschafft, den obersten Knopf zu schließen.

Zögernd suchte ich nach den richtigen Worten. »Bisschen weihnachtlich.«

Sie seufzte und ließ die Arme sinken. »Ich mag ihn wirklich, Jess.«

Ich nickte. »Das sehe ich. Wenn du möchtest, komme ich mit, aber denkst du nicht, ich wäre das dritte Rad am Wagen?«

Georgie schüttelte den Kopf. »Ich habe es dir wohl nicht richtig erklärt.«

Sie hockte sich auf die Bettkante und wirkte unvermittelt verletzlich. »Die Typen, mit denen ich bisher zusammen war … da habe ich mich immer älter gefühlt. Als wäre ich ihnen mehrere Leben voraus und sie müssten mich erst einholen. Aber der hier, wo der schon überall gewesen ist, was er schon alles erlebt hat … diesmal ist es umgekehrt, und das macht mir irgendwie Angst.«

Instinktiv fuhr sie mit den Fingern über die Stellen an ihren Handgelenken, über die Narben, die wie Spritzer in einer sehr hellen Farbe aussahen und mit der Zeit fast schon silbern geworden waren. Es waren einst sicher Blasen gewesen, möglicherweise von einer Verbrennung. Seit dem Tag in der Arche waren sie mir mehrfach aufgefallen, doch ich war zu feige zu fragen, und dachte: *Unsere Freundschaft ist noch ganz am Anfang, sie wird es mir schon erzählen, wenn sie möchte, und ich will mich nicht aufdrängen.*

»Und, kommst du mit?« Georgie hob den Blick und lächelte mich schief an. »Bitte?«

Also stimmte ich seufzend zu, natürlich würde ich mitkommen, aber nur, wenn sie diese winzigen Shorts wieder auszog und mich nicht wie eine heiße Kartoffel fallen ließ, sobald wir auf der Party waren.

»Super.« Sie sprang auf und drückte mich. »Du bist eine gute Freundin, Jess.«

Nach einem Blick auf den Kleiderhaufen sagte sie jedoch: »Aber ich bleibe doch lieber bei den Shorts.«

»Dunkel und stürmisch?«

»Wie bitte?«

»Dunkel und stürmisch?«

»Wie … oh … genau. Danke, ja. Bitte.«

Ich nahm meinen Cocktail entgegen und suchte mir einen Sitzplatz auf der Treppe zu den Schlafzimmern, von wo ich das Kommen und Gehen beobachten konnte, ohne bemitleidenswert allein zu wirken. Die Musik war nicht laut und hämmernd, wie man es bei einer Hausparty in Reigate erwarten würde, sondern leise und prägnant mit einem beharrlichen Bass. Seit Georgie verschwunden war, hatten mich zwei Typen unabhängig voneinander gefragt, ob ich ihnen Drogen verkaufen würde, und jemand mit einem braunen Filzhut hatte mir eine Pille im Tausch gegen Gras angeboten. Vielleicht läuft es so, dachte ich. Da versucht man jahrelang, sich von der Rolle zu befreien, die einem in der Familie zugewiesen wurde, nur um dann mit einer völlig anderen Person verwechselt zu werden.

Hin und wieder stützte ich mich auf der Stufe hinter mir ab, ohne darüber nachzudenken, bis unweigerlich jemand auf dem Weg zur Toilette drauftrat. Einer der heftigeren Übeltäter ging in die Hocke, um sich zu entschuldigen.

»Oh Gott, das tut mir leid«, sagte er mit einer Miene, als meinte er es ernst. »Kann ich dir etwas holen? Einen Eisbeutel? Eine neue Hand? Noch einen Drink?«

Nach kurzem Zögern lächelte ich. »Gerne«, sagte ich. »Irgendwas von der Liste.«

Nick sah nicht so aus wie die anderen teiggesichtigen, ungesund wirkenden Typen auf dem Campus. Er war ein großer, attraktiver Inder mit breiten Schultern und einem Lächeln in den Augen. Sein schwarzes, glänzendes Haar war leicht gewellt. Er studierte im zweiten Jahr Geologie.

»Geologie«, sagte ich, während wir mit unseren Drinks zwei Stühle an einer riesigen Topfpflanze ansteuerten. »Heißt das … Steine?«

Er zuckte zusammen. »Ich würde eher sagen ›Erdwissenschaft‹.«

»'tschuldigung.« Ich wusste nicht, ob das ein Witz sein sollte, beschloss aber, darauf einzugehen. »Erzähl mir was über ›Erdwissenschaft‹.«

»Huh, das geht gar nicht. Ich kann nicht auf deine Hand trampeln und dir dann noch erklären, warum ich mich für Steine interessiere.« Er hielt inne und betastete ein Blatt der Pflanze. »Andererseits, *kann* ich es natürlich doch. Aber dann müsste ich mich auf deinen anderen Fuß stellen, damit du nicht wegläufst.«

Ich musste lachen. »Dann vielleicht ein weniger riskantes Thema.«

»Forellenfischen«, erwiderte er, ohne zu zögern.

»*Forellen*fischen?«

»Bachforellen, ja.« Er erzählte von dem Angelurlaub, den er jeden Sommer mit seinem Vater unternahm (englische Dorf-Pubs an Bachforellenflüssen; soweit er wusste, waren sie das einzige indische Vater-Sohn-Team auf dieser Strecke, wo es von Vätern mit Söhnen nur so wimmelte). Er berichtete, wie am frühen Abend die Mücken auf dem sonnenüberfluteten Wasser tanzten und alle Vögel sangen und sein Vater und er plötzlich einfach die Klappe hielten und der Natur das Reden überließen.

»Das klingt himmlisch«, sagte ich aufrichtig.

Nick nickte. »Ehrlich gesagt, kann ich Angeln nicht leiden. Aber anders bringt man meinen Vater nicht zum Schweigen.«

Nicks Eltern waren vor seiner Geburt aus Jaipur ausgewandert und obwohl er wie ich vier Geschwister hatte, war seine Familie, in der, wie er liebevoll sagte »viel zu viel an der Oberfläche geschah, und sozusagen nichts darunter«, augenscheinlich das Gegenteil von meiner. Seine Art zu reden, war so offen und lustig und selbstironisch, und er beugte sich so freundlich vor, wenn er zuhörte, dass ich geradezu enttäuscht war, als zwei Freunde von ihm – sichtlich betrunken – kamen, um ihn abzuholen.

»Willst du nicht mitkommen?«, fragte er und wehrte sich, als sie an seinem Ärmel zogen. »Ich habe diesen Idioten leider versprochen, sie zu einer anderen Party zu fahren.«

Ich schüttelte lächelnd den Kopf, doch als er fragte, ob er mich am nächsten Tag anrufen dürfte – »um mich nach deiner Hand zu erkundigen und dir mehr über Steine zu erzählen« –, gab ich ihm meine Telefonnummer.

Es ergab keinen Sinn, wie Georgie tanzte, und es half auch nicht, dass sie total betrunken war. Andererseits bezweifle ich, ob sie nüchtern mehr Rhythmusgefühl hatte. Sie schob den Hintern raus, schnipste wie in einem Bollywood-Film über ihrem Kopf mit den Fingern und sang stumm mit, als würde sie einem etwas Wesentliches mitteilen. Dennoch war es megasexy, wie sie sich der Musik überließ, offen und unbefangen. Ich bewegte neben ihr ein wenig die Füße, noch nicht locker genug von dem bisschen Rum, um Spaß zu haben. Los, befahl ich mir selbst, *leb mal.*

In einem besonders unkoordinierten Augenblick ließ ich zufällig den Blick schweifen.

Und da war er, der Typ aus dem Leichenwagen, und sah mich direkt an.

Er stand höchstens fünf Meter entfernt an der Wand neben einer Terrassentür. Es gab keinerlei Zweifel, dass er es war. Ein bisschen größer als erwartet (schließlich hatte ich ihn in der Horizontalen gesehen), mit ein paar dunklen Strähnen, die ihm in die Stirn fielen, und den Händen tief in den Taschen seiner khakifarbenen Jacke. Er hatte die Schultern ein wenig vorgezogen, als wäre er gerade erst angekommen und wollte die Party lieber wieder verlassen. Aus dieser Entfernung konnte ich seinen Gesichtsausdruck nicht genau erkennen, doch er sah so konzentriert zu mir herüber, dass nach dem ersten schnellen Gedanken – *Mist, da ist der Typ aus dem Leichenwagen* – sofort der zweite kam: *Scheiße, er hat mich an dem Tag also* doch *gesehen.*

Ich hörte auf, meine Füße hin und her zu schieben und blieb wie der letzte Idiot einfach stehen, während der Bass den Boden vibrieren ließ. Es dauerte ein paar Sekunden, bis mir dämmerte, dass er gar nicht mich im Blick hatte, sondern Georgie. Sie wiegte sich ganz in meiner Nähe zur Musik und ihren engen, mit Pailletten besetzten Shorts funkelten im Discolicht. Als ich mich instinktiv wegdrehte, damit er mich nicht entdeckte, stieß ich frontal mit jemandem zusammen, knallte gegen die Wand und wäre beinahe über seinen Fuß gestolpert.

»Hey«, sagte er und streckte die Hand aus, um mich zu stützen.

»Danke«, murmelte ich und betrachtete seine Finger auf meinem Arm. Ein Olivton, der in der Sonne mehrere Schattierungen dunkler wird als meine Haut.

»Kennen wir uns?«

Zögernd hob ich den Kopf.

Von Nahem war er sogar noch größer. Es gab mir einen Stich, als ich mich an diesen breiten Nasenrücken erinnerte, der eigentlich hässlich sein müsste, an diese tiefblauen Augen – die aufleuchteten, als das Discolicht auf seinem Gesicht spielte – mit der sonderbaren Verfärbung im linken Auge. Er wirkte ein bisschen älter als die anderen auf dieser Party, seine

Haut war fester und dunkler, stärker vom Wetter gegerbt. Als das Licht erneut aufblitzte, bemerkte ich feine Falten, die über seine Wangen zum Kinn liefen.

»Nein«, brachte ich mit trockenem Mund hervor. »Nein, ich glaube nicht.«

»Bist du sicher?« Mit diesen entnervenden Augen sah er mich eindringlich an, als wäre ich ein Code, den es zu knacken galt. Schließlich entspannten sich seine Züge und er lächelte. »Tut mir leid, das klingt sicher wie eine schreckliche Anmache. Aber du hast mich an jemanden erinnert.«

»Oh«, sagte ich und nickte. »Das höre ich oft.«

Eine Lüge. Niemand hatte das je zu mir gesagt.

»Es ist absolut verblüffend.« Sein Blick hielt meinen einen Augenblick zu lang fest und ich hatte das zermürbende Gefühl, dass er genau sehen konnte, was mir in diesem Moment durch den Kopf ging: *Ja, das war ich, im Wald. Ja, ich bin zu lange stehen geblieben, ich konnte nicht wegsehen …* Doch plötzlich schaute er an mir vorbei und ich spürte die Wärme eines Körpers hinter mir. Georgies Stimme war vom Alkohol belegt, als sie ihr Kinn auf meine Schulter legte.

»Hey, Alec, hast du dich doch noch durchgerungen, hier aufzukreuzen?«

Mein Nacken wurde kalt.

Natürlich: *Alec.* Georgie war in ihrer Beschreibung des Journalisten wenig ins Detail gegangen und ich hatte mir einen weltmännisch gut aussehenden Typen mit gleichmäßigen Gesichtszügen vorgestellt. Andererseits, jetzt da ich es wusste, machte es Sinn, dass sie diesen seltsamen, lebenshungrigen Mann finden würde, und umgekehrt.

»Ich habe getan, was ich konnte, um wegzubleiben«, sagte er lächelnd.

»Pech für dich.« In ihren aufgerissenen Augen funkelte der Schalk. »Jess und ich haben an unserem Sirenengesang gearbeitet.«

Mein Herz klopfte so schnell, als hätte man mich bei etwas Verbotenem erwischt. Ich murmelte etwas in der Art von »dann lasse ich euch mal allein«, doch bevor ich mich umdrehen konnte, hatte Georgie uns eine Kusshand zugeworfen und ging wieder tanzen – entweder um ihm zu beweisen, dass sie nicht auf dem Präsentierteller mit einem Apfel im Mund auf ihn gewartet hatte, oder weil sie komplett zugedröhnt war und nicht mehr wusste, was sie tat.

»Meinst du, es geht ihr gut?«, fragte Alec, als sie sich schwankend auf der Tanzfläche wiegte.

»Normalerweise hat sie es im Griff.« Zu meiner Überraschung hörte sich meine Stimme vollkommen natürlich an. »Heute Abend hat sie allerdings echt früh angefangen.«

»Eher als du vielleicht glaubst«, erwiderte er lachend. »Bei Starbucks waren sie heute Morgen etwas verwirrt, als sie einen Irish Coffee bestellt hat.«

Während ich nervös zurücklächelte, versuchte ich in Gedanken so etwas wie eine Zeitachse herzustellen. Am Montagmorgen war ich joggen gegangen und hatte gesehen, wie dieser Mann – und dass er es war, stand außer Zweifel – im Wald gevögelt hatte. Eine Stunde danach hatte Georgie mir in meinem Zimmer von dem unverschämten südafrikanischen Journalisten erzählt, der sie zu einer früheren Zeit an diesem Morgen um ein Date gebeten hatte. Also war es entweder Georgie in dem Leichenwagen gewesen (was praktisch unmöglich war) *oder …*

»Du bist also Georgies schlaue Freundin. Hey, sie hat echt viel von dir erzählt.«

Jetzt, da ich Bescheid wusste, war es unglaublich, wie ich den Akzent überhören konnte. Die zusammengezogenen Vokale, die besondere Betonung der Konsonanten und das leicht gerollte »R«. *Georgies schlaue Freundin.* Alec lehnte sich an die Terrassentür, ohne die Hände aus den Taschen zu nehmen. »Sie meinte, dir würde so leicht nichts entgehen.«

Bei diesen Worten hob ich ruckartig den Kopf. Hatte ich mir das eingebildet, oder hatte er ›nichts‹ besonders betont? Doch er sah mich freundlich und interessiert an – wie man halt guckt, wenn man sich mit der Freundin seiner neuen Freundin unterhält. Meine Schultern entspannten sich, weil ich mittlerweile sicher war, dass er in mir nicht die Voyeurin im Wald erkannt hatte.

»Dann bist du ihr neuer Komplize«, erwiderte ich leichthin.

Er lachte erneut, holte einen Tabakbeutel und Zigarettenpapier heraus und warf immer noch lächelnd einen Blick auf die Tanzfläche. »Ich tue mein Bestes. Es ist nicht leicht, mit Georgie Duncan Schritt zu halten.«

Dieses Lächeln brachte meine Ohren zum Glühen. Also war er in sie *verliebt.* Möglicherweise bedeutete ihm das Mädchen im Leichenwagen nichts. Alec drehte sich nun eine Zigarette, faltete das Papier und zog es gerade, bevor er Tabak darauf streute, gut verteilte und die Zigarette straffte. Er leckte rasch am Rand entlang, als würde er eine Mundharmonika testen, klopfte die Zigarette zweimal auf dem Handballen aus und steckte sie in den Mundwinkel.

Dann sah er durch die Terrassentür. Er hatte seine Jacke nicht ausgezogen – wollte er etwa wieder gehen?

Als Alec die Klinke herunterdrückte, drang kalte Luft herein. Er nahm die Selbstgedrehte aus dem Mund und legte den Kopf schief. »Kommst du mit, wenn ich die rauche?«

9

Als wir nach draußen gingen, schaltete ein Bewegungsmelder eine Lampe ein, die einen kleinen gepflasterten Hof beleuchtete. In einer Ecke lag ausrangiertes Zeug – zwei verkrustete alte Farbeimer und ein Doppelsitz ohne Beine, der aussah wie frisch aus dem Flugzeug gefallen. Alec zog zwei verrostete Gartenstühle heran, als das Licht, das offenbar an einen Timer gekoppelt war, wieder ausging. Ein Hund bellte in der Ferne, wir saßen im Dunkeln.

»Willst du meine Jacke haben?«, fragte er, als ich mir die nackten Arme rieb.

»Nein, nein, alles okay …«

Doch er zog sie trotzdem aus und reichte sie mir. Sie war aus schwerem Stoff, der ein kleines bisschen kratzte, und ich legte sie auf meine Brust, mit dem Kragen unter meinem Kinn. Sie roch nach Kiefern und Holzrauch. Ich blickte flüchtig auf Alecs Hand, die vom Glühen der Zigarette beleuchtet wurde. Die Musik dröhnte weit entfernt hinter uns.

Verschiedene Sätze gingen mir durch den Kopf. *Du bist Journalist, hat Georgie gesagt?* Langweilig. *Ihr hattet ja wohl mächtig Spaß in den letzten Tagen, was?* Unangemessen. *Hast du diesen braunen Fleck im Auge von Geburt an?* Auf keinen Fall.

»Schön hier draußen«, sagte ich nach drei Cocktails mit einem leichten Nuscheln. Danach bewegte ich meine Lippen mit mehr Sorgfalt. »Weg von den anderen.«

»Ich habe Glück«, sagte Alec. »Ich wohne bei meiner Tante an der Küste auf einer kleinen Felsnase. Dort ist es sehr still, von meiner Tante abgesehen, meine ich.« Ich hörte das Lächeln in seiner Stimme. »Sie redet ohne Ende.«

»Direkt an der Küste? Mit Meerblick?«

»Genau. An den meisten Tagen auch mit Robben am Strand. Manchmal werde ich von ihrem Bellen geweckt.« Irgendwo in der Ferne schlug eine Kirchturmuhr die Stunde und ich zählte die langgezogenen Schläge. *Lass es noch nicht so spät sein,* dachte ich, als Alec mich unvermittelt fragte: »Wolltest du schon mal die Zeit anhalten?«

Ich hatte mich genügend an die Dunkelheit gewöhnt, sodass ich den Glanz in seinen Augen und den Schwung seiner Lippen erkennen konnte. Die langen Schläge waren vorbei, nun folgten die kurzen. Viertel vor zwölf, fast Mitternacht.

Hatte er gerade meine Gedanken gelesen?

»Nein. Du?«

»Ja«, antwortete er. »Einmal. Da war ich zwölf und lag in Südafrika mit meinem Schäferhund unter einem Baum.« Nach einer kurzen Pause hörte ich erneut das Lächeln in seiner Stimme. »Wow, daran habe ich echt lange nicht mehr gedacht …« Er verstummte.

»Erzähl weiter«, sagte ich rasch in die Stille hinein.

Und er erzählte mir von den Wachhunden, die sie hielten, als er in Johannesburg aufwuchs. Sein Lieblingshund Knight war auf einem Ohr taub, aber er hatte einen wundervollen Charakter.

»Ein guter, ritterlicher Name«, sagte ich, »für einen Wachhund.«

»Aber dafür war er nicht zu gebrauchen. Er hätte genauso gut ein Kätzchen sein können. Ich konnte stundenlang mit ihm unter dem Jacarandabaum im Garten liegen und dem Sonnenschein dabei zusehen, wie er mit den Blättern spielte, während mein Arm sich auf seinem Bauch in seinem Atemrhythmus hob und senkte.«

Wieder zögerte er und klopfte die Zigarettenasche in einem Funkenregen ab, der in der Dunkelheit sofort verglühte.

»Eines Tages ungefähr eine Woche nach meinem zwölften Geburtstag, wünschte ich mir, dass sie stehen blieb. Die Sonne, beziehungsweise die Erde, die sich darum drehte. Meine Vorstellung von der Zeit war etwas verschwommen. Dann bin ich wohl ein Weilchen eingeschlafen, denn als ich wach wurde, hat Knight nicht mehr geschnarcht. Mein Arm hob und senkte sich nicht. Erst dachte ich, der Hund wäre in diesem seltsamen Tiefschlaf, so tief, dass ich seinen Atem nicht mehr spüren konnte. Aber dann blickte ich nach oben. Auch der Wind hatte anscheinend aufgehört, die Blätter waren vollkommen reglos. Da habe ich es begriffen. Es war so still, es war verkehrt.«

»Verkehrt? Ungewöhnlich, meinst du?«

»Mein Vater war Architekt und wie die meisten sogenannten ›Liberalen‹ lebten wir in einer geschlossenen Wohnanlage für Weiße in Jo'burg. Aber der Highway war ganz in der Nähe, und wenn man die Ohren spitzte, hörte man den Lärm der Autos und Lastwagen. Also lauschte ich angestrengt, doch da war nichts zu hören, kein einziges Geräusch. Ich dachte, es läge daran, dass es völlig windstill war, aber dann merkte ich, dass sich die Fische im Teich nicht mehr bewegten.« Alec hielt inne. »Die Geschichte ist länger, als du wahrscheinlich dachtest. Langweile ich dich?« Als er mir einen Blick von der Seite zuwarf, sah ich das Funkeln in seinen Augen. »Vielleicht bist du längst eingeschlafen und ich habe es nicht gemerkt.«

»Erzähle mir von den Fischen.«

Alec lächelte, seine Zähne leuchteten weiß auf. »Also, mein Dad hatte riesige Gefleckte Katfische, echt hässliche Dinger. Er hatte sie einige Jahre zuvor gekauft, nachdem er einen Zierteich in einer Zeitschrift entdeckt hatte. In den vergangenen Monaten hatte er sie schwer vernachlässigt – seit meine Mutter längere Krankenhausaufenthalte erdulden musste.«

»Was hatte sie denn?«

»Krebs. Von der schlimmsten Sorte. Wenn alle Erwachsenen aufhören zu fragen, ob es ihr besser geht.« Hier legte Alec keine Pause ein. »Wie auch immer, es geht darum, dass sie sich nicht bewegen. Aber tot waren sie auch nicht, sie schwebten nur im Wasser wie vakuumverpackter Fisch in der Tiefkühltruhe. In dem Moment habe ich begriffen, dass mein Wunsch in Erfüllung gegangen war.«

»Dein Wunsch?«

»Die Zeit war stehen geblieben.«

Ich machte Anstalten zu lachen, doch er hatte das mit einer Nüchternheit gesagt, die mich davor warnte. »Du meinst, das hat dein zwölfjähriges Ich *gedacht*.«

»Nein, ehrlich, sie war stehen geblieben. Ich lief ins Haus und schaute auf die Wanduhr. Ich musste eine ganze Weile davor stehen bleiben, weil sie keinen zweiten Zeiger hatte – nur römische Ziffern mit großen Abständen dazwischen. Es war schwer zu sagen, ob der Minutenzeiger sich weiter bewegte, doch er zeigte irgendwie zu lange fünf nach sechs an. Als Beweis reichte mir das jedoch nicht aus. Seit Mum krank geworden war, war so einiges den Bach heruntergegangen. Deshalb lief ich ins Wohnzimmer und schaltete den Fernseher ein. Und der Nachrichtensprecher war mitten im Satz in der Sechs-Uhr-Sendung erstarrt, die Augen leicht nach rechts gerichtet, mit Blick auf den Teleprompter.«

»Jetzt komm …« Ich wollte wieder lachen. »Wie soll das denn gehen?«

»Keine Ahnung«, antwortete Alec todernst. »Ich habe dir vorher gesagt, dass es eine seltsame Geschichte ist.«

»Aber im Ernst.«

»Jetzt denkst du, wie durchgeknallt ist dieser Typ, der sich mit meiner Freundin trifft?«

»Vielleicht ein bisschen.« Ich lachte. »Aber sagen wir mal, ich kaufe es dir ab. Was geschah dann? War außer dir niemand zu Hause?«

»Nein. Mein Dad hatte angekündigt, mit meinem Bruder ins Einkaufszentrum zu fahren und ihm neue Sportschuhe zu kaufen. Aber ich wusste genau, dass sie zu meiner Mutter ins Krankenhaus fuhren, weil ich gehört hatte, wie Dad Brown, unserem Gärtner, zugeflüstert hat, es wäre besser, wenn ich sie in ihrem Zustand nicht sehen würde. Brown sollte auf mich aufpassen, aber er hatte keine Zigaretten mehr und war zum Tante-Emma-Laden am Ende der Straße gegangen.«

»Du hattest bestimmt schreckliche Angst.«

»Im Gegenteil, ich fand es total aufregend. Ich kam auf die Idee, wenn die Zeit tatsächlich stehen geblieben war – wenn ich sie angehalten hatte –, wäre ich zu allem fähig. Niemand konnte mich daran hindern, das neue Skateboard unseres Nachbarn auszuleihen und Flips zu üben, solange ich wollte, auch ohne Helm. Oder ich könnte mir Hillbrow, die benachbarte Township, ansehen, was ich aus Neugier für mein Leben gern getan hätte. Oder noch besser, ich könnte ins Arbeitszimmer meines Vaters gehen und in seiner Handschrift eine Notiz schreiben, dass Alec einmalig mehr Taschengeld erhalten sollte, damit er sich eine dieser Armbanduhren mit Leuchtzifferblatt kaufen konnte, die man nachts als Taschenlampe zum Lesen benutzen konnte.«

Ich lachte. »Und was hast du gemacht?«

»Absolut nichts. Irgendwann dachte ich, es würde allein wenig Spaß machen, diese Dinge durchzuziehen, oder dass mein Vater möglicherweise nachfragen würde, wieso zum Teufel ich mit seinem Füllfederhalter schrieb.« Er hielt inne. »Stattdessen ging ich wieder in den Garten und legte mich zu meinem Hund. Ich schaute durch das Laub auf ein winziges Flugzeug, das dort in der Luft erstarrt war. Schließlich war ich gar nicht mal so enttäuscht, als mein Arm sich auf Knight erneut hob und senkte. Dass die Blätter rauschten und sich der Kondensstreifen hinter dem Flugzeug bauschte.« Alec hatte die Stimme gesenkt. »Einen Augenblick lang ging es mir richtig gut, doch dann hörte ich das Auto meines Vaters in der Einfahrt. Ich verstand, dass ich die Zeit doch nicht anhalten konnte. Es war unmöglich. Der nächste Tag würde kommen, und wenn ich mir noch so sehr das Gegenteil wünschte.«

Er verstummte. Und ich wusste Bescheid. Ich stellte mir seinen Vater vor, wie er zu ihm in den Garten kam, direkt vom Krankenhaus. Er hatte die Schultern gestrafft, um einem Zwölfjährigen die schlimmste Nachricht auf der Welt zu überbringen.

»Mein Gott, Alec, es tut mir leid.«

»Ja«, sagte er. »Mir auch.«

Er rauchte schweigend weiter, bis die Turmuhr erneut zu schlagen begann.

Alec lachte schallend. »Perfektes Timing, das musst du mir lassen.«

»Es wäre beeindruckender, wenn es noch Viertel vor zwölf wäre.«

Wir zählten schweigend mit, als könnte es so sein.

Zwölf Schläge.

»Jetzt bist du an der Reihe, Cinderella«, sagte Alec lachend.

»Oh nein.«

»Oh doch. Was ist mit dir? Ich fühle mich, als hättest du mir ein Wahrheitsserum verabreicht. Du bist dran.«

Ich musste kurz nachdenken. »Tja, ich wollte nie die Zeit anhalten. Im Gegenteil, am liebsten hätte ich vorgespult.« Möglicherweise lag es an der Dunkelheit oder den Cocktails oder dem Gefühl, ich könnte ihm vertrauen, weil er mir vom Tod seiner Mutter erzählt hatte – jedenfalls erzählte ich nun von mir.

Ich sprach über die stumpfen, einsamen Tage in Milton View, in denen sich die Stunden nur so hinzogen. Über den Golfplatz mit den immer gleichen wohlhabenden Leuten mit ihren Pullovern mit Rautenmuster, die ihre Wochenenden danach beurteilten, ob sie einen Schlag mehr oder einen Schlag weniger gebraucht hatten. Dann berichtete ich von den Schultagen, die lustlos aufs Wochenende zukrochen, an dem auch nicht viel los war. Wie es war, sich zu Hause fremd zu fühlen.

»Aber es ist schon komisch, denn das Letzte, was ich wollte, war dazuzugehören. Seit ich mich erinnern kann, suche ich nach dem Notausgangsschild. Vermutlich habe ich Angst davor, ich könnte so werden wie sie, wenn ich nicht bald da rauskomme. Dass ich eines Tages an mir herunterschaue und diese Pullover trage und mich über den schwierigen Bunker am siebzehnten Loch ärgere.«

Alec drückte seine Zigarette mit einem Lächeln seitlich an einem umgedrehten Terracottatopf aus.

»Darum fühlst du dich zu Menschen wie Georgie hingezogen«, sagte Alec sanft. »Du hoffst, dass ihre Wildheit irgendwie auf dich abfärbt und dich exotischer macht.« Als er sich zu mir umdrehte, sah ich seinen vollständigen Umriss vor mir, da sich meine Augen so gut angepasst hatten. Das Funkeln in seinen Augen war nur Zentimeter entfernt und seine Stimme war leise und ernst. »Was eine Schande ist, Jess ... weil du etwas ganz Besonderes bist.«

Ich atmete ein und fühlte mich zu ihm hingezogen wie zum Rand einer Klippe. Die Stille zwischen uns knisterte. Seine Brust hob und senkte sich – eindeutig schneller als zuvor, oder? Einen wilden Moment lang spürte ich, wie das Blut durch meinen Kopf rauschte, und glaubte, ich könnte mich nicht zurückhalten und müsste näher rücken und mein Gesicht heben, um in der Dunkelheit seinen Mund zu suchen.

Plötzlich wurde der Bewegungsmelder aktiviert – von einer Katze, einem fallenden Blatt – und das Licht schaltete sich wieder an. Mit aufgerissenen Augen sah ich Alec blinzelnd an, während mein Herz in meiner Brust tobte.

Alec lächelte und stand auf, als wäre nichts gewesen.

»Komm, wir gehen wieder rein, ja? Ich möchte nach Georgie sehen.«

Ich hatte zu Georgie gesagt, dass niemand wüsste, welcher Raum *der Raum* auf einer Party war, doch natürlich fanden wir sie genau dort, wo es am interessantesten war.

Offenbar gab es nichts mehr zu trinken, denn in der Küche war nichts los, und ungefähr sechs Leute lungerten dahinter in einem kleinen Wintergarten mit einem langen, tiefen rosa Sofa. Mehrere Sessel standen auf einem abgewetzten Teppich, auf dem sich ein paar Leute niedergelassen hatten. Außer Georgie kannte ich keinen der anderen Studierenden, doch auf eine Weise wirkten sie alle älter, gut aussehender und mehr bei der Sache als die meisten anderen, denen ich hier begegnet war. Und in der Mitte des Sofas saß wie eine große Lampe, die Licht auf die zugewandten Gesichter warf, Lorna.

Sie beugte sich beim Sprechen vor, in einem dunkelgrünen Kleid aus schillernder Seide, in dem sich bei jeder Bewegung das Licht fing. Sie trug ihr Haar offen und gestikulierte mit angeregter Miene. Ihre Geschichte musste gut sein, denn niemand schenkte uns Beachtung, nicht einmal Georgie, die neben ihr auf der Sofalehne hockte. Nur Lorna selbst ließ rasch den Blick schweifen, als wir hereinkamen.

Sie geriet ganz kurz ins Stocken. Ich sah, wie sie Alec und mich wahrnahm – ein knappes Nicken, ein Lächeln in den Augenwinkeln –, doch in diesem Bruchteil einer Sekunde hatte sie meinem Gefühl nach alles gesehen. Mich, ihn, den Abstand zwischen uns.

Dann wandte sie sich wieder der Gruppe zu. »Also, beim Abendessen fällt niemandem etwas auf«, fuhr sie fort. »Erst im Rückblick erscheint es vielleicht merkwürdig, dass Monica – die ihren Ruhm nur der Ehe mit dem berühmten Theaterautor verdankt – mehrmals aufsteht, um auf die Toilette zu gehen. Andererseits ist sie der hochgradig nervöse, viel zu dünne Typ Frau, die eine winzige Blase haben.«

»So wie ich«, unterbrach sie Georgie, deren schwere Lider noch tiefer über ihren schläfrigen Augen hingen als sonst. »So werde ich auch andauernd beschrieben.« Mehrere Kommilitonen grinsten. Alec lachte und lehnte sich mit verschränkten Armen an die Wand. Als Georgie aufsah und uns erkannte, hob sie instinktiv die Arme wie ein Kind – »Da seid ihr ja!«. Sie geriet ins Schwanken und fiel lachend beinahe auf die Kissen neben Lorna.

Ich hielt mich hinter Alec, weder willens, mich zu den anderen zu setzen, noch zu gehen, so benommen war ich von meinen Gefühlen im Innenhof, die mich weiterhin aufwühlten, da er mir noch immer so nah war. Doch mittlerweile vermischten sie sich mit einer schuldbewussten Paranoia, dass Georgie etwas davon mitbekommen könnte. (Doch *wovon* eigentlich genau? War da überhaupt *etwas?*) Außerdem fiel mir vor allem auf, welch seltsame Wirkung Lorna in einem Raum entfaltete.

Selbstverständlich hatte ich es im Kurs gespürt, doch hier fühlte es sich schräger an – wegen des Alkohols und des gedimmten Lichts. Es war ein komisches Gefühl, ihr auf einer Studierendenparty zu begegnen. (Kannte sie Gideon? Gingen andere Dozenten auch auf Partys? Gab es nicht irgendeine diesbezügliche Regel?) Sie elektrisierte die anderen – nicht nur mit ihrem scharfen Verstand und ihrer ausgesuchten Wortwahl, sondern durch ihre persönliche Energie und weil sie goldene Ohrringe trug, die bei jeder Kopfbewegung aufblitzten, sowie ein leichtes Make-up, das sie jünger und noch schöner erscheinen ließ.

Verstohlen warf ich einen Blick auf Alec. Ich hätte erwartet, dass er Georgie ansah, die sich in ihren kurzen Shorts räkelte, doch auch er fixierte Lorna mit einem feinen Lächeln auf den Lippen, als sähe er sich eine Show an, auf die er sich gefreut hatte.

»Am Tag nach diesem Abendessen ruft mich meine Freundin Allie an«, fuhr Lorna unbeirrt fort. »Sie ist außer sich. Aus dem Schmuckkasten in ihrem Schlafzimmer sind zwei Ringe verschwunden. Sie sind unbezahlbar und gehörten ihrer geliebten verstorbenen Großmutter.«

Hier hielt sie inne und prompt kam mir eine Idee. »Gehören nicht alle verschwundenen Ringe geliebten verstorbenen Großmüttern?«, fragte ich, ehe ich es mir anders überlegen konnte.

Lorna schaute zu mir herüber. Als sie mich erkannte, strahlte sie noch mehr. »Jess Walker, ja, genau. Aber wartet.« Sie sah jeden in der Runde an, während ihr Kleid bei jeder Bewegung von Licht und Schatten neu modelliert wurde. »Später an diesem Tag, ungefähr zur Teestunde, kommt der berühmte Theaterautor vorbei.«

»Dürfen wir seinen Namen erfahren?«, fragte ein Mädchen mit einem eleganten Kurzhaarschnitt, das auf dem Teppich saß und anmutig die Arme um die Knie geschlungen hatte.

Zu meiner Überraschung meldete sich Alec zu Wort. »Frag deine Quellen niemals nach einem Namen. Es könnte passieren, dass du am Ende keine Geschichte mehr hast.«

Lorna sah ihn mit einem leichten Stirnrunzeln an und lachte dann. »Anscheinend ist ein Experte unter uns. Aber meinetwegen, geben wir dem Theaterautor einen Namen. Nennen wir ihn Janus. Janus kommt also vorbei und bedankt sich mit einem Briefchen und Blumen für das Abendessen. Während seines Besuchs geht er zur Toilette. Später am Abend beschließt Allie endlich, *doch* die Polizei zu rufen und den Verlust zu melden. Vorher schaut sie noch einmal in den Schmuckkasten …«

Als Lorna eine Pause einlegte, meinte ein selbstbewusst wirkender Typ mit runder Brille: »Und die Ringe sind wieder da?«

»Genau. Die Ringe liegen wieder in ihrem Schmuckkasten. Also …« Während Lorna noch einmal in die Runde sah, loderte die Herausforderung in ihrem Blick. »Was ist passiert?«

Eine kurze Pause entstand.

»Das ist leicht«, sagte das Mädchen auf dem Teppich. »Sie ist offensichtlich Kleptomanin, die Frau des Theaterautors.«

»Okay.« Lorna nickte. »Aber welches Motiv hat Janus, die Ringe heimlich zurückzubringen? Tut er es, um eine gesellschaftliche Blamage zu verhindern? Oder aus Liebe? Einer so bedingungslosen Liebe, dass er lieber die Schuld auf sich nimmt? Sollten wir ihn dafür verurteilen, wenn es so wäre? Ist eine Notlüge oder gar ein ausgeklügeltes Täuschungsmanöver hin und wieder erlaubt?«

Neben mir richtete Alec sich auf und löste seine verschränkten Arme. »Stellen Sie nicht voreilige Vermutungen an?«

Lorna drehte sich mit funkelnden Augen und einem knappen ungläubigen Lächeln zu ihm um. »Tue ich das?«

»Na ja.« Seine Stimme war härter geworden. »Dieses Klischee zum Beispiel, dass sie dünn und nervös ist und als Frau eines berühmten Theaterautors nicht genügend wahrgenommen wird. *Das* macht sie zur Kleptomanin. Ein gestörtes Heischen nach Aufmerksamkeit, etwas, womit sie sich von den anderen abhebt.« Er sah die anderen Zuhörer an und schloss sie in die Unterhaltung ein. »Dabei hat der Theaterautor die Ringe. Woher wollen wir wissen, ob er es nicht selbst war? Oder vielleicht doch seine Frau, aber in seinem Auftrag? Möglicherweise übt er Macht auf sie aus und genießt es, sie zu demütigen. Und holt sich noch einen Extrakick ab, indem er ungeschoren davonkommt.«

Das Grüppchen hatte die Aufmerksamkeit auf Alec verlagert und nahm ihn als Mitstreiter wahr. Einige lächelten, andere nickten.

Lorna zuckte mit den Schultern. »Das erscheint mir noch mehr wie ein Klischee, oder nicht? Der fantastische Theaterautor zieht die Fäden …« Sie neigte den Kopf und sah Alec an. »Obwohl ich durch Sie jetzt auf die Idee komme …« Sie tippte sich auf die Stirn. »… dass sie vielleicht gemeinsame Sache gemacht haben könnten. Vielleicht ist es eins ihrer Spielchen, um die Monotonie der Monogamie zu durchbrechen. Gegen die Abstumpfung. Ein spannendes, letzten Endes harmloses Spiel …«

Alle betrachteten Alec, als wäre er in einem Bieterkrieg an der Reihe. Er sah Lorna eindringlich an und die Atmosphäre verdichtete sich. Mir fiel wieder ein, was Georgie darüber erzählt hatte, wie er Steady in der Vorlesung fertiggemacht hatte, und dachte: *Oh nein, gleich wird er gemein.*

Doch Georgie, die sich auf der Sofalehne zur Seite neigte wie ein zweiter Uhrzeiger, fiel genau in diesem Moment in den freien, mit Kissen belegten Raum hinter Lornas Rücken und kicherte haltlos.

Sofort lief Alec zu ihr und half ihr wieder auf. »Wird Zeit, dass ich dich nach Hause bringe.«

Lorna tastete auf dem Sofa nach Georgies Zigaretten und ihrem Handy. Dann sagte sie ihr, sie hätte sich gefreut, sie endlich kennenzulernen, und sie möchte doch zusehen, die nächste Stunde nicht wieder zu verpassen, auch wenn die Versuchung (hier schenkte sie Alec ein süßes, ironisches Lächeln) noch so groß war.

Georgie winkte mir zu, als sie gingen, doch Alec blieb stehen. »Sollen wir dich mitnehmen?«

Ich zögerte. »Also, wenn es euch nichts ausmacht …«

»Überhaupt nicht, ich habe, weiß Gott, genug Platz in meinem Wagen.« Alec schüttelte den Kopf und sah mir in die Augen. Dann lächelte er unvermittelt.

»Aber das weißt du ja schon.«

10

»Und wer ist jetzt Nick?«

Der Klang des Rollos, das hochgezogen wurde. Die Flut des grellen Sonnenscheins. Ich legte den Unterarm über meine Augen, blinzelte und warf einen Blick auf meinen Wecker: 13.13 Uhr. Mein Nachthemd war schweißnass und mein Mund so ausgedörrt, dass ich erst mal Speichel sammeln musste, bevor ich antworten konnte.

»Was für ein Nick?«

»Das frage ich dich«, sagte Georgie und hopste auf dem Fußende auf und ab, mit strahlenden Augen, als hätte sie am Vorabend keinen Tropfen Alkohol angerührt. Sie trug einen kurzen Jeansrock und hatte ihr blondes Haar, das vom Duschen feucht war, zurückgekämmt. »Ein gut aussehender indischer Junge ist in der Mensa auf uns zugekommen. Anscheinend macht er sich Sorgen um deine Hand.«

»Oh«, sagte ich und schaute auf mein Handy, das mit dem Display nach unten auf dem Nachttisch lag.

Georgie hopste noch einmal und lächelte. »Hast du mir irgendetwas zu sagen?«

Als ich mich hinsetzte, merkte ich, wie wild meine Locken in alle Richtungen standen. Jetzt war der richtige Zeitpunkt, ihr zu sagen, was ich im Wald gesehen hatte.

Selbstverständlich hatte ich ihr Angebot, mich mitzunehmen, abgelehnt, weil die Vorstellung zu viel für mich war, zwischen der betrunkenen Georgie und Alec zu sitzen, während ich verarbeiten musste, dass er mich *doch* im Wald beim Spionieren bemerkt hatte. Sofort erfand ich eine zweite Mitfahrgelegenheit, doch die ergab sich dann nicht wirklich, und da ich mir kein Taxi leisten konnte, musste ich durch die Nacht zurücklaufen, allein mit meinen paranoiden Gedanken, die erbarmungslos auf mich einprügelten.

»Egal, ich hoffe, du kennst ihn *tatsächlich*, denn er wartet unten. Ich habe gesagt, er kann mitkommen.«

»Mitkommen, wohin?« Meine Glieder waren steif, als hätten sie die Anspannung im Schlaf beibehalten. Letzte Nacht war mir vollkommen klar gewesen, dass ich es Georgie sagen musste. Aber wenn ich sie jetzt in ihrer Aufregung ansah, fühlte es sich gemein an. Unnötig. Was war dabei, wenn ihr neuer Freund mit einer anderen gevögelt hatte? Zu dem Zeitpunkt waren sie noch nicht einmal zusammen.

»Jon the Don hält im Auditorium eine tödliche Rede über ›Sicherheit im Internet‹, die absolut verpflichtend ist. Also haben wir einen freien Nachmittag.« Sie sah mich mit einer Unschuldsmiene an. »So wären wir dann zu viert.«

»Zu viert mit wem?«, fragte ich. Einen hoffnungsvollen Augenblick lang dachte ich, es wäre vielleicht einer der anderen Jungen, mit denen sie gestern Nacht geflirtet hatte.

»Mit wem wohl?«, erwiderte sie, holte Shorts und ein T-Shirt aus dem Schrank und warf sie aufs Bett. »Alec natürlich. Er wartet auf dem Parkplatz. Habe ich dir übrigens schon verraten, was für einen Wagen er fährt? Du wirst *sterben.*«

Alec stand vor dem Leichenwagen, rauchte eine Selbstgedrehte und blinzelte in die Sonne, während eine leichte Brise durch sein dunkles Haar fuhr. Der Leichenwagen nahm fast zwei Parkplätze ein, der Lack glänzte in der Sonne. Mir wurde fast schlecht und ich wandte den Blick ab, bevor wir nah genug voreinander standen, um uns in die Augen zu sehen. *Solange wir uns nicht ansehen, geht's mir gut.*

Nick blieb ruckartig stehen, als er merkte, wem der Wagen gehörte. »Du machst Witze«, sagte er lachend.

»Offen gestanden, sind diese Autos sehr verlässlich«, sagte Alec und holte lächelnd den Schlüssel aus der Tasche. »Auf der Fahrt zur Beerdigung will man nicht verrecken. Parken ist schwierig, das stimmt, aber der Laderaum kommt mir oft gelegen.«

Mit brennenden Wangen sah ich durch die Heckscheibe und erwartete beinahe, zerknüllte Decken zu sehen. Doch die Rückbank war hochgeklappt, sodass der Wagen eher wie eine Stretchlimo mit einem großen Kofferraum aussah. In der Ausbuchtung einer Türverkleidung sah ich mein Spiegelbild. Ein weißes Gesicht, große Augen, die Falte zwischen meinen Augenbrauen, bei mir ein Zeichen für Nervosität.

»Nick, Jess, darf ich euch Alec vorstellen? Oder habt ihr euch schon bei Gideon kennengelernt?«, meinte Georgie. »Ich kann mich natürlich an nichts erinnern.« Mit ihrem kehligen Lachen beschwor sie literweise Wein, Drogen, akuten Schlafmangel und jede Menge Sex herauf.

»Hey, Nick. Ja, Jess kenne ich schon«, sagte Alec und wandte sich mit einem Lächeln an mich. »Aber wir können uns ja noch mal vorstellen. Hi.« Er streckte die Hand aus, die ich automatisch schüttelte. Sie war warm und trocken. Ich betrachtete seine Sneakers aus grauem Leinen, an den Zehen abgestoßen. Auf der Party hatte er sie auch getragen.

»Hey noch mal«, sagte ich lahm.

Nick öffnete die Fondstür und trat einen Schritt beiseite, damit ich als Erste einsteigen konnte. Mit klopfendem Herzen rutschte ich über den Sitz.

Ohne zu zögern, setzte Georgie sich auf den Beifahrersitz neben Alec, als würde sie ständig in Leichenwagen durch die Gegend fahren. Möglicherweise, dachte ich mit einem Anflug von Neid, hatte sie in den letzten Tagen genau das getan. Auf der Suche nach einem idyllischen Plätzchen, wo man die Rückbank herunterlassen und sich einander widmen konnte … Blitzartig stand mir die erste Szene im Wald wieder vor Augen. War es richtig gewesen, ihr nichts zu erzählen? Das hier war auf jeden Fall verkehrt. Bei einem Leichenwagen sollte man an den Tod denken, und nicht an Sex. *Also bitte, Jess.* Tod, konzentriere dich auf den Tod.

»Findest du es nicht ein bisschen unheimlich, damit herumzufahren?«, fragte Nick, als könnte er Gedanken lesen. Er ließ den Blick über die schwarze Lederausstattung schweifen, als rechnete er damit, in einem Seitenfach ein Leichenteil zu finden. »Fühlt es sich nicht an, als wären überall Gespenster?«

Alec legte den Arm um Georgies Kopfstütze und drehte sich um, damit er im Rückwärtsgang durch die Heckscheibe blicken konnte. »Das ist eindeutig ein Nachteil«, räumte er ein. »Von denen wimmelt es nur so.«

»Bitte, lasst Alec nicht vom Tod anfangen«, sagte Georgie affektiert. »Er kommt aus Südafrika, wo sich die Leute an der Ampel umbringen und Tote in Townships verrotten. Bei uns ist es ihm viel zu gemütlich, in dem Dorf, wo er mit seiner Tante wohnt und niemand die Haustür abschließt. Er erinnert sich gern an das Gegenteil.«

Alec lachte laut, rüttelte am Steuerknüppel, und während er den ersten Gang suchte, knirschte die Kupplung. »So würde ich es vielleicht nicht ausdrücken«, sagte er mit einem seitlichen Grinsen zu Georgie, »aber du findest wie immer die besseren Worte.«

Aus dem Augenwinkel bemerkte ich, dass Nick so tat, als würde er mich nicht ansehen. Ich gab vor, es nicht zu merken. Oh Gott, wieso war ich bloß mitgekommen? Man konnte doch auch einfach mal Nein sagen. Am Ende des University Drive blieben wir mit tickendem Blinker an der Kreuzung stehen.

»Wohin fahren wir denn diesmal, *Chéri?*«, fragte Georgie und kramte in ihrer Tasche nach der Sonnenbrille.

Nachdem Alec den Rückspiegel zurechtgerückt hatte, ließ er das Lenkrad durch seine Hände gleiten und bog ab. Als sich unsere Blicke in diesem Moment trafen und die Fältchen sich in seinen Augenwinkeln kräuselten, musste ich daran denken, wie wir bei der Party im Hof gesessen hatten, sein Gesicht nah an meinem.

»Wer ist bereit, zu schwänzen?«, fragte er.

* * *

Auf der Fahrt zum Pub erzählte Alec uns, warum er Südafrika verlassen hatte.

Wenn man jemanden sehr gern hat, kommt es vor, dass man sich schlecht darauf konzentrieren kann, was er sagt. Man verliert schnell den Faden. Man ist zu beschäftigt, hört mal zu und wieder nicht, während man darüber nachdenkt, was die- oder derjenige für einen empfindet, und lässt sich von der Geschichte im eigenen Kopf ablenken. Bei Alec konnte einem das nicht passieren. Mit Alec niemals. Wenn er eine Geschichte erzählte, erweckte er die Person, über die er sprach zum Leben, sodass man sich in sie hineinversetzte und die Welt mit ihren Augen sah. Man wollte nur noch zuhören, sonst nichts.

»Stevie war ein Fußballwunder«, begann Alec, während wir über die Landstraßen rasten, die rechts und links von Hecken gesäumt waren. »Einer von vielen Jungs, die in dem Trockengebiet spielten, das im Schatten der Minen von Marikana als Fußballfeld diente. Mit sechs konnte er eine Ecke verwandeln und mit neun schlug er den Torwart aus einer Entfernung von fünfundvierzig Metern. Als er elf war, hoffte er wie so viele andere Kids, dass die Scouts der Bafana Bafana ihn entdecken würden. Stattdessen wurde seine Familie von Aids heimgesucht. Erst starb sein Vater, dann seine Mutter und seine Schwester.«

Georgie, die eine Hand aus dem offenen Fenster hielt, drehte sich zu uns um.

»Vorsicht, Alecs Geschichten haben kein Happy End.«

»Danach arbeitete Stevie wie viele andere Minderjährige in der Grube«, fuhr Alec fort. »Aber er war immer noch ein Ausnahmetalent, lernte schneller und arbeitete mehr als die anderen. Mit siebzehn leitete er unter der Erde ein Team, das dort im Fels bohrte. Selbstverständlich spielte er auch in der Fußballmannschaft der Minenarbeiter, er war der Kapitän. Bis zu dem Streik.«

Alec legte eine Pause und einen anderen Gang ein. Seine Worte fühlten sich schärfer an, blieben hängen und ergriffen Besitz von mir.

Er tut das Gleiche wie auf der Party, dachte ich dumpf. *So macht er das. Er verwandelt Geschichten in Waffen.*

»Als die Minenarbeiter Streikposten aufstellten, war Stevie hin und her gerissen. Er hielt zu seinem Team, doch er wusste, wie es lief. Die Mine gehörte nicht ihnen, sondern dem Management. Und unter der Erde galt das Gleiche wie auf dem Fußballfeld: Wer sich mit dem Management anlegt, zieht immer den Kürzeren. Trotzdem wäre er nie im Leben zum Streikbrecher geworden. Er zog mit, einer von dreitausend Minenarbeitern, die sich auf dem Hügel Wonderkop versammelten und eine Erhöhung ihres miesen Lohns forderten. Doch als die Polizisten mit ihren R5 das Feuer eröffneten, führte Stevie sein Team zu dem kleinen Koppie – einer felsigen Lichtung mit aufgeschütteter Erde, wo sie normalerweise hinkackten und die nach Pisse und Scheiße roch. Dort fühlten sie sich sicher, weil jeder sehen konnte, dass sie nichts Böses im Schilde führten.«

Ich bekam eine Gänsehaut.

»In dem Moment rückte die Polizei gegen sie vor. Dreizehn unbewaffnete Grubenarbeiter – eine ganze Fußballmannschaft, plus zwei Auswechselspieler –, die bereits auf den Knien lagen und um ihr Leben bettelten, wurden im schönen Abendlicht in der Transkei niedergemäht. Stevie, der hinter einem Felsen kauerte, beobachtete das Geschehen und erinnerte sich so genau daran wie an das Gesicht seiner Schwester, als sie eines Morgens Blut spuckte. Das Risiko, mit einem Journalisten wie mir zu sprechen, war ihm bewusst, aber er wollte von alldem berichten.«

Einen Augenblick lang sagte niemand etwas. Beidseits der Straße erstreckten sich Felder, von Hecken zusammengestrickt, und plötzlich wurde mir bewusst, wie hügelig die Erde darunter war.

»Ich habe euch gewarnt«, sagte Georgie leise.

Ich beobachtete Alecs Hände am Lenkrad, wenn er um die Kurven bog. Sein nüchterner Tonfall, seine gefasste Haltung hatten eine tödliche Wirkung, doch ich merkte ihm an, dass er sich nach einer Zigarette sehnte. Er griff immer wieder um, und wenn wir an einer Kreuzung anhalten mussten, trommelte er eine ungeduldige Melodie auf das Leder. *Das ist keine Show,* dachte ich. *Es kostet dich etwas, es uns zu erzählen.*

»Du hast das Massaker also persönlich miterlebt?«, fragte Nick beinahe ehrfürchtig.

Alec schüttelte den Kopf. »Nein. Ich war draußen in der Pampa, als meine Zeitung anrief und meinte, ich sollte mich schleunigst dahinbewegen. Als ich ankam, fuhren die Krankenwagen bereits wieder ab und alles war abgesperrt. Ich wendete meinen Jeep und fuhr hinterher. Dann konnte ich mich ins Krankenhaus schleichen und stand schließlich zwischen den Betten von zwei Minenarbeitern. Den auf dem linken hatte es übelst erwischt. Fünf oder sechs Krankenschwestern und Ärzte kümmerten sich um ihn und einer schnitt ein Hosenbein seiner Jeans auf, in dem nicht viel zu sein schien, während ein anderer Scheiße oder was anderes Ekliges rund um das Bett wegsaugte. Der Grubenarbeiter – er war um die zwanzig, seinen Namen habe ich nie erfahren – versuchte zu sprechen, aber man konnte nichts verstehen. Seine Kehle machte diese Geräusche, als würde er in seinem eigenen Blut ertrinken. Auf dem anderen Bett lag Stevie. Und er erzählte mir alles, was oben auf dem Koppie passiert war. Es war die beste Story, die ich je geschrieben habe. Eine Story, die mein Blatt nicht brachte.«

Mir wurde kalt im Nacken. Die Tachonadel flackerte rechts der sechzig und wir überholten ein paar Autos, deren Insassen uns neugierig ansahen. Nicht gerade ein gewohnter Anblick, so ein rasender Leichenwagen auf der Landstraße. Nick lehnte sich jetzt vor, um nun gute Fragen zu stellen, unter anderem, warum die Zeitung den Bericht nicht veröffentlicht hatte. Und wenn nicht sie, warum nicht andere? Stimmt, kam das Echo von Georgie, hatten sie ihm nicht geglaubt, oder dachten sie, ein Augenzeugenbericht wäre zu schön, um wahr zu sein?

»Wäre es das nur gewesen«, erwiderte Alec trocken. »Alle

Ballistiker bestätigten Stevies Geschichte. Nein. Das Schlimmste, was sie gesagt haben, war …« Er hielt kurz inne, als blieben ihm die Worte schließlich doch noch im Hals stecken. »Sie meinten, es wäre nicht *fair*. In ihrer verdrehten blutleeren Vorstellung von Objektivität nicht ausgewogen genug. Kevin, der Redakteur, der die Reportage ablehnte, behauptete, ich hätte damit *Partei ergriffen*. Ich hätte, wie er so unvergesslich formulierte, den Minenbesitzern *keine faire Chance* gegeben. Ich hätte keinen Respekt vor den Lesern und würde sie an der Nase herumführen. Vierunddreißig Tote und achtundsiebzig Verletzte, aber *ich* war einseitig, verdammt. Nachdem meine Zeitung den Artikel abgelehnt hatte, fasste ihn selbstverständlich auch keine andere mehr an. Jo'burg ist ein Nest. Mein Name hatte in den letzten vier Jahren unter Artikeln in der liberalsten Zeitung vor Ort gestanden. Nachdem ich es bei acht weiteren Magazinen versucht hatte, postete ich die Reportage selbst. Damals haben das höchstens zweihundert Leute gelesen … ja, und darum bin ich weggegangen. Weil ich Stevie mein Wort gegeben hatte. Während er zitternd in diesem Krankenhausbett lag und ich seine toten Freunde in seinen Augen sehen konnte und die stinkenden Eingeweide auf dem Boden lagen, hatte ich es ihm versprochen. Und ich konnte es verdammt noch mal nicht halten. *Darum* habe ich Südafrika verlassen.«

Er trat aufs Gaspedal und der Wagen raste vorwärts.

»Jesus«, sagte Nick.

»Scheiße«, sagte Georgie.

Ich sagte nichts und schaute aus dem Fenster auf die vorbeirauschenden Hecken.

Aus unerfindlichen Gründen dachte ich an die Sicht, die man aus unserem Panoramafenster in Milton View auf den Golfplatz hatte. Achtzehn Jahre hatte ich darauf geblickt, mich nach einer größeren Welt gesehnt und geglaubt, sie in Büchern zu finden. Ich hatte mich an Vorgegaukeltes geklammert und gehofft, Blut zu lecken. *Mein Gott,* dachte ich und erschauerte plötzlich. War das die »echte Welt«, die ich schon so lange suchte?

»Wow«, sagte Nick. »Das tut mir echt leid. Willst du jemals wieder zurückgehen?«

Alec sah ihn im Rückspiegel an. »Danke«, sagte er schroff. »Aber die Frage stellt sich so nicht. Es geht nur um den richtigen Zeitpunkt.«

Georgie legte ihm die Hand in den Nacken.

Ich beobachtete, wie sie sorgenvoll mit den dunklen Locken spielte, und wie er ihr ein gedankenverlorenes kurzes Lächeln schenkte. Und schon damals erkannte ich mit einer unerträglichen Klarheit, dass ich ihn nicht lange halten würde.

Nicht, dass er mir gehören würde.

Nicht, dass er irgendwem gehörte, wie mir dämmerte.

11

Im Half Hitch erstreckte sich der Biergarten bis ans Ufer des Flusses Yare. Vom sanften Rauschen der Umgehungsstraße abgesehen konnte er sehr gut als Landgasthof durchgehen – es gab Tische auf Böcken mit flaschengrünen Sonnenschirmen, ein mittelgroßes Gemüsebeet, das offensichtlich beackert wurde, und sogar einen kleinen Hühnerstall mit einem maschendrahtumzäunten Auslauf. Obwohl wir mittags an einem Wochentag dort waren, herrschte eine Atmosphäre wie auf dem Rummel, typisch für England, wenn die Sonne schien: Man lächelte im Schwung des idealen Zeitpunktes gesteigerter Möglichkeiten Fremde rückhaltlos an, bevor die Stimmung kippte und ins Hässliche umschlug.

Georgie beugte sich an unserem Tisch vor und betonte mit ihren verschränkten Armen den tiefen Ausschnitt ihres Pünktchen-Tops. »Glaubt ihr, man wird so *geboren?*«, fragte sie leise. »Oder meint ihr, es ist plötzlich passiert, als er dreißig wurde?«

Erneut warf sie einen verstohlenen Blick auf die Familie am Nachbartisch. Der Vater, der mit durchgedrücktem Rücken und einem gestreiften Hemd eindeutig als Armeeveteran zu erkennen war, hatte bereits einmal an unserem Tisch gestanden und uns ermahnt, leiser zu sein. »Wenn ihr weiter mit Erbsen werft«, sagte er jetzt zu zwei kleinen, unglücklich dreinschauenden blonden Jungen, »könnt ihr euch gerne ins Auto setzen.«

»Vielleicht kann er nichts dafür«, murmelte Alec und holte sein Tabakpäckchen heraus. »Möglicherweise war er als Kind nur schüchtern, bis coole, sexy Girls ihn in seiner Unbeholfenheit für einen Langweiler hielten und seine Lehrer konventionelle Karrierewege vorschlugen. Ehe er sich's versah, wurde er ungeheuer spießig und fühlt sich nun von Gemüsegeschossen verfolgt.«

»Stopp! Das ist ja *grässlich*«, sagte Georgie mit entsetzter Miene und wühlte am Boden ihrer Chipstüte. »Glaubt ihr wirklich, dass es so laufen kann und die Menschen versehentlich eine Persönlichkeit annehmen, so wie man an der Garderobe den falschen Mantel zurückbekommt?«

Wir saßen unter einer Blutbuche an einem Tisch, der vom Pub am weitesten entfernt stand. Alec hatte eine Flasche Weißwein besorgt, die zu meinem Erstaunen in einem Eiskübel steckte, der mit tauendem Kondenswasser überzogen war. Ich fand es immer noch schwierig, Alecs Blick lange standzuhalten, doch es wurde besser. Nach mittlerweile anderthalb Gläsern waren die Umrisse weicher geworden und der Sonnenschein, der durch das Blattwerk fiel, sprenkelte jedermanns Haut passend zu Georgies Oberteil. Die ganze Zeit dachte ich daran, wie anders es sich angefühlt hatte, mit Freunden draußen im Sandcastle in Reigate zu sitzen. Wir schlugen hier nicht die Zeit tot, im Gegenteil. Es war, als würde mit jeder ausgetauschten Bemerkung etwas zwischen uns wachsen und gedeihen, das vor Leben knisterte.

»Ich glaube fest daran, dass jeder sich neu erfinden kann«, sagte Nick. »Bis ich fünfzehn war, war ich in meiner Klasse der nerdige Fettklops mit Brille.«

Wir drehten uns alle zu ihm um. An seinen starken, dunkelhäutigen Armen und der Art und Weise, wie sein mergelgraues T-Shirt über seine Brust fiel, war unschwer zu erkennen, dass er den schlanken, harten Körper eines Athleten hatte.

»Du?«, fragte Georgie ungläubig. »Wie fett?«

»So richtig«, antwortete Nick. »Normale Hosen konnte ich nicht tragen.«

»*Nein!*«

»Dann habe ich in einem Sommer mit dem Mountainbikefahren angefangen und begonnen, Kontaktlinsen zu tragen. Danach wurde ich sofort anders behandelt.«

»Anders heißt besser?«, fragte ich neugierig. Mir gefiel seine Wortwahl, als würde er sie gern erst in Gedanken ausprobieren und die richtigen auswählen.

»Unterschiedlich. Es gab Leute, die überhaupt zum ersten Mal mit mir redeten. Aber auch Freunde, die komisch reagierten, irgendwie vorwurfsvoll, als hätte ich gegen eine bestimmte Regel verstoßen.«

Alec, der sich eine Zigarette gedreht und aufmerksam zugehört hatte, hob bei diesen Worten den Kopf. Der Punkt in seiner Iris strahlte hellbraun in der Sonne.

Ich spürte Nicks Blick, der auf mir ruhte, als er fortfuhr.

»Da wir gerade von Regelverstößen reden, ich habe beim Frühstück etwas gehört. Über deine Lieblingsdozentin.« Er riss eine Chipstüte weit auf und legte sie mit ruhigen Bewegungen auf den Tisch, damit sich alle bedienen konnten. »Gerüchte, warum sie Cambridge so eilig verlassen hat. Etwas wurde unter den Teppich gekehrt. Es ging um eine Studentin namens Sybil.«

»Meinst du etwas Sexuelles?«, fragte Georgie mit großen Augen. »*Spannend* … ich frage mal meine Eltern. Angeblich war Lorna zu einer Wochenendparty bei uns. Ich dachte, das hätten sich meine Eltern ausgedacht.«

»Vielleicht hat Lorna es in die Welt gesetzt«, schnitt Alec ihr das Wort ab. »Das Gerücht. Möglicherweise gefiel ihr das

Image einer nicht vorhandenen Affäre besser als die banale Realität. Der Grund könnten ja auch zu schlechte Noten in ihren Kursen gewesen sein … oder was weiß ich … ein Plagiatsvorwurf.«

»Ausgeschlossen«, erwiderte ich rasch. »Lorna ist viel zu genial, um irgendwo abschreiben zu müssen.«

Alec zuckte mit den Schultern. »Auch geniale Leute pfuschen hin und wieder. Aber egal, ich habe mir überlegt …« Er erhob sich halb, um etwas hinten aus seiner Hosentasche zu holen.

Mit einem lässigen Blick über die Schulter streckte er seine hohle Hand knapp unterhalb der Tischplatte. »Lust auf eine kleine Zwischenmahlzeit?«

Einen Augenblick lang blinzelte ich verständnislos. Insgesamt waren es wohl fünfzig Pilze mit langen, dürren Stielen, spitzen cremefarbenen Hüten und fransigen schwarzen Lamellen.

»Pilze – du Genie!«, hauchte Georgie. Als sie den Blick hob, strahlte sie boshaft. »Aber wo … hier?«

Alec ließ die Hand mit einem Lachen in den Augen zuschnappen. »Warum nicht?«

Bislang bestanden meine Erfahrungen mit Drogen aus:

- Einem Dutzend – vielleicht zwei Dutzend – Joints hinter dem Sandcastle mit meinem Bruder Freddie.
- Einer superteuren Line aus weißem Pulver in einem Pub in West London, die nach dem Kribbeln in meinen Nasenlöchern, dem grauenhaften Kopfweh im Anschluss und dem fehlenden Rausch wohl größtenteils aus Waschpulver oder Muttermilchersatz bestanden hatte.

- Einer »Kräuter«-Ecstasypille auf einem Musikfestival, die nach Silofutter schmeckte und vielleicht oder vielleicht auch nicht den Rausch steigerte, den ich mir mit mehreren Dosen Cider angetrunken hatte.

Die Vorstellung von Aufputsch- und Beruhigungsmitteln machte mir keine Angst. Vor Halluzinogenen hatte ich deutlich mehr Respekt, vor allem wegen eines Rattenschwanzes von Geschichten über meinen Cousin Tom, der in seinem Auszeitjahr eine LSD-Kapsel eingeworfen und dann sechs Monate in der Psychiatrie verbracht hatte, wo er nur Babynahrung zu sich nehmen durfte. Pilze dagegen waren *Pflanzen.* Was konnten Pflanzen einem schon tun?

Als Georgie und Alec zum Ufer gingen, um sie zu zählen, sah Nick mich an. Ein paar schwarze Strähnen hingen ihm ins Gesicht. Ich fand seine Züge echt klassisch, die lange, gerade Nase und die vollen, symmetrischen Lippen.

»Was denkst du?«, fragte er. »Lustig? Schreckliche Idee?«

»Schätzungsweise beides.«

Am Ufer steckten Alec und Georgie die Köpfe zusammen und ihr glückliches Lachen wehte zu uns herüber.

»Georgie ist toll«, sagte Nick. »Viel tiefgründiger als man auf den ersten Blick meinen würde. In der Uni wirkt sie irgendwie … schnippisch. Aber sie hat echt mehr drauf, oder?«

»Ja.« Ich strich über eine Kerbe im Tisch. »Und was hältst du von Alec? Er ist ganz schön in sie verliebt, nicht wahr?« Ich verspürte den unwiderstehlichen Drang, über die beiden zu reden, wie wenn man frischen Schorf von einer Wunde kratzt.

»Alec? Total interessant. Als ich den Leichenwagen gesehen habe, war mir nicht ganz wohl zumute, aber er ist echt der Knaller. Diese Geschichte über das Massaker in der Mine, diese Risiken, die er für seinen Job auf sich nimmt …« Nick verstummte. Auch sein Lächeln war wunderschön, dachte ich, seine Zähne sehr weiß. »Tja, ich bin nur ein Spinner, der Steine mag. Wenn man dann so einen Helden aus dem echten Leben trifft … Ah, wie's scheint, bist du als Nächste dran.«

Er warf einen Blick über meine Schulter auf Georgie, die ohne Alec zu uns zurückkam. »Sicher, dass du das willst?«, fragte Nick und kickte eine Kastanie vom Rasen. »Wir können auch einfach weiter Wein trinken.«

Ich zögerte. Einen Augenblick lang dachte ich an Tom und die Babynahrung. Vielleicht wollte ich verdrängen, wie gut Georgie und Alec sich verstanden – Zurückweisung und Rebellion sind gute Bettgenossen. Vielleicht lag es an der Sonne und dem Wein und dem Gefühl, dass zwischen uns vieren etwas erblühte –, jedenfalls war der Geist des Aufruhrs in mir gesät. Ich holte tief Luft.

»Wenn du auf mich aufpasst, achte ich auch auf dich.«

In Nicks Augen stand ein Lächeln. »Du hast recht. Los, zusammen können wir uns zum Narren machen.«

»Alles okay?«, fragte Alec, als ich eine Handvoll Pilze mit einem guten Schluck Wein herunterspülte.

»Glaub schon«, antwortete ich gepresst.

Sobald ich mich neben ihn ans Flussufer gesetzt hatte, war es mit meiner nonchalanten Haltung vorbei gewesen. Wir waren zum ersten Mal seit der Party allein und ich war plötzlich in Alarmbereitschaft. Zum Glück konnte ich meine Nervosität auf etwas anderes schieben.

»Wo hast du die her?«, fragte ich, kaute noch ein paar und trank einen Schluck Wein. Georgie hatte recht, als sie vorhin meinte, die Pilze schmeckten, als hätte jemand aus Kleingeld

Marshmallows gemacht. Wie ich von hier sehen konnte, hatte sie Nick drüben am Tisch seine Pilze gegeben, die er sich mit einer Grimasse reinzog.

»Von einem Feld in der Nähe meiner Tante«, antwortete Alec. »Heute Morgen war ich joggen und habe im hohen Gras ein paar von ihnen entdeckt. Als ich nachsah, wuchsen sie dort zu Hunderten. Meine Tante Zanny macht wundervolles Rührei und ich schlug vor, sie mit Knoblauch und Chili dazu zu braten. Wir haben ein Ritual: morgens ein kaltes Bad im Meer und dann ein warmes Frühstück. Für jemanden, der so groß ist wie ein Pfefferstreuer, ist sie unglaublich zäh.« Er lächelte. »Aber sie ist auch eine merkwürdige Mischung. Total bekloppt, dabei hochmoralisch. Ich war mir echt nicht sicher, ob sie die Pilze alle selbst essen oder die Polizei rufen würde.«

»Du wusstest also, dass es Zauberpilze sind?«

Er lachte. »Du hörst dich wie ein kleines Mädchen an, das mehr über Elfen hören möchte. Ja, das wusste ich. Obwohl es in Südafrika nicht viele gibt, außer denen, die heimlich gezüchtet werden. Aber mein Bruder hat früher viel Khat gekaut. Davon kommt man nicht so drauf, aber es reicht.«

Alec ließ einen Stein flitschen, der beim Untergehen kleine konzentrische Wellen verursachte.

»Und, steht ihr euch nahe – du und dein Bruder?«

»Nahe ist ein komisches Wort. Man kann sich nahestehen, ohne sich zu mögen.«

»Tss, bist du der Frage gerade ausgewichen?«

Alec seufzte. »Na gut, er heißt Basti, und nein, wir mögen uns nicht besonders. Ich habe auch noch eine Schwester, die ist viel netter.«

Ich schaute auf den Fluss hinaus und bemühte mich, ganz stillzuhalten. Diesen Trick hatte ich dank meiner großen Familie gelernt, wo alle viel reden, ohne wirklich etwas zu sagen. Wenn jemand sich dir anvertraut, bohre nicht, sieh ihn nicht einmal an. Mach dich so klein wie möglich. Wie wilde Tiere, die sich aus der Deckung wagen, schleicht sich ihre Seele schließlich ein wenig näher an deine heran.

»Meine Eltern haben jahrelang vergeblich versucht, Kinder zu bekommen«, sagte Alec nach einer Weile. »Irgendwann haben sie aufgegeben und wollten welche adoptieren. Als meine Mutter vierzig wurde, bekamen sie Basti zugesprochen, der damals zweieinhalb war. Er war ein Crackbaby, so bezeichneten sie ihn jedenfalls. Seine süchtigen Eltern hatten ihn verwahrlosen lassen. Am Ende ließen sie ihn stundenlang allein zu Hause und er musste in Mülltonnen nach Essen suchen.«

»Und was ist mit dir?«, fragte ich und versuchte, meinen Schreck zu verbergen. »Kommst du aus derselben Familie?« Vielleicht liegt es daran, dachte ich. Diese aufgeladene Atmosphäre um ihn herum, wie ein Spannungsfeld. Überleben.

Er schüttelte den Kopf. »Zwei Jahre nach Bastis Adoption geschah das Unmögliche. Meine Mutter wurde schwanger.«

»Mit dir?«

»Ja. Und ein paar Jahre später kam noch meine Schwester.«

Wir schwiegen. Mein Atem klang zu schnell und ich versuchte, ihn zu verlangsamen.

»Spürst du etwas?«, fragte er mit einem Mal, beugte sich vor und sah mich eindringlich an.

»Ob ich etwas spüre?« Es schnürte mir weiter die Brust zu. Eigentlich dachte ich, ich hätte es gut verborgen, doch anscheinend war es offensichtlich.

»Von den Pilzen.«

»Oh.« Ich hätte mich schlagen können. »Nein. Also, noch nicht.«

»Es dauert ein bisschen.« Alec sah auf die Uhr und weiter zu Nick und Georgie, die Grashalme von ihren Jeans klopften, als wollten sie gleich aufstehen. Ich merkte, wie sehr ich wollte, dass Alec hier bei mir am Ufer in der Sonne blieb, ohne die anderen.

»Für deinen Bruder war das sicher schwer«, sagte ich.

Alec wandte sich mit zusammengekniffenen Augen wieder mir zu. »Wieso sagst du das?«

»Na ja, du warst das Wunderwunschkind. Und du bist …« Beinahe hätte ich »umwerfend und klug« gesagt. »Also, wahrscheinlich hatte er das Gefühl, sie würden dich vorziehen.«

Auf einmal strahlte Alecs Gesicht erhöhte Wachsamkeit aus. Ich hatte keine Ahnung, was er dachte, und wusste nur, dass ich erneut seine volle Aufmerksamkeit hatte.

»Kann sein«, sagte er. »Aber das erklärt noch lange nicht, warum er so ein Arschloch ist.«

Ich zog die Augenbrauen hoch, sagte aber nichts.

»Schwer zu erklären. Er nimmt es mit der Wahrheit nicht so genau.« Alec hielt inne und schnipste ein Rasenstück in den Fluss. »Beim ersten Mal war ich noch sehr klein. Fünf, glaube ich. Wir waren im Schlafzimmer unserer Eltern in Jo'burg.«

»Hey!« Wir drehten uns zu Georgies Stimme um, die mit Nick im Gefolge auf uns zukam. »Was flüstert ihr denn da?« Sie setzte sich neben uns ins Gras und senkte die Stimme. »Merkt ihr was?«

Ich wollte gerade den Kopf schütteln, als mir auffiel, dass die Wasseroberfläche, die ich als helles, eher schmutziges Braun eingestuft hatte, zu glitzern begann, als wäre sie aus gehämmerter Bronze. Während ich die Struktur bewunderte, begriff ich, dass der Schimmer im Grunde rhythmisch und bedacht war. Der Fluss hatte angefangen zu atmen – langsam und schwer wie im Tiefschlaf.

»Er ist lebendig«, flüsterte ich mehr zu mir selbst.

»Unbedingt«, sagte Nick mit einem Nicken und zeigte flussaufwärts. »Seht ihr die geschwungenen Biegungen entlang des Ufers? Wir Steinnerds nennen das *Meandern.* Wenn Wasser fließt, bewegt es sich am äußeren Rand etwas schneller als am inneren. Auf diese Weise entsteht die S-Form. Nichts liebe ich mehr, als einem Fluss zuzusehen – es ist einer der wenigen Orte, wo man sieht, wie sich Zeit in eine Landschaft frisst. Die Vergangenheit fließt in die Zukunft.«

Wir blickten alle aufs Wasser hinaus. Die Ränder des Flusses schienen zu pulsieren.

»Die Vergangenheit fließt in die Zukunft«, wiederholte Georgie und sah mich an. »Der Typ ist ein Genie.«

Ich nickte, in erster Linie, um mich meines Körpers zu vergewissern. Meine Glieder verschmolzen allmählich mit dem Ufer und meine Sinne wurden wie an einem Gummiband aus meinem Körper geschleudert. Da der Boden unter mir zum Wasser zu rutschen schien, krabbelte ich rückwärts. »Ich glaube, wir sollten uns alle weiter oben hinsetzen«, sagte ich rasch.

»Keine Angst«, sagte Alec und legte eine Hand auf meinen Arm. »Die Wirkung setzt ein, daran musst du dich erst gewöhnen.«

Obwohl er seine Hand wieder wegnahm, sah ich ihren Abdruck noch auf meinem Arm und weiter, wie er sie zurückzog, als hätte mein Gehirn in rascher Folge Tausende von Fotos aufgenommen.

»Die Vergangenheit fließt in die Zukunft«, sagte Georgie noch einmal ehrfürchtig. »Wir sind alle Flüsse, die das Meer suchen ...« Sie paffte wie verrückt und steckte sich am glühenden Ende einer Kippe die nächste an.

»Würden Sie die Zigarette bitte in Windrichtung halten?«

Wir schauten schuldbewusst hoch. Der Mann mit dem gestreiften Hemd und der militärischen Haltung ragte über uns auf und strahlte den beklommenen Wagemut eines Angehörigen der Mittelschicht aus, der sich zu einer Auseinandersetzung hochputscht. Statt das Wort »hochschwanger« tatsächlich auszusprechen, blickte er betont über die Schulter zu seiner Frau zurück, die ihre Hände auf ihren dicken Bauch gelegt hatte, als wollte sie Werbung für ein Darlehen machen.

Georgie zuckte unbekümmert mit den Schultern. »Meine Mutter hat wie ein Krematorium geraucht, als sie mit mir schwanger war. Asche über mein Babyhaupt. Ihre Jungen sind sehr schön«, fügte sie hinzu, nahm einen Zug und machte keinerlei Anstalten, die Zigarette auszudrücken. »Sie sehen wie Engel mit Heiligenscheinen aus.«

Die beiden Jungen sahen uns an, die Münder identisch zu einem O aufgerissen, so aufregend fanden sie die Szene. Ich musste kichern. Georgie hatte recht. Ihr blondes Haar glänzte wie gesponnenes Weißgold und schien Strahlen auszusenden.

»Hört mal zu«, sagte der Mann unbehaglich. »Ich habe persönlich nichts gegen eine Party, aber das ist ein Ort für Familien.«

»Echt?«, fragte Georgie gedehnt. »Ich dachte, hier wird Alkohol ausgeschenkt. Chronisches Trinken ist das wahre Problem, wissen Sie?« Sie warf einen Blick auf die leeren Pint-Gläser auf seinem Tisch. »Achten Sie darauf. Es schleicht sich heimlich an und auf einmal verlieren Sie die Geduld mit den Jungs und schlagen Ihre Frau ...«

»Zeit für einen Spaziergang«, unterbrach Alec sie entschlossen. Er stand auf und zog Georgie halb am Ellbogen hoch. »Komm, wir sehen uns mal die Hühner an.« Er bugsierte sie in Richtung Hühnerstall.

Als ich einen Blick zurück auf den Mann im gestreiften Hemd warf, tat er mir plötzlich leid. Mit einem Mal verstand ich alles. Sein enger Kragen strangulierte ihn förmlich. »Vielleicht sollten Sie den oberen Knopf aufmachen …«

»Jess«, mischte Nick sich rasch ein. »Hühner?«

Alec setzte sich auf einen Baumstumpf und drehte sich eine weitere Zigarette, während ich mich mit Georgie vor den Drahtzaun setzte, fasziniert von dem Hahn, der rechts und links hackend durch das Gehege lief. Sein fleischiger roter Kamm schwabbelte über den Knopfaugen. Drei Hennen pickten in der Erde.

»Seht euch den Hahn an«, sagte Georgie bewundernd. »Der hat alles im Griff.« Gefühlte Stunden lang folgten wir ihm, während er langsam durch den Auslauf ruckte.

»Wasser. Wir brauchen alle Wasser«, sagte Alec schließlich und stand auf. Er blickte nach unten. »Ihr solltet auch lieber aus der Sonne gehen.« Als er den Handrücken kurz an meine heiße Wange legte, begann mein Herz wie wild zu schlagen. »Bei deiner hellen Haut holst du dir noch einen Sonnenbrand«, sagte er sanft. »Wie wäre es, wenn du dich unter die Bäume setzt?«

Georgie warf mir einen durchtriebenen Blick zu, als er fortging. »Ist dir heiß oder bist du nur rot geworden?«

Ich blinzelte bestürzt. Meine Gedanken setzten aus.

Dann kam sie plötzlich mit leuchtenden Augen auf die Knie. »Kommt, wir gehen schwimmen.«

»Was?«

»Wir gehen schwimmen.« Bevor ich reagieren konnte, rannte sie bereits hinter die Blutbuche. Kichernd lief ich ihr nach. Nick rief meinen Namen, doch da Georgie sich bereits aus ihrem Rock schälte, folgte er uns nicht.

Das dunkelrote Blätterdach sah so üppig aus, dass ich mich am liebsten daruntergelegt und es einfach nur betrachtet hätte.

»Du kannst dich hier nicht ausziehen«, flüsterte ich und blickte verstohlen hinter dem Baum hervor. Im Biergarten waren viele Tische nicht mehr besetzt und auch die Familie mit den beiden Jungen war gegangen, doch einige Gäste saßen immer noch beim Mittagessen. »Und schwimmen kannst du auch nicht. Du halluzinierst doch.« Ich schaute mich ein wenig verzweifelt nach Alec um, doch er war nirgends zu sehen. »Was hast du vor, willst du in den Fluss springen?«

Als Georgie den BH-Verschluss aufschnappen ließ, starrte ich hilflos auf ihre großen Brüste mit den aufwärtszeigenden braunen Nippeln. Sie zog auch ihre Unterhose aus. Ein schmaler Streifen hellbrauner Haare in der Mitte.

»Der Fluss ist die Zeit«, sang Georgie hysterisch kichernd und rannte vom Baum zum Wasser. Dabei schrie sie »Aufwachen, aufwachen!«, während sie an den Tischen vorbeilief. Ich schlug die Hand vor den Mund, um mein Lachen zu unterdrücken, und lief zum Ufer, gerade rechtzeitig, um Georgie hineinspringen zu sehen. Die Wasserfontäne löste sich in einen Perlenregen auf. Nick stand neben mir.

»Oh Shit«, sagte er mit einem Unterton der Bewunderung. »Hoffentlich kann sie schwimmen.«

»Es ist fantastisch«, kreischte Georgie. »Wie in Seide.« Dann tauchte ihr nasses blondes Haar wieder unter und ich hörte eine vornehme Stimme an einem der Tische leicht angewidert sagen: »Sie wird sich ertränken«, doch im nächsten Moment war Alec bei uns, schlüpfte aus seinen Schuhen und watete in den Fluss, um sie herauszuholen.

»Komm her, du Spinnerin.« Nach wenigen Schritten war er bei ihr, legte die Arme um sie, strich ihr sanft das Haar aus dem Gesicht und lächelte sie an. »Du unfassbare Spinnerin.«

Danach verschwimmt meine Erinnerung ein wenig. Möglicherweise hatte sich der Mann mit dem gestreiften Hemd beim Wirt beschwert, denn ich glaube mich zu erinnern, dass genau in dem Moment, in dem Alec Georgie aus dem Wasser zog, zwei Polizisten im Garten auftauchten: Ein Mann mit Hängebacken und eine Frau mit einem männlichen Haarschnitt, die missbilligend den Mund verzog. Die Frau warf eine graue Decke über Georgie, während der Mann die Tüte mit den Pilzen aus ihrer Handtasche zog und grimmig meinte: »So, Sie dürfen alle mit auf die Wache kommen.« Das klang dermaßen wie aus einem Film, dass wir uns erneut vor Lachen krümmten.

Was danach kam, war weniger lustig. Ich kann mich vage an ein summendes Geräusch auf der Wache erinnern – und daran, dass ich ein Formular ausfüllen sollte. Doch die Schrift kroch über die ganze Seite und ich brauchte Stunden, um auch nur meinen Namen zu schreiben. Anschließend hielt der Polizist, der die Pilze gefunden hatte, eine Predigt in einem kleinen, grell beleuchteten Büro, doch seine Hängebacken verschmolzen beim Reden mit seinem weißen Kragen. Ich musste wieder lachen, aber diesmal hätte ich beinahe angefangen zu heulen.

Sie ließen uns mit einem blauen Auge und einer Ermahnung davonkommen. Meiner Meinung lag es hauptsächlich daran, dass Alec das Reden übernommen hatte. Keine Ahnung, wie er vollkommen nüchtern auftreten konnte, doch ich hörte, wie er den Polizisten mit ruhiger Stimme etwas von »schwierigen Zeiten« und einem »Todesfall in der Familie« erzählte. Im nächsten Moment standen wir wieder auf der Straße. Es war Abend geworden und ein graues Licht hatte sich um die Gebäude gelegt, das ihre Ecken und Kanten weicher erscheinen ließ.

»Alle einigermaßen okay?«, fragte Alec, zündete sein Feuerzeug und inhalierte den Rauch seiner Zigarette.

Nick und Georgie wirkten genauso mitgenommen und leicht verblüfft, wie ich mich fühlte. Wir nickten stumm. Dann bekam Georgie einen Lachanfall und Alec musste sie im Polizeigriff um die nächste Ecke bringen, außer Sichtweite der Wache.

»War das lustig«, keuchte sie und wischte sich die Augen, »so lustig. Wohin gehen wir jetzt?«

Alec lachte. »Dir kann man so schnell keine Angst einjagen, was?«

Er warf das Feuerzeug hoch und fing es wieder auf, einmal, zweimal. Ich sah zu, wie es durch die Luft flog und Spuren hinterließ, beim zweiten Mal allerdings schwächere. *Er ist immer in Bewegung,* dachte ich. *Er bewegt sich die ganze Zeit, als hätte er so viel Energie gespeichert, dass sie raus muss. Das will ich auch.*

Ich sah ihn an und sah das Licht des Lebens.

Es gibt Leute, die für weniger töten.

Ein paar Tage später gingen wir zu viert etwas trinken – diesmal in einer Tequilabar, wo eine Barkeeperin von einem zum anderen ging und Salz auf den Handrücken streute, bevor man den Shot auf Ex trank. Schließlich landeten wir wieder an der Uni und hörten berauscht und begeistert Musik in einem leeren Aufenthaltsraum. Irgendwann verschwand Alec mit Georgie.

Ich lag auf dem Sofa, lehnte an Nicks Brust und blickte zur Decke, während ich den Lyrics eines Songs lauschte, den er mir vorspielte.

»Ich habe noch nie solche Freunde gehabt – du?«, fragte ich. »Zu Hause, meine ich. In meiner Schule gab es viele, die ich *mochte.*«

»Aber nicht annähernd so wie uns«, sagte Nick mit einem Lächeln in der Stimme. »Wie dein Dienstagsclub, aber rund um die Uhr geöffnet.«

»Mit besseren Geschichten. Echten.«

Wir verfielen in Schweigen, hörten Musik, bis ich plötzlich hörte, wie Nicks Atem schneller ging und es heiß durch meinen Körper wogte. Im nächsten Moment küsste er mich, sein Atem warm an meinem Hals, und seine Lippen schmeckten nach Salz und Tequila.

Ungefähr eine Stunde später waren wir in meinem Zimmer und er holte ein Kondom aus seiner Brieftasche. In seiner Konzentration hatte er die dichten Augenbrauen zusammengezogen, als er sich an dem Abreißstreifen zu schaffen machte. Ich verdrängte den Gedanken an Georgie und Alec zwei Türen weiter, ihre verschlungenen Körper, ihrer hell unter seinem. Ich versuchte nicht an seine Hände zu denken, mit denen er ihre langen Beine um sich schlang, die Strähne auf seiner Stirn, die mittlerweile sicher schweißnass war.

12

Im November hatten wir vergessen, wie es sich anfühlte, wenn einem warm war. Morgens war der Campus vom Nebel meist wollartig verhüllt und wir hatten das Gefühl, so gerade mit dem Mittagessen fertig zu werden, bevor der Abend begann. Ich ging immer noch joggen, aber meine Ohren pochten schmerzhaft, und ich musste mitten am Tag in mein Zimmer zurückkehren, um heiß zu duschen. Nick schenkte mir fingerlose Handschuhe, schwarz und weich, die ihn sicherlich ein Vermögen gekostet hatten und die ich zum Lesen in der Bibliothek anbehielt, während ich mich darüber wunderte, wer um Himmels willen so blöd gewesen war, die Heizkörper unter den Fenstern anzubringen.

In diesem Trimester waren wir vier fast die ganze Zeit zusammen und Georgie und ich sonderten uns von unseren Kommilitonen ab, um Ausflüge mit dem Leichenwagen zu unternehmen.

Die meisten Anregungen kamen von Alec. Am Holkham Estate parkten wir an dem breiten, naturbelassenen Strand und wanderten über die Salzwiesen mit ihrem Schleier aus lila Strandflieder auf dem Anwesen. An einem anderen Tag fuhren wir durch das öde Heidegebiet, das »The Brecks« genannt wird, und weiter ins Herz des Thetford Forest, während die Flaschen mit Suffolk-Cider in einer Kühltasche im Kofferraum klirrten. Dorthin fuhren wir noch ein paar Mal und picknickten umgeben von riesigen Pinien auf dem Dach des Leichenwagens.

An diese Momente kann ich mich am besten erinnern: als Georgie so sehr lachte, dass ihr der Wodka aus der Nase lief; als ich mich von Nicks warmen Armen umschlingen ließ und mir schmerzhaft bewusst war, dass Alecs Hand neben meinem Bein lag (wieso so nah, wusste er, wie nah ich war?), während der Sonnenschein durch die Bäume schimmerte und Schatten wie gewaltige Gefängnisgitterstäbe über das Farnkraut warf. Und wie wir auf der Rückfahrt – Alec gerade nüchtern genug am Lenkrad – so laut mitsangen, dass wir die Musik aus der Anlage übertönten und Rehe verscheuchten, die erstaunt stehen geblieben waren, um den Leichenwagen vorbeifahren zu sehen, bevor sie in den Wald zurücksprangen.

Um diese Zeit, als der Farn rotbraune Spitzen bekam und die Tage kürzer wurden, bestellte Lorna mich in ihr Haus.

Die E-Mail war so schroff verfasst (*Jess, kommen Sie zu mir nach Hause. Morgen, 15 Uhr* – dann nur noch die Adresse, kein Grußwort mehr), dass ich sofort das schreckliche Gefühl hatte, es hätte mit einem der ersten Essays zu tun, die ich abgegeben hatte. Diesen Essay hatte sie – wie mir schien demonstrativ – nie zurückgegeben. Es ging um Christie und Giftsorten, und ich hatte mich in den Tagen nach unserer Beinahe-Festnahme damit abgemüht, während ich selbst Toxine ausschwitzte (»Ironie des Schicksals«, hatte Georgie lachend gesagt).

Mittlerweile hatte ich fünf Kurse bei Lorna gehabt und drei Vorlesungen von ihr gehört, darunter »Miss Marples Rache – Feminismus im Rosengarten«, zu der auch Alec und Nick gekommen waren. Danach hatten wir zu viert in der Bar gesessen und ausführlich darüber diskutiert, woraus ihr süchtig machendes Charisma bestehen könnte. Ich führte die intellektuellen Höhenflüge an, die sie weitergab, und so aus uns erlösungsuchende, dauerqualmende, sich eifrig alles reinziehende Junkies machte.

Mit anderen Worten, ich himmelte sie an.

Auch außerhalb unserer Gruppe war sie berühmter, als ich bisher begriffen hatte. Wenn über sie gesprochen wurde, nannte man sie nur bei ihrem Vornamen und sie schürte Bewunderung, Misstrauen und Abneigung gleichermaßen.

Dr. Porter mit seiner Skinny Jeans gab in regelmäßigen Abständen bissige Kommentare zu seiner »Showbiz-Kollegin« ab. (Später erfuhr ich, dass sie für dieselbe, hochbegehrte akademische Auszeichnung nominiert waren. Porter glaubte, sie hätte gewonnen, weil der Juror für sie schwärmte, während Lorna es so auslegte, dass sein Schwärmen nur ein zusätzlicher, nicht der ausschlaggebende Grund war.) Obwohl sie unter ihren Englischstudierenden eine stabile Anhängerschaft hatte, wurden ihr zahlreiche Gerüchte angehängt, sobald sie über das Unigelände ging: *Schon gehört, dass Steady und Lorna heiraten wollen? Wusstest du, dass sie sich trennen? Lorna geht nach Harvard. Lorna wird zur nächsten Vizekanzlerin gewählt.*

Georgie und ich diskutierten bis zum Abwinken über Lorna: ihre trockenen Witze, die Bandbreite ihrer Outfits, die so gar nicht und doch so wundervoll zusammenpassten, oder ihre vernichtenden Abfuhren, wenn ihr auch nur der Hauch von Überheblichkeit unterkam. Es war ein Running Gag, wer von uns ihr Liebling war, doch nach einer Weile war er nicht mehr lustig, weil völlig klar war, wer das Rennen machte.

»Ach, Sie sind *diese* Duncan«, hatte Lorna entzückt gerufen, als Georgie zur zweiten Seminarstunde erschienen war. »Lindy und Robys Tochter. Also das ist eine super Geschichte …«

Georgie amüsierte sie am meisten, auch weil sie teilweise den gleichen Sinn für Humor hatten, den ich nie richtig verstand – harte Dinge auf eine gleichgültige, heitere Art zu sagen, die, wie ich erbittert von außen feststellte, offenbar schichtspezifisch war. Aus Gegenwehr trat ich im Kurs immer schlagkräftiger auf und gab aus heiterem Himmel Kommentare ab, die ich nicht richtig durchdacht hatte, die aber, wie ich wusste, in einer hochgezogenen Augenbraue gipfelten: *Interessante Idee, Jess, dranbleiben.*

Als ich also nun zu ihr nach Hause beordert wurde (Georgie war nur einmal in ihrem Büro in der Arche gewesen), weiß ich nicht, wer von uns beiden überraschter oder verzagter war. »Wahnsinn«, sagte Georgie und betrachtete die E-Mail einen Augenblick zu lang, »hoffen wir mal, dass sie dich nicht rauswirft.«

Die Kombination von Unsicherheit, Nervosität und schlechtem Gewissen, weil ich eine unzureichende Arbeit abgegeben hatte, führte dazu, dass ich an diesem kalten Herbsttag nicht voller Freude vor der orangefarbenen Tür zu Lornas Reihenhaus aus rotem Backstein stand. Im Gegenteil, ich war nervös, fühlte mich unwohl und kam mir wie die letzte Blenderin vor. Ich hatte Angst, nicht verstanden, und noch mehr Angst, verstanden zu werden.

Ich klingelte zum zweiten Mal und hüpfte vor Kälte von einem Bein aufs andere, als ich irgendwo zu meiner Linken ein Schloss klirren hörte. Dort schwang ruckelnd ein Seitentor auf, das ich vorher nicht gesehen hatte, und Professor Steadman steckte den Kopf heraus. Sein flaumiges graues Haar stand ab, als hätte er gerade kopfüber gehangen. »Tut mir leid«, sagte er mit einem freundlichen Lächeln. »Ich kann die Klingel hinten schlecht hören.«

Obwohl ich theoretisch wusste, dass Lorna und Steady ein

Paar waren, schockierte es mich doch ein wenig, ihn dort zu sehen. Erstens sah er ganz anders aus. An der Uni trug er immer das Gleiche, eine weite Kordhose, ein kariertes Hemd und eine Ledertasche an der Hüfte. Doch der Mann am Tor trug eine senffarbene Fleecejacke und Gummistiefel und seine Wangen waren von der Kälte gerötet, die Hände voller Erde. Die Tatsache, dass er mit Lorna zusammenlebte, erschien mir deshalb noch abwegiger – als würde ein Grizzlybär sich mit einem Flamingo zusammentun.

Als ich ihm den Grund meines Besuchs nannte, verschlossen sich seine Züge und noch etwas anderes zuckte über seine Miene. Ich wurde nicht schlau daraus. Doch dann setzte er erneut ein Lächeln auf.

»Lorna gibt gerade noch ein Telefoninterview. Was für Schuhe tragen Sie? Oh je, meine Liebe, passen Sie bloß auf, wo Sie hintreten. Hinten haben wir ein Schlammbad kombiniert mit einer Schlittschuhbahn.«

Er führte mich über einen schmalen Weg seitlich am Haus entlang und bewegte sich dabei auf eine penible Weise, wie es große Männer oft tun, offenbar um ihre Größe auszugleichen. »Hinten« bestand eher aus einem Patio als aus einem richtigen Garten. Es war ein kleiner, eingemauerter Hof mit einem Tisch und Stühlen und einem breiten langen Beet, in dem eine lange Harke steckte. Ich fragte den Professor, was er da machte.

»Ich grabe meine Dahlienknollen aus. Letzte Nacht hat es schrecklich gefroren und man muss sie aus der Erde holen, bevor sie zu hart wird. Das Problem ist, ich bin schon ein bisschen spät dran.« Er öffnete die Hintertür, zog die Stiefel aus und blies energisch in seine Hände. »Kommen Sie rein und trinken Sie eine Tasse Tee mit mir. Sie sehen ganz verfroren aus«, sagte er fröhlich und wehrte meinen Protest ab, ich würde ihn bei der Arbeit stören. »Unsinn! Ein guter Anlass für eine Pause.«

Lornas Küche war enttäuschend normal und bestand aus einem kleinen, rechteckigen Holztisch, einer Kochinsel mit hängenden Töpfen und sogar einem Becherbaum, wie wir ihn neben dem AGA-Herd in Milton View hatten.

Ich ertappte mich dabei, wie ich mir auf der Suche nach ihrem Flair und ihrer Originalität jedes Detail genau anschaute, während Steady Wasser aufsetzte und die Becher mit Teebeuteln bestückte. (Ein Philosophieprofessor machte mir Tee! Und gab Milch dazu! Bot mir Zucker an!) Er schüttelte ein paar Ingwernusskekse auf einen Teller.

»Bilde ich mir das ein oder waren Sie bei einer meiner Vorlesungen? Oh, gut, wirklich? Ich hätte nie gedacht, dass jemand freiwillig käme, geschweige denn gern ... Nein, nein, sagen Sie Hugh zu mir. Oder ›Steady‹, wie mich meine Studierenden offenbar nennen. Bloß nicht ›Professor‹, dann fühle ich mich schrecklich alt. So«, sagte er und bot mir ein Plätzchen an, »erzählen Sie mir etwas über sich selbst. Nein, nicht über ihr Studium. Über *Sie.*«

Es fühlte sich wie eine Unterhaltung mit der Mutter der besten Freundin an. Er war so warmherzig und interessiert, dass ich bald vergaß, wie sonderbar es war, dass Lorna ihn erwählt hatte, oder dass es mein Vorstellungsvermögen überstieg, wie sie im Bett sein könnten. Irgendwann gegen Ende meines zweiten Ingwerkekses schwang die Küchentür auf und Steady drehte sich auf seinem Küchenstuhl herum.

»Ich habe euer Treffen an mich gerissen«, sagte er, als Lorna in hochtaillierten Jeans mit Schlag aus den Siebzigern hereinkam, die wirklich nur sie tragen konnte. »Jess meinte, du hättest sie gebeten, vorbeizukommen«, sagte er mit einem Hauch von Anspannung. Dann lächelte er. »Ich verstehe auch, warum. Deine Studierenden sind viel netter als meine. Muss wohl daran liegen, dass ich Philosophie unterrichte. Wir sind eben pompöse Korinthenkacker.«

Lorna lehnte sich auf den Stuhl neben meinem. »Tut mir leid«, sagte sie, aß einen halben Keks und legte das angebissene Stück zurück auf den Teller. »Mein bescheuerter Verlag hat den Titel meines neuen Buches veröffentlicht, ohne mich zu fragen. Was bedeutet, dass ich Interviews zu einem Buch gebe, das erst halb fertig ist.«

»Was dich zu einer Betrügerin macht«, sagte Hugh und reichte ihr einen Becher Tee.

»Wie du längst weißt«, konterte sie und pustete auf den Tee, bevor sie einen Schluck trank.

Als sie sich umdrehte und mich anwies, ihr zu folgen, sah er ihr mit einem vertraulichen Lächeln nach, das mich denken ließ: *Ach, so sehen also verliebte Erwachsene aus.*

Ich ging mit Lorna nach oben in ein kleines Zimmer im rückwärtigen Teil des Hauses. Ihr Arbeitszimmer überraschte mich. Bisher war ich noch nicht in ihrem Büro gewesen, doch ich war einmal daran vorbeigekommen, als gerade ein Student hineinging, und hatte angesichts ihres unordentlichen Schreibtisches gestaunt. Da lagen ein Meer von Büchern und schiefe Manuskriptstapel und an der Pinnwand hafteten tausend Flyer übereinander. Dagegen war dies die reinste Klosterzelle. Nackte weiße Wände, ein Fenster, das auf den Garten hinausging. Auf einem ansonsten leeren Schreibtisch stand ein schmaler Laptop.

Das einzige Bild war ein überraschend klischeehaftes Farbfoto, auf dem eine Welle gegen eine zerklüftete Felswand schlug. Wäre es nicht zu groß gewesen, hätte es auch eine Urlaubspostkarte sein können, die jemand spontan von einem Drehständer im Souvenirshop genommen hatte.

»Ich entschuldige mich für die Stühle«, sagte Lorna, setzte sich auf einen und zog die Waden an wie eine Katze. »Man kann sich besser konzentrieren, wenn es nicht zu bequem ist, finde ich.«

Ich setzte mich vorsichtig und wusste vor Nervosität nicht wohin mit meinen Händen. Ich verschränkte sie, ließ sie hängen, verschränkte sie erneut.

Lorna sah mir dabei zu. »Also, Jess Walker. Wussten Sie, dass ich Ihre Betreuerin bin?«

Ich schüttelte erstaunt den Kopf.

»Ich auch nicht«, sagte sie lebhaft. »Ein schreckliches Wort, das ich möglichst ignoriere.« Sie zog die oberste Schreibtischschublade auf und holte einen kleinen Stapel bedruckter Papiere heraus, die sie unter leisem Murren ordnete. »Aber in Ihrem Fall bin ich doch neugierig geworden.« Sie hielt mir den Stapel hin. »Was ist hier genau passiert?«

Es dauerte einen Moment, bis ich begriff, dass es nicht nur ein Essay war, sondern zwei. Die schlampige Arbeit, die ich nach der Nummer im Half Hitch geschrieben hatte, lag unter der Kopie des Essays, den ich ganz am Anfang abgegeben hatte und den Lorna nur mit einem Haken versehen zurückgegeben hatte. Zu dem Zeitpunkt hatte es mich verwirrt, dass es nicht mehr Feedback gab, doch nach einigen Erkundigungen erfuhr ich von anderen, die bei ihr studierten, das wäre nicht so ungewöhnlich. Essays verschwanden wochenlang und tauchten dann in Paketen von zwei oder drei oder auch nie wieder auf (obwohl sie sie anscheinend auswendig kannte, wenn sie einen zu sich zitierte).

Ich nahm die Blätter wie eine scharfe Granate entgegen. »Welchen meinen Sie?«

Lorna legte den Kopf schief. »Was glauben Sie wohl?«

Mit brennenden Wangen blätterte ich in dem ersten. »Es tut mir leid, ich stand neben mir, als ich das geschrieben habe.«

»Darum geht es mir nicht.«

Überrascht hob ich den Blick. Diese Neuigkeit war auf ihre Weise noch viel schlimmer. Mit dem ersten Essay, den ich – entbrannt nach dem ersten Seminar bei Lorna – in nur wenigen Stunden geschrieben hatte, war ich sehr zufrieden gewesen, ja, ich hatte mir richtig etwas darauf eingebildet.

Wenn ihr der nicht gefallen hatte, steckte ich wirklich in der Klemme.

Sie schüttelte den Kopf, als hätte ich diesen Satz laut gesagt. »Nein ... was ich meine, ist, was ist *zwischen* diesen beiden Essays geschehen? Der erste ist grandios. Sie haben zwar die Frage nicht ganz beantwortet, aber er war auf seine Weise ausgezeichnet. Vielleicht, *weil* Sie weniger auf die Frage eingegangen sind.« Mit einem verhaltenen Lächeln fügte sie hinzu: »Was Sie über Christies Fähigkeit, ›den Leser zu lesen‹, geschrieben haben, hat mich wirklich in tiefes Nachdenken versetzt.« Ich wartete. Da kam doch sicher noch mehr, aber sie verweilte mit einem leichten Stirnrunzeln bei diesem letzten Wort. »Und dann der nächste, über Giftstoffe. Umständlich. Behäbig. Ohne einen Funken Fantasie. Ich will nicht drum herumreden, der war echt scheiße. Also, was ist zwischendurch passiert?«

Meine Gedanken produzierten ein Bild von Alec, wie er sich im Half Hitch zu mir heruntergebeugt und meine Wange gestreift hatte – *du holst dir noch einen Sonnenbrand.*

»Ich stand neben mir«, murmelte ich noch einmal.

»Das ist mir zu vage«, erwiderte Lorna munter. »Sie sagen mir jetzt lieber, dass es Ihnen nicht gut ging oder dass Sie einen Kater hatten. Wenn ich mir diese beiden Arbeiten ansehe, die eine frisch, die andere lahm, und so wie Sie sich in den Seminaren geben, manchmal putzmunter, dann wieder irgendwie weggetreten – so sieht es zumindest aus –, frage ich mich … Geht es Ihnen gut? Wieso sind Sie mal anwesend und mal nicht? Hat Ihnen jemand das Herz gebrochen?«

Offenbar sah sie mir an, wie perplex ich war, denn nun lachte sie laut. »Machen Sie sich nichts daraus, ich bin schrecklich neugierig. Hugh hält mir ständig Vorträge über Grenzen. Aber wie langweilig ist es, so zu leben, finden Sie nicht? Als würden wir alle gemeinsam eine gigantische Partie Kricket spielen. Ich tendiere jedenfalls zu der Ansicht, dass die Magie im Leben außerhalb dieser eingefahrenen Gleise stattfindet.«

Als ich sie ansah, rotgolden zusammengerollt in einem winterlichen Sonnenstrahl, hatte ich das dringende Bedürfnis, ihr das gesamte katastrophale Dilemma zu schildern. Meine Gefühle für Nick, warm, real, aber überschattet davon, dass ich mich zu Alec hingezogen fühlte. Meine Liebe zu Georgie, behaftet mit schlechtem Gewissen. Und das Schlimmste (und Beste), meine schleichende Hoffnung, dass Alec auch etwas für mich empfand, eine Ahnung, die im Seminarraum keinen Bestand hätte, geschweige denn vor Gericht, genährt von wenigen hingeworfenen Worten, einer Berührung am Arm, einem Blick, der zu lang gehalten wurde.

Als ich den Mund öffnete, produzierte ich ein ersticktes Geräusch und schloss ihn wieder. Lorna sah aus dem Fenster. Im Garten ackerte Hugh weiter. Neben ihm war ein kleiner Erdhaufen, als würde er ein Grab ausheben. Das geschlossene

Fenster hielt die Geräusche ab wie ein stummgeschalteter Fernseher.

»Sie waren im Seminar über Agathas Verschwinden so interessant«, sagte Lorna nachdenklich. »Ich möchte, dass Sie weiter darüber nachdenken. Vielleicht behalten Sie das Thema für Ihre Abschlussarbeit im Auge.«

Ich blinzelte, verwirrt von diesem Kurswechsel, unsicher, ob ich enttäuscht sein oder mich geschmeichelt fühlen sollte. Hatte sie nicht eben noch nach meinem gebrochenen Herzen gefragt?

»Über das Verschwinden?«

»Ja, über die Hintergründe. Warum hat sich Agatha zum Beispiel im Hotel mit dem Namen der Geliebten ihres Mannes eingetragen?«

»Weil ... sie einen wunden Punkt betonen wollte.«

Lorna lächelte. »Einen Punkt. Ja, aber welchen? Vielleicht den dritten Punkt.«

Ich runzelte die Stirn. »Das verstehe ich nicht.«

»Das Dreiecksverhältnis. Ein Paar und der dritte Punkt, die zerstörerische Kraft. In Christies Büchern wimmelt es nur so von Dreiecksverhältnissen, heimlicher Liebe, Verrat unter Freunden, in der Familie, im Kreis von Schwestern. Das stimmt doch so, oder, Jess?«

Als sie meinen Namen nannte, wurde ich rot. Mit einem eindringlichen Blick versuchte ich auszuloten, ob das Gesagte eine Anspielung war oder nur ein widerlicher Zufall. Es war, als würde sie meine Gedanken kennen, als hätte sie jedes einzelne meiner dunkelsten Gelüste erkannt und verstanden.

Lorna schaute wieder aus dem Fenster. »Man sehe sich diesen lieben Mann an«, sagte sie mit Blick auf Hugh. »Seit fünf Jahren schaue ich ihm schon dabei zu. Wenn er alle Knollen ausgegraben hat, legt er sie in Tupperdosen, packt sie in Watte und lässt sie in der Speisekammer überwintern. Im Grunde ergibt das fast keinen Sinn, wenn man den Zeitaufwand bedenkt. Neue Knollen sind heutzutage so billig. Aber er pflegt die reifen gerne in der Hoffnung, dass sie wiederkommen.« Sie lächelte. »So viel Romantik ist selten. Vor allem bei Akademikern.«

Ich schluckte und nickte, drückte meine Knöchel an die Augenwinkel – dankbar, dass ich Zeit hatte, mich zu fassen. »Darf ich Ihnen eine merkwürdige Frage stellen?«

Lorna lächelte. »Merkwürdige Fragen sind mir am liebsten.«

»Okay.« Ich holte tief Luft. »Glauben Sie, wenn man sich etwas wünscht, was man nicht bekommen kann, dass das Gefühl trotzdem echt ist? Oder hat man es nur, weil man das Ersehnte nicht bekommen kann?«

Lorna sah mich sehr lange an, bevor sie darauf antwortete. Ich hatte das seltsame Gefühl, dass irgendetwas zwischen uns vorging. Eine subtile Verschiebung der Machtverhältnisse, durch die sich trotz der Unterschiede hinsichtlich Alter und Autorität eine Tür zu einem anderen Ort geöffnet hatte. Einem wärmeren Ort mit anderen Referenzpunkten, die ich nur leider nicht kannte. Aus unerfindlichen Gründen musste ich daran denken, was Nick über Lorna und Cambridge erzählt hatte. Und dann blinzelte sie und senkte den Blick. »Wirklich, das ist eine hochinteressante Frage. Ich wünschte, ich könnte sie beantworten.«

Danach unterhielten wir uns noch ungefähr eine halbe Stunde. Ich verhielt mich ihr gegenüber erstaunlich offen, was möglicherweise daran lag, dass ich mich bereits vorher so entblößt gefühlt hatte. Meine Arbeit kam kaum noch vor. Nur

Alec, den verschwieg ich. Wir überlegten kurz, ob ich im nächsten Jahr an ihrem Kurs »Verstoß gegen die Regeln« teilnehmen sollte. (»Ja«, meinte Lorna mit zur Seite geneigtem Kopf, »da sehe ich Sie schon.«) Doch hauptsächlich sprachen wir auf eine Weise miteinander, wie ich es noch nie mit jemandem erlebt hatte, der älter war als ich, oder überhaupt. Auf eine Weise, die das, was man sieht, was man fühlt, so roh und richtig und verletzlich macht, dass man Angst bekommt, es zu zerbrechen, was auch immer *es* ist, indem man sich falsch bewegt oder zur Toilette geht.

An einer Stelle schweifte mein Blick zu dem Bild von dem Felsabhang hinter Lornas Schulter.

»Oh, das ist Beccafumo«, sagte Lorna und drehte den Kopf, um es sich ebenfalls anzusehen.

»Die Klippe?«

»Das Haus«, antwortete sie und zeigte auf einen kleinen lehmfarbenen Würfel im Gestrüpp weit oben über den Felsen. »Ich habe es vor zehn Jahren mit den Tantiemen von *Die Absteiger* gebaut. Immer wenn ich eine Schreibblockade habe, sehe ich mir das Foto an.«

»Um sich inspirieren zu lassen?«

»Eher, damit ich meine Rechnungen nicht vergesse.«

Ich lächelte. »Fahren Sie dorthin, um zu schreiben?«

»Hin und wieder«, sagte Lorna. »Meistens tue ich gar nichts. Kochen. Wandern. Schwimmen. Das ist mein Ort, wo ich mich vor der Welt verstecke.«

Ich nickte, obwohl ich insgeheim dachte: *Wenn ich du wäre, hätte ich gar keine Lust, mich vor der Welt zu verstecken, sondern würde das Leben genießen.* Als könnte sie Gedanken lesen, sah sie mich versonnen an und sagte: »Mein Leben ist ein wundervolles Privileg, aber manchmal wird mir die Luft hier ein bisschen dünn. Bedeutung über Vorstellungen zu finden …« Einen Augenblick lang wurde ihr Gesicht still und verlor seinen Glanz, doch dann lächelte sie, streckte die Arme und gähnte katzenhaft. Sie sah auf die Uhr.

»Oh, sehen Sie nur, ich habe Sie viel zu lange aufgehalten. Wahrscheinlich wollen Sie dringend gehen.«

Wir wussten beide, dass es nicht so war. Doch das war Lornas elegante Art zu sagen, dass die *Besprechung zu Ende war.* Andererseits war ich froh, dass ich gehen konnte, bevor der Zauber gebrochen war. Ich hatte so viel zu verarbeiten, meine Gedanken überschlugen sich in wildem Durcheinander, aufgeregt und verstört. Rasch zog ich meinen Mantel an und bedankte mich in dem ängstlichen Bemühen zu verschwinden, bevor ich nicht mehr erwünscht war.

Ich war schon halb zum Tor hinaus, als sie rief: »Jess?«

Ich drehte mich um.

Jetzt denke ich an sie, in diesem dunkelorange lackierten Türrahmen in der gleichen Schattierung wie ihr Haar, mit diesem wundervollen Gesicht, dem zeitlosen Lächeln.

Und plötzlich – ist das wirklich so geschehen? Oder habe ich das geträumt? – verschwindet ihr Lächeln und ihr Gesicht wird kalt, sogar vorwurfsvoll.

»Denken Sie an die Dreiecksverhältnisse«, sagt sie. Und schließt die Tür.

13

Das Puppenspiel fand etwa eine Woche vor den Weihnachtsferien statt.

Sobald wir die Kirche betraten – Nick musste sich ducken, um sich an der niedrigen gotischen Gewölbedecke nicht den Kopf zu stoßen, Alec fragte nach einem Programmheft und Georgie war unruhig und hatte eine rote Nase von der Kälte – empfand ich eine merkwürdige Vorahnung, als ob ich tief im Inneren wusste, dass die Sache aus dem Lot geraten würde.

Die Kirchenbänke waren schmal und hart, mit diesen Fußstützen, auf denen Füße nicht genug Platz hatten. Ich saß zwischen Nick und Alec und wünschte mir, ich hätte etwas Wärmeres an als meine ärmellose Weste. Ich atmete den Duft nach Wachskerzen und Bodenpolitur ein, der so typisch für Kirchen ist. Georgie saß auf Alecs anderer Seite und trug immer noch ihren Hut und die Handschuhe. Sie kaute knirschend auf einem Bonbon. Ich sah eine kleine Gruppe von Lornas Studenten in dem Meer aus Wollmützen, aber allein wir vier drückten das Durchschnittsalter des Publikums um mindestens zwanzig Jahre.

Eine Frau in einem langen Kleid, die offensichtlich mit ihrer Haarbürste auf Kriegsfuß stand, betrat die Bühne und dankte allen für die »treue Unterstützung des Shadowland Marionettentheaters, das heute mehr denn je Ihre Hilfe benötigt …«

»Sag mir noch mal, warum wir eigentlich hier sind«, verlangte Georgie und gab sich keine Mühe, leise zu sprechen. Sie beugte sich vor und bot uns allen ein Bonbon an. »Ist die Frau da mit Lorna befreundet? Trotz dieser Frisur.«

»Pst«, sagte ich, während ich mein Handy zur Bühne hin ausrichtete und mich zurücklehnte. »Hör zu.«

Ich fühlte Alecs Oberschenkel an meinem. Sein Atem neben mir ging regelmäßig. Nick nahm meine Hand und drückte sie ermunternd.

Selbst wenn meine Augen geschlossen gewesen wären, hätte ich gewusst, wann Lorna hereinkam. Die Geräusche der Leute, die mit Wintermänteln und Programmheften kämpften, versiegten. Ausnahmsweise trug Lorna Hosen – schwarz – und dazu ein schwarzes Polo-Shirt. Im Schein der Bühnenbeleuchtung wirkte ihr Gesicht sehr blass, das Haar rostrot. Kleine feuchte Löckchen kräuselten sich auf ihrer Stirn, und ich fragte mich, ob sie bei dem Nieselregen mit dem Fahrrad gekommen war.

»Wir verdanken es einer Frau, dass wir heute hier sind.«

Und damit preschte sie vorwärts, galoppierte in die Fragestellung und zog uns alle in ihre Umlaufbahn.

»Könnten *Sie,* wenn der Druck zu groß wird ...«

Alec beugte sich zu mir und flüsterte etwas. Ich rückte näher, berauscht von dem Zauber, den Lornas Worte ausübten, von der Wärme seines Atems in meinem Ohr. »Ich kann dich nicht verstehen«, murmelte ich, und er kam noch näher, sodass seine Lippen meine Haare streiften.

»Als meine Freundin Jane mir sagte, dass Shadowland womöglich würde schließen müssen, hatte sie meine volle moralische Unterstützung«, sagte Lorna. »Als sie mich bat, ihr zu helfen, einen Roman von Agatha Christie für die Bühne umzuarbeiten, sah die Sache anders aus. Nachdem ich mich zwei Jahre lang mit einer Autorin beschäftigt hatte, der man oft vorwarf, ihre Figuren seien zweidimensional, kringelten sich mir bei dem Gedanken, sie in Holz geschnitzt zu sehen, förmlich die Fußnägel …«

»Will irgendjemand ein Valium?«, flüsterte Georgie vernehmlich und zog eine Tablettenpackung aus ihrer Handtasche. »Diese Kirchenbänke sind steinhart.«

»Aber dann wurde mir klar, dass ich etwas übersah«, fuhr Lorna fort, »denn einer von Christies Romanen – einer ihrer stärksten – hätte von Anfang an für ein Puppenspiel gemacht sein können. Der Hauptgedanke dieser Geschichte ist die Tatsache, dass nicht der Mörder der eigentliche Schurke ist, sondern die Person, die psychischen Druck ausübt und den Mordgedanken erst initiiert. Mit anderen Worten: der Marionettenspieler, der die Fäden zieht.«

Stille rollte an den Steinwänden empor und sammelte sich unter dem Deckengewölbe. Ich fühlte, wie sich meine verkrampften Schultern lockerten. Lorna war dermaßen gut, dass sie diesem Abend eine Bedeutung verlieh. Ihre Anwesenheit übertrumpfte die leichte Panik, die ich empfand, weil ich zwischen Alec und Nick eingezwängt war.

»Es ist Poirots letzter Fall, ein Roman, den Agatha bis nach ihrem Tod unter Verschluss hielt. Es ist ihr moralisch ambitioniertestes Buch, eine wahre ethische Herausforderung. Welcher Charakter ist der niederträchtigere? Der Mörder? Oder derjenige, der ihn manipuliert, der Menschen bearbeitet, in denen ein unterdrückter Zorn wütet, bis dieser Zorn sich in tödlicher Gewalt Bahn bricht? Der Mensch, der niemals selbst den Abzug drückt, sondern sein Gift verspritzt und uns alle damit trifft, die wir das Potenzial zu töten haben.«

Sie schaute sich in der kleinen, umgebauten Kirche um. Ihre Augen glänzten, ihr rotes Haar glühte.

»Die wichtigste Frage in diesem Buch ist nicht ›Wer ist der Mörder?‹, sondern ›Könnten Sie zum Mörder werden?‹ Könnten Sie dazu getrieben werden, jemanden umzubringen? Jemanden, der sie zutiefst wütend macht?«

Das Bild meiner Mutter zuckte durch meine Gedanken, der Mund schmal vor Widerwillen. Himmel, wie sie das alles hier verabscheuen würde, wie sie Lorna verabscheuen würde, wie skeptisch sie der Idee, das Leben durch die Kunst als eine Art Linse zu betrachten, gegenüberstehen würde. Für meine Mutter war Handeln das Wichtigste. Denken war ein Luxus, dem man nachgeben konnte, wenn die Hände nichts zu tun hatten. Und ich verstand sie, ganz ehrlich, ich verstand den Wert der Geschäftigkeit, der Effektivität. Aber trotzdem, als ich da in dieser Kirche saß und den Sog von Lornas Worten empfand, der in meinem Kopf einen neuen Raum öffnete, fühlte ich mich wie ein Kuckuckskind, das im falschen Nest ausgeschlüpft war.

Dann verließ Lorna unter tosendem Applaus die Bühne.

Ich musste an mich halten, um mich nicht zu Alec umzudrehen.

»Meine Güte«, sagte Nick mit einem leicht verdutzten Ausdruck. »Sie hat wirklich etwas Hypnotisches.«

Die Lichter ringsum gingen aus. Ich nahm mein Handy, das Lornas Ansprache aufgezeichnet hatte, und drückte auf Stopp.

Noch im Dunkeln setzte die Musik ein. Eine einzelne Geigensaite, die wieder und wieder in nervtötender Eintönigkeit gezupft wurde, wie in einer Filmszene, in der jemand auf Zehenspitzen durch ein Spukhaus schleicht. Dann erhob sich hinter dieser einen Note ein Orchester mit einer hoffnungsvollen Harmonie, ehe die Geige mit einem schrägen Kreischen wiederkehrte und uns alle zusammenzucken ließ. Ich sah Alecs weiße Zähne, als er lächelte.

Die Vorhänge wurden zurückgezogen. Der Scheinwerfer lag auf einer einsamen Marionette, einem alten Mann, der in einem Zugabteil saß und einen Brief las. Die Stimme eines älteren Gentlemans erhob sich über das Stampfen und Schnauben der dampfbetriebenen Eisenbahn.

»Wer kennt nicht das jähe Erschrecken bei dem Gefühl, eine Situation schon einmal erlebt zu haben? Das habe ich schon mal getan … Warum berührt einen das immer wieder so?«

Es war bemerkenswert, wie schnell ich vergaß, dass es bloß Marionetten waren. Die Stimmen der Schauspieler waren so lebendig, die Puppenspieler so geschickt mit diesen winzigen, menschlichen Gesten, dass trotz der Kälte in der Kirche und trotz des Drucks von Alecs Schenkel an meinem ich innerhalb von wenigen Minuten in das Stück hineingezogen wurde und fühlte, wie die Spannung stetig stieg, während sich die Handlung langsam, aber unaufhaltsam auf den Mord hinbewegte.

Poirots Stimme war ruhig und gelassen. »Sie und ich, Hastings, wir ziehen wieder auf die Jagd …«

Die hübsche Schwester Craven, deren Hände zu lang und zu weiß für eine Krankenschwester waren: »Nun – die Atmosphäre hier. Spüren Sie es nicht? Irgendetwas stimmt nicht, wenn Sie wissen, was ich meine …«

Dann wieder Poirot: »X hält sich in diesem Haus auf …«

Etwa um diese Zeit wurde mir schwindelig. Ich versuchte, tief ein- und auszuatmen, während vor meinen Augen bunte Flecken tanzten. Ich streckte die Hand aus und sah im Dämmerlicht, dass sie zitterte. Vermutlich Unterzuckerung. Ich hatte seit dem Vormittag nichts mehr gegessen.

Alec neben mir saß sehr still da und ließ die Bühne nicht aus den Augen. Ich schaute ihn von der Seite an. Er merkte es wohl, denn er drehte sich zu mir um, und ich musste so tun, als ob ich wegen Georgie besorgt wäre, die offenbar ein paar von den Valium eingeworfen hatte, die sie so freigiebig angeboten hatte. Bewusstlos hing sie an der Rückenlehne der Kirchenbank, den Kopf in einem sehr unbequem aussehenden Winkel abgeknickt.

»Geht's ihr gut?«, fragte ich flüsternd.

Alec legte eine Hand auf ihre Wange. »Ja, alles klar«, sagte er.

»Alles okay?«, fragte Nick auf meiner anderen Seite. Ich nickte und zwang meinen Blick wieder auf die Bühne. Eine Welle aus Übelkeit schwappte in meinem Magen hin und her. Die Szene hatte gewechselt, und wir waren jetzt draußen im Garten. Die Kulisse zeigte gemalte Bäume, in denen Vogelgezwitscher erklang. Colonel Luttrell, der unter der Fuchtel seiner Frau Gemahlin stand, hielt ein Gewehr in der Hand.

»Ich habe versucht, ein paar von diesen verdammten Ringeltauben zu schießen. Sie richten viel Schaden an, wissen Sie!«

Wieder setzte diese Geige ein, mit einem leichten Zupfen an den Saiten. »Schau«, sagte Alec und stupste mich an. Im Hintergrund war ein helles Brett hochgezogen worden, auf dem die Schatten ihr Schauspiel darboten. Sie zitterten und flossen ineinander. Jetzt tanzte ein neuer Schatten heran, über den Köpfen der anderen. Die Marionette selbst konnte man nicht sehen, nur den Schatten, aber sie schien die Fäden des Colonels in den Händen zu halten.

Colonel Luttrells Stimme schallte weithin: »… Verdammt, dort drüben knabbert ein Kaninchen die jungen Obstbäume an …« Dann ein Schuss, ein Schrei, der in einem schrecklichen Gurgeln endete, und die Scheinwerfer fingen an zu flackern.

Dem Colonel fiel das Gewehr aus der Hand und sein Körper sackte vor Entsetzen zusammen. »Mein Gott ... das ist Daisy!«

In diesem Moment passierte es. Die flackernden Lichter, die Geige, Lornas Rede, mein leerer Magen – all das wirkte zusammen und erschuf eine Vision. Aber es war keine Vision, es war nichts, was ich von außen betrachtete, weil ich selbst darin vorkam ... mein siebenjähriges Ich, damals in Griechenland. Ich stand in meinem Bikini (dessen Oberteil gänzlich überflüssig war) am Rand des Pools, meine Füße auf dem heißen Stein. Eine hauchzarte Brise bewegte die Spitzen der Olivenbäume. Grillen sägten in der Sonne. Ich starrte meine Schwester Stef an, die auf einer hohen Mauer posierte, von der aus sie in einen hellblauen Pool springen wollte. Während sie sich auf die Zehenspitzen erhob, betete ich darum, dass sie die Entfernung über die Steine hinweg falsch einschätzte und sich an der Seite des Pools den Schädel zertrümmerte. Und dann flog sie von dieser hohen Mauer aus durch die Luft, die Arme gestreckt bis in die Fingerspitzen, um in das Wasser einzutauchen, aber sie reichten nicht weit genug, und dann plötzlich gab es einen dumpfen Schlag und ihr Körper landete grotesk verrenkt auf den Steinen. Als sie in den Pool kippte, wie eine Stoffpuppe, zogen sich Bänder aus Blut wie roter Rauch durch das Wasser. *Könnten Sie, wenn der Druck zu groß wird, jemanden umbringen?*

»Nein!«, schrie ich und sprang auf die Füße.

Was danach passierte, weiß ich nicht mehr genau. Ich erinnere mich vage daran, dass ich mich an verdutzten Gesichtern vorbei durch die Dunkelheit schob und dass jemand sagte: »Schon gut, ich gehe.« Und dann hing ich über der Toilettenschüssel, die Knie auf den eiskalten Steinplatten, und würgte und würgte.

»Sch-sch, alles gut.« Es war Alecs Stimme. Ich fühlte seine

Hand, die mein Haar streichelte und es mir aus dem Gesicht strich, das nass war vor Rotz und Tränen. »Alles gut, Liebes.«

»Es tut mir so leid. So leid. Ich war nur … Mir war schlecht, und dann das flackernde Licht …« Ich ließ mich nach hinten auf meine Fersen sinken, halb lachend, halb weinend. Meine Haut prickelte vor Verlegenheit, und über allem dieser ekstatische Gedanke: *Er hält mich in seinen Armen. Er streichelt meine Haare. Er hat mich ›Liebes‹ genannt.*

Alec küsste mich auf den Scheitel und stand auf. »Du brauchst Wasser. Ich bin gleich wieder da.« Dann marschierte er schnell davon, wobei die Sohlen seiner Sneaker auf dem Steinboden quietschten.

Zitternd rang ich nach Luft und blinzelte. Ich fühlte noch Alecs Lippen auf meinem Kopf und versuchte, das Bild meiner Schwester loszuwerden, die natürlich nicht gestorben, sondern mit ein paar Schrammen davongekommen war, einem blutigen Mund und einem abgesplitterten Zahn. Aber ich hatte mir mit jeder Faser meines Herzens gewünscht, sie würde mit dem Kopf auf die Steine aufschlagen.

Die Tür zur Toilette ging wieder auf, und da stand Alec mit einem Glas Wasser. »Wieder gut?«, fragte er.

Ich trank einen Schluck und nickte. »Aber ich glaube nicht, dass ich wieder reingehen kann.«

»Da geht's dir wie mir«, sagte er und hielt mir seine Hand hin.

Wir gingen in die Bar, ein kleiner, niedriger Raum, der früher einmal vielleicht das Vestibül gewesen war. Die Wände waren mit Mahagoni getäfelt, und auf dem Boden lagen ebenfalls diese großen Steinplatten. An Haken in den Wänden waren Marionetten aufgehängt, die Köpfe gesenkt, die Glieder schlaff.

Drei Pinocchios mit unterschiedlich langen Nasen, Rotkäppchen mit seinem Umhang. Der Barkeeper – ein alter, glatzköpfiger Mann mit einem Schnurrbart, der an der Wand aufgehängt ausgesehen hätte wie Meister Geppetto – brachte Vorräte aus einem Hinterzimmer in die Bar.

Alec bestellte eine Tüte mit Erdnüssen und zwei Gläser Whisky mit einem Schuss Wasser. Er nickte zufrieden, als ich mein Glas austrank.

»Gut«, sagte er. »Wenigstens kriegen deine Wangen wieder ein bisschen Farbe.«

»Nur weil ich mir wie ein erstklassiger Idiot vorkomme.« Ich saugte an einem Eiswürfel und wich seinem Blick aus. »Die Leute müssen denken, ich sei übergeschnappt.«

»Ich glaube, sie denken eher, dass das geplant war.«

»Geplant?«

»Ja. Du weißt schon, um der Atmosphäre willen. Das Timing war einfach perfekt – ein markerschütternder Schrei, direkt nach dem Schuss. Eine Art interaktives Theater. Es gibt gar keinen Zweifel, dass du dazu angestiftet wurdest. Vermutlich von deiner cleveren Professorin.«

Ich bekam das Grinsen gar nicht mehr aus dem Gesicht. »Du bist viel zu nett.«

Wir verstummten. Ich schaute ihn an und er schaute mich an, sagte aber nichts.

Dann tat er etwas, an das ich mich noch als alte Frau erinnern werde. Ich werde meine Hände betrachten, auf denen die Haut schlaff und faltig und voller Flecken ist, und ich werde mich daran erinnern. Er streckte seine Hand aus und nahm meine rechte, die neben meinem Glas lag. Er nahm sie, und ohne seinen Blick von mir abzuwenden, streichelte er mit seinem Daumen ganz sanft über meinen Zeigefinger.

Mein Körper sackte in einen freien Fall. Meine Beine verflüssigten sich, mein Magen zog sich schmerzhaft zusammen und mein Atem kam zu schnell und zu flach. Ich versuchte, mich auf meine Körperfunktionen zu konzentrieren, aber die Spannung zwischen uns war so extrem, dass sich meine Kiefermuskeln verkrampften.

Sein Daumen fuhr die gesamte Länge meines Zeigefingers entlang und dann weiter, bis zu der weichen Hautfalte zwischen Zeigefinger und Daumen. In kleinen Kreisen streichelte er mich dort, ganz zart und sanft, als ob er Staub von einem Schmetterlingsflügel entfernen wollte.

Ich starrte in seine zweifarbigen Augen. Alles, was ich mir in den vergangenen zwei Monaten heimlich ausgemalt und gleichzeitig gewaltsam unterdrückt hatte, erblühte in der Höhle unter meinen Rippen, drückte mit einem lustvollen, exquisiten Schmerz gegen meine Lungen. Ich hoffte inständig, dass meine Hände nicht genauso schweißnass wurden wie meine Achseln und mein Nacken.

Das also ist Verlangen. Den Strom zu fühlen, der durch den Körper fließt, alle Schaltkreise zu aktivieren, bis jede Pore vor Leben kribbelt. Dieses Gefühl: Ich will ihn auffressen, verdammt noch mal.

Meine Hände taten es seinen gleich. Meine Finger fielen in den Tanz mit ein, strichen über seine gebräunten Finger, die sich trocken und warm anfühlten, betasteten die rauen Fingerspitzen und die stumpfen, kantigen Nägel.

Hinter uns klirrte ein Glas. Als würde ich aus einem Traum aufwachen, fiel mir der Barkeeper wieder ein, der die Gläser spülte. Die Welt außerhalb. Ich dachte an Georgies hellen Hals, der in der Dunkelheit zurückgebogen an der Kirchenbank lehnte, an Lornas feurigen Blick in ihrem Arbeitszimmer: »Ein Paar und der dritte Punkt, die zerstörerische Kraft.«

Meine Finger hielten inne.

»Ich weiß«, sagte Alec sanft. Auch seine Finger lagen nun still, locker in meinen verschränkt. »Denkst du, ich weiß das nicht?«

Ich nickte und machte den Mund auf, ohne zu wissen, was ich sagen sollte, als durch die Wände Applaus aufbrauste, dann das Trommeln von Füßen auf den Fußstützen – und ich hatte gerade meine Hand zurückgezogen, als ob ich sie verbrannt hätte, da stürmte Nick mit besorgtem Gesicht in die Bar.

»Lieber Gott, Jess, es tut mir so leid, aber diese blöde Ziege am Ende der Reihe wollte mich einfach nicht durchlassen. Alles in Ordnung?«

Er schaute erst mich und dann Alec an, dann fiel sein Blick auf die Gläser auf dem Tisch zwischen uns. Einen Moment lang war alles still, und die Temperatur sackte unter null. Man hätte die Luft mit einem Eispickel zerteilen können. Dann sagte Nick brüsk: »Danke, dass du dich um sie gekümmert hast, Mann«, zog sich einen Stuhl heran und setzte sich so hin, dass er Alec mit seinem Rücken abblockte.

Schließlich strömten die restlichen Zuschauer herein, und es erhob sich ein Stimmengewirr aus Meinungen und Getränkebestellungen. Georgie und Lorna kamen auf uns zu, in eine angeregte Unterhaltung vertieft. Georgie hatte sich wie durch ein Wunder wieder erholt, und nichts erinnerte mehr an den Zombie, der während der ganzen Show auf der Kirchenbank gelegen und geschlafen hatte.

Ich versuchte mich auf die Frage zu konzentrieren, die Nick mir gestellt hatte – ob es mir besser ginge. Ich sähe ja ganz erhitzt aus, ob ich heimgehen wolle? Und die ganze Zeit schrien meine Nervenenden wegen dem, was gerade geschehen war. Aber was war denn eigentlich geschehen?

Ich versuchte auch, mich auf Nicks Gesicht zu konzentrieren, statt über seine Schulter hinwegzuschauen, wo Alecs Gestalt am Rand meines Blickfelds lauerte. Es fühlte sich so an, als würden meine Augen wie Magnete von dieser Gestalt angezogen, aber ich wusste genau: Wenn ich ihn jetzt ansah, würde ich mich verraten.

Dann standen glücklicherweise Lorna und Georgie neben uns, und gleich darauf waren wir alle aufgestanden.

»Jess, da sind Sie ja. Ich habe mich schon gefragt, ob …« Sie zögerte und blickte mich fragend an, woraufhin ich leicht den Kopf schüttelte. »Sie sind ein Engel, haben das ganze Team mitgebracht. Ich wusste, dass ich mich auf Sie verlassen kann«, sagte Lorna und bedachte die anderen mit ihrem einnehmenden Lächeln. »Hey, Alec, schön, dass Sie da sind. Und Sie müssen Nick sein«, setzte sie hinzu und musterte ihn von oben bis unten. »Du meine Güte, was sind Sie groß! Das hat Jess gar nicht erwähnt …« Nick reagierte so, als hätte sie »sexy« statt »groß« gesagt. Er wurde puterrot und grinste unwillkürlich, obwohl die Wut immer noch in seinem Gesicht eingegraben war. Dann schlug Alec vor, uns etwas zu trinken zu besorgen, und weil sich daraufhin alle ihm zuwandten, hatte ich endlich eine Entschuldigung, ihn anzuschauen. Er lächelte zwar, aber seine Kiefer wirkten verkrampft.

Lorna riss die Augen auf und schnippte mit den Fingern. »Die schulden mir noch eine Flasche Champagner«, sagte sie. »Lasst sie uns köpfen!«

Georgie ließ sich mit schlaffen Armen auf einen Stuhl fallen.

Alec drückte leicht ihre Schultern und schaute dann zu mir, nur kurz, aber lang genug, damit mein Magen sich zusammenziehen konnte. Dann bot er Lorna an, ihr zu helfen. Im Weggehen hörte ich ihn zu ihr sagen: »Tolle Rede. Bis auf die Anstiftung zum Mord.« Sie lachte, und dann war ich allein mit Georgie, die mich neugierig musterte, und Nick, der Alec mit einem seltsamen Ausdruck im Gesicht hinterherstarrte.

»Hab ich was verpasst?«, fragte Georgie.

»Jess ist gerade etwas schwummrig geworden«, sagte Nick düster.

»Man könnte auch sagen, dass ich mich vollkommen zum Deppen gemacht habe«, sagte ich und lächelte gezwungen.

Ich sah, wie Alec an der Bar Lorna gegenüberstand, Hände in den Hosentaschen, die Schultern nach hinten gezogen, auf eine Art, die mir sagte, dass er alles aufnahm, was sie sagte. Sie redete ungezwungen, eine Hand auf seinem Arm, die andere spielte mit ihren Haaren und zwirbelte eine Strähne zu einem Knoten.

Oh, sich so selbstbewusst und sicher zu fühlen.

Meine Hände verkrampften sich unter der Tischplatte, und ohne überhaupt darüber nachzudenken, fing die eine an, Kreise auf der anderen zu ziehen, genau wie Alec es getan hatte.

14

An den seltenen Wochenenden, wenn alle sieben Mitglieder der Walker-Familie unter einem Dach versammelt sind, gibt es nichts Besseres als ein Bad am frühen Nachmittag. Zwischen dem Grabenkampf am Morgen (glitschige Fußböden, beschlagene Spiegel, nasse Handtücher, beißender Deo-Geruch in der Luft) und dem Glücksspiel, wer es schafft, abends eine heiße Dusche zu ergattern, existiert ein Zeitfenster, ein Schlupfloch gegen halb drei, das ich oft ausnutze. Das hat den Vorteil, dass ich mich in aller Ruhe in der heißen Badewanne einweichen und mich gleichzeitig vor dem Abwasch drücken kann. Natürlich funktioniert das nur, wenn es mir gelingt, mich unbemerkt wegzuschleichen, aber als mittleres von fünf Kindern bin ich eine Meisterin darin, mich am helllichten Tag in Luft aufzulösen.

Seit letztem Weihnachten war eine Menge passiert, dachte ich, als ich mich auf den Klodeckel setzte und zusah, wie das heiße Wasser in die Wanne tröpfelte. (Der Warmwasserdruck in Milton View ist so erbärmlich, dass man mindestens fünf Minuten warten muss, bevor man kaltes Wasser hinzulaufen lassen kann.) Und alles wegen Lornas Buch. Oder besser gesagt, alles wegen Onkel Toto, dem windigen, unzuverlässigen Bruder meiner Mutter, der es den »Junior-Walkers« an Weihnachten zum gemeinsamen Geschenk gemacht hatte. (Ein Buch für fünf Kinder ist typisch für diesen Geizhals.)

Es war beinahe auf den Tag genau ein Jahr her, seit ich es zum ersten Mal gelesen hatte. Und zwar in genau diesem Badezimmer im ersten Stock, das wir »das grüne Badezimmer« nennen, obwohl die gesprungenen Fliesen an den Wänden beige sind. Das einzig Grüne in diesem Zimmer ist eine Jalousie vor dem Fenster neben dem Waschbecken.

Die Temperatur war jetzt genau richtig. Ich zog mich schnell aus und ließ mich in das Badewasser sinken, wobei meine Beine – dürr und winterweiß – aus dem lilafarbenen Badewasser ragten, ebenso meine bleichen Brüste. Meine Nippel zogen sich in der kalten Luft zusammen. Ich hatte in diesem Trimester einiges an Gewicht verloren, merkte ich. Das Bestreben, mein Verlangen nach Alec zu verbergen und gleichzeitig Lorna zu beeindrucken, hatte vermutlich meine Adrenalindrüse überstrapaziert. Dazu die regelmäßigen Jogging-Touren, die trotz des Wetters immer länger geworden waren und mittlerweile fast einer Art Selbstbestrafung dienten. Aber vielleicht war das schon immer so gewesen.

Seit ich nach Hause gekommen war, hatten Nick und ich ungefähr jeden zweiten Tag telefoniert oder getextet, aber das nagende Schuldgefühl wurde immer stärker. Ohne die Magie von uns vieren als verbindendes Element spürte ich immer deutlicher, dass ich nicht mit dem Herzen dabei war.

Vielleicht zum zehnten Mal heute fragte ich mich, wo Alec jetzt gerade war. Wahrscheinlich immer noch bei Georgie zu Hause, wohin sie zu Beginn der Weihnachtsferien gefahren waren. Hatte er auch nur ansatzweise so oft an mich gedacht wie ich an ihn? An manchen Tagen hatte ich keinen Zweifel daran. Wie am Heiligen Abend, als er mir eine SMS geschickt hatte: *Frohe Weihnachten. Ich bin nicht gläubig, aber es ist eine gute Ausrede.*

Dann spulte ich wieder vor meinem geistigen Auge die Momente ab, wenn sich unsere Blicke über die Köpfe unserer jeweiligen Partner hinweg begegnet waren. Das kurze Zögern in seiner Stimme, das ich mit romantischen Gedanken füllte, die kleinen Augenblicke zufälliger Intimität, banale Gefälligkeiten, wie zum Beispiel, dass er mein Handy für mich aufhob oder mir seinen Mantel reichte, ganz so als wären wir beide ein Paar, er und ich, und es Georgie und Nick nicht gäbe.

Und diese Gedanken führten auch heute noch, drei Wochen nach dem Puppenspiel, stets zu jenem einen Moment in der Bar. War es möglich, dass er es die ganze Zeit schon gespürt hatte – dass wir wirklich eine Affäre hatten?

Hör auf damit, Jess.

Ich trocknete mir die Hand mit einem Handtuch ab, das ich bereitgelegt hatte, und schlug *Die Absteiger* auf. Wahrscheinlich hatte Onkel Toto bloß das Cover gefallen: ein Schreibtisch mit einem Manuskript, einem Glas Whisky und einem überquellenden Aschenbecher. Die brennende Zigarette hatte gerade das Manuskript entzündet, sodass sich die Kanten der Seiten in einer bläulichen Flamme kräuselten. Oder vielleicht fand er, dass sich der Titel eher wie ein Roman über Rebellion anhörte als wie diese merkwürdige Mischung, die es in Wirklichkeit war.

In der Einleitung legte Lorna ihr Hauptargument dar: dass Schriftsteller die Regeln brechen mussten, um wahrhaft brillant zu sein. Der jeweilige Autor war nicht tot, nur betrunken bis zur Besinnungslosigkeit, auf Drogen oder im Bett mit allen möglichen Leuten – ein gefährliches und selbstsüchtiges Leben, immer auf der Suche nach Extremen, nach Erleuchtung. Und die Kollateralschäden, die zurückblieben – gebrochene Herzen, vernachlässigte Kinder, sogar blutige Leichen – gehörten zu diesem lasterhaften, manchmal abartigen Verhalten, das sich in Kunst niederschlug. Mit anderen Worten: Gott sei Dank, dass sie Arschlöcher und Lügner waren. Denn was sie in ihrem zerstörerischen Feuer schmiedeten, in ihrer Flucht vor Pflicht und Konventionen, während sie sich von den Regeln abkehrten und ihr eigenes Leben schwänzten, war das Verständnis für die dunkelsten Triebe der Menschheit.

Und in diesen Momenten wurde der Teufel zu einem göttlichen Werkzeug.

Jedes Kapitel lieferte eine kurze Biografie von einem ausschweifenden, aber brillanten Leben, gespickt mit einer scharfäugigen Analyse, welche die schlimmste Zügellosigkeit der Autoren mit ihren herausragendsten Werken in Zusammenhang setzte: Kit Marlowe (ein bisexueller Säufer), Thomas De Quincy (ein opiumsüchtiger Landstreicher) und Patricia Highsmith (so verdorben vom Alkohol und lauter Menschenfeindlichkeit, dass sie einmal zu einer Cocktailparty hundert Schnecken in ihrer Handtasche mitbrachte, die ihr »Gesellschaft leisten« sollten).

Nachdem ich Lorna nun kannte, musste ich bei einigen ihrer Sätze unwillkürlich lächeln. Ich dachte an sie, wie sie vor ihren Studenten stand, an ihr leuchtendes Gesicht, das Lachen in ihrer Stimme, das zu sagen schien: *Auf jetzt, machen wir nicht das, was die anderen Idioten machen. Lassen wir es krachen!* Und mir wurde mit einem plötzlichen Schmerz bewusst, dass ich Lornas Buch teilweise deswegen noch einmal las, weil ich sie ebenfalls vermisste. Auch ihre Abwesenheit ließ diese Ferien schier endlos erscheinen.

Ich war gerade mitten in diesen Gedanken versunken, als die klare und entschiedene Stimme meiner Mutter aus dem Erdgeschoss herauftönte.

»Hat irgendjemand die Tassen mit den Hähnen aus dem

Wandregal an der Treppe genommen? Und die rote Lampe? Ansonsten ist der Wendekreis zu klein. Das ist eine Kingsize-Matratze.«

Ihre Stimme näherte sich – sie kam offensichtlich die Treppe hoch, auf mich zu, und unwillkürlich sank ich tiefer in die Badewanne.

»Phil, Freddie«, rief sie nach oben. »Beeilt euch. Wenn ihr mit der alten Matratze noch oben seid, wenn die neue hochgetragen wird, dann kommt ihr euch alle in die Quere.« Kurze Pause, dann: »Ach, um Himmels willen, zieht sie ab und schmeißt das Zeug auf den Boden! So schwer ist das doch nicht!«

Wieder eine Pause. Dann rüttelte es plötzlich am Türknauf.

»Wer ist da drin?«

Mit einem Ruck setzte ich mich auf, woraufhin das Badewasser wie ein kleiner Tsunami vor und zurück schwappte.

»Ich.«

»Oh, Jess«, sagte meine Mutter. »Ich dachte, ich hätte dich eben noch unten gesehen. Was machst du da drin? Du sitzt doch nicht etwa in der Badewanne?«, fragte sie mit einer gewissen Schärfe.

Ich schloss die Augen und stellte mir ihren Mund vor, der sich bei diesem Ton immer ganz schmal machte, wie von einer Gardinenschnur gespannt.

»Ich mache mich nur ein bisschen frisch.«

»Aha. Und wann, meinst du, bist du so weit, dass du uns helfen kannst?«

»Ich bin gleich fertig.«

Ich spürte förmlich, wie sie zu einer sarkastischen Erwiderung ansetzte, als von oben ein Gerumpel ertönte: Die Matratze kam aus dem obersten Stock die Treppe hinunter.

»Nach links, ein bisschen nach links. Nein, andere Seite. Ach, verdammte Scheiße, das war mein Daumen.« Die normalerweise so gutmütige Stimme meines Vaters war angespannt und gereizt, wie immer bei körperlicher Anstrengung. Ich stellte mir Freddie oben auf der Treppe vor, das weiche braune Haar in seinem roten Gesicht, während er die Matratze ein bisschen zu schnell die Stufen hinunterschob.

Wie dreckig und durchgelegen sah diese Matratze wohl aus? Wie lange hatten sie sie schon? Waren wir auf ihr gezeugt worden? Ich konnte mich jedenfalls nicht mehr daran erinnern, wann sie gekauft worden war.

Ich las gerade Hunter S. Thompsons Abschiedsbrief – »Keine Spiele mehr. Keine Bomben mehr. Kein Laufen mehr. Keinen Spaß mehr …« –, als es an der Haustür klingelte.

Die Stimme meiner Mutter explodierte. »Da sind sie! Ich wusste doch, dass es nicht mehr reichen würde!«

Freddie: »Das klappt schon, Mum. Wir stellen die alte Matratze einfach auf dem Treppenabsatz ab, während die neue hochgebracht wird.«

Und dann das Klirren von Porzellan und ein Aufheulen von meiner Mutter: »Ich hab doch gesagt, ihr sollt die Tassen mit den Hähnen wegstellen. Das war doch wohl nicht die mit dem großen Kamm, oder?« Daraufhin Freddy mit tuntiger Fistelstimme: »Oh nein, ich habe Mamas Lieblingshähnchen geköpft!«

Währenddessen erklang unten die Stimme meines Vaters, der so tat, als hätte er nichts gehört, und fröhlich und charmant die Spediteure begrüßte.

Das Wasser war kalt geworden, das Licht, das durch einen großen, schräg verlaufenden Spalt in der grünen Jalousie fiel, hatte sich verändert. Der Spalt war neu, offenbar war die Jalousie vor Kurzem heruntergefallen. Andererseits war ich das erste Mal seit Studienbeginn zu Hause. Komisch, sich vorzustellen, dass in Milton View Dinge passierten, während ich nicht da war.

Im Haus war es still geworden, seit die neue Matratze an ihre vorbestimmte Stelle gebracht worden war – was für ein Theater! – und die Spediteure wieder gegangen waren, nachdem sie die Tasse Tee, die meine Eltern ihnen anboten, abgelehnt hatten. Eine solche Stille war selten in Milton View. Wahrscheinlich saßen alle im Wohnzimmer und schauten sich einen Film an, einen von der Sorte, die zu dieser Jahreszeit immer wiederholt werden. Ich hatte Lornas Buch zugeklappt und auf die Ablage neben der Badewanne gelegt.

Während ich meine verschrumpelten Fingerkuppen betrachtete und mir überlegte, dass es Zeit war, aus der Wanne zu steigen, schallte von draußen ein Blöken über das Feld, begleitet von dem Tuckern eines Traktors. Vielleicht war es Helen, die Farmer Roberts, der allmählich alt wurde, mittlerweile viel von seiner Arbeit abnahm und für gewöhnlich die Schafe von einem Feld zum anderen trieb. Aber das hier klang wie ein einzelnes Schaf, das lauter und hektischer blökte. Möglicherweise hatte es sich in dem Stacheldraht auf der anderen Seite der Hecke verfangen.

Die zerbrochene Jalousie, das blökende Schaf, das schräg einfallende Licht – dies war die Mischung, die Geister zum Leben erweckte. Plötzlich bin ich wieder acht Jahre alt und gehe in Richtung des Ateliers am anderen Ende des Gartens, wo Dad seine Illustrationen anfertigt.

»Lasst euren Vater in Ruhe. Er ist in der Grübelhütte«, sagte meine Mutter oft zu uns, was bedeutete, dass er an einer neuen Geschichte arbeitete, die er uns später zeigte – eine Abfolge von Aquarellen, mit Tuschelinien und zarten Farbtönen, die er in einer Reihe an eine Korktafel heftete.

»Was denkst du, was hier passiert, Jess?«, fragte mich mein Vater manchmal und lächelte mich mit seinen Augen an, während er auf das Bild deutete. Ein geflügeltes Pferd mit einem kleinen Mädchen auf dem Rücken, eine Leiter, die in die Wolken führte. Und ich dachte dann, wie glücklich wir uns schätzen konnten, dass unser Vater Geschichten erfand, die Kinder lesen wollten, dass unser Vater nicht so war wie andere Erwachsene.

Wenn die Jalousien heruntergelassen waren, hieß das: Kein Zutritt zur Grübelhütte!

Aber jetzt will ich ihm sagen, dass Stef in einem ihrer Wutanfälle mir das Gesicht blutig gekratzt hat – *siehst du, Daddy? Blut!* – und dass Freddie darüber gelacht hat und dass die Zwillinge schon wieder Hundekuchen essen, und weil meine Mutter nicht da ist, muss mein Dad aufhören zu arbeiten und alle zur Ordnung rufen.

Als ich den Weg entlanggehe, höre ich Gelächter aus der Grübelhütte, das ansteckende Kichern meines Vaters und jemand anderes, der nicht so klingt wie meine Mutter, denn meine Mutter lacht nicht so. Niemals.

Im Näherkommen zittern mir die Beine vor Unruhe und ich habe ein Ziehen in der Brust – oder denke ich mir diese Attribute jetzt im Nachhinein dazu? Wahrscheinlich. Ich muss mir heftig die Augen reiben, weil mein Heuschnupfen an diesem Tag besonders schlimm ist.

Dann stehe ich etwa einen Schritt von der Glastür entfernt,

an der ebenfalls eine Jalousie befestigt ist. Aber sie ist kaputt, und durch einen langen, dünnen, schrägen Spalt sieht man genau, was im Inneren vorgeht.

Die schmale Szene ist sowohl vertraut, als auch fremd: Zwei Menschen, die ich gut kenne – meinen Vater und Ellen, eine Freundin meiner Mutter aus dem Dorf, die uns oft besucht und dann mit einer Tasse Tee in der Küche sitzt oder meinen Vater zu einer Runde Golf abholt. Und obwohl Ellen oft lächelt und lacht – sie hat ein kleines, spitzes Gesicht mit großen Augen und kurzen, glänzenden Haaren –, ist es heute anders, denn sie sitzt mit ausgebreitetem Rock auf seinem Schoß und er schiebt sie mit schnellen Bewegungen vor und zurück. Es ist ein Spiel, das ich nicht verstehe, dessen Regeln ich nicht kenne. Aber ihr Rock ist hochgerutscht, und ich sehe die hautfarbenen Nylonstrümpfe, die halb nach unten gezogen sind und ihre hellen Schenkel entblößen wie eine Schlange, die sich gerade häutet.

Vielleicht hat er einen sechsten Sinn, jedenfalls wendet er sich um und schaut mich an, mich, das mittlere Kind, starrt geradewegs durch die zerbrochene Jalousie. Er sieht mich, ich sehe, dass er mich sieht. Aber er hört nicht auf, im Gegenteil, er schiebt sie nur noch schneller, und sein Gesicht verzerrt sich zu einer hässlichen Fratze, rot vor einschießendem Blut, den Mund aufgerissen, als ob eine böse Version meines Vaters seinen Körper übernommen hätte.

Danach entsteht eine plötzliche Bewegung, vielleicht steht er auf und stößt sie von seinem Schoß, aber ich sehe es nur noch aus dem Augenwinkel, denn ich habe mich umgedreht und gehe weg. Ich gehe mit schnellen Schritten, kein Grund zu rennen, *gehe zügig und aufmerksam über die Straße* – durch das Gartentor und die Lücke in der Hecke auf Farmer Roberts' Feld. Dann den Hügel hoch und in die Scheune, wo die Schafe zum Lammen versammelt sind. Wo Helen neben dem Mutterschaf kauert.

Und es dauert Jahre, bis ich Worte für das finde, was ich an diesem Tag sah. Denn in meinen Albträumen, aus denen ich immer noch schluchzend erwache, sehe ich nicht das, was mein Vater in der Grübelhütte tat, sondern nur das kopflose Lamm in Farmer Roberts' Scheune.

15

Irgendwann kurz nach Neujahr steckte Freddie den Kopf zur Tür herein. Mit einer Stimme, als ob er mir verkünden würde, dass ein außerirdisches Raumschiff auf dem Golfplatz gelandet sei, erklärte er mir, dass jemand namens Georgie für mich am Telefon wäre. Das war eine Eigenart von Georgie. Auf dem Festnetz anzurufen, meinte sie, wäre bodenständiger.

Ich stürmte die Treppe hinunter zum Apparat. Und dann kam Georgies schleppende und gedehnte Stimme durch die Leitung. Sie fragte, ob ich kommen und ein paar Tage mit ihr abhängen wollte, während ihre Eltern auf Mustique waren. Vor Erleichterung wäre ich beinahe in Tränen ausgebrochen.

»Ist Alec auch da?«, fragte ich so beiläufig, wie ich konnte.

»Nee, er ist vor Weihnachten abgereist«, antwortete sie. Dann zögerte sie, als ob sie noch etwas anderes sagen wollte, doch stattdessen sagte sie schließlich. »Kannst du reiten? Sehr gut. Hast du Stiefel? Gummistiefel reichen vollkommen. Ich hätte ja gesagt, dass du dir die Reitstiefel meiner Mutter ausleihen kannst, aber angesichts ihrer Schuhgröße würden einer chinesischen Kaiserin die Tränen kommen.«

Ich war in einem großen, wenn auch heruntergekommenen Haus aufgewachsen und in unserem Dorf in die öffentliche Schule gegangen und hielt mich mit den unterschiedlichen sozialen Lebensumständen für ziemlich vertraut. Aber Georgies Haus raubte mir den Atem.

Wie Georgie mir gesagt hatte, nahm ich mir am Bahnhof ein Taxi. Die Auffahrt zum Haus war etwa einen Kilometer lang und wurde von Kastanienbäumen gesäumt. Nachdem wir über das zweite Viehgitter auf der Einfahrt gerumpelt waren, blickte sich der Fahrer interessiert um. »Herr im Himmel«, sagte er, als das weitläufige, georgianische Anwesen in einem halbmondförmigen Bett aus schneeweißem Kies zwischen den Bäumen in Sicht kam (und sprach damit aus, was ich dachte). »Hier wohnt Ihre Freundin?«

In den folgenden Tagen musste ich manchmal an diese Bemerkung denken. Denn mir wurde klar, dass Georgie nicht die war, von der ich mich am Ende des Trimesters verabschiedet hatte. Anfangs sah sie so aus wie immer: Sie schlenderte nachlässig mit hängenden Lidern und zerzausten Haaren durch das Haus, trug weite Kleidung, die ihre Kurven verbarg und dennoch eine köstlich verdorbene Verheißung beinhaltete. Und sie klang auch so wie die alte Georgie: Ihr Lachen hallte laut von den hohen Decken und den holzgetäfelten Wänden wider, ohne jeden Respekt für die blassen, ernsten Viktorianer, die sie aus den Bilderrahmen anstarrten, oder die missbilligenden Blicke von Mr und Mrs Embling, dem stocksteifen, aus dem West Country stammenden Ehepaar, das sich um das Haus kümmerte (das sich zu meiner Verblüffung als ein Jagdschloss von Heinrich VIII. erwies, mit einem ausladenden, formal gestalteten Garten, Reitställen und etlichen Hektar Land, die bis zum Fluss reichten). Aber die bläulich dunklen Schatten unter Georgies Augen waren größer als früher, und ich merkte, dass sie ständig high war. Sie redete schneller und schnodderiger und ihre Augen, glasig und unstet, wichen meinem Blick aus. Ich hatte keine Ahnung, was los war.

An dem Abend, als ich ankam, fragte ich, »wie viel« und »was« sie einwarf. Georgie lachte und zog als Antwort die obere Schublade einer schweren Kommode im Badezimmer ihrer Eltern auf, die bis oben hin angefüllt war mit bunten Aufputsch- und Beruhigungspillen, die der Arzt ihrer Mutter verschrieben hatte. »Der Typ ist besser als jeder Dealer auf dem Campus.«

Nur freitagabends, in diesem Badezimmer, hatte sie als Kind Gelegenheit gehabt, Zeit mit ihrer Mutter zu verbringen, bevor die Gäste für das Wochenende eintrafen. Sie machte vor, wie ihre Mutter in Lockenwicklern und Unterwäsche vor dem Spiegel saß, sich schminkte und dabei fahrig redete, eine Champagnerflöte auf dem Waschbecken und eine brennende Zigarette in der Seifenschale. War sie damit fertig, kramte sie in der oberen Schublade in den Pillen herum und suchte »Munition für den Abend«. Ein Abend, so erklärte mir Georgie, an dem linke Politiker von Schauspielern und Schauspieler von Schriftstellern geblendet wurden und der nur ein Ziel hatte: »Alle einzuschüchtern, damit sie vor lauter Angst ganz high wurden.«

»Aber wofür brauchst du denn die Tabletten?«, fragte ich, wie immer fasziniert von diesen Enthüllungen über Georgies Eltern, aber auch mit einer guten Portion Misstrauen, dass dieses Gespräch nur der Ablenkung diente.

»Ich sage ja nicht, dass ich sie brauche.« Mit einem Knall schob sie die Schublade zu. »Nur helfen sie manchmal.«

Sie wollte sich schon zum Gehen wenden, hielt aber inne.

»Habe ich dir schon mal von dem Hellseher in Kerala erzählt, der prophezeit hat, dass ich ›mit trockenen Augen am Grab meiner Mutter stehen würde‹?«

»Nein, hast du nicht.«

»Damals hatte ich Angst, dass das Schicksal mich dazu bestimmt hat, ein herzloses Miststück zu werden. Heute frage ich mich, ob das nicht eigentlich erstrebenswert wäre.«

Sie sagte das auf eine so trostlose Art, ohne auch nur den schwächsten Schatten ihres schwarzen Humors, dass ich weiter in sie hätte dringen müssen. Aber ich tat es nicht.

Das Wetter am nächsten Morgen war kalt, aber klar, und wir ritten am Fluss entlang: Georgie, die auf einem durchgeknallten Fuchs saß, als wäre sie auf einem Pferderücken geboren, und ich nervös auf einem zappeligen Grauen. Beide Pferde hatten ganz offensichtlich mehr Rasse in ihrem linken Vorderhuf als die dickfelligen Klepper, auf denen ich bislang über die Stoppelfelder von Milton View getrabt war, im ganzen Leib. Über den Pfützen lag eine dünne Eisschicht.

Als Georgie sich über die Schulter ihres Pferdes nach vorne beugte, um ein Gatter zu öffnen, rutschte ihr Jackenärmel nach oben und entblößte eine Reihe knallroter Brandblasen auf der Innenseite ihres Handgelenks. Sie waren eindeutig jüngeren Datums als die silbrigen Narben, die mir schon früher aufgefallen waren.

»Autsch, was ist dir da denn passiert?«, platzte es aus mir heraus, bevor ich nachdenken konnte.

»Ach, nichts«, sagte sie und setzte sich so schnell wieder auf, dass das Gatter mit einem Knall nach hinten schwang. »Hab beim Teekochen etwas heißes Wasser verschüttet.«

Ungebeten stieg ein Bild vor meinem geistigen Auge auf: wie sie absichtlich aus einem Kessel kochendes Wasser über ihre Arme goss. Ich war natürlich betroffen angesichts der Vorstellung, dass sie so unglücklich sein könnte, um sich selbst zu verletzen. Aber zu meiner Schande muss ich gestehen, dass sich ein Teil von mir – auf den ich wirklich nicht stolz bin – fragte, was dieses Verhalten über ihre Beziehung zu Alec aussagte.

Abgesehen von unserem kurzen Gespräch über ihn gleich

nach meinem Eintreffen hatte sie ihn nicht mehr erwähnt und damit meine Theorie befeuert, dass etwas nicht stimmte. Geplagt von Schuldgefühlen über meine eigenen, verwirrten Motive, hatte ich beschlossen, nicht mehr nachzufragen. Aber der Anblick der frischen Brandwunden rüttelte mich auf.

»Alecs Besuch«, sagte ich und trat meinem Pferd die Fersen in die Flanken, damit es zu Georgies aufschloss. »Wie war es?«

Georgie verzog das Gesicht. »Entsetzlich. Meine Mutter war hin und weg von ihm – sie denkt, gutes Aussehen und Persönlichkeit seien ein und dasselbe. Mein Vater und er konnten einander auf Anhieb nicht leiden.«

»Warum?«

»Du wirst wohl kaum zwei gegensätzlichere Menschen finden. Gegen Ende des Abendessens gleich am ersten Tag nannte Alec meinen Vater eine ›Bastion der heuchlerischen liberalen Elite‹ – wobei er nur so tat, als sei es als Scherz gemeint – und mein Dad meinte, er sei ein ›Kreuzritter im Cowboyanzug‹.« Georgie zog an den Zügeln, als ihr Pferd stehen blieb und ein paar Grasbüschel abrupfte. »Dann war da noch die Sache mit dem Niesen. Jedes Mal, wenn mein Dad das Zimmer betrat, fing Alec an zu niesen. Es stellte sich heraus, dass er gegen Pferdehaare allergisch ist. Wenn jemand bei den Pferden war, musste er jedes Mal einen Sicherheitsabstand halten. Dad hat ständig Pferdehaare an sich, im Vergleich mit ihm ist Katharina die Große regelrecht frigide. Das war der Tropfen, der das Fass zum Überlaufen brachte. Das dachte ich jedenfalls, bis ich Alecs Eintrag im Gästebuch sah. Er hat sich für seine Allergie gegen die Oberschicht entschuldigt.« Georgie lächelte leicht. »Als ich Lorna am Telefon davon erzählte, hat sie gebrüllt vor Lachen.«

Ich starrte sie an. »Du hast mit Lorna gesprochen?«

»Ja, ich habe sie auch gesehen. Sie hat auf ihrem Weg zu einer Buchmesse kurz hier haltgemacht. Dad und ich waren ausgeritten, und als wir zurückkamen, hatte sie schon alle Erstausgaben von Anaïs Nin in der Bibliothek durchgesehen und Alec beim Backgammon die Hosen ausgezogen.«

Ich hoffte, dass man mir meine Eifersucht nicht ansah. Ich hatte Lorna eine E-Mail geschrieben, gleich nachdem ich zu Hause angekommen war, und ihr für alles gedankt, was sie in dem Trimester für mich getan hatte, wobei ich Worte wie »Leuchtturm« und »Orakel« verwendet habe (leider kann ich mich heute noch daran erinnern). Auf die automatische Abwesenheitsnotiz *(Bin zum Angeln gefahren und werde meine E-Mails nur widerstrebend und sehr unregelmäßig abfragen)* war keine weitere Reaktion gekommen. Wahrscheinlich hat sie es sich zur Regel gemacht, während der Ferien keinen Kontakt mit ihren Studenten zu pflegen, sagte ich mir.

»Es war wahrscheinlich ein Segen, dass sie nicht über Nacht geblieben ist«, sagte Georgie und zügelte ihr Pferd am Rande eines Feldes. »Meine Eltern waren beide so begeistert von ihr, dass sie sich wahrscheinlich nachts auf dem Weg in Lornas Schlafzimmer auf dem Flur in die Arme gelaufen wären.«

»Aber Alec«, brachte ich das Gespräch wieder auf das ursprüngliche Thema. Ich konnte die Brandblasen einfach nicht vergessen. »Ist alles okay zwischen euch?«

»Oh ja«, sagte Georgie. »Alles bestens.«

Und dann erzählte sie mir von dem Mittagessen, bei dem ihr Vater von diesen exotischen Enten geschwärmt hatte, die er für seinen Wassergraben importieren lassen wollte. Er hatte genau die richtige Rasse gefunden und war empört gewesen, dass diese Enten sich offenbar nicht für das Klima in England eigneten. Alec hatte sich zu Georgie umgedreht und gesagt: »Es muss schön sein, sich über Enten Gedanken zu machen.«

Das war der Grund, warum sie ihm so verfallen war, erklärte sie, während sich ihr Gesicht öffnete, wie ich es nur selten bei ihr erlebte. In ihrer Familie sei es immer nur darum gegangen, außergewöhnlich zu sein, etwas Besonderes, anders – um jeden Preis. Niemals – Gott bewahre! – normal. Normal war ein ungehöriges Wort. Aber bei ihm war das nicht so. Vielleicht war es seine Vergangenheit, sein Leben in Südafrika, die Dinge, die er getan hatte. Wie auch immer, er hatte ihr das Gefühl gegeben, dass sie normal sein konnte.

Komisch, dachte ich und wandte den Blick ab. *Mich hat er genau das Gegenteil fühlen lassen.*

Georgie blickte über das leere Feld, auf dem das vom Frost überzuckerte Gras funkelte. »Und?«, sagte sie. »Na, komm schon!«

Das Grinsen, mit dem sie ihr Pferd zu einem Kanter antrieb, war das natürlichste und echteste seit meiner Ankunft. Als meine graue Stute hinterhertrabte und die Hufe auf dem gefrorenen Boden trommelten, dachte ich mir, dass sie sich wohl doch versehentlich verbrannt hatte. Es lag nur an meinem eigenen, von Schuldgefühlen geplagten Gewissen, dass ich die Dinge überdramatisierte.

Georgie war manchmal sorglos und ausweichend. Hin und wieder war sie egoistisch. Aber wenn es darauf ankam, war sie immer ehrlich. Und das machte es nur noch schlimmer.

Später an jenem Tag spazierten wir durch den Garten, wo jedes Jahr Raves abgehalten worden waren, als sie noch ein Kind war – die Presse hatte es ein »Musik- und Improvisationsfestival« genannt. Wir überquerten den Burggraben, wo schwarze

Schwäne mit zarten und elegant gebogenen Hälsen dahinglitten. (»Lass dich nur nicht täuschen«, sagte Georgie, »diese Mistviecher laufen dir hinterher und brechen dir die Beine, wenn sie die Gelegenheit dazu bekommen.«) Dann kamen wir in einen von einer Mauer umfriedeten Gartenbereich, wo ein riesiges Gewächshaus mit einem Glaskuppeldach stand, das von angerosteten Eisenstreben gehalten wurde.

Georgie stieß die hohen Glastüren auf. In dem Gewächshaus war es tropisch warm und die Luft roch nach Zitronen und Jasmin. In schmiedeeisernen Kübeln und riesigen Urnen aus Steingut wuchsen Pflanzen mit Früchten, die ich noch nie gesehen hatte.

Wir setzten uns auf kleine Rattansofas, Georgie mit einem Roman, ich mit meinem Tagebuch, bei dem ich mit den Einträgen hinterherhinkte. Eine Weile wechselten wir gelegentlich noch ein paar Worte, aber wir waren beide schläfrig von dem Ausritt und dem üppigen Mittagessen von Mrs Embling (Roastbeef, Kartoffeln und Rüben, eine Flasche mit schwerem Rotwein, der köstlich und erdig geschmeckt hatte). Als ich nach einer Weile, in der ich ununterbrochen geschrieben hatte, aufschaute, sah ich, dass Georgie eingeschlafen war.

Ich schrieb noch ein bisschen weiter, dann blätterte ich um und fing an, sie mit meinem Füller zu skizzieren.

Sie hatte ihren Ellbogen seitlich unter das Gesicht geschoben, wie ein Kissen, und die Beine in ihren schmutzbespritzten Jeans auf dem kurzen Sofa wie ein Fötus angezogen. Die Spätnachmittagssonne fiel durch die Glasscheiben und überzog ihre Haut mit einem honigfarbenen Schimmer. Ihre Wimpern, ausnahmsweise einmal ohne Mascara, lagen bleich und still auf ihren Wangen.

Ich zeichnete sie eine Weile – mit eher mäßigem Erfolg, weil ich ihre Gesichtsform einfach nicht hinbekam –, und dann legte ich den Stift beiseite und betrachtete meine Freundin einfach.

Das Brennen hinter meinen Augen traf mich unvorbereitet. Was hatte ich mir all die Monate nur dabei gedacht, heimlich von Alec zu träumen? Ich hatte eine Freundschaft, die besser und vertrauter war als alle, die ich je erlebt hatte, zu einer Farce gemacht, und meine Beziehung mit Nick, die gut und echt war, als Alibi für etwas missbraucht, das gar nicht existierte.

Ich betrachtete Georgie, die weiche Rundung ihres Kinns, das den langen, eleganten Hals verbarg, das hässliche Muttermal, und wie ich so in dem warmen, schweren Duft von Blüten saß, die zu empfindlich für die Winterkälte waren, schwor ich mir, dass ich Alec und diese Fantasien, die ich hatte, aufgeben würde.

Ich nahm wieder den Füller zur Hand. Und diesmal gelang mir die Wölbung ihrer Wange auf Anhieb.

Erst als wir wieder im Haus waren und ich die Seite umblätterte, sah ich, dass ich den Füller zu fest aufgedrückt hatte. Tinte von meiner Zeichnung war durchgesickert und hatte alle Worte meines Tagebucheintrags, den ich davor geschrieben hatte, ausgelöscht.

16

Beim Erzählen dieser Geschichte wurde mir plötzlich klar, dass die Zeit, wenn man sich an sie erinnert, nicht gleichmäßig fließt.

Wenn man an Sand denkt, der durch eine Sanduhr rieselt, dann sollte man ihn sich feucht und klumpig vorstellen. Statt dass Erinnerungen in einer ordentlichen Reihe nacheinander hindurchsickern, gibt es lange, klebrige Phasen, in denen gar nichts passiert, gefolgt von einem Schwall, wenn man sich plötzlich an einen Berg von Ereignissen in allen Einzelheiten entsinnt. Manchmal schließe ich die Augen, gehe wieder über den Campus, fühle meine Tasche gegen meine Hüfte schlagen, rieche die unangenehmen Ausdünstungen der Suppe aus der Mensa und merke, wie mein Magen einen Satz macht, wenn Alecs Hand – zufällig oder nicht? – meine berührt. Dann folgen Tage und Wochen, die mir kaum im Gedächtnis geblieben sind.

Und das ist im Grunde die Geschichte des Frühlingstrimesters. Ein paar Dinge weiß ich noch. Ich ließ mir zum ersten Mal im Leben die Haare kurz schneiden. Nicht so kurz wie Georgie, aber kinnlang, zu einem – wie ich hoffte – schicken französischen Look, der allerdings meine Locken noch unbändiger machte. Ich schloss mich Walt an, dem Aktivisten in unserer Etage im Wohnheim, folgte ihm auf einem Protestmarsch über den Campus und verstauchte mir bei dem Versuch, ein Spruchband quer über den Haupteingang der Arche zu hängen, den Knöchel.

Unvergessen ist mir, dass ich (mit ein bisschen Unterstützung von Lorna, die im Fachbereich Schauspiel ein gutes Wort für mich einlegte) die Rolle von Kleopatras Kammerzofe Charmian in einer ziemlich ambitionierten Inszenierung von *Antonius und Kleopatra* ergatterte. Die Handlung wurde in Haiti angesiedelt, zu einer Zeit, als die Insel noch eine französische Kolonie war. Während des Höhepunkts des Stücks muss Charmian eine tödliche Viper in die Zelle ihrer lebensmüden Herrin schmuggeln. Statt einer Gummischlange aus dem Spielzeugladen hatte unser findiger Set-Designer Albie aufgetrieben, die zahme Ringelnatter eines Kommilitonen. Albie war ein wahrer Kassenschlager – »Hast du schon gehört, die haben eine echte Schlange?« –, bis ich in jener einen Nacht bei meinem Aufgang auf die Bühne stolperte und die Schlange in den Zuschauerraum entkam, woraufhin das Publikum sich schreiend davonmachte.

Ich habe immer noch ein Foto von diesem Trimester, eins der wenigen, die ich ausgedruckt habe.

Wir vier – Alec, Georgie, Nick und ich – nehmen auf dem Dach des Leichenwagens ein Sonnenbad. Obwohl ich nicht mehr genau weiß, wo wir geparkt hatten, erinnere ich mich an unzusammenhängende Eindrücke: das warme Metall des Wagendachs unter meinem Rücken und der Geschmack des süßen, billigen Weißweins, den wir aus Plastikbechern tranken, sogar noch an den verblüfften, leicht eingeschüchterten Blick des Mannes, der zufällig vorbeikam und den Georgie, deren nackte, in ausgefransten Jeans-Shorts steckende Beine vom Dach baumelten und die über ihrem schwarzen BH ein durchsichtiges weißes T-Shirt trug, anhielt und bat, mit ihrem Handy ein Foto von uns zu machen.

Dieses Foto betrachte ich jetzt. Ich schaue jedem von uns ins

Gesicht, und in dem bitteren Kielwasser der Traurigkeit trifft mich auch die Ironie der Figur, die ich in diesem Trimester darstellte, ins Mark: eine beneidenswert selbstbewusste Studentin in ihrem ersten Jahr an der Uni, in der Geborgenheit ihrer Clique aus exzentrischen, glamourösen Freunden, neben ihrem gut aussehenden Freund, der ihr ein paar Trimester voraus hat.

Nichts ist zu sehen von jener dunklen und obsessiven Szene, die mein Bewusstsein beherrschte. Kein Anzeichen für den Sturm, der sich näherte.

Alec war derjenige, der sich in diesem Trimester am seltensten blicken ließ. Manchmal bekam man ihn tagelang nicht zu Gesicht, und er meldete sich auch nicht bei Georgie, die in dieser Zeit missmutig bei mir und Nick herumhing, noch nervöser und reizbarer war als sonst und alle fünf Minuten ihr Handy zückte. Ihre Augen waren entweder verdächtig hell oder verschleiert, und jedes Mal, wenn sich die Gelegenheit bot – und manchmal auch dann, wenn nicht –, redete sie von Alec. Einmal mussten Nick und ich sie die Treppe hochtragen (ein ganz schönes Stück Arbeit), nachdem sie sich mit einem Altphilologie-Studenten sinnlos betrunken hatte. Ich erinnerte mich daran, dass ihr Alec einmal gesagt hatte, er würde *Die Ilias* mögen.

Tauchte Alec dann wieder auf, konnten wir nie sicher sein, welche Version von ihm wir zu sehen bekamen. Manchmal wirkte er noch lebendiger als sonst und strotzte nur so vor Energie und diesem schlagfertigen, trockenen Humor. Dann wieder waren seine Augen rot vor Erschöpfung und hatten einen abwesenden Blick. Er gab keine Erklärungen für seine Abwesenheit, obwohl hin und wieder Fragmente durchsickerten, die diese Lücken erklärten: ein brillantes Seminar über Kriegsberichterstattung, das er gehalten habe, eine Präsentation über südafrikanische Politik oder ein Artikel über Außenpolitik, den er für eine internationale Zeitung verfasst hatte. Veranstaltungen, von denen er uns erst erzählte, als sie vorbei waren, sodass wir nicht hingehen konnten. »Das passt irgendwie nicht zusammen«, sagte Nick einmal. »Er ist einfach zu oft weg.« Aber ich verwarf seine Einwände, weil ich genau wusste, wie eifersüchtig er seit jener Nacht in der Bar war, und weil ich Angst hatte, mich zu verraten.

Seit die Uni nach den Weihnachtsferien wieder losgegangen war, war ich fest entschlossen, das Versprechen, das ich mir in Georgies Haus gegeben hatte, in die Tat umzusetzen. Ich stürzte mich in die Beziehung mit Nick, der sich vor lauter Begeisterung von einem seiner Mitbewohner eine Doppelmatratze klaute, damit ich bei ihm übernachten konnte, was ich auch die meiste Zeit tat. Trotzdem fühlte ich mich ständig schuldig. Nicht gegenüber Nick, der zwar spürte, dass mein Inneres nicht zu seiner Verfügung stand, und der mich umso mehr wollte, sondern gegenüber Georgie, die sich jeden Tag ein Stück mehr von mir entfernte, weggeweht in einer Wolke aus Drogen und Partys, mit der sie entweder provozieren oder Alecs Abwesenheit ausgleichen wollte. Ich versuchte mehrmals, mich mit ihr hinzusetzen und in aller Ruhe zu reden, meistens allein, aber einmal – nach der Episode mit dem Altphilologen – auch zusammen mit Nick. Es ging jedes Mal entsetzlich schief.

Aber die Leidenschaft triumphiert in Herzensangelegenheiten immer über die Schuld. Jeden Morgen beim Aufwachen fragte ich mich, ob ich Alec heute sehen würde. Und ich stellte mir die unterschiedlichsten Fragen – immer die falschen. Wie sollte ich die Tatsache verstehen, dass er noch bei mir im Zimmer geblieben war, nachdem die anderen beiden gegangen waren? Was bedeutete es, dass er mir jedes Mal, wenn wir uns voneinander verabschiedeten, tief in die Augen blickte, aber niemals dabei lächelte?

In diesem Trimester arbeitete ich hart und konzentriert, teilweise, um meine Gefühle für Alec in den Griff zu bekommen, und teilweise, weil ich bei Lorna punkten wollte. Durch unser Gespräch vor Weihnachten inspiriert und in der Überzeugung, dass ich es tatsächlich schaffen konnte, für meine Heldin eine Muse zu sein, vergrub ich mich in Büchern und schwitzte über jedem einzelnen Absatz meiner Essays. Zu dem unverhohlenen Ärger meiner Mitstudenten in Lornas Kurs, löste ich Georgie als Lehrers Liebling ab. Früher war es Georgie gewesen, die das Gespräch bestritten hatte, während wir nach den Seminaren zusammen mit Lorna zu den Fahrradständern gegangen waren. Aber seit Weihnachten schwänzte Georgie immer mehr Kurse, und ich wusste, dass es selbst Lorna nur selten gelang, ein paar Worte mit ihr zu wechseln (»als wollte man einen Goldfisch mit eingeseiften Händen festhalten«). Und so war nun ich es, die Lorna zu ihrem Fahrrad begleitete und mit zu ihr nach Hause radelte, anfangs unter dem Vorwand, dass ich etwas in der Stadt zu erledigen hatte, aber dann, immer öfter, einfach nur so. Wir gönnten uns in dem kleinen italienischen Bistro am Ende ihrer Straße eine Süßigkeit oder unterhielten uns in ihrer Küche über Gott und die Welt. Und je mehr Zeit ich mit Lorna verbrachte, desto weniger Zeit verbrachte ich mit Georgie.

»Zwischen fünf und sechs ist meine Bummelstunde«, sagte Lorna einmal, als sie den Schlüssel in die Haustür schob, dann in die Diele eintrat und die Post mit dem Fuß zur Seite schob. »Dann lohnt es sich nicht mehr, Koffein zu sich zu nehmen, aber für Alkohol ist es noch zu früh. Alles, was man an diesem Tag erreichen kann, ist vermutlich schon geschehen, und das einzig Vernünftige ist, sich hinzusetzen, zu quatschen und Kuchen zu essen.« Als sie sich auf den Küchenstuhl fallen ließ, die Schuhe von den Füßen streifte und mit der Hand durch die Haare fuhr, schaute sie zu mir hoch und lächelte mich an. »Die wichtigste Frage dabei ist, mit wem man es tut.«

War das komisch? Wenn sie ein Mann oder lesbisch gewesen wäre, hätte das Ganze einen gewissen Beigeschmack gehabt. Aber Lorna war als jemand bekannt, der sich nicht an Regeln hielt und ihre Lieblinge hatte. Und obwohl sich diese Gespräche immer persönlich anfühlten, redeten wir nie über mein Liebesleben, jedenfalls nicht direkt. Manchmal fragte sie mich, wie die Sache mit Nick lief (worauf ich immer antwortete: »Gut, wirklich gut …«), aber meist sprachen wir über nichts Bestimmtes, und doch sah ich immer einen Bezug zu meinem Leben. Sie konnte wie ein Musiker Ton und Note des Gesprächs verändern, sodass man sich in einem Moment auf unsicherem Boden befand und im nächsten ganz vertraulich schwatzte. Und niemals gerieten die Dinge ins Stocken, nicht ein einziges Mal.

Ich lernte allmählich die Zeichen zu erkennen, mit denen sie diese Unterhaltungen beenden wollte – manchmal war es nur eine leichte Verkürzung der Sätze oder ein Schweigen, das einen Herzschlag länger dauerte. Aber ich verließ sie jedes Mal mit dem Gefühl, dass auch sie aus unseren Treffen einen Gewinn zog. Mit der Zeit ging sie mehr aus sich heraus, redete etwa über einen Kollegen, der ihr auf die Nerven fiel, oder über eine Idee für ein Buch, die sie noch nicht recht greifen konnte. Und allmählich wurde ich dadurch kühner und sprach Dinge an, die ich bei anderen unausgesprochen lassen würde.

Und obwohl es, glaube ich, nur zweimal passierte, erinnere ich mich am deutlichsten daran, dass sie an der Tür, wenn wir uns verabschiedeten, meine Hand nahm und sie mit einer Geste leicht drückte, die irgendwo zwischen einem Handschlag und einer Umarmung lag. Dann hielt sie meine Hand einen kurzen Moment lang, als ob sie wollte, dass ich mir ihre nächsten Worte einprägte, als ob sie etwas wusste, wovon ich keine Ahnung hatte. Als ob sie in die Zukunft sehen konnte. »Ich bin da, wenn Sie mich brauchen. Jederzeit.«

In diesem Jahr setzte die Blüte früh ein. Etwa zwei Wochen lang sah es so aus, als ob die Natur eine Party feiern würde und die Bäume mit Konfetti geschmückt hätte. Doch die Pracht dauerte nicht lang, und die Blüten fielen bereits wieder und lagen wie mit Schlamm vermischte Schneeverwehungen auf den Straßen, als Alec eines Morgens hereinkam.

Ich saß in einem uralten, einstmals weißen Nachthemd, das ich von meiner Schwester Stef geerbt hatte, auf meinem Bett. Auf Anraten des Apothekers, der auf dem Campus seinen Laden hat, hatte ich etwas in meine Haare geschmiert, das sich »Hair Relaxant« nannte und das verhindern sollte, dass meine kurz geschnittenen Locken nach allen Seiten abstanden, was bedeutete, dass sie in diesem Moment schlaff und fettig an meinen Wangen klebten, während ich Tagebuch schrieb.

Es klopfte an der Tür, und noch ehe ich etwas sagen konnte, stürmte Alec herein. Mein erster Gedanke war: *Oh toll, ausgerechnet heute sehe ich total beschissen aus.* Dann löste sich meine Eitelkeit in Luft auf. Etwas stimmte nicht. Er atmete schwer, als ob er schnell gelaufen oder gerannt wäre. In seinen Haaren hingen Regentropfen und hoch oben auf seinen Wangen prangten zwei rote Flecken.

»Was ist los?«

Er drückte die Tür hinter sich zu. Ich hatte geglaubt, dass ich schon sein ganzes Mienenspiel kennen würde, aber diesen Ausdruck hatte ich noch nie gesehen. Sein Gesicht sah irgendwie nackt aus, als ob eine Hautschicht abgezogen worden wäre. Ich klappte mein Tagebuch zu und stand auf. Mein Puls hämmerte in meinen Ohren.

Jetzt kommt's, dachte ich. *Jetzt oder nie. Jetzt sagt er mir, was er für mich empfindet.*

Ich schaute ihm ins Gesicht, in dieses wundervolle Gesicht. Die zweifarbigen Augen liefen über vor Gefühl, und mein Herz machte einen Satz.

»Sie haben Stevie getötet«, sagte Alec.

Der Schock der Enttäuschung war so groß, dass ich mich wieder setzen musste.

»Wer ist Stevie?«, fragte ich automatisch.

»Der Minenarbeiter, den ich interviewt habe. Sie haben ihn umgebracht.«

Ich blinzelte. Seine Augen … Ich war mir so sicher gewesen. Mein Gehirn bemühte sich, Schritt zu halten, damit ich meine Gesichtszüge entsprechend arrangieren konnte, aber es dauerte eine Weile, bis ich begriff, was er gesagt hatte.

»Er sollte aussagen. Nächste Woche.«

»Aussagen?«, murmelte ich. »Ich wusste gar nicht, dass es ein Gerichtsverfahren gibt.«

»Kein Gerichtsverfahren, sondern eine Untersuchung, über das Massaker. Aber sie haben ihn vor seinem Haus erschossen. Vier Männer in einem vorbeifahrenden Wagen.«

Ich starrte aus dem Fenster. Regentropfen benetzten das Glas.

»Was willst du jetzt machen? Gehst du wieder zurück?«, fragte ich, während ein angstvoller Knoten meine Kehle zuschnürte. »Aber was *kannst* du überhaupt machen?«

Ich hatte meinen Irrtum immer noch nicht verarbeitet, und erst als ich diese Frage stellte, fiel mir auf, wie merkwürdig es war, dass er mit dieser Neuigkeit zuerst zu mir gekommen war. Zu mir, nicht zu Georgie. Ich schaute gerade in dem Moment zu ihm hin, als sich Alec neben mich aufs Bett setzte und mir beide Hände auf die Schultern legte. Ich konnte ihn riechen, den süßen Duft nach Tabak an seinen Fingerspitzen. Mein Herz raste.

»Ich weiß es nicht«, sagte er. »Ich wusste nur, dass ich nicht gehen konnte, ohne dich noch einmal gesehen zu haben.«

»Warum?«, flüsterte ich.

Er zögerte kurz, dann schaute er mir direkt in die Augen. »Das Erste, woran ich dachte, als ich davon hörte, warst du. Ich dachte, dass ich mit dir reden wollte. Über uns. War das falsch?«

Es war zu viel. Ich schloss die Augen und versuchte, den ängstlichen Strom der Freude in meiner Brust aufzuhalten. Dann hörte ich wieder seine Stimme leise durch das Zischen des Regens klingen.

»Komm mit mir, Jess. Nur für ein paar Tage.« Und dann die Worte, die mich seitdem verfolgen. »Vielleicht ist das alles, was uns bleibt.«

17

Es regnete, als ob das Wetter wüsste, dass wir etwas Falsches taten.

Trotz des Regens, der mit jeder Meile, die wir radelten, schlimmer wurde, war ich froh, dass wir den Wagen am Fahrradverleih stehen gelassen hatten. Ich hätte es keine Minute länger in dem Leichenwagen ausgehalten, mit dem Geist von Georgie auf dem Beifahrersitz und dem von Nick im Fond.

Stattdessen genoss ich – über den Lenker gekrümmt – etwa zwei Stunden lang den kalten Regen, der meine Wangen betäubte, den Schmerz in meinen kreiselnden Beinen und die Tatsache, dass ich nicht reden musste. Alec hatte mir nicht gesagt, wo wir unterkommen würden, nur, dass wir zwei Nächte lang wegbleiben würden und dass ich ein paar Klamotten zum Wechseln mitnehmen sollte, die er dann in die wasserdichten Taschen auf dem Gepäckträger stopfte.

Wir fuhren an einem Straßenschild vorbei. Kinder überquerten die Fahrbahn. *Denken Sie an die Dreiecksverhältnisse,* hatte mich Lorna gewarnt. Aber war nicht *Die Absteiger* der eigentliche Grund, warum ich hier war? Hatte sie mich nicht dazu inspiriert, aus meinem faden, regelkonformem Leben auszubrechen? Was war schlimmer: seinem Herzen zu folgen und Schmerzen zu riskieren oder ein umsichtiges, überlegtes Leben zu führen, sich an die Regeln zu halten und sich einzureden, dass es so am besten war? War dieser Trip mit Alec ein Statement für alles, woran ich glaubte? Oder war »Glaube« bedeutungslos, weil ich es sowieso tun würde?

Ich weiß nicht, wie Alec ausgerechnet auf diesen Gasthof kam, mitten in einem Wildpark, der zu einem heruntergekommenen Herrenhaus gehörte. Aber die regenvernebelte Landschaft wirkte irgendwie passend. Als wir schließlich in die Einfahrt einbogen, war ich nur noch halb bei Bewusstsein vor lauter Müdigkeit, sodass mir das Rudel Hirsche, die ihre mit Geweihen gekrönten Häupter majestätisch hoben, als wir vorbeifuhren, surreal vorkam, mich aber gleichzeitig völlig kalt ließ.

The Old Swan mit seinen Giebeln, den gedrungenen Steinwänden und den tief hängenden Deckenbalken schien einem Schauermärchen entsprungen zu sein. Wie wir mit roten Wangen und regengespickten Wimpern ins Warme traten, fühlten wir uns wie Weltumsegler.

Die Empfangsdame war in den mittleren Jahren, mit einer Haut wie Krepppapier und einer Brille, die an einer roten Kette um ihren Hals hing. Alec füllte das Anmeldeformular aus, während ich mich im Hintergrund hielt. Ich hatte Angst, dass sie mich nach meinem Ausweis fragen und mir vorhalten würde, ich sei zu jung für so etwas Unanständiges, dass sie meine Eltern anrufen und sie auffordern würde, mich abzuholen. Aber sie lächelte nur über den Rand ihrer Brille hinweg und hieß uns willkommen, während sie Alec einen riesigen eisernen Zimmerschlüssel überreichte.

»Sie haben ja eine ganz schöne Tour hinter sich. Vielleicht möchten Sie sich bei einem Drink an der Bar aufwärmen?«

»Möchtest du?«, fragte mich Alec.

»Klar.« Ich nickte, erleichtert, dass wir nicht gleich nach oben gehen mussten. »Gute Idee.«

Wir bestellten uns jeder einen doppelten Whisky und setzten uns in zwei riesige Sessel mit dick gepolsterten Armlehnen vor das offene Feuer. Mit glasigen Augen nippten wir an unseren Gläsern. Eine Standuhr tickte. Das Feuer zischte. Ich betrachtete Alecs Hand, die auf der Armlehne lag, die kleinen Linien, die kreuz und quer über seine Knöchel verliefen, die milchigen Halbmonde unter seinen Nägeln – Hände, die ich in den vergangenen sechs Monaten verstohlen gemustert hatte. Hände, die schon bald auf mir liegen würden. Mein Magen zog sich zusammen.

Er schaute plötzlich auf. »Sollen wir hochgehen?«

Ich folgte ihm die schmale, knarrende Treppe hinauf bis vor eine niedrige, kleine und schiefe Zimmertür. Metall schabte auf Metall, als er den Schlüssel im Schloss hin und her ruckelte und versuchte, den Schließmechanismus zu finden.

Das Zimmer war klein und hübsch, wie das Gästezimmer im Haus einer verwitweten Tante. Geflockte Tapeten, ein Doppelbett mit einer Tagesdecke aus blütenweißer Spitze. *Oh Gott,* dachte ich und schaute auf meine Füße, die noch auf der Schwelle standen. *Das ist es. Hier ist die Linie. Wenn ich die überquere, hintergehe ich sie alle.*

Alec schaute mir einen Moment aufmerksam ins Gesicht. Dann lächelte er. »Als wir uns kennenlernten, hast du mir gesagt, dass du immer auf den Friedhof gehst und liest, wenn du dich zu Hause unwohl und fehl am Platz fühlst.« Er machte eine Pause. »Wollen wir etwas lesen?«

Ich nickte und wusste nicht, ob ich lachen oder weinen sollte.

Alec berührte leicht meinen Arm. Dann nahm er eins der Bücher, die auf der Kommode lagen, ließ sich voll bekleidet auf dem Bett nieder und blätterte die Seiten durch. Ich legte mich neben ihn, wobei ich darauf achtete, ihn nicht zu berühren, und betrachtete eine Reihe von kleinen Fotos, die neben dem Bett an der Wand hingen: Sepiafarbene, viktorianische Porträts von Frauen mit steifen Rücken und Kindern mit Rüschenröcken über den pummeligen Knien. Neben mir raschelten die Seiten, die Alec umblätterte, dazu sein langsamer und gleichmäßiger Atem. Ich fühlte, wie sich meine Schultern entspannten. Ehe ich wusste, wie mir geschah, fielen mir die Augen zu.

Dunkelheit. Eine Tür öffnete sich klickend. Ein Spalt aus Licht.

Alec trat aus dem dampfenden Badezimmer, mit nassen Haaren und einem Duschtuch um die Hüften geschlungen. Draußen, vor den kleinen Fenstern mit den Spitzenvorhängen, war es stockdunkel geworden. Nur eine kleine Lampe auf dem Nachttisch warf einen Schatten über seine nackte Brust. Alec zog das Handtuch weg. Meine Beine fühlten sich immer noch bleischwer an und wie auf die Matratze genagelt, aber mein Herz schlug schneller.

»He, Schlafmütze. Wir sollten nach unten gehen, sonst verpassen wir das Abendessen«, sagte Alec und zog sich in aller Seelenruhe eine Unterhose und seine Jeans an.

Der Boden des Restaurants bestand aus riesigen Steinplatten, und im Kamin prasselte ein großes Feuer. Hinter dem Grill stand ein Mann mit einer Schürze über dem dicken Bauch und briet Steaks. Über dem Kamin hing ein Hirschschädel mit einem ausladenden Geweih. Vage registrierte ich, dass die anderen Tische besetzt waren. Es war ziemlich voll.

Wir saßen am Fenster, und ich starrte die Speisekarte an, bis die Kellnerin zu uns kam. Sie war etwas jünger als ich, mit einer Zahnspange und einem runden Gesicht, auf dem einige Pickel sprossen. Wir bestellten beide ein Steak, meins medium, englisch für Alec, und eine Flasche Rotwein. Ich glättete die

Serviette auf meinem Schoß, rückte das Besteck gerade und riss einen schlechten Witz über den Hirschschädel an der Wand.

Ich war nicht nur unglaublich nervös, mein Gehirn war wie eingefroren. Vielleicht würde ich jetzt, da ich ihn ganz für mich allein hatte, hier sitzen und kein Wort herausbringen. Vielleicht war das meine Strafe – die Schuld würde mich in eine Wachsfigur verwandeln. Ich würde nicht nur zwei Freunde verlieren, sondern auch Alec. Ich hatte eine Vision von Georgie, die nicht aufhören konnte zu lachen, mit weit in den Nacken gelegtem Kopf, sodass man ihr großes, braunes Muttermal auf ihrem weißen Hals sehen konnte. *Oh Darling,* würde sie sagen und sich die Lachtränen aus den Augenwinkeln wischen, *du hast es echt vermasselt.*

»Sei nicht so hart zu dir.«

Verblüfft schaute ich auf. Alec bedachte mich mit einem so liebevollen Lächeln, dass mir die Tränen kamen und ich blinzeln musste, um sie zurückzuhalten.

»Gefühle zu haben, ist kein Verbrechen«, sagte er.

»Aber ihnen nachzugeben?«

»Ich habe wirklich versucht, es nicht zu tun«, sagte Alec trocken. »Ich habe mir Sorgen gemacht, dass Georgie zu labil sei, dass ich mich nicht von ihr trennen dürfe, und schon gar nicht dir erzählen, was ich für dich empfinde. Also bin ich weggeblieben, so oft es ging, in der Hoffnung, dass sie das Interesse verlieren und sich jemand anderen suchen würde. Was sie bestimmt auch tun wird.« Er holte tief Atem. »Aber ich konnte nicht wegbleiben, Jess. Und niemand muss etwas hiervon erfahren.«

Meine Kopfhaut wurde erst heiß, dann kalt, als mir die Bedeutung seiner Worte klar wurde. Was wollte er damit sagen?

Dass dies in der Tat etwas Unanständiges war? Ein verstohlenes Wochenende in irgendeinem Hotelzimmer? Dass die Gefühle zwischen uns nichts weiter waren als nur das aufgestaute Verlangen nach Sex, das verschwinden würde, wenn wir ihm einmal nachgaben? Dass wir so tun konnten, als sei es nie passiert? Ich starrte seine Hand an, die langen, braunen Finger, die den Stiel des Weinglases umfasst hielten. Würde ich meine Schuld also für den Rest meines Lebens mit mir herumschleppen, wie eine Leiche, die mir an den Fuß gekettet war?

»Himmel, Jess. Du bist so weiß wie ein Laken. In was für ein Loch bist du denn gerade gefallen?« Er beugte sich vor, und die Hand, die eben noch das Weinglas gehalten hatte, war mit einem Mal neben meinem Gesicht. Sein Zeigefinger berührte meine linke Wange. »Ich meinte damit, dass wir es eine Weile für uns behalten sollten, dass wir abwarten, bis wir den beiden davon erzählen. Besonders, weil ich für eine Weile weggehen muss. Das wäre unnötig grausam, findest du nicht?«

Ich nickte. Die Erleichterung war so übermächtig, dass es wehtat.

Alec lächelte, brach sein Brötchen auseinander und pulte das weiche Innere heraus.

Die Kellnerin brachte unser Essen, und eine Zeit lang aßen und tranken wir, unterhielten uns gut gelaunt und grinsten uns an. Jetzt, da wir über Nick und Georgie gesprochen hatten, fiel die ganze Anspannung von mir ab und ich empfand die gleiche Euphorie wie in dem Moment, in dem er in mein Zimmer gestürmt war. Was wir taten, war doch gar keine so große Sache. Niemand war verheiratet; niemand hatte Kinder. Wir alle lebten getrennt voneinander. Die einzige Situation auf Leben und Tod war die in Südafrika, die dazu geführt hatte, dass wir uns unsere Gefühle eingestanden. Das war alles.

»Erzähl mir etwas, das ich noch nicht über dich weiß«, bat ich. »Etwas Wichtiges.«

Alec lächelte. »Wow. Okay, lass mich nachdenken …«, sagte er und zwirbelte den Stiel seines Glases hin und her, sodass es im Licht aufblitzte. Ein paar Sekunden vergingen. Dann sagte er: »Wirst du mich auch nicht verurteilen, wenn ich es dir sage?«

»Natürlich werde ich dich verurteilen«, sagte ich mit einem Lachen in der Stimme.

Alec schaute auf. Sein Gesicht war so ernst, dass mir das Lachen verging. »Tut mir leid, ich habe nur Spaß gemacht.« Und als er immer noch zögerte, mit einem Anflug von dieser Nacktheit auf dem Gesicht – ich weiß auch nicht genau, was es war –, sagte ich: »Bitte erzähl es mir. Ich möchte es wirklich gerne hören.«

Alec schaute mich noch eine Weile länger an und schob sein Haar mit einer Hand nach hinten, sodass ich seine breite Stirn sehen konnte, den schroffen Kamm seiner Nase, diese seltsamen Augen mit dem fehlenden blauen Stück.

Du bist wunderschön, dachte ich. Einfach wunderschön.

»Was würdest du denken, wenn ich dir sage, dass ich jemanden umgebracht habe?«

Einen Augenblick lang hörte ich auf zu atmen. Ich fühlte, wie sich meine Augen dermaßen weiteten, dass sie brannten. *Jemanden umgebracht?* Scheiße, was meinte er damit? In Südafrika? Bei einer Reportage? Aus Notwehr?

Alec zog die Gabel mit den Zinken leicht über das Tischtuch und hinterließ feine Rillen. »Vielleicht liegt es an der Nachricht über Stevie, aber ich sehe es ständig vor mir, als ob es gestern gewesen wäre. Ich war etwa in deinem Alter, vielleicht ein Jahr älter. Wie alt bist du … neunzehn? Lieber Himmel. Ja, das kommt hin. Vor sechs Jahren. Ich war zwanzig. Sie war ein Jahr älter als ich.«

»*Sie?*«

»Eins von den Mädchen, die man kennenlernt, und alles verändert sich. Die Welt gerät aus den Fugen.«

»Eine Freundin von dir?« Ich versuchte, mir den Schock nicht anmerken zu lassen. *Jemanden umgebracht.*

»Wir waren ein paar Monate lang zusammen. Sie war wunderschön, aber das war es nicht. Sie konnte eine Ewigkeit lang schweigen, und dann sagte sie ganz plötzlich etwas unglaublich Scharfsinniges oder Komisches, was dich die Welt in einem anderen Licht sehen ließ. Und das Bemerkenswerte daran war, dass sie es nicht wusste. Sie dachte, sie sei ganz gewöhnlich.«

Ich fühlte, wie meine Wangen rot wurden, und schaute weg.

Alec lachte. »Ja. Du erinnerst mich an sie. Sehr sogar. Vielleicht erzähle ich dir deshalb davon.«

Ich sah, wie er die Gabel stärker in den Stoff des Tischtuchs drückte und sich die Muskeln in seinem Unterarm anspannten. Einen Augenblick lang empfand ich eine pulsierende Angst.

»Wenn du sagst, dass du sie getötet hast …«

Schnell schaute er hoch. »Im übertragenen Sinne, natürlich.« Er betrachtete mein Gesicht. »Himmel, Jess. Was hast du denn gedacht? Dass ich irgendein kranker Psycho bin, der dich in einen abgelegenen Gasthof am Ende der Welt geschleppt hat?«

»Nein. Ja. Vielleicht ein bisschen.«

Ich lachte. Er nicht.

Ich trank einen großen Schluck Wein und stellte dann mein Glas wieder ab. Plötzlich war mir schwindelig.

»Wir fuhren ein paar Tage weg«, erzählte er. »Etwa zwei,

drei Wochen vor ihrem Examen. Sie war ein kluges Mädchen. Viel klüger als ich. Sie war von einer Top-Firma in New York angeworben worden, von einer Werbeagentur, und sie wollte den Job annehmen. Eines Nachts in einer Bar, es war schon spät und wir hatten viel getrunken – diese entsetzlichen Shots, die nach Anis schmecken –, haben wir uns gestritten.«

»Weil du nicht wolltest, dass sie weggeht?«

»Weil ich nicht wollte, dass sie alles wegwirft. Es ging nicht um *mich*«, sagte Alec. »Ich war bloß ein zwanzigjähriger Junge. Ich glaubte selbst nicht daran, dass unsere Beziehung ewig dauern würde. Aber ihr Geist. Diese Wahrheit in ihr. Diese Sache, die in ihr loderte, mit der sie gesegnet war. Ich konnte den Gedanken nicht ertragen, dass sie sich für dreißig Silberlinge an die Wirtschaftswelt verkaufte. Das kam mir wie das schlimmste aller Verbrechen vor. Ich sagte … Scheiße, ich kann mich nicht mehr genau erinnern, aber ich habe schlimme Worte gesagt. Ich war betrunken, es war mitten in der Nacht. Ich habe so fest daran geglaubt, ich tue es immer noch …«

Er schaute auf, die Augen hell, aber ob vor Tränen oder Leidenschaft konnte ich nicht sagen.

»Wir hatten zwei Mopeds gemietet. Sie hatte ein rotes mit schwarzen Streifen, die ihr so gut gefielen – solche Dinge entzückten sie. Der Plan war, dass wir mit dem Taxi nach Hause fahren würden, weil wir so viel getrunken hatten. Als sie aufstand und aus der Bar stürmte, wusste ich, was sie vorhatte. Sie war so wütend auf mich. Ich hatte ihr vorgeworfen, dass sie keine Courage hatte, keinen Mut zum Risiko, keinen Sinn für das Abenteuer. Natürlich bin ich ihr hinterhergerannt. Aber als ich nach draußen kam, saß sie schon auf dem Moped. Sie hat nicht einmal ihren Helm aufgezogen – sie wollte mir etwas beweisen – und ist einfach so in die Dunkelheit gerast.«

»Oh Mist, verdammter«, sagte ich. »Alec.«

»Es wird noch schlimmer«, sagte er mit einem komischen Halblächeln. »Ich bin ihr nachgefahren. Ich hielt mich für eine Art Held. In einer Kurve habe ich sie eingeholt, aber ich bin zu schnell gefahren ...« Er schaute mich an, und der Horror in seinen Augen ließ mir das Blut gefrieren.

»Sie sagten, sie sei sofort tot gewesen. Aber ich frage mich, woher sie das wissen. Als ich zu ihr kam, war sie schon nicht mehr am Leben, aber das war einige Minuten nach dem Unfall. Sie ist gegen eine Mauer am Straßenrand geprallt. Das Moped lag auf der Seite, die Räder haben sich immer noch gedreht, der Scheinwerfer hat die Mauer beleuchtet, und der Motor stank entsetzlich verbrannt. Sie war nur ein Häufchen in der Dunkelheit. Erst dieses ganze herrliche Leben ... dann nichts mehr. Nur noch ein Haufen. Ihr Arm leuchtete weiß im Licht des Scheinwerfers.«

Er atmete tief ein. Ich sah, wie seine Schultern vor Schmerz leicht zitterten.

»Kennst du das Gefühl, wenn du irgendwo bist und Musik läuft, irgendwas richtig Gutes, und alles ändert sich plötzlich? So war sie. Wie Musik für Menschen. Und ich habe die Musik ausgeschaltet.« Er schüttelte den Kopf und wandte sich ab. »Tut mir leid, vielleicht hätte ich dir das nicht erzählen sollen. Aber ich musste es dir sagen. Was ich getan habe.«

»Aber du hast doch nichts ...«, setzte ich an und verstummte dann. Denn was für einen Sinn hatte es, ihm zu versichern, was jeder ihm versichert hatte, was er aber nicht glauben konnte? Und so streckte ich nur meine Hand aus, und er nahm sie, ohne etwas zu sagen. Eine Weile saßen wir einfach nur da und schauten einander an, und ich fühlte dieses Kribbeln im Bauch, wie wenn man in einen Traum fällt.

Abgesehen von diesem einen Mal redeten wir nicht mehr über Nick und Georgie. Aber sie waren bei uns in jener Nacht, tauchten hin und wieder auf, wie Geister, die sich in die Pausen eines Gesprächs stehlen und dann wie Zigarettenrauch aus dem Seitenfenster eines Autos weggewirbelt werden: wenn ich aus irgendeinem Grund die Universität erwähnte; als einmal ein großes, schlankes Mädchen mit kurzen Haaren an unserem Tisch vorbeiging; als wir unter den Sternen standen und er sich eine Zigarette drehte. Aber sie fühlten sich irgendwie leichter an, nachdem er mir von dem Unfall erzählt hatte, und sie verließen uns ganz, als wir, gesättigt von Wein und Steaks, Brandys in Gläsern wie umgedrehte Kuhglocken bestellten. Und ich dachte: *Also los, ich bin bereit.*

»Wollen wir den Brandy an der Bar trinken?«, fragte Alec.

Mein Blick spiegelte offensichtlich meine Enttäuschung wider, denn er lachte laut auf und sagte: »Ich wollte nur den Gentleman spielen.«

Oben in unserem Zimmer brannte noch eine Nachttischlampe. Alecs Buch lag aufgeschlagen verkehrt herum auf dem Bett. Nur drei Stunden waren vergangen, aber ich war ein anderer Mensch geworden, war nicht länger das Mädchen, das sich zögernd neben ihn auf das Bett gelegt hatte. Berauscht vom Alkohol und der Nähe zwischen uns hatte ich es plötzlich eilig und griff nach ihm, sobald wir durch die Tür getreten waren. Mein Atem ging schnell.

Ich weiß nicht mehr, wie lange wir so dastanden, vielleicht nur ein paar Sekunden, aber es fühlte sich wie Minuten an. Unsere Körper aneinandergeschmiegt, mein Gesicht an seiner harten Brust, seine Lippen auf meinem Haar. Ich atmete seinen Geruch ein und versuchte, nicht umzukippen. Hitze durchfuhr mich.

Das passiert wirklich, schoss es mir durch den Kopf. Dieser Moment, den ich mir seit sechs Monaten vorgestellt, von dem ich geträumt hatte. Ich wollte die Augen schließen, aber sofort sah ich Nick und Georgie vor mir, wie sie auf dem Dach des Leichenwagens saßen und mich anklagend anstarrten. Also ließ ich die Augen offen, während er mein T-Shirt nach oben schob und mich zwischen die Rippen küsste, und ich sah auf meine weißen Finger, die in seinen dunklen Haaren wühlten.

Nur ein einziges Mal hielt ich inne, aber nicht, weil ich mich schuldig fühlte. Das Gesicht an seiner Schulter vergraben, um meine Verlegenheit zu verbergen, fragte ich, ob er ein Kondom dabei hätte.

Aber er drehte mein Gesicht zu sich und küsste mich mit solcher Leidenschaft, dass ich alles vergaß. In meinem Kopf wurde es leicht und weiß. Mein ganzer Körper spannte sich an, als ob winzige Schnüre in meinem Inneren straff gezogen worden wären.

Es kostete mich große Kraft, mich von ihm zu lösen.

»Und was machen wir jetzt?«, fragte ich flüsternd.

Er schaute mir in die Augen. Der braune Fleck darin schien zu tanzen. »Nichts.«

»Nichts?«

»Ich werde aufpassen.«

»Wirklich?«

»Vielleicht.« Er legte sich auf mich und berührte mit seinen Lippen mein Ohr. »Riskier mal was, Jess. Wir brechen doch sowieso schon alle Regeln.«

Sein warmer Atem ließ mich erschauern. In dem Sekundenbruchteil, in dem er in mich eindrang, empfand ich ein Widerstreben, eine schlagartige Angst. Ich sah seinen Körper durch das Fenster des Leichenwagens, die Hand an der Fensterscheibe. Dann fing er an, sich auf mir zu bewegen. Das Schlagen wurde zu einem Pulsieren, das Pulsieren zu einem Trommeln. Ein paar Augenblicke lang klammerte ich mich noch an einen Felsen, während eine wilde Strömung an mir zerrte.

Dann ließ ich los. Aus freien Stücken.

Als ich aufwachte, war es sehr warm und hell im Zimmer. Die Sonne schob sich unter den kurzen, karierten Vorhängen hindurch und tränkte das Bett. Alec lag neben mir, einen braunen Arm auf der Bettdecke. Sein Atem ging tief und gleichmäßig.

Ich wusste, dass ich mir Sorgen machen sollte. Wir hatten zweimal miteinander geschlafen; zweimal war er in mir gekommen. Ich wusste, dass ich mich wegen Georgie und Nick schlecht fühlen sollte. Jedes Mal, wenn ich mir diesen Augenblick vorgestellt hatte – und das hatte ich, unendlich oft –, war er von Schuldgefühlen und dem Gedanken, dass ich Verrat beging, befleckt gewesen. Was hatte es zu bedeuten, dass ich jetzt nichts dergleichen empfand? Stattdessen fühlte ich mich leicht und zufrieden, erfüllt von der Gewissheit, dass ich genau da war, wo ich sein sollte.

»Jess?«

Ich drehte meinen Kopf auf dem Kissen.

»Was hältst du von einer Erkundungstour?«, sagte er lächelnd und zupfte an einer meiner Locken.

Meine Brust war so voll mit Worten, dass ich kaum eins finden konnte. »Okay.«

»Okay?« Er zog mich zu sich, ganz fest, sodass unsere Gesichter nur ein paar Zentimeter voneinander entfernt waren. »Das ist unser erster richtiger Tag zusammen. Die Welt gehört uns. Geht nicht etwas mehr als ›okay‹?«

Ich grinste. »Wie wär's dann mit ›verdammt großartig‹?«

Der Regen hatte sich verzogen, aber es war immer noch neblig. Der Dunst überzog alles mit einem bleichen Glanz. Wir hoben unsere Fahrräder über eine Kette, auf der »Zutritt verboten« stand, um uns das Anwesen anzuschauen. Der Weg endete schließlich an einer morastigen Wiese, und wir ließen die Fahrräder an einem Baum zurück und zwängten uns durchs Unterholz, bis wir in dem eigentlichen Garten des Herrenhauses standen, der so verwildert und zugewuchert war, dass man ihn kaum noch als Garten erkennen konnte. Aus der Ferne machte das Haus einen ganz ordentlichen Eindruck, aber von Nahem sah man, dass es völlig verfallen war. Efeu verbarg die großen Risse in den Wänden, die vermutlich ein Feuer vor langer Zeit geschwärzt hatte.

Wir setzten uns auf eine bröckelige Mauer und teilten eine Tüte mit Weingummis. Mir zuckte der Gedanke durch den Kopf, dass dies etwas war, was wir normalerweise zu viert taten, und ich musste blinzeln, um das Bild von Georgie und Nick zu vertreiben, wie sie auf den Ruinen herumkletterten und ihre Köpfe durch Löcher in den Wänden schoben.

»Ich würde zu gerne wissen, wer als Letztes hier gelebt hat«, sagte Alec.

»Wahrscheinlich ein Haufen Aristokraten, die aus Tradition immer nur in der eigenen Familie geheiratet haben«, sagte ich. »Mit Dutzenden Kindern in Spitzenhäubchen.«

»Und Jungs in Rüschennachthemden«, grinste Alec, »und einem furchterregenden Kindermädchen, das die Kleinen mit Brotschiebern verprügelt hat.«

Auf dem Brachland hinter dem Haus staksten Hirsche durch den Morast.

»Aber es muss zauberhaft gewesen sein, hier aufzuwachsen.

Wie im Märchen.« Er hielt mir die Tüte mit den Weingummis hin. »Guck mal, da ist ein schwarzes Weingummi.«

Ich kaute langsam und nahm das Bild seines Profils in mir auf, als er nach unten schaute, leicht mit den Füßen vor- und zurücktrat und an ein paar Moosfäden zupfte, die zwischen den Steinen wuchsen. Vor ein paar Stunden erst hatte ich jene Grenze überschritten, aber jetzt schien alles möglich zu sein. Vielleicht würde er mich bitten, ihn nach Südafrika zu begleiten, ein Teil seiner Welt zu werden.

Wenn das Licht von der Seite durch seine Augen fiel, sahen sie aus wie getöntes Glas.

»Erinnerst du dich noch an die Zauberpilze?«, fragte ich.

»Aber sicher.«

»Du hast angefangen, mir etwas über deinen Bruder zu erzählen, etwas, das er getan hat, als du noch sehr klein warst. Im Schlafzimmer deiner Eltern.«

Er sah weg, aber da hatte sich sein Gesicht schon verschlossen. Stille machte sich breit. Dann warf er mir einen Seitenblick zu.

»Du bist ganz schön hartnäckig, was? Okay. Also, ich wuchs in diesem herrlichen Haus aus Stahl und Glas auf, das um einen Innenhof herum errichtet war. Die Art von Bunker – ein Security-Albtraum, den sich nur ein reicher, weißer Architekt in Johannesburg für seine Familie ausdenken kann. Das Schlafzimmer meiner Eltern war ganz oben, im zweiten Stock. Meine Mutter hatte eine gelbe Frisierkommode vor dem Fenster, das auf den Garten hinausging, mit einer Terrasse mit Schieferplatten darunter.

Auf der Kommode stand das Übliche: Bürsten, Make-up und ihr Schmuckkästchen. Und eine kleine Porzellanfigur von einem sich aufbäumenden Pferd. Es war eine sehr zierliche

Figur, ganz in Weiß. Du kennst diese Art von Porzellan, es ist so weiß, dass es bläulich schimmert, und die Mähne und die Augen waren mit Blattgold belegt. Ich dachte, die Figur sei bestimmt eine Million Rand wert. Ich weiß nicht genau, was sie darstellen sollte, aber ich wusste, dass ihr Vater sie ihr geschenkt hatte. Er starb, als sie noch ein kleines Mädchen war. Ich weiß also, dass sie ihr sehr viel bedeutete. Dieses Pferd war ein Schatz, den wir nicht anfassen durften.«

Er verstummte und schaute über das Feld.

»Ich kann mich nicht erinnern, warum Basti und ich an jenem Tag allein in ihrem Zimmer waren. Meine Eltern saßen unten im Wohnzimmer. Wie auch immer, Basti schob das Fenster hinter der Schminkkommode auf. Ich weiß noch, dass ich sein Gesicht in dem Spiegel auf der Kommode sah – es hatte diesen kalten, bösen Ausdruck. Im nächsten Moment beugte er sich vor« – Alec lehnte sich leicht nach vorn, um seine Worte zu illustrieren – »und fegte mit seinem Arm alles von der Kommode und zum Fenster hinaus.

All die Bürsten und Tiegel und die Schmuckschatulle zerbarsten auf der Terrasse. Und natürlich auch das kleine Porzellanpferd. Ich rannte zum Fenster und schaute nach unten. Auf dem Schiefer glänzten rote und rosa Schlieren von den Pudern und den Lippenstiften, und zerbrochene Schmuckstücke rollten herum. Von dem kleinen Pferd war nur noch weißer Porzellanstaub übrig.

»Du lieber Himmel! Und was dann?«

»Dann? Dann bekam ich mächtigen Ärger. Meine Eltern kamen auf die Terrasse gerannt und schauten zum Fenster hoch, wo ich stand und nach unten blickte. Auf frischer Tat ertappt, sozusagen.

»Wo war Basti?«

»Er stand hinten im Schlafzimmer und war von unten nicht zu sehen. Als ich mich umdrehte, lächelte er mich auf eine ganz merkwürdige Art an. Später, nachdem mir meine Mutter die Leviten gelesen hatte und ich allein in meinem Zimmer saß und weinte, kam er herein und sagte, ich müsste mir keine Sorgen machen, er wüsste, dass ich nicht ganz bei mir gewesen war, als ich das getan hatte, und deshalb sei es so eine Art Unfall gewesen.«

Kleine, eiskalte Ameisen krabbelten mir über den Rücken.

»Also Psychospielchen? Nur bei dir?«

»Nein, aber ich glaube, ich war der Einzige, der sie durchschaute. Abgesehen vielleicht von meiner Tante Zanny, die auf ihre eigene Art ein unglaubliches Radar für Menschen hat, und dann noch meine Schwester, zum Teil jedenfalls. Einmal hatte Celia die Hauptrolle in einer Schulaufführung – die Theater-AG an unserer Schule war eine große Sache, mit richtigen Produktionen und dem ganzen Kram. Sie hat das ganze Halbjahr lang geprobt und war sogar von den Prüfungen entschuldigt. Und am Abend der Premiere ist Basti verschwunden.«

»Verschwunden?«

»Ja, du weißt schon, er tauchte den ganzen Tag lang nicht auf. Wir haben eine Suchaktion gestartet, haben sogar die Polizei eingeschaltet. Die Premiere wurde abgesagt. Und am nächsten Abend hatte Celia, die ihren Text aus dem Effeff konnte, die Hälfte vergessen. Zwei Abende lang weigerte sie sich, auf die Bühne zu gehen.«

Ich musste an Agatha Christie denken. Lornas Marker an dem Whiteboard. *Menschen verschwinden, wenn sie um jeden Preis gesehen werden wollen.*

»Aber haben nicht alle gemerkt, was für ein Scheißkerl er war?«

Alecs Lächeln war fast sehnsüchtig. »Nein. Er war – ist – nämlich der Beste. Wenn er jetzt hier wäre, würde er dich mit seinem Charme um den kleinen Finger wickeln. Ich wäre Luft für dich.« Er drehte sich mit einem Ruck zu mir um. Sein Lächeln war verblasst. »Dabei fällt mir etwas ein. Ich muss dir etwas sagen, und es wird dir nicht gefallen.«

Mein Magen verkrampfte sich. Was wollte er mir sagen? Dass er immer noch Gefühle für Georgie hatte? Dass er keine Zukunft mit mir sah?

»Du solltest Lorna nicht vertrauen.«

Hinter uns flog eine Taube aus der Ruine auf. Ihr Flügelschlagen klang wie eine kleine Explosion, sodass wir beide herumfuhren.

Ich war so überrascht, dass ich laut auflachte. »Lorna? Aber du kennst sie doch kaum.«

»Das stimmt. Und ich weiß, dass du sie vergötterst. Aber die Art, wie sie ihre Lieblinge gegeneinander ausspielt … Ich würde ihr nicht vertrauen. Nicht so, wie du es tust.«

Ich blinzelte und fühlte die Wärme in meinen Wangen, teilweise wegen dem, was er andeutete, teilweise weil ich mir nicht anmerken lassen wollte, wie sehr ich mich freute, dass er den Drang hatte, mich zu beschützen.

Alec streckte den Arm aus und nahm meine Hand. Er drehte meine Handfläche nach oben und fuhr mit dem Daumen die Linien nach. Ich fühlte, wie sich eine Wärme in meinem Arm und dann weiter in meinem Körper ausbreitete. Meine Kehle zog sich zusammen. »Du weißt doch, warum sich alle in dich verlieben, oder, Jess?« Sein Daumen folgte dem Verlauf meiner Adern auf der Innenseite meines Handgelenks. »Du hast etwas an dir, was die Leute ihre schlechten Seiten vergessen lässt. Das ihnen das Gefühl gibt, mit dir könnte alles anders sein. Etwas Offenes und Reines. Und das hier …« Er schaute mich mit einem glühenden Blick an. »Das hier *ist* rein.« Einen Augenblick lang dachte ich, er würde mich küssen, doch dann stand er auf, ließ meine Hand los und schaute in den Himmel. »Ich glaube, die Sonne kommt gleich raus. Wollen wir ans Meer fahren? Ich liebe eure wilden und wütenden englischen Küsten. Besonders im Winter.«

Er hatte recht, die Sonne kam heraus. Als wir zum Strand radelten, wölbte sich ein hoher, blauer Himmel über uns und eine gleißende, weiße Sonne durchschnitt die kühle Luft. Auch mit dem Meer behielt Alec recht; es war wild und wütend. »Woher kennst du diesen Ort?«, fragte ich, als wir auf hohen Dünen standen und auf einen Strand hinunterschauten, wo nur eine Handvoll erleuchteter Zelte standen, in denen Fischer Unterschlupf fanden.

»Meine Tante wohnt gerade mal zwei Meilen von hier entfernt. Direkt hinter dieser Landzunge. Mein Fenster geht aufs Meer hinaus … Aber keine Sorge«, grinste er, »ich hatte nicht vor, dich dorthin zu schleppen.«

In einer kleinen Bude neben dem Parkplatz tranken wir heiße Schokolade (wässrig und viel zu süß, aber herrlich warm) und kauften einen billigen roten Flugdrachen mit kleinen Schleifen am Schwanz. Dann spazierten wir am Ufer entlang, die Styroporbecher in der Hand, während der kleine Drachen über uns in der Luft schaukelte. Es war beinahe perfekt. Nur das Gefühl, dass die Uhr tickte, dass er irgendwann gehen würde, nagte an mir. Aber ich zwang mich, nicht daran zu denken, sondern jeden Moment zu genießen.

»Du und deine Tante, ihr steht euch wohl sehr nahe«, sagte ich, »wenn du wegen ihr hergekommen bist.«

Alex lächelte. »Ja, irgendwie schon. Sie war immer für mich da, wenn ich sie brauchte. Als meine Mutter so krank wurde, kurz bevor sie starb, da kam Zanny aus England zu uns und hat eine Weile bei uns gewohnt. Mein Vater war nicht in der Lage, sich um uns Kinder zu kümmern. Ich kann mich noch an ihre entsetzliche Hühnersuppe erinnern, Tag für Tag. An Horrorfilme, für die wir noch viel zu klein waren. Sie ist unglaublich lieb, unfassbar eitel und hat überhaupt keine Scham.«

»Der Typ Mensch, der dir sagt, dass dir ein Popel aus der Nase hängt?«

»Der Typ Mensch, der dir ins Gesicht sagt, wie groß deine Nase ist.«

Ich lachte. Ich hatte die Schnüre des Drachens so lange gehalten, dass meine Finger eiskalt geworden waren. Alec nahm sie mir ab, damit ich meine Hände in den Jackentaschen wärmen konnte.

»Ich finde auch deinen Bruder faszinierend.«

»Das geht jedem so«, sagte Alec trocken. »Eines Tages wirst du ihn kennenlernen.«

Kurz bevor wir das Ende des Strands erreichten, öffnete Alec ganz plötzlich und ohne Vorwarnung die Hand, mit der er die Drachenschnur gehalten hatte. Der Wind packte den Drachen und trieb ihn hinaus aufs Meer. Wir schauten ihm nach, wie er durch die Luft tanzte, bis er schließlich von den Wellen verschluckt wurde.

»Warum hast du das gemacht?«, fragte ich enttäuscht.

Alec schaute mich mit lachenden Augen an. Die Haare wurden ihm ins Gesicht geweht. »Weil du mich darum gebeten hast.«

»Nein, habe ich nicht«, widersprach ich.

Er lächelte. »Jess. Liebe Jess. Du weißt doch, dass ich alles tue, worum du mich bittest.«

Ich fühlte einen Stich aus purer Freude, als er seine Finger in meine eiskalte Hand schob, und wir gemeinsam weiter über den Kies wanderten, bis die Säume unserer Jeans klatschnass vor Gischt waren.

Irgendwann blieb Alec stehen und hob eine kleine Muschel auf, hellrosa und so zart und zerbrechlich wie das Ohr einer Maus. Er hielt sie hoch, sodass das Licht hindurchscheinen konnte. Dann steckte er sie in meine Tasche und küsste mich zart auf die Wange, als ob wir schon seit Jahren ein Paar wären.

In dieser Nacht schlief ich schlecht. Es war stickig im Zimmer. Der alte Rippenheizkörper gab viel zu viel Wärme ab. Leise und vorsichtig schob ich die Bettdecke weg und drehte das Kopfkissen um, damit ich meine Wange auf die kühle Seite legen konnte. Es war fast so, als ob das Narkotikum, das durch meine Adern kursierte, wenn Alec wach war, aus mir heraussickerte, wenn er schlief. Ich lag neben seiner zugedeckten Gestalt und grübelte über unsere Zukunft nach, drehte die Bilder, die durch meinen Kopf zogen, wieder und wieder um, wie Karten in einem Memory-Spiel. Wie lange würde er diesmal in Südafrika bleiben? Hatte er vor, sich von Georgie zu trennen, bevor er abreiste? Was war, wenn er dort bleiben wollte? Und wenn nicht, wie würde es im nächsten Trimester zwischen uns sein? Die kleinen viktorianischen Daguerreotypien an den Wänden starrten mich vorwurfsvoll an. Würde die Schuld für alle Zeiten unsere Beziehung durchtränken wie Blut, das durch einen Verband sickert?

Schließlich stand ich auf und öffnete das Sprossenfenster.

Kühle Luft strömte herein, und mit ihr klare Gedanken.

Ich hatte das Gefühl, dass ich gerade eben erst die Augen geschlossen hatte, als ich sie schon wieder öffnete und Alec sah, der sich in der Dunkelheit aufsetzte und stirnrunzelnd sein Handy anstarrte.

»Was ist los?«

Sein Gesicht, das von dem geisterhaften Schein des Displays erleuchtet wurde, war grimmig verzogen. Schlaftrunken wie ich war, brauchte ich einen Moment, bis ich verstand, was er sagte.

Seine Zeitung in Johannesburg hatte Drohungen erhalten. Morddrohungen. Man warnte ihn, sich am Dienstag nicht blicken zu lassen – dem Tag, an dem die Untersuchungskommission Stevie zu dem Massaker an den Minenarbeitern hatte befragen wollen. Wer immer ihn getötet hatte, wollte sichergehen, dass Alec nicht für ihn sprach. Was eigentlich eine Ironie war, denn er tat ja gar nichts, außer sich hier mit mir zu amüsieren.

Ich war so gefangen von diesem Gedanken – *sich hier mit mir zu amüsieren* –, dass es ein paar Momente dauerte, bis ich begriff. Dienstag. Heute war Sonntag.

Eine plötzliche Angst schnürte mir die Kehle zu. »Du willst morgen abreisen, nicht wahr? Aber was willst du dort? Du hast doch gesagt, dass sie deine Aussage nicht zulassen würden.«

Alec stand auf und schloss das Fenster. Der kleine Riegel ließ sich nur schwer nach unten drehen. »Vielleicht nicht. Aber wenigstens hätte ich nicht das Gefühl wegzulaufen. Wenigstens könnte ich dann Stevies Familie in die Augen schauen.«

»Aber wenn sie ihn getötet haben, wenn sie wissen, dass du über die Sache schreiben willst …« Ich gab mir alle Mühe, ruhig und vernünftig zu klingen. »Damit forderst du die Gefahr doch förmlich heraus.«

Alec schüttelte den Kopf. »Die einzige Person, die mir in meinem Land wirklich Angst macht, ist mein Bruder. Vergiss die Minenbesitzer und die Politiker und ihre ruchlosen Intrigen.« Er erschauerte und sprang wieder ins Bett. Dann zog er die Decke um uns wie ein Zelt und lächelte mich an. »Nicht, dass ich lange von dir getrennt sein könnte.« Sein Körper war viel wärmer als meiner und seine Hand fuhr mit gleichmäßigen Bewegungen an meiner Seite auf und ab. Eine Weile lagen wir schweigend da. Dann sagte er mit leiser Stimme: »Was denkst du? Dass es verrückt ist, nach Hause zu fliegen? Wenn du mir sagst, ich soll bleiben, dann bleibe ich.«

Ich hatte also die Wahl. Das war der Moment. Aber in Wahrheit war ich zu sehr in meinem Bemühen gefangen, das Mädchen zu sein, das er haben wollte, nicht der Typ, der sich Sorgen machte und sich festklammerte. Also schluckte ich den Schmerz, der sich in meiner Kehle zusammenklumpte, hinunter. Die Angst um seine Sicherheit. Die Furcht, dass er nicht zurückkommen würde. Ich war stolz auf mich, als ich sein Gesicht in meine Hände nahm.

Und ich sagte es ihm. *Ich* sagte es ihm. Ich sagte ihm, er solle gehen.

18

Merkwürdigerweise war mein erster Gedanke, als ich wieder auf den Campus kam, dass ich die Bücher zurückgeben musste, die ich gestohlen hatte.

Ich hatte sie gleich wieder in den Laden bringen wollen, nachdem ich sie gelesen hatte, war sehr sorgsam mit ihnen umgegangen – keine besonders leichte Aufgabe bei mehreren Hundert Seiten. Aber irgendwie waren die Wochen vergangen und sie standen immer noch auf dem Regal über meinem Schreibtisch, halb Vorwurf, halb Triumph, je nachdem, in welcher Stimmung ich mich befand.

Natürlich gab es viel Wichtigeres zu tun, um meine Angelegenheiten in Ordnung zu bringen, nachdem ich mit einem Sack voller Schmutzwäsche und einem bohrenden Kopfschmerz hinter den Augen in mein Zimmer gekommen war. *Ich bin verrückt nach dir, das weißt du doch,* hatte Alec auf dem Parkplatz zu mir gesagt, bevor er mit meinem Mut auf dem Beifahrersitz weggefahren war.

Zum Beispiel mit Nick Schluss machen. Das musste ich noch vor den Osterferien erledigen, die demnächst anfingen. Eine fiese Aufgabe, die durch die Tatsache, dass ich ihm nicht alles erzählen durfte, noch schlimmer wurde. Aber Alec und ich waren uns einig gewesen. Dann überlegen, wie zum Teufel ich mich Georgie gegenüber verhalten sollte, die schon in die Ferien gegangen war. (Alec wollte es ihr nach seiner Rückkehr nach England persönlich sagen, was bedeutete, dass ich mitten zwischen Halbwahrheiten in der Luft hängen blieb) Angesichts dieser düsteren Aussichten schien es mir auf einmal unglaublich wichtig, die Christie-Bücher zurückzubringen.

Knapp eine Stunde, nachdem ich im Wohnheim angekommen war, marschierte ich mit meiner offenen Tasche in den Buchladen, geradewegs zu den hinteren Regalen, wo ich das Diebesgut abstellte.

Ironie des Schicksals wäre gewesen, wenn ich erwischt worden wäre, wie ich einen Diebstahl rückgängig machte.

Ich war gerade wieder draußen, Mission erfüllt – ein winziger Tropfen der Befriedigung in einem tiefen, widerhallenden Brunnen aus Schuld –, als ich Nick entdeckte.

Er war auf der anderen Seite der Schüssel und sah mich, gleich nachdem ich ihn entdeckt hatte. Er ging schnell, aber bei meinem Anblick zögerte er, und statt seines üblichen breiten Lächelns schenkte er mir nur ein knappes Nicken. Mein Magen, der sich bereits verkrampft hatte, sackte nach unten, wie ein Fahrstuhl, bei dem man die Kabel gekappt hatte.

Oh Gott, dachte ich, *woher zum Teufel weiß er es?* Mir gingen ein Dutzend Möglichkeiten durch den Kopf, die alle unmöglich erschienen.

Von unseren gegenüberliegenden Seiten stiegen wir die Stufen zu der tief liegenden Piazza hinunter, wie Gladiatoren, die eine Arena betreten.

»Hey«, sagte ich nervös, als wir nur noch wenige Schritte voneinander entfernt waren.

Er sah heute besonders gut aus, groß und breit im Morgenlicht. Er trug das olivgrüne Sweatshirt, das er bei unserem ersten Kuss angehabt hatte, und seine schwarzen Haare, die noch feucht von der Dusche waren, durchnässten den Kragen seines weißen T-Shirts. Zwei rote Flecken prangten auf seinen Wangen.

»Hi«, sagte er. »Wir müssen reden.«

Ich holte tief Luft. »Ich weiß.«

»Nein, tust du nicht«, sagte er. »Setz dich.«

Ich blinzelte. Wir standen neben dem ausgetrockneten Springbrunnen, dessen Rand als eine kreisrunde Bank diente. Das geflieste Brunnenbecken war mit einem Teppich aus getrocknetem Laub und Zigarettenkippen überzogen. Niemand saß in unserer Nähe, aber ein paar Leute hockten in Hörweite auf den Stufen.

»Wollen wir nicht vielleicht ein Stück spazieren gehen?«

Er schüttelte den Kopf und setzte sich.

Oh Gott, dachte ich wieder und schaute auf den Abfall im Brunnen. *Er weiß es.* In der Mitte der Stufen saß eine kleine Gruppe, die ich kannte – Medizinstudenten aus meinem Jahrgang. Einer hatte fettige lange Haare und gierige, aufmerksame Augen. Er hockte meistens an der Bar und riss müde Witze.

»Hör mal«, sagte ich, »ich weiß ja nicht, was du weißt …«

»Es ist schlimmer als das«, unterbrach mich Nick. Dann wandte er den Blick ab.

Ich starrte ihn verdattert an. Seine Stimme und auch sein Gesicht waren nicht wütend. Unter seinen Augen, in denen ein angespannter, erschrockener Ausdruck stand, lagen Schatten. Dann sah ich seine Hände, die auf seinen Knien lagen. Sie zitterten.

»Was ist los?«

»Es geht um Georgie«, sagte er.

Und er erzählte mir alles.

Als er das Wort »Überdosis« aussprach, erblühte eine scharlachrote Blume aus Schock in meiner Brust.

Nein, dachte ich. *Nein, nein, nein.* Ich hörte meinen Puls in meinen Ohren hämmern.

»Aber sie lebt doch, nicht wahr? Wo ist sie jetzt?« Mir war gar nicht bewusst, dass mir diese Worte in den Sinn gekommen waren, sie fielen einfach wie Steine aus meinem Mund.

»In einer Privatklinik. Sie haben sie im Stall gefunden, neben dem Pferd, von dem sie immer erzählt … Ginger, richtig?«

»Amber«, sagte ich mechanisch und sah unwillkürlich Georgie vor mir, zusammengerollt im Stroh wie ein Fötus.

»Ach ja.« Mit zitternden Händen fuhr er sich durch das dunkle Haar, und mein Inneres verkrampfte sich vor Angst. »Sie mussten ihr den Magen auspumpen. Es war ziemlich knapp … das hat jedenfalls ihre Mutter gesagt, glaube ich, ich konnte sie nicht besonders gut hören.«

Ich starrte auf die welken Blätter im Brunnen, dachte an Alec, der im Flugzeug auf dem Weg nach Johannesburg saß, und versuchte, eine ungeheuer egoistische Angst zu unterdrücken. Jetzt, da sie dem Tod so nah gewesen war, würde er da erkennen, dass er sie noch liebte?

»Aber ist sie bei Bewusstsein? Können wir zu ihr?« Meine Glieder bewegten sich wie von selbst, als ob sie mit einer Fernbedienung kontrolliert worden wären. Ich stand auf und griff nach meiner Büchertasche.

»Sie will dich nicht sehen … Sie will niemanden von uns sehen.«

»Woher weißt du das alles?«, fragte ich flüsternd. »Warum hat ihre Mutter dich angerufen?«

»Hat sie nicht.« Nick schluckte und senkte die Augen. Ich sah, dass das Knie unter seiner Hand auf und ab wippte. »Ich habe Georgie angerufen. Ihre Mutter ist rangegangen.« Er atmete aus und schaute zur Seite. Ich sah den Muskel in seiner Wange zucken. »Es ist meine Schuld. Ich hab's ihr gesagt.«

Ich schüttelte den Kopf. »Natürlich ist es nicht deine Schuld … Was du sagst, ergibt keinen Sinn.«

Er beugte sich vor und packte meinen Arm. »Ich habe dich und Alec gesehen«, sagte er. Und jetzt endlich sah ich – beinahe erleichtert – Wut in seinen Augen auflodern. »Ich sah, wie ihr am Samstag im Leichenwagen losgefahren seid. Es war offensichtlich. Es war schon immer offensichtlich gewesen. Ich wusste, was du empfindest. Ich habe nur immer weggesehen. Die ganze Zeit.«

Oh Gott. Nein. »Nick«, sagte ich. Mein ganzer Körper fühlte sich taub an. »Es war nichts …«

»Da habe ich sie angerufen«, fuhr er fort, und sein Griff um meinen Arm verstärkte sich. »Es war dumm und selbstsüchtig. Aber sie war ganz ruhig. Hat sich bei mir bedankt, dass ich es ihr gesagt habe. Sie meinte bloß: ›Shit happens, Nick. Wir waren wohl die Blöden.‹ Dann hat sie irgendwie spröde gelacht und aufgelegt. Irgendwas war komisch an diesem Lachen. Deshalb habe ich sie heute wieder angerufen. Ich habe es vorher auch ein paar Mal bei dir probiert, dich aber nicht erreicht. *Ihn* anzurufen, das habe ich nicht über mich gebracht.« Er verzog das Gesicht. »Aber dieses Lachen … Also habe ich sie heute Morgen noch mal angerufen. Ihre Mutter hat abgenommen. Georgie meinte ja immer, sie sei irre. Aber ich konnte ihre Angst regelrecht hören.«

Ich starrte ihn an. Das Kribbeln des Schocks war einem kalten Schweißausbruch gewichen.

Ich dachte an die Spur aus roten Brandblasen auf Georgies Handgelenk.

»Hör mir zu, Nick«, sagte ich drängend. »Das ist wichtig. Ich weiß nicht, was davon meine Schuld ist oder die von Alec.« Er zuckte beim Klang dieses Namens zusammen. »Aber niemand tut so etwas wegen einer einzigen Sache. Dazu braucht es ein ganzes Leben voller …« Doch selbst als ich das sagte, hatte ich Angst, dass ich mir selbst nicht glauben würde.

Nick schloss die Augen. *»Nicht«,* sagte er. »Ich habe das ganze Wochenende damit verbracht, mir vorzustellen, wie es wäre, ihm den Kopf abzureißen. Er ist ein Schwindler, Jess. Und Schlimmeres. Ich wünschte, ich könnte …« Er schaute mir ins Gesicht und schüttelte hilflos den Kopf. »Aber ich vergeude bloß meinen Atem. Ich weiß, du willst es nicht hören. Nicht von mir. Vielleicht von niemandem.«

Er blickte zu den Medizinstudenten, die anständigerweise in die andere Richtung schauten und wenigstens so taten, als würden sie nicht lauschen. Seine Finger fuhren über die Mörtelfugen zwischen den Fliesen des Brunnenrands. Steine und Wasser – unwillkürlich musste ich an den Fluss hinter dem Half Hitch denken.

»Ich kenne mich mit Poesie nicht aus, wie du ja weißt«, sagte Nick unvermittelt. »Aber ich habe kürzlich ein Gedicht gelesen. Dieser Typ erzählt davon, wie er jemanden durch die ganze Erdgeschichte hindurch liebt. Erst waren sie Fische oder Kaulquappen im Meer, dann bildeten sich weitere Lebensformen aus, bis die Menschen auftauchten, und dann waren es nur noch er und sein Mädchen, die da saßen … *Scheiße!*«

Er stieß mit den Fersen seiner Turnschuhe fest gegen den Brunnenrand.

»Nick«, sagte ich. »Ich glaube nicht, dass …«

»Nein, bitte. Sei ruhig. Lass mich, hörst du? Ich weiß, dass es falsch ist, das jetzt zu sagen, weil du denkst, dass du in diesen verlogenen Scheißkerl verliebt bist, und Georgie ist es wahrscheinlich auch, und sie liegt irgendwo im Bett und wird – wieder mal – mit Pillen vollgestopft. Und es ist alles so eine verdammte Riesenscheiße!« Er schob die Hand durch die nassen Haare. »Als ich euch beide zusammen sah, habe ich euch gehasst. Dich und ihn. Und ich glaube, das tue ich immer noch, das hat nicht aufgehört. Aber … ich habe viel nachgedacht, und mir ist was klar geworden …« Er gestikulierte hilflos mit der Hand. »Du hast vielleicht zumindest ein bisschen so gefühlt wie ich. Und in dem Fall wäre es das Jämmerlichste auf der Welt, es nicht zu sagen.«

»Nick«, sagte ich, während es mir das Herz zerquetschte. »Bitte. Nicht.«

Er schaute mich an. Ein Achselzucken, ein leises, schiefes Lächeln. »Ich kann nicht anders. Du musst es erfahren. Liebe ist zu schmerzvoll, als dass man sie geheim halten könnte.«

19

Ich hatte gedacht, ich könnte während der Osterferien in Milton View Zuflucht finden. Die Vertrautheit – der Geruch nach nassen Hundehaaren und das Knarren der Bodendielen vor meinem Zimmer – hätte tröstlich sein sollen. Stattdessen wirkte alles auf mich irgendwie bleiern und bedrückend. Das Gelächter meines Vaters klang dröhnend und falsch, und die Unterhaltungen bei Tisch waren unbedeutend und banal.

Ich empfand Alecs Abwesenheit rund um die Uhr, und zwar körperlich, als ob mir jemand ständig in den Nacken zwicken würde. Er hatte erklärt, ich solle nicht damit rechnen, vor seiner Rückkehr nach England von ihm zu hören, was ich als Aufforderung verstand, mich ebenfalls nicht bei ihm zu melden. Aber nachdem Nick mir die Sache mit Georgie erzählt hatte, schoss ich all meinen Stolz in den Wind und rief ihn auf dem Handy an. Eine automatische Ansage teilte mir mit, dass »der Teilnehmer nicht zu erreichen« sei. Ich dachte, das hieß, dass er noch unterwegs war, und versuchte es in den folgenden zwei Tagen von Milton View aus, mit dem gleichen Ergebnis. Vielleicht, so überlegte ich, hatte er ein neues Handy. Und vielleicht schaute er auch nicht regelmäßig in seine E-Mails.

Was mich aber nicht davon abhielt, meinerseits in schöner Regelmäßigkeit meine Nachrichten zu überprüfen, und die Zeitungen nach irgendwelchen Stories über den Mord an dem Minenarbeiter zu durchforsten. Doch die Artikel und Reportagen rückten Alec nur noch in weitere Ferne, und ich machte mir immer mehr Sorgen um seine Sicherheit.

Wenn ich nicht damit beschäftigt war, quälten mich Selbstvorwürfe wegen Georgie. Ich rief zweimal am Tag bei ihr an und hinterließ eine Nachricht, bis mir die kühle und unpersönliche Privatsekretärin ihrer Mutter erklärte, Georgie habe sich nun vollständig erholt und es gäbe keinen Grund mehr, weiterhin anzurufen.

»Ich wollte nur wissen, ob ich irgendwie helfen kann, vielleicht kann ich Professor Steadman, ihrem Betreuer an der Uni, sagen, dass …«

»Die Universität wurde benachrichtigt.«

»Oder irgendjemand anderem …?«

»Sie steht in Kontakt mit ihren Freunden«, sagte die kühle Stimme – mit einer spitzen Betonung, wie ich fand – und legte auf.

Ich saß da und starrte den Hörer an, und zum ersten Mal kam mir der Gedanke, dass Alec vielleicht Bescheid wusste, dass ich diejenige war, die den Ereignissen hinterherhinkte. Dieser Gedanke machte mich so fertig, dass ich einen Moment lang mit dem Gedanken spielte, eins meiner älteren Geschwister in die Sache einzuweihen. Aber beide waren so mit sich selbst beschäftigt – Stef mit ihrer neu entdeckten Gluten-Intoleranz und Freddy mit seinem Fahrsicherheitstraining –, dass es mir manchmal so vorkam, als würden wir verschiedene Sprachen sprechen.

Drei Tage nachdem ich nach Milton View zurückgekehrt war, rief ich Gav an und meldete mich für ein paar Schichten im Pet Project.

Ich hatte vorgehabt, zwei Wochen lang an der Kasse zu sitzen und zu lesen und dann in den letzten paar Wochen der langen Ferien mein Essay zu schreiben. Das schien mir ein guter Plan zu sein, nicht zuletzt, weil ich pleite war. Ich hatte nicht gedacht, dass ein beschissenes, mickriges Zoogeschäft irgendwo in der Provinz meine Verzweiflung noch schlimmer machen würde, denn schließlich erlebte ich auch so schon jeden Tag meinen ganz privaten Murmeltiertag, angefüllt mit Schuldgefühlen.

Es war sechs Jahre her, seit ich das erste Mal in dem Laden war, aber ich konnte mich noch gut an diese Atmosphäre aus Elend und Enttäuschung erinnern, an den scharfen Geruch von pissedurchweichtem Sägemehl und tierischer Angst. Noch schlimmer waren die Geräusche: das Surren des Rads im Hamsterkäfig, das beständige Schaben von kleinen Schildkrötenkrallen, deren Panzer so groß waren wie der Boden eines Kaffeebechers und die versuchten, aus ihrem beheizten Terrarium zu entkommen. Jeden Tag dachte ich mindestens ein halbes Dutzend Mal daran, Alec eine Nachricht zu schreiben. Und jeden Tag erinnerte ich mich daran, was für ein Mädchen ich sein wollte – eins, das nicht klammerte –, und setzte mich auf meine Hände.

Anfang meiner zweiten Woche kam eine Frau in den Laden und wollte einen der Liebesvögel kaufen. Gav war nebenan beim Buchmacher (wie immer, wenn er nicht im Laden war) und ich las *Das Böse unter der Sonne,* eins von Lornas Lieblingsbüchern, mit einer wunderbaren Trompe-l'œil-Auflösung, als die kleine Glocke über der Tür klimperte.

Eine Frau mittleren Alters mit einem verkniffenen Gesicht und einem teuer aussehenden Schaltuch kam mit einem leeren Vogelkäfig hereinmarschiert. Ich hatte sie schon einmal gesehen, sie war vor ein paar Tagen da gewesen und hatte sich die pfirsichgesichtigen Liebesvögel Lambert und Butler angesehen. Sie warf einen Blick zu dem Käfig, wo die beiden unmelodiös tschilpten, und kam dann mit einem entschlossenen Blick zum Tresen.

»Ich will das Männchen mitnehmen«, sagte sie und schüttelte leicht den leeren Käfig.

Meine Alarmglocken schrillten. Die Liebesvögel waren die wertvollsten Tiere im Laden. Sie waren schon hier gewesen, als ich im letzten Sommer hier gearbeitet hatte, und waren eher so eine Art Aushängeschild als Teil der Ware – ein Anziehungspunkt für Mütter mit kleinen Kindern, die an regnerischen Tagen hereinkamen und dann schließlich ein quietschendes Hundespielzeug kauften, das sie eigentlich gar nicht brauchten.

»Sie meinen die Liebesvögel? Die kosten 170 Pfund. Beide.«

»Ich will nur das Männchen«, sagte sie brüsk. »Ich hatte fünf Jahre lang ein Pärchen. Das Männchen ist vor einer Woche gestorben. Papagena ist ganz krank vor Trauer, es ist also sehr dringend. Ich bezahle in bar. Bitte beeilen Sie sich, ich parke draußen im Halteverbot. Ich finde es eine Zumutung, dass Sie keine Kundenparkplätze bereitstellen.«

Sie stellte den Käfig ab und öffnete ihre Handtasche.

Ich schaute zu den Liebesvögeln, die sich gegenseitig die Hälse mit den Schnäbeln kraulten, und merkte, wie mir übel wurde.

»Ich fürchte, die beiden werden nur zusammen verkauft.«

»Wie seltsam.« Die aggressive Stimme wurde noch kälter. »Der Mann mit dem Bart sagte, einer würde neunzig Pfund kosten und beide zusammen hundertsiebzig.«

Es gab ein paar Tiere im Laden, die mir ans Herz gewachsen waren und von denen ich mich nur ungern getrennt hätte, zum Beispiel das rote Meerschweinchen mit den lustigen Fransenohren, die aussahen wie Rosenblätter, das immer schnarchend in meinen Armen einschlief, wenn ich es hochhob. Aber Lambert und Butler waren meine Lieblinge, mit ihren strahlend apfelgrünen Flügeln und den orange-roten Gesichtern. Jeden Abend, bevor ich den Laden verließ, steckte ich eine neue Sepiaschale zwischen die Gitterstäbe und warf ein Handtuch über den Käfig. Wenn ich morgens das Handtuch wieder wegzog, schliefen sie noch auf ihren Stangen, die Köpfe einander zugewandt, sodass ihre Schnäbel sich berührten, wie ein altes Paar, das im Sommer auf einer Parkbank döst.

»Tut mir leid, aber das muss ein Missverständnis sein«, sagte ich entschieden. »Die Liebesvögel kann man nicht trennen.«

»Aber der Inhaber …«

»… ist nicht da«, sagte ich und spürte die Hitze in meine Wangen steigen. Ich merkte, dass meine Stimme lauter war, als sie hätte sein sollen. Ich musste mich anstrengen, um ein Zittern zu unterdrücken. »Sie haben gerade selbst gesagt, dass es für Liebesvögel enormen emotionalen Stress bedeutet, wenn sie getrennt werden.«

Die Augen unter dem Kopftuch wurden schmal.

»Wollen Sie damit sagen, dass ich den Vogel nicht kaufen kann?«

Ich holte tief Atem und straffte die Schultern. »Das ist richtig. Sie können den Vogel nicht kaufen.«

Ihr Mund wurde genauso schmal wie ihre Augen. »Nun«, sagte sie und stellte den Käfig ab, »ich werde diesen Laden nicht ohne den Vogel verlassen.«

Ich weiß nicht, was passiert wäre, wenn in diesem Moment nicht Gav zurückgekommen wäre. Ich war bereit, dieser Hexe mit Muskelkraft Paroli zu bieten. Aber Gav, der gerade nebenan die Einnahmen einer ganzen Woche verspielt hatte, kümmerte sich nicht im Mindesten um das emotionale Wohlbefinden der Papageien. Zehn Minuten später rauschte die Frau mit ihrem Käfig wieder aus dem Laden und schoss mir im Vorbeigehen ein gehässiges Lächeln zu.

Butler tschilpte hektisch, als er hinausgetragen wurde, und ich dachte, die verlassene Lambert würde ihm antworten. Aber stattdessen wurde sie ganz still, was noch viel schlimmer war. So blieb sie auch in den folgenden Tagen: still und reglos. Manchmal trippelte sie seitlich auf ihrer Stange entlang, als ob sie erwarten würde, jeden Moment Butlers warmen, gefiederten Körper zu berühren. Eines Morgens kam Gav herein, als ich gerade ein neues Stück Sepiaschale zwischen die Käfigstäbe schob, und schaute entgeistert in mein tränenüberströmtes Gesicht.

»Ach du lieber Himmel«, sagte er genervt. »Kriegst du deine Tage oder so was?«

Ich wollte ihm eine passende Antwort geben, doch insgeheim stellte ich mir dieselbe Frage. Als ich an diesem Morgen ein Paar Schuhe unter der Treppe in Milton View hervorgezogen hatte, rieselte etwas Sand hervor – Sand von jenem Strand, an dem ich mit Alec den Drachen hatte steigen lassen. Der plötzliche Stich in meinem Herzen fühlte sich wie ein Dolchstoß an. *Nur ein Wort,* flehte ich im Stillen Alec an. *Nur ein Wort, damit ich weiß, dass es dir gut geht, dass du das Gleiche empfindest wie ich.* Dass das sengende Schuldgefühl, Georgie betrogen zu haben, seine Wurzeln in etwas Reinem, Beständigem hatte.

Auch an den nächsten Tagen schwieg Lambert. Ich verhätschelte sie wie einen verwundeten Soldaten, gab ihr zweimal am Tag frisches Wasser und füllte ihre Körnerschale nach, sobald ich sah, dass sie etwas herausgepickt hatte. Ihr Anblick, wie sie da einsam und stumm auf ihrer Stange hockte, erfüllte mich mit einem Schmerz, der zumindest ein Hinweis hätte sein sollen, wenn ich ihn denn zugelassen hätte. Was ich nicht tat. Dann, eines Morgens, schloss ich den Laden auf, und sie begrüßte mich mit einem fröhlichen Zwitschern, hopste auf ihrer Stange an die Käfigwand und rüttelte mit dem Schnabel an den Stäben. Statt erleichtert zu sein, versetzte mich ihr Sinneswandel in noch tiefere Betrübnis, und ich vermied es, sie anzuschauen, während ich ihr Futter und Wasser gab.

In der Woche danach taute ich gerade eine gefrorene Maus in einer Schale mit warmem Wasser auf und sah zu, wie sich das tote Tier langsam streckte, als mir plötzlich schlecht wurde und ich es gerade noch rechtzeitig zum Waschbecken schaffte.

In der Mittagspause ging ich in die Apotheke.

Auf der Damentoilette in dem Café neben der Apotheke pinkelte ich auf einen kleinen weißen Plastikstab und schaute mit wachsendem Entsetzen zu, wie ein blaues Kreuz in dem Sichtfenster erschien.

20

War es – unter diesen Umständen – verwunderlich, dass ich mich an Lorna wandte?

Sie war erst seit zwei Trimestern meine Betreuerin, und wir hatten uns ein gutes Dutzend Mal nach der Uni getroffen (fünfzehn Mal, um genau zu sein). Aber sie war die Person, die ich im Augenblick am meisten respektierte und bewunderte – und die mir in aller Deutlichkeit zu verstehen gegeben hatte, dass ich zu ihr kommen konnte, wenn ich in Schwierigkeiten steckte. Selbst wenn ich mehr Auswahl gehabt hätte, wäre es mir ganz normal vorgekommen, mich ihr anzuvertrauen.

Und sie schien mir tatsächlich die einzige Person zu sein, der ich es überhaupt erzählen *konnte.* Natürlich wollte ich nichts lieber, als mit Alec reden, aber das konnte ich nicht. Ich rief ihn noch ein weiteres Mal an, aber als der Anruf nicht durchging, die Leitung einfach tot blieb, legte ich wieder auf. Ich hatte plötzlich das sichere Gefühl, dass ich es ihm nicht sagen wollte. Nick und Georgie standen aus verständlichen Gründen nicht zur Debatte, genauso wenig wie die alten Freunde, mit denen ich hin und wieder nach der Arbeit in der Zoohandlung etwas trinken ging. In meinem augenblicklichen Geisteszustand war mir, als ob sie um einen weit entfernten Planeten kreisten. Und es kam mir nicht einmal in den Sinn, mit meiner Mutter darüber zu reden, die Geburtshelferin war.

Stattdessen kehrte ich Pet Projects den Rücken, ohne zu kündigen, verabschiedete mich von meinen Eltern mit der Begründung, ich müsste mich schon auf meine Prüfung im nächsten

Trimester vorbereiten, und verließ Milton View am darauffolgenden Tag.

Ich hatte vor, meine Tasche im Studentenwohnheim abzuladen und dann auf direktem Weg zu Lorna zu gehen. Eine E-Mail, die ich ihr geschickt hatte, kam mit einer automatischen Antwort zurück, die besagte, dass sie nach wie vor angeln war, was sich für mich so anhörte, als wäre sie zu Hause, in ihrer Klosterzelle, und schriebe an ihrem Christie-Buch. Aber auf dem Weg vorbei an der Arche schaute ich zufällig hoch und sah, dass Lornas Fenster offen stand.

Ich ging den Flur mit dem gesprenkelten Linoleumboden entlang und hatte dieses zittrige Gefühl der Erleichterung, dank dem sich eine schier unerträgliche Anspannung löste. Es war gerade einmal vierundzwanzig Stunden her, seit ich herausgefunden hatte, dass ich schwanger war, und in diesen vierundzwanzig Stunden hatte ich sämtliche bekannten Symptome durchlaufen. Ich hatte einen halben Liter Schokomilch zum Frühstück getrunken und mich gleich danach übergeben; ich sah überall Babys – der Zug von Reigate nach Norfolk schien sich in eine Krippe verwandelt zu haben; und an einem Fischhändler vorbeizugehen, war eine Tortur. Da ich bisher noch niemandem davon erzählt hatte, fühlte ich alles noch intensiver, als ob ich einen gestohlenen Gegenstand mit mir herumtragen würde, von dem nur ich etwas wusste.

Die Anzeige an Lornas Tür stand auf »anwesend«, und ich klopfte und trat gleichzeitig ein.

Am Schreibtisch stand jemand über eine offene Schublade gebeugt und schaute erschrocken hoch. Ein Bündel Briefe in der einen Hand, die Lesebrille auf der Nase und die Haare in alle Richtungen abstehend, wie damals, als er die Dahlien ausgegraben hatte. Professor Steadman.

»Oh, hallo«, sagte er. »Jess, richtig? Wenn Sie Lorna suchen, sie ist nicht da, fürchte ich. Ich sehe gerade ihre Post durch.«

»Nicht da?«

»Nein, tut mir leid. Sie ist in London. Seit einer Woche schon. Sie kümmert sich um ihre Mutter. Und den Rest der Ferien will sie in Italien verbringen.«

Die Bilder von mir in ihrer Küche, wie ich ihr bei einem Glas Wein alles erzähle, zerfielen zu Staub und ich empfand eine bleischwere Enttäuschung.

»Ach so.« *Nicht weinen,* dachte ich. *Bloß nicht weinen.*

»Sie hat dort ein Haus. Vielleicht hat sie Ihnen davon erzählt?« Ich dachte an das Bild von der Klippe, das an der Wand in ihrem Arbeitszimmer bei ihr zu Hause hing, und nickte.

Steady legte die Papiere wieder in die Schublade, die er mit einem kleinen Schlüssel abschloss. Auf dem Schreibtisch lag ein Stapel mit braunen Umschlägen, die wie Rechnungen aussahen. Sie waren ungeöffnet.

»Dahin geht sie, wenn sie allein sein will. Ich werde in letzter Zeit kaum noch eingeladen.«

Ich glaube, es lag eine Schärfe in seiner Stimme, als er das sagte, aber ich war damals zu sehr mit meinen eigenen Gefühlen beschäftigt, um wirklich darauf zu achten.

»Kommt sie dazwischen noch einmal her?«

Ich versuchte, meine bebende Stimme unter Kontrolle zu behalten, aber meine Verzweiflung ließ sich wohl nicht verbergen, denn er nahm seine Brille ab und betrachtete mich nun aufmerksam.

»Wahrscheinlich nicht. Ich kann Ihnen ihre Handynummer geben, wenn Ihnen das hilft.«

Ich nickte. Seine Freundlichkeit schnürte mir die Kehle zu.

Steady nahm einen Stift, schob seine Brille nach oben und

schrieb eine Telefonnummer auf ein Post-it. Ich schaute derweil auf die überquellende Pinnwand neben ihrem Schreibtisch und sah den Flyer von »Vorhang« – der Inszenierung des Marionettentheaters.

»Hier, bitte schön«, sagte er und reichte mir das Post-it. Dann schaute er mich ernst an. »Hören Sie, ich weiß, ich bin kein passender Ersatz für Lorna, aber vielleicht kann ich Ihnen doch helfen. Ich wollte gerade ein bisschen frische Luft schnappen, haben Sie Lust, mit mir einen Spaziergang am See zu machen? Die Mensa ist geschlossen, aber neben dem Eingang gibt es einen kleinen Kaffeeautomaten, wenn Sie keine allzu großen Ansprüche an die Qualität haben.«

Steady dachte, ich sei wegen Georgie so aufgewühlt. Das war verständlich; er war ihr Betreuer und er wusste, dass wir befreundet waren. Er hatte gehört, was passiert war.

Wir holten uns Kaffee in Styroporbechern, und er fragte mich, wie es ihr ging, was ein Problem war, weil Georgie meine Anrufe immer noch nicht entgegennahm. Steady missverstand mein Unbehagen und fing an, darüber zu reden, dass man sich in einer solchen Situation allzu leicht selbst die Schuld gab und glaubte, man hätte die Zeichen deuten sollen. Die Wahrheit aber sei, dass einem solche Dinge niemals wie eine Neonreklame ins Gesicht blinkten und wir alle hin und wieder wegsahen, wenn es um etwas ging, was wir nicht sehen wollten.

Ich nickte ständig und nippte an dem fürchterlichen Kaffee. Ich konnte ja schlecht sagen: *Ich bin nicht nur deswegen so durch den Wind, weil sich meine Freundin beinahe umgebracht hätte, sondern weil in mir ein kleines Bündel von Zellen heranwächst, von dem fünfzig Prozent ihrem Freund gehören.*

»Natürlich habe ich mich gefragt, ob es etwas mit Alec zu

tun hatte«, sagte Steady unvermittelt. So unvermittelt, dass ich beinahe meinen Kaffee verschüttet hätte. Wir gingen immer noch, jetzt am See entlang. Ich fühlte, wie mir die Hitze in die Wangen stieg. »Ich weiß, dass sie Probleme hatten«, fuhr er fort. »Und er ist … nun, er ist unzuverlässig. Sie alle stehen sich ziemlich nah, hat mir Lorna gesagt.«

»Ja«, sagte ich und dann, so beiläufig, wie ich konnte: »Was meinen Sie mit ›unzuverlässig‹?«

»Na ja …« Er zögerte. »Ich weiß auch nicht so recht. Ich bin ihm Anfang des Jahres ein paar Mal begegnet, und er hat mich schon ziemlich beeindruckt. Aber er hat etwas Unstetes an sich. Natürlich hat er eine Menge durchgemacht, das weiß ich. Aber Sie kennen ihn sicher viel besser.«

Ich wollte wissen, was genau ihn auf diese Idee brachte, aber mein Herz klopfte so heftig, dass ich es nicht über mich brachte, ihn danach zu fragen. Stattdessen ging ich weiter und suchte krampfhaft nach unverfänglichen Worten.

»Ich meine damit nur«, sagte Steady, »selbst wenn etwas passiert wäre … in dieser Beziehung … na ja, das bedeutet nicht, dass das auch der Grund war. Solche Ereignisse sind niemals linear.«

»Richtig«, sagte ich. »Da haben Sie recht.«

Aber das Wort »unzuverlässig« kreiselte immer noch in meinem Kopf, und einen Augenblick lang war ich wieder in dem kleinen Zimmer mit dem Sprossenfenster im Old Swan. Alecs heißer Atem an meinem Ohr. *Riskier mal was, Jess. Wir brechen doch sowieso schon alle Regeln.* Und plötzlich schien sich die Erde unter meinen Füßen aufzubäumen. Ich stolperte und verschüttete meinen Kaffee.

»Ach herrje«, sagte Steady und streckte schnell die Hand aus. »Alles in Ordnung?«

»Ja sicher«, sagte ich außer Atem. »Mir ist ein bisschen schwindelig. Hab das Frühstück vergessen.«

Es stand keine Bank in der Nähe, deshalb setzte ich mich auf eine mit Gras bewachsene Bodenerhebung.

Steady stellte sich leicht breitbeinig vor mich hin, die Hände in den Taschen, und runzelte die Stirn. »Tut mir leid«, sagte er reumütig. »Ich dachte, es würde Ihnen gut tun, mit mir zu reden, aber das Gegenteil ist der Fall. Ich bin keine große Hilfe.«

Ich schüttelte den Kopf. »Das stimmt nicht.«

Steady hielt Alec für unzuverlässig. Aber wenn jemanden die Schuld traf, dann mich. Nach Gideons Party hätte ich mich von ihm fernhalten sollen. Nicht nur von ihm, sondern auch von Georgie. Und vermutlich auch von Nick. Und jetzt steckte ich in diesem elenden, klischeebehafteten Schlamassel. Plötzlich schwappte eine Welle aus Selbstmitleid über mir zusammen, und meine Augen verschleierten sich. Schnell blinzelte ich, aber es war zu spät. Steady zog etwas aus seiner Tasche – Oh Gott, es war ein Taschentuch, wie peinlich! – und murmelte, wie sehr er wünschte, Lorna wäre hier.

»Das Problem mit Lorna Clay«, sagte er, während er sich neben mich setzte und mir das Taschentuch reichte, ohne mich anzuschauen, um mir Zeit zu geben, mich zu sammeln, »ist, dass sie in einem Moment da ist und niemand genug von ihr bekommen kann, weil sie etwas Besonderes hat, von dem jeder etwas abhaben will. Aber im nächsten Augenblick dreht man sich um, und sie ist verschwunden.« Er hielt kurz inne. »Kennen Sie Mowbry?«

Ich schüttelte den Kopf und presste die Lippen zusammen, in dem Versuch, die Tränen im Zaum zu halten. »Ist das ein Professor oder ein Student?«

»Eine Stadt ein paar Meilen entfernt«, sagte er und deutete auf eine Baumlinie auf der anderen Seite des Sees. »An jedem ersten Donnerstag im Monat gibt es dort einen sehr guten Bauernmarkt. Der Käse, den sie verkaufen, ist ausgezeichnet.«

»Oh«, sagte ich verdattert. Versuchte er, mich abzulenken? Wenn ja, ging er dabei nicht sehr raffiniert vor. Er schien das Thema einfach aus der Luft gegriffen zu haben. Vielleicht war er einer von diesen Männern, die den Anblick einer weinenden Frau nicht ertrugen.

»Wenn Sie einmal dort sind, schauen Sie sich das Marktkreuz an, mitten auf dem Platz. Dort hängt ein Schild, auf dem steht: ›Hier ist Ambrose Butler zum letzten Mal verschwunden.‹ Und dann ein Datum. Irgendwann in den 1830ern, glaube ich.«

»Verschwunden?«

»Ja. Und zwar *zum letzten Mal.*« Steady lächelte leicht in sich hinein. »Ich habe es nachgeschlagen. Ambrose Butler war ein notorischer Fall. Ein Schmied, ein Einzelgänger, eine Art Einsiedler, wenn er nicht arbeitete – der eines Tages an einem Markttag auf den Platz marschierte, sich hinsetzte, seine Mütze neben sich legte und verschwand. Für etwa zehn Sekunden. Dann tauchte er wieder auf, nahm seine Mütze und ging davon. Und in der darauffolgenden Woche geschah das Gleiche noch einmal, wieder am Markttag. Und danach sechs Monate lang jede Woche.«

»Vermutlich nur ein Ammenmärchen.«

Steady schüttelte den Kopf. »Das sollte man meinen. Aber es gibt unzählige Augenzeugenberichte. Der Fall wurde berühmt. Alle möglichen Leute stellten Theorien darüber auf. Da war zum Beispiel dieser deutsche Arzt, ein gewisser Professor Potz – ist das zu glauben! –, der behauptete, das Verschwinden sei durch einen »Spalt im universalen Äther« hervorgerufen worden. Dieser Spalt habe nur wenige Sekunden Bestand, würde aber alles in Luft auflösen, was in seine Nähe käme. Aber diese Theorie erklärte nicht, warum der Schmied immer wiederkehrte und offenbar keine Erinnerung mehr daran hatte, was geschehen war. Die Leute kamen von nah und fern, um am Markttag dem »verschwindenden Mann von Mowbry« zuzusehen. Dann, es war ein kalter, klarer Tag im Februar, setzte sich Ambrose hin, legte die Mütze neben sich und verschwand. Alle warteten wie üblich in angespanntem Schweigen, aber diesmal …«

»… kam er nicht zurück?«

»Richtig. Er kam nicht zurück. Und niemand hat je eine Erklärung dafür finden können.«

Ich schüttelte den Kopf und runzelte die Stirn. Dann hätte ich beinahe gelacht. Wenn das als Ablenkung gedacht war, hatte es geklappt. Der heiße Klumpen in meiner Brust hatte sich aufgelöst. Ich gab Steady sein Taschentuch zurück.

Er nahm es und fing an, es zu falten. Einmal, zweimal, dreimal. »Ich glaube manchmal, dass mit Lorna das Gleiche geschehen wird«, sagte er und betrachtete das kleine Taschentuchquadrat. »Eines Tages wird sie weggehen, wie üblich. Aber dann«, sagte er und steckte das Taschentuch ein, »wird sie nicht zurückkommen.«

Ich lachte nervös. »Warum glauben Sie das?«

Er schaute mich wieder mit diesem reumütigen Lächeln an. »Ich habe keine Ahnung. Es ergibt keinen Sinn. Aber so fühlt man sich, wenn man in jemanden verliebt ist, der etwas Magisches an sich hat. Als ob ein Sterblicher sich in einen Gott verliebt hätte. Erst hat man ihn, dann wieder nicht.«

Ich dachte an meinen verkrampften Magen und den plötzlichen angstvollen Stich, als ich mich von Alec verabschiedet hatte.

Eine Weile saßen wir stumm da und schauten über den See. Wind war aufgekommen und rüttelte an den Baumkronen, sodass die Blätter zuckten und tanzten.

Dann verabschiedete ich mich von ihm, dankte ihm für den Kaffee und sagte ihm, dass ich Lorna anrufen würde.

»Ich hoffe, Sie fühlen sich etwas besser«, sagte er, als ich mich zum Gehen wandte.

Ich lächelte und nickte, was keine Lüge war.

Auf halbem Weg zum Campus drehte ich mich um und sah ihn noch immer dort im Gras sitzen und den See betrachten. Aus irgendeinem Grund erinnerten mich die gekrümmten Schultern und das leichte Beben, das von seiner Gestalt ausging, an meine Mutter. Was wirklich seltsam war, weil es keine zwei Menschen auf der Welt gibt, die so verschieden sind wie Steady und sie.

21

Gleich nach meinem Spaziergang mit Steady rief ich Lorna an. Nachdem ich gewählt hatte, herrschte lange Zeit nur Stille. Lediglich eine Art Rauschen war zu hören, als ob Luft durch die Leitung schießen würde. Ich dachte schon, ich hätte keine Verbindung. Doch dann klingelte es. Nach dem vierten Mal hob sie ab.

»Jess! … Oh, einen Moment bitte.« Ein Schaben ertönte, als ob das Mikrofon gegen Stoff gerieben wurde, und dann klang Lornas Stimme in meinem Ohr, lebendig und beruhigend, mit diesem für sie typischen, amüsierten Unterton, als ob wir gerade gemeinsam über einen Witz gelacht hätten.

»Jess! Hallo … Ich bin gerade bei meiner Mutter. Warten Sie kurz, die Verbindung ist hier grottenschlecht. Ich gehe raus auf den Balkon.«

»Sie sind also noch in London.«

Angst hatte sich wohl in meine Stimme geschlichen, denn ihr Ton veränderte sich sofort.

»Ist alles in Ordnung? Geht es wieder um Georgie?«

»Nein, ich …« Mir wurde die Kehle eng, und einen Augenblick lang dachte ich, ich würde es nicht fertigbringen, doch dann holte ich tief Luft und sprudelte alles hervor.

»Ach, Sie armes Ding …« Die Wärme in ihrer Stimme trieb mir wieder die Tränen in die Augen, und ich hatte Angst, dass sie mich gleich fragt, ob ich es behalten will und wer der Vater ist, dann dachte ich: *Ich ertrage es nicht.* Und dann dachte ich, dass dies haargenau beschrieb, wie ich mich fühlte, Wort für

Wort, und ich sprach es aus, wie um mich selbst zu testen: »Ich ertrage es nicht.« Lorna schwieg einen Moment lang, und als sie wieder sprach, klang sie ruhig und sachlich, beinahe brüsk. Ob ich am nächsten Tag nach London kommen könnte. Sie war im Moment bei ihrer Mutter, die Pflegerin war krank, aber ab morgen würde sie ein paar Tage im Haus ihrer Schwester wohnen. Ob ich hinkommen und ein paar Tage bleiben wollte. Niemand sonst würde da sein, die Familie war über Ostern weggefahren. Sie war dort allein und passte auf … (ihre nächsten Worte wurden wieder von diesem schabenden Geräusch verschluckt). Nein, sie musste sowieso dort bleiben, sie hatte ihrer Schwester versprochen, aufzupassen … Sie würde mich später wieder anrufen, der Empfang war …

Wieder verlor ich ihre Stimme, und plötzlich kam es mir verrückt vor, dass ich sie angerufen hatte, dass ich mich einem Menschen anvertraute, den ich kaum kannte.

»Jess?«

Meine Brust wurde eng. »Ja?«

»Kopf hoch. Alles wird gut.«

Dienstag war einer jener üppigen Frühlingstage, die jede Krise zum Gespött machten. Die Bäume im Park quollen über vor rosa und weißen Blüten, und das Gelb der Narzissen auf der Uferböschung war so grell, dass es in den Augen wehtat. Ich zog meinen Trolley durch die mit Sonnenflecken durchsetzten Schatten und folgte den Schildern zum japanischen Garten.

Der Treffpunkt war natürlich Lornas Idee gewesen.

»Im japanischen Garten?«, hatte ich sie am Telefon gefragt.

»Ja, am Teich mit den Kois. Da steht eine Bank unter einem Ahornbaum.«

Das klang so sehr nach einem Geheimtreffen von zwei Spionen, dass ich unwillkürlich lachen musste. Wahrscheinlich hatte sie meine Gedanken gelesen, denn in ihrer Stimme lag ein Lächeln, als sie sagte: »Halten Sie Ausschau nach einer Rothaarigen mit müdem Blick, die den *Observer* liest.«

Eine kleine Treppe mit einem Handlauf aus Bambus führte in den Garten. Ich hievte meinen Trolley hinauf in das kleine Paradies: gepflegte Rasenflächen, kunstvoll gestutzte Bäume und ein hübscher Wasserfall. Ein paar chinesische Touristen waren stehen geblieben und fotografierten einen Pfau, der sich langsam mit einem Rad aus schimmernden, smaragdgrünen Schwanzfedern im Kreis drehte.

Dies ist ein Ort der Ruhe und der inneren Einkehr, stand auf einem kleinen Schild, und auf dem darunter: *Spielende Kinder, Radfahrer und Inliner sind hier nicht erwünscht.*

Ich fand auf Anhieb die Bank, die Lorna mir beschrieben hatte, setzte mich hin und stellte meinen Trolley neben mir ab. Eine kleine Holzbrücke führte über den Teich, und ich beobachtete die Spaziergänger, die durch den Garten schlenderten, auf der Brücke stehen blieben und die Größe der Karpfen bewunderten oder eine Münze hineinwarfen. Hin und wieder schaute jemand auf die freie Hälfte der Bank, aber niemand setzte sich hin. Ich fragte mich, was sie wohl sahen: ein blasses, zerzaustes Mädchen mit einem Koffer, das offensichtlich vor etwas davonlief. Oder vor jemandem.

Ich trank Kaffee aus einem Einwegbecher und schaute zu den Leuten, die oben auf der Treppe am Eingang auftauchten. Gerade, als ich wegsehen wollte, erschien Lorna. Mit einer dunklen Sonnenbrille, die Haare rot glühend im hellen Licht, kam sie auf mich zu.

Als sie vor mir stand, erhob ich mich. Ich war plötzlich unsicher, war mir meiner Jugend überdeutlich bewusst, sah die

Distanz zwischen uns. Sie aber zögerte nicht, machte einen Schritt auf mich zu und breitete die Arme aus. Als sie mich drückte, fühlte ich unter ihrer zerknitterten Leinenbluse ihren Herzschlag, der stark und schnell ging von ihrem Fußmarsch, roch den leichten Duft ihres Parfüms in ihren Haaren.

»Sie armes Ding«, sagte sie, und nachdem ich mehr oder weniger achtundvierzig Stunden lang gar nichts gefühlt hatte, explodierte etwas in meiner Brust. Zum ersten Mal, seit ich Gewissheit hatte, sehnte ich mich so sehr nach Alec, dass ich einfach weinen musste. Sie setzte sich neben mich auf die Bank und reichte mir wortlos ihre Sonnenbrille. Sie sah müde aus, aber sie hatte noch einen Rest Sonnenbräune und eine trockene Stelle auf der Nase, wo die Haut sich schälte. Eine Zeit lang saßen wir da, während ich im Schutz der dunklen Brillengläser meinen Tränen freien Lauf ließ. Dann fing sie an zu reden, leise und sanft, als ob sie mir eine Gutenachtgeschichte erzählen würde. Sie sprach von den zwei Wochen, die sie auf der Insel in Italien verbracht hatte, bevor sie wegen ihrer Mutter hatte zurückkommen müssen. »Jetzt ist die schönste Zeit des Jahres. Die wilden Blumen blühen und das Meer ist eiskalt. Es fühlt sich so an, als ob alles aus einem tiefen Schlaf erwacht, einschließlich mir …«

Nach einer Weile verstummte sie und ich holte tief Atem. Dann wischte ich mir die Wangen trocken, bedankte mich und gab ihr mit einem erzwungenen Lächeln die Sonnenbrille zurück. »Tut mir leid. Ich hatte mich ganz prima unter Kontrolle, bis Sie angefangen haben, nett zu mir zu sein.«

Lorna erwiderte mein Lächeln. »Sie müssen nicht darüber reden. Erst wenn Sie dafür bereit sind. Ich kann noch stundenlang über meine Insel sprechen.«

Natürlich erzählte ich ihr alles, angefangen mit dem Tag, an dem ich Alec beim Sex in seinem Leichenwagen erwischt hatte. (»In einem Leichenwagen?«, wiederholte Lorna mit zuckenden Lippen. »Du meine Güte!«) Hin und wieder stellte sie mir eine Frage – knapp, präzise, unsentimental –, aber im Allgemeinen ließ sie mich einfach nur reden.

Als ich fertig war, herrschte Schweigen. Ich betrachtete die Wolken aus Mücken über dem Teich.

»So eine Bank wie diese gibt es auch auf dem Campus«, sagte ich schließlich. »Georgie nennt sie die Kuss-und-Tränen-Bank, weil die Leute, die darauf sitzen, sich entweder küssen oder weinen.«

»Sie ist ein komisches Mädchen.«

Lornas Stimme klang irgendwie erstickt, und ich schaute sie an. »Haben Sie mit ihr geredet?«

»Ja. Hugh hat mir gesagt, was passiert ist, und ich habe sie von der Insel aus angerufen.«

Ich fühlte mein Herz in meinem Hals schlagen. »Wirklich? Wie geht es ihr?«

Lorna zögerte. »Nicht gut. Aber das ist schon eine ganze Weile so, wie du ja weißt. Ich habe im letzten Trimester ein paar Mal versucht, mit ihr zu reden. Ich glaube, das ist der Grund, warum sie sich von mir zurückgezogen hat. Es war offensichtlich, dass ihre Beziehung nicht funktionierte. Und ich habe ihre Eltern kennengelernt, ich weiß, wovor sie davonläuft. Aber sie wollte es nicht hören.«

Ich betrachtete meine Sneaker und das Gras unter meinen Füßen. »Hat sie von mir gesprochen?«

»Nicht direkt, aber als ich sie gefragt habe … na ja, jetzt ergibt die ganze Sache einen Sinn.«

Wieder fühlte ich einen Strom aus Tränen in mir aufsteigen und versuchte, den heißen Ball hinunterzuschlucken.

»Ich weiß nicht, ob sie je wieder mit mir redet.«

Lorna lächelte leicht. »Ach, Jess, seien Sie doch nicht so altmodisch. Sie braucht einfach nur Zeit. Wenn sie so weit ist, wird Georgie besser als jeder andere verstehen, was es heißt, von Leidenschaft übermannt zu werden. Sie ist vielleicht stinksauer und verletzt, aber das, was sie getan hat, tat sie nicht, weil ihr Freund mit Ihnen durchgebrannt ist. Es war schon vorher in ihr. Anders kann ich es mir nicht erklären.«

Ich nickte und dachte, dass Hugh etwas ganz Ähnliches gesagt hatte. Die beiden waren, oberflächlich betrachtet, ein merkwürdiges Paar. Aber vielleicht waren ihre inneren Welten im Einklang.

»Was meinen Sie, was ich tun soll?« Ich zögerte und fuhr mit der Hand unwillkürlich zu meinem Bauch. »Finden Sie es falsch …« Ich verstummte und hielt den Atem an, weil mir wieder die Tränen kamen.

Aber Lorna schüttelte den Kopf. »Ich finde es falsch, ein ungewolltes Kind zu bekommen. Wie würden Sie sich verhalten? Es widerwillig großziehen? Es zur Adoption freigeben und riskieren, dass es sich später unerwünscht fühlt?«

Ich dachte an Alecs Bruder, der das kleine Porzellanpferd seiner Mutter in einem Anfall von Wut aus dem Fenster geworfen hatte, wo es in tausend Stücke zerbrach.

»Sie sind noch so jung, Jess«, fuhr sie sanft fort. »Alles würde sich verändern. Türen würden sich schließen, oder zumindest hätten Sie nicht mehr das Verlangen, sie aufzustoßen. Ich habe das Gefühl, dass Sie es mit Ihrem Verstand weit bringen könnten. Eine akademische Laufbahn, wenn Sie das wollen. Es ist eine brutale Wahrheit für eine Frau, aber sich in Ihrer jetzigen Situation für eine Mutterschaft zu entscheiden, könnte Ihnen alles vermasseln.«

Ich blinzelte eine neue Welle aus Tränen weg.

»Manche Leute betrachten das als Mord.«

Zu meiner Überraschung lachte Lorna auf. »Wenn es etwas gibt, was Dame Agatha mich gelehrt hat, dann, dass Mord relativ ist. Du sollst nicht töten. Das ist reines Schwarz-Weiß-Denken. Was, wenn der eine Tod weiteres Leid verhindert? Ein ungewolltes Kind zu bekommen, kann unfassbare Schmerzen nach sich ziehen.«

Sie sagte das mit solcher Inbrunst, dass ich mir zum ersten Mal die Frage stellte, warum Lorna keine Kinder hatte. Ich wusste, dass sie zweiundvierzig und seit einigen Jahren mit Hugh zusammen war. Aber irgendwie fand ich es passend, dass sie keine Kinder hatten. Ich konnte mir ihren intellektuellen, neugierigen Geist nicht eingehüllt im Milchdunst der Mutterschaft vorstellen.

»Lorna?«

»Ja?«

»Waren Sie jemals …?«

Es dauerte lange, bis Lorna antwortete. »Wenn es so wäre, können Sie sicher sein, dass ich dieselbe Entscheidung getroffen hätte.«

Auf der Brücke fing ein kleiner Junge von etwa drei Jahren an zu schreien und zu toben, als seine Mutter ihn daran hinderte, in den Teich zu den Fischen zu klettern. Unter dem wuscheligen, blond gelockten Haarschopf hing ein Rotzfaden aus seiner Nase, und an seinem Nacken bildeten sich blaue Adern, während er brüllte. Ich warf einen Blick zur Seite, konnte aber nicht erkennen, ob Lorna hinter ihrer Sonnenbrille ebenfalls die Szene beobachtete.

»Ich habe nichts gegen Kinder«, sagte sie nachdenklich. »Soweit ich das beurteilen kann, sind sie allesamt kleine Künstler, bis man sie auf ein Fließband stellt und ihnen beibringt, sich anzupassen. Es ist nur so, dass ich nicht mag, was sie mit Frauen anstellen. All diese starken, unabhängigen Frauen, die ein Baby bekommen, werden zu ängstlichen, fügsamen Wesen, die sich den Männern unterordnen.«

»Aber Ihre Schwester hat doch Kinder.«

»Etliche«, sagte Lorna. Dann schaute sie mich an und schob die Sonnenbrille nach oben auf ihren Kopf. »Darf ich Ihnen eine etwas schwierige Frage stellen?«

Ich lachte. »Ich glaube nicht, dass ich mich im Moment mit *leichten* Fragen beschäftigen kann.«

Trotzdem zögerte sie. Dann legte sie leicht ihre Hand auf meinen Arm. »Sind Sie sicher, dass das Baby von Alec ist?«

Verwirrt starrte ich sie an. »Ja! Ich meine …« Und zum ersten Mal wurde mir in einer schier endlos lang dauernden Sekunde klar, dass es genauso gut Nicks Kind sein konnte. Das war mir nicht in den Sinn gekommen, nicht nur, weil ich mit Alec ungeschützten Sex gehabt hatte, sondern auch, weil die Beziehung zwischen mir und Nick seit Wochen am Abkühlen war, und das Wochenende im Old Swan hatte ihr einen endgültigen Schlusspunkt gesetzt. Aber – und angesichts dieser Vorstellung geriet mein Bewusstsein ins Stocken – ganz auszuschließen war es nicht.

Was für ein Mensch war ich bloß?

Lorna beobachtete aufmerksam mein Mienenspiel. »Ich denke, tief in Ihrem Inneren, wissen Sie bereits alles. Ich will nur nicht, dass Sie sich später überrumpelt fühlen.« Sie schaute auf ihre Armbanduhr. »Es gibt da eine Klinik in der Nähe der Wohnung meiner Schwester.«

22

Ich kannte niemanden, der eine Abtreibung gehabt hatte. Ich nahm an, dass es eine richtige Operation unter Vollnarkose war. Ich hatte mir auch wegen der Kosten Sorgen gemacht und mich gefragt, ob meine kaum vorhandenen Ersparnisse reichen würden. Gav hat den letzten Gehaltsscheck einbehalten, womit ich gerechnet hatte, weil ich ihn ohne Kündigung sitzen gelassen hatte, und ironischerweise schuldete mir Georgie, die mit dem Geld anderer Leute immer sehr großzügig umging, eine ganz hübsche Summe. Georgie hatte nämlich – genau wie die Queen – niemals Bargeld bei sich.

Also war ich zum einen geschockt, zum anderen unglaublich erleichtert, als mir die Ärztin in der Klinik – eine stämmige Französin mit grauen Haaren, die sie straff am Hinterkopf zusammengesteckt hatte – erklärte, dass es natürlich umsonst war. Und es waren auch nur eine Handvoll Tabletten nötig, die ich innerhalb von vierundzwanzig Stunden nehmen musste, dazu Antibiotika und Schmerzmittel. Wir könnten es gleich heute tun, nach ein paar Untersuchungen, wenn ich das wollte, meinte sie.

»Wirklich?«, sagte ich ungläubig. »Das ist alles?«

»Es wird kein Kinderspiel«, warnte sie mich und bedachte mich mit einem Blick über den Rand ihrer Brille hinweg. »Aber ja, das ist alles. Wenn Sie es durchziehen wollen.«

Im Wartezimmer im Zentrum für sexuelle Gesundheit und Familienplanung schaut man niemandem freiwillig in die Augen. Ich sollte es wissen, denn ich habe den halben Tag in diesem mausgrauen Raum verbracht, in den ich nach diversen Untersuchungen immer wieder zurückgeschickt wurde. Lorna blieb etwa eine Stunde lang bei mir, doch dann warf sie einen Blick auf ihr Handy und meinte, sie müsse noch ein paar Dinge erledigen, ehe sie sich nachher mit dem Arzt in der Wohnung ihrer Mutter traf. »Sie können gerne mitkommen. Obwohl ich Sie warnen muss: Im Vergleich dazu sieht es hier wie in einem Vergnügungspark aus.«

Aber es war kein Vergnügen. Ich kann mich nicht erinnern, schon jemals an einem Ort gewesen zu sein, der so deutlich spürbar voller Traurigkeit war. Von meinem Plastikstuhl aus beäugte ich die anderen Frauen, die kamen und gingen: eine etwa vierzigjährige Frau in ausgewaschenen Jeans, die ihr zwei Nummern zu klein waren, mit einer tiefen Falte rechts und links des Mundes, die ihre Lippen einklammerten, und ein Mädchen, mindestens drei Jahre jünger als ich, das zusammengesunken auf einem Stuhl hockte und mit leerem Ausdruck auf sein Handy starrte. Niemand saß in der Kinderspielecke, wo eine uralte Motorikschleife stand. Männer kamen nicht herein.

Ich bin keine Mutter, dachte ich. *Das kann ich nicht. Ich bin neunzehn. Ich bin noch nicht einmal erwachsen.*

Die französische Ärztin rief mich wieder herein und forderte mich auf, mich auf eine Untersuchungsliege in der Ecke zu legen und mein Oberteil hochzuziehen. Sie wollte einen Ultraschall machen, um zu sehen, »wie weit Sie sind«.

Ich starrte auf ihre Haarspange aus Perlmutt, als sie sich über mich beugte und aus einer furzenden Tube Gel auf meinen Bauch quetschte. Sie hatte gerade die Sonde in die Hand genommen, als links von mir ein lautes Dröhnen einsetzte. Ich drehte den Kopf. Es war warm heute, und das Fenster war geöffnet. Eine große blaue Schmeißfliege war hereingeflogen und fand den Weg nicht mehr hinaus. Panisch prallte sie immer wieder gegen das Glas.

Die Ärztin bewegte die Sonde über meinen Bauch. Ein Bild erschien auf dem Monitor, ein Gewirr aus Schnee mit einem dunklen Fleck in der Mitte, und in diesem Fleck ein kleiner, unförmiger Klumpen aus noch mehr Schnee. Ich sah, wie der Klumpen ein Stück nach rechts wanderte, dann wurde das dröhnende Surren der Fliege lauter und ich schaute wieder zum Fenster.

»Das ist besser«, sagte die Ärztin. »Sie müssen nicht auf den Monitor sehen.«

Sie war freundlich, auf ihre etwas ruppige Art, und deshalb erklärte ich ihr nicht, dass ich mir bloß um die Fliege Sorgen machte. Am liebsten hätte ich gefragt, ob wir nicht kurz Pause machen und das arme Viech wieder nach draußen befördern könnten. Doch dann stand sie auf, der Monitor wurde schwarz und ich sah noch, wie die Fliege mit voller Wucht gegen die Scheibe flog, nach unten fiel und reglos liegen blieb. Das Surren wurde leiser, und ich fühlte Tränen in meinen Augen. *Oh nein, nicht jetzt …,* dachte ich, *bitte gib nicht auf.*

»Okay, wir sind fertig«, sagte sie, wischte mir mit einem kratzigen Papiertuch das Gel vom Bauch und half mir, mich aufzusetzen. Sie wartete, bis ich mich auf einen Stuhl vor ihrem Schreibtisch gesetzt hatte, und blickte mich dann wieder über den Rand ihrer Brille hinweg an.

»Sie sind etwa in der fünften Woche.«

»In der fünften Woche?« Vor meinen Augen drehte sich alles, während mir Lornas Frage im japanischen Garten einfiel. Ich empfand eine Woge aus Panik, bis mir die Ärztin erklärte, dass nicht vom Tag der Empfängnis an gerechnet wurde, sondern vom ersten Tag meiner letzten Periode. Mit einem Gefühl der Erleichterung erinnerte ich mich daran, dass ich meine Periode gehabt hatte, seit ich das letzte Mal mit Nick geschlafen hatte. Dann fragte sie mich, ob ich mir meiner Entscheidung sicher sei, und ich sagte, ja, ganz sicher. Mein Mund war plötzlich so trocken, als ob jemand Asche hineingeschüttet hätte.

Danach fühlte ich mich, als wäre ich aus meinem Körper ausgestiegen, der sich plötzlich in ein Auto verwandelt hatte, das die jährliche Inspektion durchlief: In einem anderen, viel kleineren Raum nahm mir eine vollbusige Krankenschwester Blut ab und maß meinen Blutdruck. Dann legte sie mir zwei Finger auf den Puls und summte vor sich hin, während sie auf eine kleine Uhr schaute, die an ihrer Brusttasche klemmte. Danach kehrte ich ins Wartezimmer zurück, und nachdem ich noch einmal ausgiebig die Broschüren in dem Zeitschriftenständer an der Wand betrachtet hatte (»Schwanger – und was jetzt?« und das muntere Versprechen »Wir kriegen Ihre Gonorrhö in den Griff«), wurde ich wieder in das Untersuchungszimmer geführt.

Die Ärztin reichte mir eine ziemlich große Tablette in einem kleinen Plastikbecher. »Damit wird das Hormon Progesteron blockiert, das benötigt wird, um die Schwangerschaft fortzuführen. Sie müssen die Tablette jetzt gleich nehmen.«

Ich nickte. Sie stellte den Becher auf einen kleinen Tisch und fing an, eine weitere Tablettenpackung mit einer Nagelschere auseinanderzuschneiden.

»Die nächsten vier werden dafür sorgen, dass der Gebärmutterhals weich wird und die Gebärmutter sich entleert. Sie können sie nach Belieben in den kommenden zwölf bis vierundzwanzig Stunden nehmen, entweder hier oder zu Hause.

Aber jungen Frauen wie ihnen, die noch kein Kind geboren haben, empfehle ich, sie hier in der Klinik zu nehmen. Sie werden stark bluten, und es wird wehtun, wenn die Schwangerschaft beendet wird. Das könnte sehr unangenehm für Sie werden.«

Ich schüttelte den Kopf. »Ich möchte sie mitnehmen.«

»Wie Sie wollen. Die erste Tablette müssen Sie hier bei mir einnehmen. Das ist Vorschrift. Aber der Rest ...« Sie zuckte mit den Schultern. »Das liegt bei Ihnen. Solange Sie begreifen ...«

»Das tue ich.«

Sie drehte sich um und legte die Schere weg. Ich betrachtete die Tabletten auf dem Tisch.

»Dr. Lefrère?«

Sie wandte sich wieder zu mir.

»Ändern manchmal Frauen ihre Meinung, nachdem sie die erste Tablette genommen haben?«

Ihr Blick wurde wachsam. »Ja«, sagte sie. »Das passiert. Aber in diesem Fall kann ich nicht dafür garantieren, dass die Schwangerschaft ...« Sie stockte und schien zum ersten Mal nach Worten suchen zu müssen. »... gut ausgehen wird«, sagte sie schließlich. Sie verstummte wieder und schaute mich über den Rand ihrer Brille hinweg an. »Aber Jessica, wenn Sie sich nicht vollkommen sicher sind, empfehle ich Ihnen vorher einen Besuch in unserer Beratungsstelle.«

Beim Klang meines Namens schoss mir eine Wärme in die Brust. Mit ruhigem, abwartendem Blick sah sie mich weiter an.

Ich griff nach dem Plastikbecher. »Muss ich sie schlucken oder zerkauen?«

23

Ich stellte mir Lornas Mutter als eine dieser unglaublich glamourösen älteren Damen vor, eine Art moderne Katherine Hepburn mit elegant hochgesteckten, silbergrauen Haaren und einem königlichen Gang. Ihre Wohnung müsste im Erdgeschoss eines viktorianischen Hauses liegen, in einer tadellosen Vorortsiedlung, mit Löwenstatuen rechts und links der Eingangstreppe. Ich war sehr überrascht, als wir auf den Besucherparkplatz vor einem hässlichen Wohnblock einbogen, einem zweckmäßigen Kasten aus fleckigen braunen Backsteinen aus den 1960ern. Lorna schaltete den Motor aus und drehte sich zu mir um. Dies sei eine Einrichtung des »Betreuten Wohnens«.

»Ein sehr blauäugiger Begriff«, sagte sie. »In Wirklichkeit wird hier betreutes Sterben praktiziert. Sind Sie sicher, dass Sie mitkommen wollen? Etwas weiter die Straße entlang gibt es ein paar nette Cafés.«

Ich dachte an die Tablette, die sich in meiner Magensäure auflöste und verhinderte, dass meine Gebärmutter ihre Pflicht erfüllen konnte. *Die nächsten vier werden dafür sorgen, dass der Gebärmutterhals weich wird und die Gebärmutter sich entleert.*

Dieses Wort. Entleeren.

»Sie haben doch nichts dagegen, wenn ich mitkomme, oder?«

Der Fahrstuhl im Eingangsbereich war grell ausgeleuchtet und hatte an beiden Seiten Handläufe. Über allem hing der penetrante Geruch eines Lufterfrischers mit Lavendelaroma.

»Wie fühlen Sie sich?«, fragte Lorna, als wir hochfuhren.

Ich zuckte mit den Schultern. »Ganz gut, nur ein bisschen komisch …«

»Keine Schmerzen?«

Ich schüttelte den Kopf. »Die sagten, dass ich bis zur nächsten Tablette keine nennenswerten Beschwerden haben würde. Vielleicht Kopfweh und ein leichtes Schwindelgefühl.« *Aber Jessica, wenn Sie sich nicht vollkommen sicher sind …* »Ich habe das Gefühl, als hätte ich eine Handgranate geschluckt.«

»Wir bleiben nicht lang. Eine Dreiviertelstunde, höchstens.«

Vielleicht lag es an der Beleuchtung, dass ihr Gesicht plötzlich so leblos aussah. Ich wollte gerade fragen, was genau mit ihrer Mutter los war, als sich die Fahrstuhltüren mit einem *Ping* öffneten und wir durch einen mit dickem Teppich ausgelegten Flur gingen, der rechts und links von Drucken mit Blumenmotiven und dazwischen von identischen, cremefarbenen Türen gesäumt wurde. Ich dachte an Stella in dem Altenheim in Reigate, an den Augenblick, als mir der Sozialarbeiter sagte, dass Stella mich nicht mehr brauchen würde, und mich dann fragte, ob ich »gerne jemand Neuen hätte«. Welchen Agatha-Christie-Roman hatten wir gerade gelesen, als ich die Nachricht bekam? *Ruhe unsanft,* das war es. Ein weißes Cover mit lila Kaugummischrift.

Vor einer dieser Türen blieb Lorna stehen und drückte auf den Klingelknopf. Eine Frau mit fettigen blonden Haaren und einem sehr breiten schwarzen Haaransatz öffnete. Ihr müdes Gesicht hellte sich ein wenig auf, als sie Lorna sah. »Sie war schwierig heute Morgen«, sagte sie mit einem osteuropäischen Akzent. »Ich glaube, sie freut sich, dass Sie sind da. Sie hat sich gewöhnt an sie, in letzte Woche. Sie will mich nicht mehr haben.«

»Sehr lieb von Ihnen, Vera«, sagte Lorna, küsste sie auf die Wange und drückte dankbar ihre Schulter. »Nur schade, dass es eine glatte Lüge ist, nicht wahr?«

Im Schlafzimmer hingen Spitzenvorhänge an den Fenstern, die nur ein blässliches Sonnenlicht durchließen und dem Raum ein trübes Aussehen verliehen, wie unter Wasser. In der Luft lag eine minzige Schärfe, die einem Tränen in die Augen trieb, als ob jemand eine ganze Tüte Mentholbonbons auf einmal gegessen hätte. Ich blieb unentschlossen im Türrahmen stehen, aber Lorna und Vera gingen ohne zu zögern auf ein Bett in der Ecke zu, während sie sich unterhielten. Ich trat vorsichtig hinter Lorna und schaute ihr über die Schulter, getrieben von einer plötzlichen Neugier auf die Frau, die *sie* hervorgebracht hatte.

Der Körper, der auf dem Bett lag, war so gut wie nicht mehr vorhanden. Man konnte noch sehen, dass er einmal einer gut aussehenden Frau gehört hatte, mit zierlichen, gleichmäßigen Gesichtszügen, aber jetzt war ihr Fleisch wie weggeschmolzen und ihre pudrige Haut lag direkt auf den Knochen. Die blauen Augen waren offen, starrten aber ins Leere. Es dauerte einen Moment, bis mir klar wurde, dass das rasselnde und klickende Geräusch, das ich hörte, ihr Atmen war. Mir wurde übel und ich schluckte, um den metallischen Geschmack aus meinem Mund zu vertreiben.

»Ich bin froh, dass Sie benutzen diese«, sagte Vera und tätschelte eins der Metallgitter, die das Bett einrahmten wie ein Kinderbettchen. »Ihre Schwester, Grace, sie nicht mögen diese. Sie sagt, Mrs Clay ist nicht in Gefängnis.«

Lorna schnaubte. »Na klar, das sieht ihr ähnlich. Aber ich war sehr erleichtert, besonders nachts und wenn sie anfing, sich hin und her zu wälzen.«

»Das ist wahr«, sagte Vera und nickte nachdrücklich. »Ich glaube, es ist wegen Schmerz in Hüfte von Sturz. Ich bin stark, ich kann sie fangen auf, wenn ich bin hier. Vielleicht Sie auch. Aber wenn ich schlafe nebenan und nicht höre … Wollen Sie Tee?«

»Ganz bestimmt nicht. Sie machen jetzt Pause, Vera. Howard wird jeden Moment hier sein.«

»Ich gehe nur in Apotheke in High Street und komme gleich wieder. Viertelstunde.«

Lorna schüttelte den Kopf. »Sie machen eine anständige Pause. Gehen Sie mal spazieren. Sie sind doch selbst gerade erst wieder gesund geworden.« Sie fischte einen Geldschein aus ihrer Handtasche. »Tun Sie mir den Gefallen und holen mir etwas Vollkornbrot aus dieser kleinen Bäckerei oben auf dem Hügel, ja?«

»Diese Frau ist eine Heilige«, sagte Lorna, als sich die Tür hinter Vera schloss. »Ich habe sechs Tage lang ihren Job gemacht, und danach war ich am Ende. Kommen Sie, machen wir Wasser heiß. Der Arzt wird gleich hier sein. Howie ist ein alter Freund aus dem College, wir haben zusammen angefangen zu studieren. Er ist brillant. Sehen Sie mal in den Küchenschränken nach, ja? Vera hat irgendwo Kekse stehen. Leckere Kekse.«

Sie klang genauso wie die alte Lorna, aber in ihren Augen stand ein seltsam leerer Ausdruck. Als würde sie einfach nur funktionieren. Vermutlich war das ihre Art, damit klarzukommen, dass ihre Mutter zwar hier, aber gleichzeitig doch nicht hier war. Ich fragte mich, was ihr passiert war. Vielleicht ein Schlaganfall oder eine Gehirnblutung, irgendetwas, das zu einem Kurzschluss im System geführt und es fast völlig lahmgelegt hatte. Wir hatten gerade Tee gekocht, als es klingelte.

Howard, der Arzt, war ein kleiner, flinker Mann mit großen Ohren und einer Nickelbrille. Er wirkte so hektisch wie eine tickende Bombe. Nachdem Lorna uns vorgestellt hatte, manövrierte sie mich ins Wohnzimmer und meinte, ich solle mich ausruhen, während sie sich mit Howard unterhielt.

»Du bist bestimmt schrecklich in Eile«, hörte ich sie sagen, als sie gemeinsam ins Schlafzimmer ihrer Mutter gingen, »und du hattest eine Engelsgeduld mit mir in den letzten Tagen. Aber ich dachte mir, ich fange dich ab, solange Grace unterwegs ist …«

Im Wohnzimmer waren die Vorhänge offen, und die Nachmittagssonne ergoss sich durch die Fenster und heizte den Raum auf. Ich hatte mich kaum hingesetzt und einen Schluck Tee getrunken, da sorgten die Wärme der Sonne und das weiche, mit Blumen bedruckte Polster des Sofas dafür, dass mir die Augenlider schwer wurden. Ich lehnte mich gegen die Kissen und schloss die Augen, nur ganz kurz, lauschte dem Gemurmel der Stimmen nebenan. Und dann nichts mehr.

Ich erwachte mit Blick auf den quadratischen, gläsernen Couchtisch, auf dem fächerförmig Immobilienzeitschriften ausgebreitet waren. *House and Home, Estate, West London Properties, Property Weekly.* Mein Handgelenk schmerzte, weil es verdreht unter meinem Kopf gelegen hatte, und auf meiner Zunge lag ein saurer, metallischer Geschmack. Mein erster Gedanke war, dass ich im Wartezimmer der Abtreibungsklinik eingeschlafen war – *nein, so darf ich es nicht nennen,* dachte ich. Es war ein »Zentrum für Familienplanung«. Dann blinzelte ich und schaute mich um – sah die Vorhänge mit Blumenmuster, passend zum Bezug des Sofas, den kleinen Kamin mit der Uhr aus Messing auf der Umrandung und einen kleinen Beistelltisch mit gerahmten Fotos. Und dann fiel mir wieder ein, wo wir waren, und ich dachte: *Tja, auch das ist ein Wartezimmer, eins von der übelsten Sorte.* Dann blickte ich wieder auf den Couchtisch. Wer zum Teufel legte Immobilienzeitschriften in das Wohnzimmer einer sterbenden Frau. Sollte das ein Witz sein?

Ich stützte mich auf meinen Ellbogen und spürte ein leichtes Schwindelgefühl, gerade so, als wäre ich in einem schwankenden Boot aufgestanden. Meine Hand stahl sich in meine Hosentasche und tastete nach der festen Plastikfolie, in der die Tabletten eingeschweißt waren. Vier kleine Höcker. Miso… irgendwas. Und wie hieß die Pille, die ich in der Klinik genommen hatte? Mifepriston. Unwillkürlich musste ich bei dem Namen an Mephisto denken, der dreimal an die Tür klopft und die Seele des Dr. Faust in die Hölle entführen will. Auch in meinem Kopf hämmerte es, als würde ein Kolben von innen gegen die Schädeldecke schlagen.

Ich schaute auf die Messinguhr. Noch knapp zwei Stunden, bis die nächste Tablette fällig war. Wieder warten. Und dann jagten heiße und kalte Schauer über meine Kopfhaut, als mir einfiel, dass nicht nur dieser Raum ein Wartezimmer war, nein, auch mein Unterleib war einer, und den Termin, den ich verabredet hatte, war ebenfalls mit dem Tod. Und ich dachte: *Oh Gott, Alec, es tut mir so leid. Ich hätte es dir vorher sagen müssen, und jetzt ist es zu spät.*

Die Stimmen nebenan waren verstummt. Wahrscheinlich war der Arzt schon gegangen. Ich verließ das Wohnzimmer und trat in den Türrahmen des Schlafzimmers von Lornas Mutter. Lorna saß auf dem Stuhl neben dem Bett, mit dem Rücken zu mir. Ich wollte mich schon zurückziehen, als Lorna, die mich entweder gehört oder gespürt hatte, sich umdrehte. Ihre Wangen waren nass vor Tränen.

»Schon gut«, sagte sie. »Kommen Sie rein.«

Sie hielt etwas fest. Anfangs dachte ich, es sei die Hand ihrer Mutter, aber als ich ein paar Schritte in den Raum gemacht hatte, sah ich, dass es ein kleiner, verzierter silberner Fotorahmen war, wie man ihn oft im Haus alter Damen sieht.

Rassel, klick, rassel, klick machte der Körper in dem Bett. Ich konnte mein Unbehagen wohl nur schlecht verhehlen, denn Lorna sagte: »Keine Sorge, mir geht's gut.« Dann wischte sie die Tränen ab. Sie lächelte und schniefte und stellte das Foto wieder auf den Nachttisch.

Es war ein Porträtfoto, und ich erkannte denselben Mann, den ich in einigen anderen, größeren Rahmen im Wohnzimmer gesehen hatte. Windzerzaustes, kastanienbraunes Haar, etwas dunkler als das von Lorna, und ein Gesicht voller Sommersprossen, mit lachenden Augen.

»Ihr Bruder?«, fragte ich, ohne lange darüber nachzudenken.

Lorna stieß ein trockenes Lachen aus und stand auf.

»Ich habe keinen Bruder«, sagte sie. »Das ist mein Vater. Zum Schluss hat er nicht mehr so ausgesehen, aber meine Mutter sah die Dinge schon immer gern durch die rosarote Brille.«

»Sie und Ihr Vater standen sich also nahe?«

Lorna betrachtete wieder ihre Mutter. Die Augen der alten Frau waren geschlossen und ihr Mund hing schlaff einen Spalt offen. Die Hände, die auf der Bettdecke ruhten, waren von dicken Adern durchzogen, aber nicht faltig, und ich dachte, dass sie trotz ihres weißen Haars und des hageren Körpers noch gar nicht so alt war. Eher fünfundsiebzig als neunzig, würde ich schätzen.

»Wir standen uns nah«, sagte Lorna leise. »Sehr nah. Und dann nicht mehr.«

Sie schaute noch einmal zu dem Foto, erhob sich und ohne einen weiteren Blick auf ihre Mutter wandte sie sich zum Gehen. Als sie weitersprach, war wieder Leben in ihr Antlitz zurückgekehrt. Vielleicht lag es an der Anwesenheit des Todes, jedenfalls hatte ich den Eindruck, dass Lorna lebendiger war als alle anderen Menschen, die ich kannte.

»Er war ein wunderbarer Mistkerl, mein Vater. Er hat mich zu dem Menschen gemacht, der ich heute bin. Im Guten wie im Schlechten.«

24

Das Haus von Lornas Schwester Grace war weiß Gott nicht für einen Schwangerschaftsabbruch ausgestattet. Die Bodendielen waren aus edlem, goldbraunem Holz, und man verspürte unwillkürlich den Drang, vor dem Eintreten die Schuhe auszuziehen und die Socken in die Reinigung zu geben.

Der Eindruck von Grace, den ich durch ihr Haus gewann, stand in einem krassen Gegensatz zu Lorna, und ich dachte unwillkürlich, dass derjenige, der für die Verteilung der Gene zwischen den beiden Schwestern verantwortlich war, einen skurrilen Sinn für Humor hatte. Eine riesige, gläserne Doppeltür führte in die stylische Küche, in der die einzige Einrichtung aus einem riesigen Terrarium mit Sumpfschildkröten zu bestehen schien, das von einem kühlen blauen Licht erleuchtet wurde und aussah, als sei es mehr wert als das gesamte Inventar im Pet Projects. Lorna schaltete einen Wasserkocher aus Edelstahl ein und tippte dann auf eine Wand, die sich als Schranktür erwies, hinter der Teetassen standen.

»Finden Sie nicht auch dieses ganze minimalistische Zeug unglaublich nervig?«, sagte sie, nachdem sie ein paar Mal vergeblich versucht hatte, die Schranktür wieder zu schließen. »Das ist was für Leute, denen es hauptsächlich um Dinge geht, die aber gerne vorgeben, dass diese Dinge gar nicht existieren.«

Aha, so steht es also zwischen den Schwestern, dachte ich und erinnerte mich daran, wie sie mit dem Arzt über Grace geredet hatte. Ich hatte ihre Mutter kennengelernt, einen makellos gepflegten Kadaver, dessen Frisur trotz der permanenten Bettlägerigkeit immer noch bis zum kleinsten Härchen saß, und mir kam die Vermutung, dass Lorna vielleicht vor diesem Leben floh, so wie ich vor Milton View.

Nachdem wir Tee getrunken hatten, ging ich mit Lorna nach oben, vorbei an zwei farbenfrohen, akkurat aufgeräumten Zimmern mit jeweils einem Etagenbett, in einen Raum mit hellgelben Tapeten und Vorhängen aus einem schweren, kostbaren Stoff, der auf den Boden floss wie die Schleppe eines Brautkleids. Mit verzweifeltem Blick betrachtete ich das Bett mit den blütenweißen Laken.

»Gibt's hier irgendwo ein altes Handtuch, auf das ich mich legen kann?«

»Ich habe Handtücher, ich habe Schmerzmittel, ich habe eine große Tafel Milchschokolade und einen Schundroman«, sagte Lorna und schaltete die Nachttischlampe ein.

»Und Sie sind ganz sicher, dass Ihre Schwester nicht plötzlich aus Suffolk zurückkommt?«

»Nicht vor nächstem Dienstag. Grace hat das Futter für die Schildkröten in drei separate Tupperdosen abgefüllt, eine für jeden Tag.«

»Oh Mann.«

»Ich muss dazu sagen, dass schon mal eine krepiert ist, als ich auf sie aufgepasst habe. Wenn ihre Putzfrau diese Woche nicht nach Brasilien gefahren wäre, hätte sie mir die Viecher nie anvertraut.«

»Und Hugh?«, fragte ich, während ich nervös auf die Matratze drückte, ehe ich mich vorsichtig auf die Bettkante setzte. »Macht es ihm nichts aus, dass Sie nicht da sind?«

Es war eine Frage mit Hintergedanken; ich erinnerte mich an seine Worte am See. Aber ich hatte nicht mit Lornas Reaktion gerechnet. Sie nahm gerade mit dem Rücken zu mir die Handtücher aus dem Schrank und schien sich zu verkrampfen. Ihre Hände verharrten einen Moment.

»Warum sollte es ihm etwas ausmachen?«, fragte sie und drehte sich um. Aber ihr verschlossener Gesichtsausdruck machte mir klar, dass sie diese Frage nicht beantworten wollte. Wie nah wir uns auch waren, Gespräche über ihr Privatleben schienen immer ein Tabuthema zu sein, eine unüberwindbare Grenze zwischen Professorin und Studentin. Dann veränderte sich ihre Miene wieder, als sie mich fragte, wie ich mich fühlte und ob ich eine Wärmflasche wollte. Das Lächeln trat wieder in ihre Augen. Mit einer Wärmflasche lasse sich fast alles im Leben ertragen, meinte sie.

Schlagartig wurde mir klar, dass das, was sie für mich tat, sich kaum von dem unterschied, was meine Mutter für mich tun würde, nur dass in ihrer Stimme ein Mitgefühl lag und in ihrem Blick eine Verbundenheit, aufgrund derer ich mich nicht nur nicht allein fühlte, sondern verstanden und geliebt.

Das war immer so mit Lorna. Sie hatte niemals Angst. Sie verströmte immer die Gewissheit, dass alles irgendwie gut ausgehen würde.

Ich hatte zwei Kapitel in dem Schundroman gelesen, als die Krämpfe einsetzten. Ich hatte mit unangenehmen Schmerzen gerechnet, so ähnlich wie bei einer Lebensmittelvergiftung, aber so war es nicht. Es war eher so, als würde um meinen Leib ein Metallring liegen, der sich ganz plötzlich eng zusammenzog, woraufhin mir ein blitzartiger Schmerz durch den ganzen Körper zog. Der erste Krampf dauerte nur ein paar Sekunden.

In der Klinik hatte ich ein paar dicke Binden bekommen, die im Nullkommanichts durchgeweicht waren, sodass mir nur die flauschigen weißen Handtücher blieben, die Lorna mir gegeben hatte. Schließlich beschloss ich, mich trotz der Schmerzen auf die Toilette zu setzen, wo ich dann auch in dieser Nacht die meiste Zeit verbrachte, während die krampfartigen Wellen durch mich hindurchzogen. Ich hatte Lorna gesagt, dass ich allein sein wollte, und nachdem sie mich einige Sekunden lang gemustert hatte, hatte sie genickt. Sie sei unten im Arbeitszimmer und würde lange aufbleiben, ich könne also jederzeit kommen und sie rufen. Aber als ich nach unten schlich, um die Wärmflasche nachzufüllen, sah ich, dass sie vor den Spätnachrichten eingeschlafen war. Ihre Beine hatte sie auf das Sofa hochgezogen, und einige rote Locken fielen ihr über das Gesicht. Sie schlief tief und fest, mit dunklen Schatten unter den Augen, sodass ich sie nicht aufwecken wollte.

Irgendwann in der Nacht – kurz vor Morgengrauen – dauerte eine Kontraktion länger als die anderen. Vielleicht war das gar nicht das Baby, aber in mir fühlte ich ein schreckliches reißendes Gefühl, nicht nur körperlich, und aus irgendeinem Grund sah ich plötzlich Alec vor mir, wie er am Strand in Suffolk den Drachen losließ und zusah, wie er in der Ferne verschwand.

Ich träumte, dass Georgie mich anrief, um mit mir die Einzelheiten für Alecs Beerdigung zu besprechen. Im Traum wusste ich, dass sie sich irrte, aber weil ich auch wusste, wie verwundet und gekränkt sie war, begegnete ich ihr voller Liebe und Geduld.

»Du musst da etwas missverstanden haben«, sagte ich ihr am Telefon. Ich musste mich anstrengen, um mich aufzusetzen, und stützte mich auf den Ellbogen. »Kein Wunder, nach dem, was du durchgemacht hast. Aber es geht ihm gut, Georgie. Er musste nur für eine Weile nach Hause. Hör mal, ich bin so froh, dass du anrufst. Ich will, dass du weißt, wie leid es mir tut. So unsagbar leid.«

»Bist du stoned?«, fragte Georgie. »Was faselst du denn da? Wo bist du?«

»Es ist alles okay«, flüsterte ich. »Das ist bloß ein Traum. Nichts davon ist echt. Aber wenn es so wäre, dann willichdirsagen, …«

»Du lallst«, fuhr sie mich an. »Hast du Valium geschluckt? Scheiße, wenn er dich auch drangekriegt hat …«

»Nee, kein Valium.« Der Traum kam mir sehr lustig vor. »Mann, ich kann dir nicht sagen, *was* ich alles geschluckt habe …« Ich fing an, unkontrolliert zu lachen.

Ein Klopfen an der Tür. Rat-tat-tat.

»Oh, das ist so gut«, sagte ich unter Lachtränen. »Hast du das gehört, Georgie? Es hat dreimal geklopft. Das ist Mephisto, der meine Seele holen will. Du weißt schon, wie in ›Faust‹.«

Die Tür ging mit einem Ruck auf, ein Klicken, und dann wurde alles mit Licht geflutet.

»Jess, alles in Ordnung? Ich habe mir Sorgen gemacht, ich dachte, ich höre Sie …«

Lorna stand in der Tür, immer noch in den zerknitterten Sachen, die sie gestern angehabt hatte, als wir uns im Park trafen, mit an einer Seite platt gedrückten Haaren und einer Rille auf der Wange, wo sie auf einer Falte gelegen hatte. »Oh, tut mir leid, Sie telefonieren …«

Ein plötzlicher Schmerz durchzuckte meinen Unterleib, und ich spürte das raue Handtuch, das ich mir zwischen die Beine gesteckt hatte, wie eine offene Wunde, dann der blecherne Klang von Georgies Stimme, die wie aus weiter Ferne aus meinem Handy kam. *Im Traum hat man keine Schmerzen.* Ich schaute auf meine schlaffe Hand, in der mein Handy lag, und hob es wieder an mein Ohr. Georgie sagte irgendetwas wegen einer Kirche und meinte, ich solle die Adresse aufschreiben, die Alecs Mutter ihr gegeben hätte. *Das stimmt auch nicht,* dachte ich, *Alec hat keine Mutter. Sie ist an Krebs gestorben.* Vielleicht hatte er Georgie nichts davon erzählt, weshalb ich ihr auch nichts sagen sollte, um sie nicht zu verletzen. Ich schaute zu Lorna hoch, und meine Nervosität, mit Georgie zu sprechen, und der absurde Inhalt unseres Gesprächs kamen mir mit einem Mal unsagbar komisch vor, woraufhin ich wieder einen Lachanfall bekam.

»Hast du Gras geraucht?«, wollte Georgie wissen. »Wo bist du? Bist du zu Hause?« Sie lachte hässlich, als ich es ihr sagte. »Bei *Lorna?* Tatsächlich. Na, das passt ja …«

Ich holte tief Luft, setzte mich auf und wischte mir über die Augen. »Es tut mir leid. Ich verstehe nicht. Was für eine Beerdigung. Wer ist denn gestorben?« Ich versuchte, sehr langsam zu sprechen, weil ich merkte, dass die Schmerzmittel und der Schlafmangel mir das Gehirn vernebelten und ich Schwierigkeiten hatte, die Worte zu artikulieren.

Lorna stand im Türrahmen, das Gesicht sehr blass und still, und beobachtete mich.

»Dein geliebter Alec«, sagte Georgie bitter, »dieser Sack voller Scheiße.«

Achtundvierzig Stunden lang – oder wie viele auch immer, die Zeit hatte keinen Anfang und kein Ende mehr – fiel ich in einen kreischenden Abgrund aus Schmerz. Die Ärztin hatte mir gesagt, dass ich wahrscheinlich nach der Blutung Fieber bekommen würde. Aber direkt nach Georgies Anruf erbrach ich mich auf den dicken Teppich im Gästezimmer, während mir Tränen und Rotz über das Gesicht liefen. Kurz danach fing der Schüttelfrost an. Ich bekam eine Gänsehaut, zitterte am ganzen Körper, rollte mich schweißnass zusammen und umklammerte meinen Unterleib, in dem die Krämpfe wüteten.

Lorna hatte die Vorhänge geschlossen, damit ich ausschlafen konnte, und so blieben sie geschlossen, denn das Licht tat mir in den Augen weh und schien das Fieber noch zu verschlimmern. Außerdem wollte ich nicht, dass es Tag war, dann hätte ich mir eingestehen müssen, dass dies das echte Leben war und nicht irgendein düsteres, unheimlich beleuchtetes Horrorszenario aus einem schlechten Film. In den Minuten, in denen ich bei Bewusstsein und ohne Schmerzen war, lag ich reglos und wie betäubt auf dem Bett und starrte auf das geometrische Muster der schweren Satinvorhänge – Tunnel von ineinander verschränkten, kleiner werdenden Quadraten, die eine optische Täuschung hervorriefen und die ich noch heute, sechs Jahre später, zeichnen könnte. Wenn ich den Blick fest auf diese Quadrate richtete und ihnen in den Tunnel hineinfolgte, ohne anzuhalten, gelang es mir, einige Sekunden lang nicht an Alec zu denken, an den schönen Alec, kalt und tot. Aber nach einer Weile gab ich es auf. Die kurze Erleichterung konnte den Schock der neuerlichen Erkenntnis nicht aufwiegen.

Ich verließ das Zimmer nur, um mit zitternden Beinen auf die Toilette zu gehen. Wenn ich zurückkam, war Lorna manchmal da und nahm die blutigen Handtücher weg, zog die schweißgetränkten Laken ab und legte neue, frische aufs Bett. Dann reichte sie mir ein Glas mit Johannisbeersaft und wartete geduldig, die Hände in die Hüften gestemmt, bis ich alles ausgetrunken hatte.

Lorna war damals ein Engel. Die Krämpfe raubten mir den Schlaf, und wenn ich schlief, schlief ich schlecht und versuchte, wieder aufzuwachen, denn wenn ich der Müdigkeit nachgab, fiel ich in Albträume, in denen blinde Föten vorkamen, Massengräber und Alecs Auge – das mit dem braunen Fleck – in einem Krug auf dem Arbeitstisch eines Pathologen, immer noch glühend vor Leben.

Dann schrie ich auf oder weinte im Schlaf, denn wenn ich aufwachte, war Lorna da und streichelte mir die Haare. *Es ist gut,* sagte sie dann, *schon gut, es war die richtige Entscheidung,* und dann füllte sie die Wärmflasche und kochte mir Kamillentee mit Honig, setzte sich auf die Bettkante und erzählte allen möglichen Unsinn, bis sich mein Körper leicht entspannte und der Schwindel und das Zähneklappern nachließen.

Am zweiten Morgen maß Lorna mir wieder Fieber und sagte mit grimmiger Miene: »Okay, das reicht. Ich rufe Howard an.« Dann wurden die Vorhänge zur Seite gezogen und die Tunnel aus Quadraten legten sich in Falten und Howard saß auf meiner Bettkante, tastete vorsichtig meinen Bauch ab und stellte mir mit seiner ruhigen, sachlichen Stimme Fragen, ehe er etwas auf seinen Block schrieb und die Seite abriss.

»Die Infektion kriegen wir schnell in den Griff«, sagte er und erklärte mir, dass die Komplikation, die ich durchmachte, nach einem Schwangerschaftsabbruch relativ selten war. Der Grund sei wahrscheinlich, dass ich die Antibiotika wieder erbrochen hatte. »Was mir mehr Sorgen macht, ist das hier«, setzte er hinzu und berührte mich leicht an der Schläfe. »Ich kann Ihnen ein paar gute Fachleute hier in der Stadt empfehlen, aber ich fände es besser, wenn Sie sich jemanden suchen, mit dem Sie regelmäßig reden könnten, entweder in der Nähe der Universität oder bei Ihnen zu Hause. Ich kann meine Fühler ausstrecken, wenn Sie möchten. Was meinen Sie dazu?«

Ich schaute zur Tür, aber Lorna war verschwunden.

25

Nach zwei Tagen, nachdem das neue Antibiotikum angeschlagen hatte, wurde ich unruhig. Ich war immer noch schwach auf den Beinen, aber ich konnte aufstehen. Ich zog mich an, ging ins Badezimmer und spritzte mir kaltes Wasser ins Gesicht, wobei mir auffiel, dass ich mit meiner blassen Haut und den dunklen Schatten unter den Augen aussah wie eine Untote.

Auf halbem Weg nach unten ins Wohnzimmer erstarrte ich.

»Hör zu, ich weiß, wie das aussieht, aber du irrst dich …«

Lornas Stimme kam aus dem Arbeitszimmer. Ich spähte durch die Geländerstäbe nach unten und sah sie durch einen Spalt in der Tür, ein Stück Schulter und das Telefon, das sie unter ihr Ohr geklemmt hatte.

»Hugh, Liebling, das ist wirklich eine beschissene Unterstellung.« Eine Pause. »Ich bin bei ihr. Natürlich bin ich vorsichtig.« Sie ging weiter in das Zimmer hinein und ihre Stimme wurde unverständlich.

Ich schlich wieder die Treppe hoch und legte mich mit klopfendem Herzen und vollständig angezogen aufs Bett.

Etwa eine Stunde später hörte ich, wie die Haustür aufging und dann zugeschlagen wurde.

Am frühen Abend lag ich dösend auf dem Bett, das Buch zwischen den tauben Fingern, als Lorna hereinkam und die Nachttischlampe einschaltete.

Ich stützte mich auf den Ellbogen und versuchte, etwas Spucke in meiner staubtrockenen Mundhöhle zu sammeln.

Sie trug ausgebleichte Jeans mit einem schmalen Gürtel aus goldenen Kettengliedern und ein schwarzes, ärmelloses Seidentop. Ihre Augen waren mit Kajal auf Dramatisch geschminkt. Nur ihre Haare sahen so unbändig wild aus wie immer.

»Gehen Sie aus?«, fragte ich. *Sie sehen toll aus,* wollte ich noch sagen, tat es aber nicht. Irgendeine der Tabletten hatte einen metallischen Nachgeschmack auf meiner Zunge hinterlassen.

»Ich führe Sie zum Abendessen aus.«

»Zum Abendessen?«, wiederholte ich. »Aber ich habe keine sauberen Sachen. Und bloß Turnschuhe …«

»Das habe ich bedacht«, sagte Lorna. »Kommen Sie mit.«

Sie übernachtete im Schlafzimmer ihrer Schwester, im vorderen Bereich des Hauses. Es hatte bodentiefe Fenster und puderblaue Wände, und die Lampen auf den Beistelltischen warfen Lichtkegel in den Raum. Lorna ging mit keinem Wort auf das ungemachte Bett ein, auf dem noch ein Abdruck ihres Körpers zu erkennen war.

Hinter dem Bett befanden sich Schiebetüren, die zu einem begehbaren Kleiderschrank führten.

»Suchen Sie sich was aus«, sagte sie, als sie die Türen öffnete. »Grace hat ein paar nette Sachen, wenn man sich mal an die Blumenmuster gewöhnt hat.«

Ich blinzelte die Kleiderstangen an.

»Wirklich?«, sagte ich. »Das kommt mir irgendwie komisch vor.«

Lorna zögerte kurz und dann, noch ehe mir klar wurde, was sie tat, überkreuzte sie die Arme vor dem Körper und zog ihr Top aus. Sie trug einen schwarzen BH mit Spitze über den Cups – ich konnte die elfenbeinfarbene Haut ihrer Brüste durch das zarte Material schimmern sehen, dann die feinen

Hautfalten auf ihrem Bauch. »Da«, sagte sie und hielt mir ohne einen Hauch von Befangenheit ihr Top hin. »Wir tauschen.«

Ich fühlte, wie ich rot wurde. »Was?«

»Ihr T-Shirt«, sagte sie, »zieht mich total runter. Lassen Sie mich es anziehen, dann muss ich es nicht mehr sehen, und Sie können das hier tragen. Es gehört mir, Sie müssen sich also keine Sorgen machen.«

Einerseits, weil mir die Worte fehlten, und andererseits, weil ich mein brennendes Gesicht verstecken wollte, schälte ich mich aus meinem T-Shirt und reichte es ihr. Dann nahm ich ihr, ohne sie anzusehen, ihr Top aus der Hand und zog es über. Die schwarze Seide, noch warm von ihrer Haut, glitt über meinen Oberkörper.

»Breiten Sie mal die Arme aus«, sagte Lorna und legte den Kopf schräg. »Viel besser. Nein, besser als besser: wunderschön.«

Ich stand im Licht der Deckenlampen und fühlte mich absurderweise verlegen, als ob ich ausgezogen worden wäre, statt angezogen.

Plötzlich kam mir die Distanz zwischen uns sehr klein vor.

»Wo gehen wir hin?«, fragte ich schnell.

»Nicht besonders weit«, sagte Lorna lächelnd. »Haben Sie schon jemals eine Auster geknackt?«

In der Küchenspüle türmte sich ein glitzernder Haufen aus zerstoßenem Eis. Darauf lagen ungefähr zwanzig ganze Austern, mit Fäden aus Seetang und Seepocken überkrustet.

»Also, man muss das Messer ganz vorsichtig in den Spalt schieben … und dann ein bisschen hin und her bewegen, bis man den Riegel findet. Es sind raffinierte kleine Biester, aber dann, ganz plötzlich, springen sie auf.« Lorna drückte die Muschelschalen ein Stück auseinander und fuhr dann mit dem Messer in den Spalt. »Die beiden Seiten sind mit einem kleinen Muskelstrang verbunden, der ziemlich kräftig ist. Wenn man den durchgeschnitten hat ... da!« Sie vollführte eine kleine, ruckartige Bewegung mit dem Messer. »Dann sind sie tot ... Sehen Sie?«

Zweifelnd betrachtete ich den silbrig grauen Brei mit den faltigen Rändern, der auf der Muschelhälfte lag.

»Und die isst man einfach so?«

Vielleicht waren es die Schmerzmittel, gepaart mit dem Wein – *ach, ein oder zwei Gläser gehen schon in Ordnung, Sie müssen Howies Predigten nicht so wörtlich nehmen* – oder vielleicht auch die Austern mit ihrem kalten, cremigen Geschmack nach Meer, was die vergangenen Tage wegwusch, jedenfalls fühlte ich mich an diesem Abend aufgekratzt und irgendwie unwirklich. Und ein bisschen besser gelaunt. Es war nicht so, dass ich glücklich war – ich wusste, dass ich das nicht war, ich wusste, wie beschissen es mir im Grunde ging –, aber für ein paar Stunden lang hatte jemand den Horrorfilm, der sich in meinem Kopf abspielte, auf Pause geschaltet.

»So hatten Sie sich das bestimmt nicht vorgestellt«, sagte ich, während ich Lorna beim Tischdecken half, »als Sie mir anboten, mich für eine Nacht aufzunehmen.«

»Ach, ich spiele eigentlich ganz gerne Krankenschwester«, sagte sie. »Der Pragmatismus dabei lenkt einen ab. Sie wissen doch, dass Agatha Christie während des ersten Weltkriegs eine freiwillige Krankenschwester war und später als Apothekengehilfin gearbeitet hat. Daher wusste sie auch so gut über Gifte Bescheid.« Sie schlug die Schranktür mit ihrem Ellbogen zu und verzog das Gesicht. »Man sagt, Martindales *Pharmacopoeia* war das am meisten zerfledderte Buch in ihren Regalen.

Was ziemlich beeindruckend ist. Ich habe ihn auch gelesen, von Anfang bis Ende, als Recherche. Ein echter Kraftakt, das können Sie mir glauben, allein schon der Länge wegen. Jetzt setzen wir uns erst mal und essen. Ich mache gleich noch einen Salat.«

Schlussendlich bestand das Abendessen nur aus Austern und einem Teller mit Crackern und einer aromatischen, groben Paste aus schwarzen Oliven, die ein gewisser »Cesco von der Insel« ihr geschenkt hatte. Der Salat wurde zwar angekündigt, aber niemals geliefert.

»Sie müssen einmal mit dorthin kommen«, sagte sie und griff nach einer Auster.

»Das klingt wunderbar«, nickte ich, zerkaute einen Cracker und wusch ihn mit einem Schluck Weißwein hinunter. Mir war gar nicht klar gewesen, was für einen Bärenhunger ich hatte. Das Salz der Austern und der Oliven schien mich nur noch hungriger zu machen.

»Das war nicht bloß leeres Gerede«, sagte Lorna, legte eine Muschelschale auf den Rand ihres Tellers und beugte sich vor. Ihre lächelnden Augen fixierten mich. »Ich meinte: Kommen Sie mit mir dorthin.«

Meine Hand mit dem Weinglas blieb mitten in der Luft hängen.

Hugh hatte gesagt, dass sie am liebsten allein auf die Insel fuhr. Jetzt bat sie mich, mitzukommen. Hieß das, dass ich so dringend Hilfe brauchte? Auf einer Ebene, zu der ich keinen richtigen Zugang hatte, war mir klar, wie großartig dieses Angebot war, wie unglaublich schmeichelhaft. Sie, Lorna. Meine Professorin und Betreuerin. Ich, Jess Walker. Nicht mehr bloß eine Studentin. Sondern – was? Protegé, Gefährtin, Spielzeug? Freundin?

Ich stellte mein Glas ab und beugte mich vor. Der Wein kreiselte heiß durch meine Adern.

»Wer war Sybil?«

Lornas Gesicht veränderte sich nicht, aber sie wandte den Blick ab. Dann nahm sie eine Auster von ihrem Teller und hielt die Schale leicht schräg, sodass die Flüssigkeit ablief, und schließlich drückte sie eine Zitronenspalte über dem silbrigen Brei aus. Ich sah, wie sich die gezackten Ränder leicht zusammenzogen und die perlweiße Innenseite der Schale freilegten.

»Sybil war eine Studentin von mir in Cambridge. Die beste, die ich je hatte. Ich erzähle Ihnen ein andermal von ihr.« Und damit kippte sie die Auster in ihren Mund. Ich empfand ein verworrenes Gefühl der Eifersucht.

Lorna schluckte und wischte sich den Mund ab. Dann sagte sie: »Jetzt ist keine Saison auf der Insel, und die Flüge kosten kaum etwas. Aber ich kann Ihnen auch gerne etwas leihen, wenn Sie knapp bei Kasse sind. Natürlich können Sie erst darüber nachdenken, wenn der Donnerstag vorbei ist … Wir brauchen noch Zitronen«, sagte sie abrupt, stand auf und ging zum Kühlschrank.

Wenn der Donnerstag vorbei ist. Donnerstag war die Beerdigung, in zwei Tagen. Die Polizei in Südafrika hatte Fremdverschulden ausgeschlossen. Aber Alecs Familie, die eine Vertuschung vermutete, wollte eine zweite Meinung einholen. Und da sie annahmen, dass jede weitere Untersuchung in Südafrika unterwandert werden könnte, hatten sie verlangt, dass der Leichnam nach England zurückgeführt werden solle, wo noch eine Obduktion geplant war. So viel wussten wir, allerdings nicht von Georgie, die jetzt auch Lornas Anrufe blockierte – vermutlich fühlte sie sich verraten, weil Lorna mir Unterschlupf gewährt hatte –, sondern von Tante Zanny, die

Lorna mithilfe der Universitätsdatenbank ausfindig gemacht hatte. Nachdem sie eine halbe Ewigkeit mit ihr telefoniert hatte, rieb sie sich das Ohr und sagte: »Mein lieber Mann, sie mag zwar ganz fassungslos sein vor Trauer, aber *sprachlos* ist sie nicht.«

Dieses kokonartige Gefühl aus Schock, Wein und Austern hatte einen Riss bekommen, und eine dunkle Welle aus Gedanken und Fragen schwappte herein.

Lag Alecs Leiche jetzt in einem Flugzeug und überquerte das Meer? Was wurde bei einer Obduktion gemacht? Würde man seine Organe entnehmen, sie wiegen und dann wieder in den Körper legen und ihn zunähen? Oder würde man noch weitere Untersuchungen an ihnen vornehmen? Würde man ihn ohne sein Herz begraben?

Ich schaute auf meine Hände auf meinem Schoß und sah, dass ich sie zu Fäusten geballt hatte.

Unmöglich, dachte ich. *Das kann unmöglich passieren.*

»Jess?« Lorna stand an der Spüle und schnitt eine Zitrone auf. Sie kam zu mir und ließ sich auf den Stuhl neben mir fallen. Dann nahm sie meine Hände in ihre, rollte meine Finger auf und hielt sie fest. Sie lächelte nicht, aber ihr Gesicht war so offen, dass es sich wie eine Umarmung anfühlte.

»Sie sind viel stärker, als Sie glauben«, sagte sie.

26

In dem Wagen von Lornas Schwester, einem glänzenden und schicken SUV mit blitzblanken Kotflügeln, fuhren wir nach Norfolk. Lorna lieh mir einen dunkelblauen Bleistiftrock, der mir zu lang war, und ein zerknittertes blaues Oberteil, das ich halbherzig zu bügeln versuchte, dann aber aufgab. Ich hatte kaum noch Blutungen, hatte aber immer noch dicke Binden eingelegt, mit denen ich mich unförmig und unbehaglich fühlte. Lorna trug ein langes, schwarzes Seidenkleid und roten Lippenstift, der sich mit der Farbe ihrer Haare biss. Mit ihrer Sixties-Sonnenbrille sah sie aus wie die glamouröse Witwe eines Mafia-Paten. Im rechten Außenspiegel sah ich mein weißes Gesicht. Auf meinem Kinn blühten Pickel, entweder wegen der hormonellen Turbulenzen, die ich durchmachte, wegen des Schlafmangels oder vom Stress, und unter meinen Augen prangten schwärzlich blaue Schatten. *Wenigstens sieht er nicht, wie ich aussehe,* dachte ich, doch diesem Gedanken folgte ein anderer, nämlich dass er mich nie mehr sehen würde. *Nie, nie, nie, nie, nie, nie, nie nie mehr* – und hinter meinen Augen breitete sich ein so bohrender Schmerz aus, dass ich glaubte, ohnmächtig zu werden.

Als wir von der Autobahn abfuhren und uns über die Landstraßen schlängelten, musste ich die Hände auf meine Oberschenkel legen, damit sie nicht so stark zitterten. Vor etwa vier Wochen war ich mit ihm zusammen diese Straßen entlanggeradelt, auf dem Weg zum Old Swan. Abgesehen vom Wetter – es war ein milder, trockener Frühlingstag – hatte sich nichts geändert, nicht die Dörfer, manche hübsch, manche hässlich, nicht die kleinen, roten Backsteinhäuser mit ihren Vorgärten und den Wäscheleinen und den Satellitenschüsseln auf dem Dach. Und mit Menschen, die ganz normale Leben lebten und die Augen vom Tod abwendeten, der überall lauerte.

»Ich glaube, wir sind falsch gefahren.«

»Ein kleiner Abstecher«, sagte Lorna und steckte die Hand in eine Tüte mit Schoko-Rosinen, die in dem Becherhalter stand. »Wir müssen noch Tante Zanny vom Bahnhof abholen.«

Mir drehte sich der Kopf. »Tante Zanny?«

»Richtig, ich hätte Sie vorher fragen sollen«, sagte Lorna mit dem Mund voller Schokolade. »Ich habe Alecs Tante gesagt, wir würden sie mitnehmen. Da wir praktisch sowieso am Bahnhof vorbeifahren, dachte ich, es sei nicht schlecht, wenn wir mit einer Tante als Alibi bei der Beerdigung auftauchen. Es ist nur ein klitzekleiner Umweg«, sagte sie, während sie bereits vor dem Bahnhofsgebäude anhielt. »Schauen Sie, das muss sie sein. Die mit dem Hut.«

»Ich bin Ihnen ja so *dankbar,* dass Sie mich abholen!«, sagte Tante Zanny, und obwohl ich darauf vorbereitet hätte sein sollen, versetzte mir ihr südafrikanischer Zungenschlag einen Stich. »Haben Sie eine Ahnung, wie weit es von Norfolk nach Wiltshire ist? Fünf Stunden, dreimal umsteigen! Natürlich hat Divvy vorgeschlagen, mich abzuholen, aber ich habe gemerkt, dass es das Letzte war, wozu sie Lust hatte.«

Ich bot an, mich auf den Rücksitz zu setzen, und obwohl Tante Zanny nur etwa halb so groß war wie ich – und das meiste davon bestand aus Hut –, nahm sie mein Angebot bereitwillig an. »Alter vor Schönheit«, sagte sie mit einem koketten Lächeln.

Ich stieg also auf den Rücksitz um und genoss den Rest der Fahrt die Aussicht auf ihren Hut und ihre knallrot geschminkten Lippen, die hinter einem schwarzen Schleier ständig in Bewegung waren. Der Hut selbst (ein Gebilde aus Tüll) war offensichtlich in ihrem Haar festgesteckt, denn sie machte keine Anstalten, ihn abzunehmen, und er scheuerte während der ganzen Fahrt ans Wagendach. Gelegentlich blickte sie zu mir nach hinten, um mich in das Gespräch mit einzubeziehen – wobei ihr Hut am Dach ein schabendes Geräusch verursachte –, dann sah ich, dass der Lippenstift in ihren Mund geflossen war und ihre Schneidezähne befleckte. Die tiefen Falten um ihren Mund kamen vielleicht vom Rauchen. Aber vielleicht auch vom Reden. Denn – meine Güte – was konnte Tante Zanny reden! Die Fahrt vom Bahnhof zur Kirche dauerte fünfundzwanzig Minuten, und ich könnte schwören, dass sie doppelt so lang redete.

»In Wahrheit stehen Divvy und ich uns nicht besonders nah, haben wir noch nie«, sagte Zanny und griff in die Tüte mit den Schoko-Rosinen, die Lorna ihr anbot. Eine Rosine nach der anderen wanderte in ihren Mund. »Ich habe mich um sie bemüht, als sie wieder nach England kam – der Himmel weiß, ich kann nachvollziehen, was dieser Schritt bedeutet –, aber sie war nicht interessiert. Sie dachte, ich hätte mich auf Gregs Seite geschlagen. Was übrigens nicht stimmt, ich weiß doch genau, wie schwierig mein Bruder sein kann. Dann ist Alec letztes Jahr bei mir eingezogen … Auch das war natürlich schwer für Divvy, weil sie doch kaum noch miteinander sprachen. Aber er hat alles für sie schwer gemacht. Ich, ich wusste das …« Sie holte sich noch ein paar Rosinen aus der Tüte. »Woher kannten Sie beide ihn?«

Kannten. Das Wort hing im Wageninneren. Lorna fing im

Rückspiegel meinen Blick ein, und dann sagte sie etwas Unverfängliches über die Universität, wo wir Alec erst kürzlich kennengelernt hätten.

»Es würde mich sehr interessieren, was Sie von ihm gehalten haben«, sagte Zanny und fuhr dann fort, ohne uns auch nur die Chance zu einer Antwort zu geben. »So ein undurchschaubares Kind. So charmant, so clever. Aber all diese Sachen, die in seiner Nähe passiert sind. Divvy hat natürlich die Hauptlast tragen müssen …«

»Diese Divvy …«, setzte Lorna fragend an, den Blick auf die Straße gerichtet.

»Davina«, sagte Tante Zanny überrascht. »Meine Schwägerin. Alexanders Mutter.«

Ich musste wohl zusammengezuckt sein, denn Tante Zanny schaute mich im Rückspiegel an. »Ach, hat er nichts von ihr erzählt? Das überrascht mich nicht. Eine *sehr* komplizierte Beziehung. Jahrelang hat sie immer zu ihm gehalten, egal, was passiert ist. Zum Beispiel bei der Sache mit Sipho, dem Dienstmädchen. Und ihrer Tochter. Wie hieß sie doch gleich? Oh, mein Gedächtnis, immer vergesse ich Namen, warum nur …? Aber es waren beide Seiten, wissen Sie? Auch Divvy hat ihm das Leben schwer gemacht. Ich habe ihr immer gesagt, dass es ein Fehler war, dass sie ihm früher hätte reinen Wein einschenken sollen. Nicht dass zu wenig Selbstvertrauen Alexanders Problem gewesen wäre! Aber man weiß nie, wie sich solche Dinge festsetzen. Vertrauen ist wohl das beste Wort dafür, ja, zerstörerisches Vertrauen. Aber sie war krank, sie hatte Krebs, wissen Sie? Ich musste eine Weile bei ihnen wohnen.«

Beim Reden hatte sie sich die Lippen nachgezogen und presste nun den Mund auf ein Taschentuch. Als sie es wegzog, prangten zwei blutige Halbkreise auf dem Papiertaschentuch.

Ich starrte sie an. In meinem Kopf hämmerte es. Das alles ergab keinen Sinn. Es war, als ob wir über dieselbe Person sprächen, aber spiegelverkehrt: Man erkannte die Dinge, aber sie waren irgendwie verdreht. Alecs Mutter war tot. Sie war an Krebs gestorben. Das hatte er mir erzählt. Oder zumindest hatte ich ihn so verstanden, als er mir die Geschichte erzählt hatte, wie er als Junge versuchte, die Zeit anzuhalten. Hatte ich ihn missverstanden? Ich versuchte, mir den genauen Wortlaut in Erinnerung zu rufen. Aber die Worte entglitten mir, als ich danach greifen wollte. Zerstörerisches Vertrauen? Sein Bruder Basti war doch derjenige gewesen, der mit anderen Menschen gespielt hatte. Der Ledersitz unter meinen Händen wurde schweißfeucht, und zwischen meinen Beinen setzte ein scharfer Schmerz ein. *Bitte hör auf zu reden,* flehte ich im Stillen. *Ich muss nachdenken. Bitte.*

»Ich hatte schon immer ein Faible für Männer mit schönen Augen. Kennen Sie die Geschichte von der Frau, die einmal Paul Newman in einer Eisdiele getroffen hat? Erst als sie die Eisdiele verließ, merkte sie, dass sie die Eistüte in ihre Handtasche gesteckt hatte. In Ihre Handtasche, stellen Sie sich das mal vor!« Sie stieß ein rasselndes Raucherlachen aus, doch dann begannen ihre Schultern ganz plötzlich zu beben. Seltsame, trötende Geräusche kamen unter ihrem Hut hervor.

»Es ergibt doch gar keinen Sinn, dass er tot ist«, sagte sie zwischen zwei Schluchzern. »Er strahlte solch eine Lebenskraft aus. Ich hätte nicht gedacht, dass ich das in meinem Alter noch einmal erleben darf. Ich hatte ganz vergessen, wie das ist. Ich war einfach die alte Zanny, die zu viel redet. Ich wusste ja, dass er irgendwann verschwinden würde. Er würde weggehen und nicht zurückblicken. Aber dass er so geht … Dieses ganze Leben, dieser Überschwang, einfach ausgeschaltet. Wie ein Radio.«

»Es tut mir leid«, sagte Lorna leise. »Es tut mir wirklich leid.«

Ich reichte ein frisches Taschentuch nach vorne und konnte mir die Frage nicht verkneifen.

»Wir wissen nicht viel darüber«, sagte ich, »wie er gestorben ist.«

Tante Zanny nickte und putzte sich die Nase. »Das ist wirklich ziemlich rätselhaft. Man hat jede Menge starker Schmerztabletten in seinem Körper gefunden; seine Nieren haben versagt. Aber man behauptet, es sei ein Unfall gewesen, er habe sich in der Dosis geirrt, habe sich selbst behandelt, wegen irgendeinem unbedeutenden Virus – und das stimmt wirklich, man kann alle möglichen entsetzlichen Gifte dort drüben kaufen, ohne Probleme. Aber natürlich glaubt das niemand in der Familie, mich eingeschlossen. Diese ganzen wunderbaren, mutigen Artikel, die er geschrieben hat. Irgendwie haben sie ihn gekriegt ...«

Ungläubig schüttelte ich den Kopf. Das alles kam mir vollkommen unwirklich vor: Mit einer geschwätzigen alten Dame in einem großen Hut über Mord und politische Intrigen zu reden ... Bestimmt würde Lorna gleich anhalten und mir beichten, dass alles nur ein schlechter Scherz gewesen sei. Doch dann bogen wir in die Einfahrt zur Kirche ein. Mein Magen krampfte sich zusammen, und ich dachte: *Siehst du, er ist gar nicht tot, da steht sein Wagen.* Aber dieser Leichenwagen sah viel sauberer aus, und auf dem Fahrersitz, wo Alec sein sollte, saß ein Mann in einem schwarzen Anzug und einer Schirmmütze über dem grauen Gesicht: der Chauffeur des Todes.

Der Wagen war leer, bis auf ein Bett aus Blumen. Ein paar

Leute in Schwarz gingen langsam auf die Kirchentür zu, die Arme untergehakt. Stille machte sich in Lornas Wagen breit, nur unterbrochen von dem Knirschen eleganter Schuhe auf dem Kiesweg.

Tante Zanny löste den Sicherheitsgurt und öffnete die Beifahrertür. Als sie ausgestiegen war, plapperte sie schon wieder los, diesmal über ihren Hut, den sie auf dem Speicher aufbewahrt hatte, wo Motten kleine Löcher in den Tüll gefressen hatten.

27

Die kleine Kirche war überfüllt. Ein Junge von etwa fünfzehn Jahren mit Gel in den Haaren und einer ernsten Miene reichte mir das Kirchenheft für den Trauergottesdienst. Selbst in dem benebelten Zustand, in dem ich mich befand, fiel mir sofort auf, dass ungewöhnlich viele der Trauergäste – nicht ganz die Hälfte – schwarz waren, ein eher seltener Anblick in einer englischen Provinzkirche. Es war auch lauter als normalerweise in einer Kirche. Viele Leute unterhielten sich. Eine große Frau mit einem knalligen lila Hut schnäuzte sich geräuschvoll. Und ganz vorne, auf einem Podest zwischen den Chorstühlen, stand sein Sarg, der mit Blumen geschmückt war, die ich seit diesem Tag verabscheue: rosafarbene Spinnenlilien, deren Stempel voller Pollen waren, und dunkellila Tulpen.

Ich stand reglos und dümmlich im Gang und fing leicht an zu schwanken. Lorna nahm meinen Ellbogen und führte mich zu einer der hinteren Kirchenbänke, wo Steady – der mit seinem ernsten Gesicht, den sorgfältig frisierten Haaren und dem Anzug ganz anders aussah als sonst – uns Plätze freigehalten hatte. Unsicher schaute ich mich um. *Ich kenne hier niemanden,* dachte ich, und dann durchzuckte mich ein Stich, als ich Georgie sah, mit der Haube aus blondem Haar über einem lilafarbenen Seidenkleid, ein paar Reihen vor uns. Vielleicht sah Lorna sie ebenfalls, denn sie nahm meine Hand und drückte sie leicht. In dem Moment kam der Pfarrer herein.

»Wir sind heute hier versammelt, um den viel zu frühen Tod von Alexander Van Zanten zu beklagen«, begann er seine

Predigt. Dabei hob er die leicht gespreizten Arme, als ob er zwischen seinen Händen einen Kasten halten würde.

Ich konnte die erste Reihe nicht richtig sehen. Abgesehen von den vielen Trauergästen, über die ich hinwegblicken musste, von denen viele größer waren als ich, versperrte mir eine Säule teilweise die Sicht. Ich drehte das Kirchenheft um, und mein Magen sackte nach unten. Auf der Rückseite war ein grobkörniges Foto von Alec als Kind abgedruckt, die Haare vom Wind zerzaust, während er hinter einer Sandburg hervorblinzelte. Alexander S. Van Zanten (13. Dezember 1986 – 12. Mai 2012). Lieber Gott, der Tag, an dem ich in dem Zentrum für Familienplanung gewesen war. Meine Hände fuhren instinktiv zu dem dumpfen Schmerz in meinem Leib. War es ein Junge gewesen, dort, wo jetzt nur noch eine Narbe in mir war? Ein wunderschöner kleiner Junge? Oder ein Mädchen mit dem gleichen goldbraunen Splitter im Auge? Mir wurde schwindelig, und ich musste mich bei Lorna anlehnen, die mich prüfend musterte und wieder meinen Ellbogen nahm. »Alles okay?«, raunte sie. Sie war selbst kreidebleich.

Ein gut aussehender, älterer schwarzer Mann in einem dreiteiligen Anzug und wolligen, grauen Haaren las mit tiefer, leicht lispelnder Stimme aus der Bibel vor. *»Der Gerechte aber, kommt auch sein Ende früh, geht in Gottes Ruhe ein …«* Licht strömte durch die geschliffenen Fenster und strahlte einen Wirbel aus Staub an. Dann standen wir auf und sangen eine Hymne. Meine Lippen bewegten sich, aber kein Laut kam aus meinem Mund. Hinsetzen. Aufstehen. Wieder hinsetzen. Ein sehr dünnes, blasses Mädchen mit langen schwarzen Locken, die streng aus dem Gesicht gekämmt waren, stieg mit gefasster Miene zur Kanzel empor. Ich schaute auf den Zettel in meiner Hand.

Grabrede – Celia Van Zanten

Auf der obersten Stufe angekommen, ragte ihr Kinn gerade so über den Rand der Kanzel. In der Kirche wurde es totenstill. Ich konnte sogar das leise Rascheln der Seiten hören, die sie in der Hand hielt.

»Jeder, der meinen Bruder Alexander kannte, weiß, dass er ein außergewöhnlicher Mensch war.« Ihre Stimme brach, und sie verstummte kurz, um sich zu sammeln.

»Es ist so unfassbar, das Wort ›war‹ zu benutzen, denn Alec war trotz seines komplizierten Wesens der lebendigste Mensch, den ich kannte. Er hatte eine Energie, die einen blenden konnte. Als seine jüngere Schwester wuchs ich in diesem hellen Schein auf.«

Ich schaute zu Tante Zanny hinüber: das Kinn hoch erhoben, das Gesicht halb hinter diesem lächerlichen Hut verborgen. Celia erzählte von ihrer Kindheit mit Alec. »In meiner ersten Erinnerung liege ich unten in unserem Etagenbett, während Alec über mir im Dunkeln Geschichten erzählte. Die Geschichten waren meistens Fortsetzungen und gingen immer weiter, manchmal wochen-, manchmal monatelang, und ich konnte die Schlafenszeit kaum erwarten, weil ich hören wollte, wie es weiterging. Die längste war die Geschichte von Alfred J. Moon. Nacht für Nacht erzählte er diese Geschichte von Alfred, dem Schlüsselmacher. Er hatte einen kleinen Laden in einer Gasse irgendwo in Johannesburg. Im Schaufenster hing ein Schild, auf dem stand: ›Wir haben für alles einen Schlüssel.‹« Celia löste ihren Blick von ihren Notizen und schaute die Menschen an. Der Schatten eines Lächelns flog über ihr Gesicht. »Alfred war ein alter Mann mit einer Brille, silberweißen Haaren und sehr geschickten, langen Fingern. Die Wände seines Ladens waren silbern und golden – bedeckt mit unzähligen Reihen von Haken, an denen unbeschriftete Schlüssel in allen möglichen Größen und Formen hingen. Wenn man hereinkam, ließ der Luftzug der Eingangstür die Schlüssel klingeln wie kleine Schlittenglöckchen.«

Ich bekam eine Gänsehaut. Das Bild von Alec zuckte vor meinem geistigen Auge auf, wie er mir von dem kleinen Jungen erzählte, der – einen Arm um seinen still daliegenden Schäferhund geschlungen – unter dem Jakarandabaum lag.

»Aber Alfred J. Moon hatte ein Geheimnis, und zwar ein kleines Hinterzimmer, dessen Wände ebenfalls mit Schlüsseln bedeckt waren. Diese Schlüssel waren jedoch viel kleiner, als würden sie zu Schmuckschatullen gehören oder Türen zu einem Feengarten öffnen, und sie waren auch nicht unbeschriftet. Am Anfang jeder Episode, die Alec erzählte, kam jemand in den Laden, und immer wollte dieser Jemand einen Zweitschlüssel anfertigen lassen, für einen Wagen, ein Haus oder eine Scheune. Doch stets hatte diese Person etwas zu verbergen, hatte eine verschlossene Tür in ihrem Geist. Alfred betrachtete seine Kunden immer sehr genau, hörte sich ihre Wünsche an und ging dann ins Hinterzimmer, wo er einen der kleinen Schlüssel heraussuchte. Und dann – fragt mich nicht, wie – schob er ihn in das Schloss zu ihrem Geist. Eine gleichgültige Mutter, eine sadistische Krankenschwester, ein einsames kleines Mädchen … Alfred machte sich in ihrem Geist zu schaffen, knackte Schlösser und stieß Türen auf.«

Celias Augen huschten nervös durch die Kirche, als ob sie sich vergewissern wollte, dass ihr Publikum ihr noch folgte. Die Frau mit dem lila Kopfschmuck schnäuzte sich wieder geräuschvoll, doch ansonsten herrschte Stille.

»Während des Streiks der Minenarbeiter, über den Alec so mutig schrieb – und dabei Verwandte und Freunde von vielen traf, die heute anwesend sind –, wollten die meisten Arbeiter nicht mit der Presse sprechen. Nur mit Alec.« Zustimmendes Gemurmel erhob sich, und Taschentücher wurden gezückt.

»Am Tag des Massakers war er der einzige Journalist, dem es gelang, in das Andrew Saffy Memorial Hospital hineinzukommen, wo er mit einigen der verwundeten Streikenden reden konnte, einschließlich eines Maschinenarbeiters. Dieses Interview war und ist der einzige Augenzeugenbericht dessen, was sich auf der Koppie ereignete, wo Arbeiter kaltblütig ermordet wurden. Doch aus Feigheit hat die Zeitung, bei der Alec arbeitete, dieses Interview damals nicht veröffentlicht. Ich habe einen Auszug aus diesem Interview mitgebracht …«

Wieder raschelte Papier. Und dann las sie, aber was ich hörte, war Alecs Stimme, genauso wie sie geklungen hatte, als er uns die Geschichte auf der Fahrt ins Half Hitch erzählt hatte. Der gleiche lockere, aber vertrauliche Ton, der einen in die Erzählung hineinzog, als ob er hier im Raum wäre. Ich spürte, wie sich die Stimmung auf den Kirchenbänken veränderte, wie die Menschen lebhafter wurden. Was hatte Alec diesen Menschen bedeutet? Ich spürte ein ziehendes Gefühl von Verlust, das sich nicht nur auf die Zukunft richtete, sondern auch auf Alecs Vergangenheit, die ich nun nie mehr kennenlernen würde.

Celia schaute auf. »Alec versuchte, mit allen Mitteln öffentlich zu machen, was wirklich am Tag des Massakers geschah. Und er starb, als er versuchte, ein weiteres Rätsel zu lösen, und zwar die Frage, wer den Minenarbeiter Stevie getötet hatte, kurz bevor er vor dem Untersuchungsausschuss aussagen sollte.« Ihr Gesicht hatte etwas Farbe bekommen. Kleine rosa Flecken leuchteten auf ihren weißen Wangen. »Ich bezweifle, dass irgendjemand der offiziellen Erklärung der südafrikanischen Behörden Glauben schenkt: dass Alecs Tod ein Unfall war. Wir, seine Familie, werden nichts unversucht lassen, um herauszufinden, was wirklich in diesem Hotelzimmer in Johannesburg geschah, warum ein gesunder, junger Mann von sechsundzwanzig Jahren einfach zusammenbrach und starb. Im Augenblick kann ich nur so viel sagen: Alec starb bei dem Versuch, eine Tür zu einem Raum aufzuschließen, den viele Leute verschlossen halten wollen. Und damit wurde aus ihm ein weiterer Märtyrer der südafrikanischen Politik.«

Murmeln wurde laut. Ein Mann ganz vorne fing an zu schluchzen. Seine Schultern bebten.

»Nicht mehr lange, und der Körper meines Bruders wird zur letzten Ruhe in die Erde gebettet. Nicht in Südafrika, wo man ihm das Herz gebrochen hat. Sondern an einem friedlichen Ort, an den er sich in seinen letzten Lebensmonaten zurückgezogen hatte, in die Nähe unserer Mutter, die immer an ihn geglaubt hat …« Celia hielt inne und schaute zur ersten Reihe. »… in einem Land, wo er sich ein neues Leben aufbauen wollte.«

Seine Mutter. Wieder kam mir der Boden entgegen. Tante Zanny hatte also recht und ich unrecht. Oder hatte ich Alec wirklich missverstanden? *Ein neues Leben.* Lieber Gott. Ich ballte die Fäuste so fest, dass mir die Nägel in die Handballen bissen.

»Von allen Dingen, die ich bereue – und davon gibt es nicht wenige –«, sagte Celia, »bedauere ich am meisten, dass ich nie den Schlüssel gefunden habe.« Sie schluckte und presste ihre Hände gegen die Augen. »Den Schlüssel zu Alecs Geheimnis.«

Sie sagte noch ein paar Worte, aber an mehr erinnere ich mich nicht mehr. Dann schob sie ihre Notizen zusammen und stieg wieder von der Kanzel herunter. In der voll besetzten Kirche herrschte Totenstille. Nur das Klappern ihrer Absätze auf dem Steinboden war zu hören.

Aus dem Augenwinkel sah ich, wie Steady Lornas Hand festhielt.

Nach dem Gottesdienst bat mich Lorna, draußen vor der Kirche zu warten, während sie sich auf die Suche nach Georgie machte. »Ich nehme nicht an, dass Sie mitkommen wollen, oder?«, sagte sie, aber das war eine rhetorische Frage, wie wir beide wussten. Es spielte keine Rolle, was ich wollte. Georgie hatte sich in der Kirche einmal umgedreht, mich neben Lorna sitzen sehen und ihren Blick mit einem Ausdruck von derartigem Abscheu von uns beiden abgewandt, dass ich wusste, ich hatte keine Chance. Die Entschuldigungen, die ich mir zurechtgelegt hatte, vertrockneten auf meiner Zunge. Sie würde mir erst dann zuhören, wenn sie mich nicht mehr so sehr hasste. Heute ganz sicher nicht. Heute war es vermutlich das Beste, wenn ich ihr aus dem Weg ging.

Ich begegnete ihr, kaum dass ich aus der Vorhalle getreten war.

Sie lehnte draußen an der Kirche, einen Arm um ihren dünnen Körper gelegt, als ob sie ihn schützen wollte. Ihr Gesicht war ausgemergelt und sie hatte mehr Make-up aufgetragen als üblich. Als sie mich sah, lachte sie kurz auf, ein sprödes Lachen, und nahm einen tiefen Zug von ihrer Zigarette.

»Ich hätte Nick mitbringen sollen, dann wäre die alte Clique wieder beisammen. Außer einem natürlich.«

»Es tut mir so leid«, sprudelte ich hervor. »Was ich getan habe, war unverzeihlich.«

Sie stieß den Zigarettenrauch aus und sagte nichts.

Ich schüttelte den Kopf und suchte nach Worten, fühlte

überdeutlich die dicke Binde zwischen meinen Beinen, das braune Blut, das stetig hineintröpfelte. Das Letzte, was von Alec übrig geblieben war. Eine Brise fuhr in die Blätter der Eichen. Der Himmel war von einem klaren, unheiligen Blau. Und Alec auf dem Friedhof. Jetzt wurde der Sarg in die Erde abgelassen, im Beisein seiner Familie. Seiner Familie, die ein Teil meiner Zukunft hätte sein können und die ich nun nie kennenlernen würde. Georgie rieb sich brüsk die Arme. Ich widerstand dem Verlangen, zu ihr zu gehen und sie fest zu drücken.

»Ich möchte, dass du weißt«, sagte ich und hörte, wie fremd und rau meine Stimme klang, als ob ich sie lange nicht benutzt hätte, »dass vor diesem Wochenende nichts zwischen uns war.«

Sie senkte den Blick, während die brennende Zigarette zwischen ihren Fingern hing, und ich spürte einen Hoffnungsschimmer. Vielleicht konnte sie mir hier, wo alles geendet hatte, vergeben.

Doch als sie aufsah, waren ihre Augen hell vor Wut. »Du Kind«, sagte sie leise. »Du dummes Kind. Wie naiv bist du eigentlich?«

Ich trat einen Schritt zurück, als ob sie mich geschlagen hätte.

»Ich dachte, du wärst so klug, so scharfsinnig«, fuhr sie fort, und jedes Wort war ein vergifteter Pfeil. »Du hättest alles durchschaut, alles begriffen. Ich dachte, du wärst besser als ich, weil du nicht durch dein Ego geblendet wurdest. Du warst nicht eitel, wie der Rest von uns, der in der Welt nur einen Spiegel sieht. Aber ich habe mich geirrt. Du bist auch nur ein blöder Scheißhaufen, der nicht über sich selbst hinaussieht.«

Ich starrte sie an. Meine Augen schwammen in Tränen.

Ich wusste, dass ich etwas sagen sollte, etwas erklären, mich weiter entschuldigen. Aber der schmerzhafte Kloß in meinem Hals war so riesig und heiß, dass er alle Worte erstickte. Ein paar schwarz gekleidete Trauergäste gingen an uns vorbei. Die Absätze einer Frau klackten auf dem Kies. Einer von ihnen warf uns einen neugierigen Blick zu. *Vielleicht ist das gar nicht ungewöhnlich,* dachte ich unwillkürlich, *ein Showdown bei einer Beerdigung. Wie Leute, die sich auf einer Hochzeit trennen. Der Tod und die Zeit setzen uns die Daumenschrauben an.*

»Ich habe versucht mir vorzustellen, was für eine Hölle du durchgemacht hast.«

»Ach, hast du das, Jess?«, sagte Georgie voller Wut. »Hast du das wirklich? Denn ich kann dir sagen – wenn dir der Typ, den du liebst, das Herz bricht, und dann jemand, den du für deine beste Freundin gehalten hast, noch einen draufsetzt und auf dich scheißt, dann … Tja, das ist ein ziemlich schwer verdaulicher Happen, das kann ich dir sagen. Zwei Tage lang lag ich im Krankenhaus, habe ihn gehasst, habe dich gehasst, habe mich selbst gehasst. Dann kam ich nach Hause und habe ihn immer noch gehasst, und dich und mich. Immer wieder. Lustigerweise war es meine Mutter, die die Karten aufgedeckt hat. Ausgerechnet meine Mutter. Sie hat drei volle Tage an meinem Bett gesessen und mit mir geredet. Und sie war nüchtern. Sie war diejenige, die mir gesagt hat, dass ich es nicht wegen Alec getan habe. Dass sie die wahre Schuldige sei. Weil sie so selbstsüchtig gewesen war, weil sie eine Mutter sein wollte, ohne Verantwortung zu übernehmen.« Mit einer heftigen Bewegung zog Georgie den Fuß durch den Kies. »Einfach so, nach all den Jahren. Sie hat es ausgesprochen. Und das hat geholfen. Es hat geholfen zu merken, dass nicht jeder Mensch mich unangenehm überrascht.« Georgie schaute auf. »Sie war auch diejenige, die mir sagte, ich solle zu ihm gehen.«

»Zu ihm …«

»Ja. Sie sagte, ich solle nach Südafrika fliegen. Ihm klarmachen, dass es bei dem, was ich getan habe, nicht um ihn ging – dass er nicht dafür verantwortlich ist. Dadurch bekäme ich meine Würde zurück. Die Chance, darüber hinwegzukommen und weiterzugehen.«

Ich blinzelte. Aber das hatte sie nicht getan, oder? Sie war nicht zu ihm geflogen.

»Glaub mir, ich habe es getan. Ich habe mir auf der Stelle ein Flugticket gekauft und ein Hotel in Johannesburg gebucht. Eine Mutter mit Schuldgefühlen und einer Kreditkarte hat Vorteile. Ich habe ihm eine Nachricht geschickt und ihm gesagt, dass ich mich am folgenden Abend mit ihm in der Bar treffen wolle. Eine dieser Nachrichten, von denen man hofft, dass sie dem anderen Schmetterlinge im Bauch verursachen, das Innerste nach außen kehren, und dann vielleicht, nur vielleicht …« Sie verstummte und schüttelte den Kopf. Als sie weitersprach, klang ihre Stimme wieder hart. »Vierundzwanzig Stunden später saß ich da, auf einem Barhocker, und sah unglaublich heiß aus – eine Überdosis wirkt Wunder, was die Figur angeht, das kann ich dir sagen.« Sie schenkte mir einen Geist ihres alten Lächelns, erinnerte mich daran, was für Freundinnen wir gewesen waren, sodass mein Herz sich umdrehte und ich hoffte, trotz allem, trotz der Tatsache, dass es mein Ende bedeuten würde, dass sie bekommen hatte, was sie wollte: dass er gekommen war und ihr sagte, dass er sie liebe, dass es ihm leid tue, dass ich ihm nichts bedeute.

»War er da?«, stieß ich hervor. Und noch während ich die Frage stelle, wappnete ich mich für die Antwort.

»Ja, er war da«, sagte Georgie ausdruckslos. Ich senkte den Blick, mein Inneres verkrampfte sich. »Er sah gut aus«, fuhr sie fort, »als hätte er sich keine Sekunde lang über irgendetwas den Kopf zerbrochen. Ich dachte, wir würden über uns reden. Oder über dich. Aber nichts dergleichen. Stattdessen erzählte er mir, warum er nicht richtig lieben konnte. Diese Freundin von früher, die gestorben war. Ein Mopedunfall, er gab sich die Schuld dafür … Er ist nie über sie hinweggekommen.«

Beinahe hätte ich genickt und etwas gesagt, konnte mich aber noch rechtzeitig bremsen. *Ja, ich weiß, er hat mir sein Herz ausgeschüttet, bevor wir miteinander geschlafen haben.*

Georgie ließ die Zigarette fallen und drückte sie langsam mit der Schuhsohle aus. Und zündete sich gleich die nächste an. »Das ist die verdammte Ironie, Jess. Es ging nie um dich. Es ging auch nie um mich. Es ging immer nur um dieses Mädchen. Der Witz war, dass wir dachten, er sähe etwas in uns. Aber er hat immer nur durch uns durchgeschaut, in der Hoffnung, einen Blick auf sie zu erhaschen.«

Ich schüttelte den Kopf. »Das ist nicht wahr«, sagte ich. »Ich weiß, dass die Sache mit euch für ihn echt war. Das hat er mir gesagt.«

Mein Gott, was redete ich denn da? Versuchte ich, das moralische Vakuum mit noch mehr Lügen zu füllen? Ein schmerzhafter Stich zog mir durch den Unterleib. Ich warf einen Blick zur Kirchentür. Lorna konnte jeden Moment auftauchen. Und was dann? Würde dann die Sache mit der Schwangerschaft herauskommen? Was würde passieren, wenn Georgie davon erfuhr: ein handfester, lautstarker Streit zwischen zwei trauernden Hinterbliebenen?

Georgies Lippen kräuselten sich. »Wartest du darauf, dass Mutter dich rettet?« Eine neue Welle aus Wut schien in ihr aufzubranden. »Sei vorsichtig bei dieser Frau, Jess. Sie behauptet, dir einen poetischen Pfad zur Selbsterkenntnis zu eröffnen, aber die Wahrheit ist ganz prosaisch: Sie ist eine Lügnerin, nichts weiter als eine verdammte Lügnerin. Warum, glaubst du, erleiden all ihre Lieblingsstudentinnen entweder einen Nervenzusammenbruch oder verschwinden ganz von der Bildfläche? Ich will dir mal was sagen: Lorna Clay ist die größte Schauspielerin von allen.«

»Das stimmt nicht«, sagte ich und schüttelte vehement den Kopf. »Ich kann ja verstehen, dass du sauer auf sie bist, weil sie mir geholfen hat. Aber sie kann überhaupt nichts dafür. Es ist meine Schuld. Ganz allein meine.«

»Ach du.« Georgies Lippen verzogen sich zu einem grausamen, schmalen Strich. »Du bist bloß das Lamm, das man zur Schlachtbank geführt hat.«

»Bitte. Ich weiß, dass ich das alles verdiene. Das alles – und noch viel mehr. Aber nicht heute. Heute kann ich nicht …« Ich fühlte, wie wieder ein heißer Kloß von meiner Brust in meine Kehle stieg und schluckte schwer. Zwang die Worte heraus. »Ich kann es nicht ertragen, dich auch noch zu verlieren.«

Einen Augenblick schienen diese glitzernden Augen, dieser eiskalte Ausdruck ins Wanken zu geraten, und ich erhaschte einen Blick auf meine Freundin. Dann jedoch schüttelte sie vehement den Kopf, als ob ich sie um einen teuflischen Gefallen gebeten hätte. Sie schaute an meiner Schulter vorbei, wo ein eleganter schwarzer Wagen mit getönten Scheiben vorgefahren war.

»Das ist mein Taxi«, sagte sie kühl. Und ohne mir einen weiteren Blick zu gönnen, ging sie davon, während sie den Gürtel ihres Mantels enger zog.

Ich musste meine Hand gegen den honigfarbenen Stein der

Kirchenwand legen, um nicht umzukippen. Die Wagentür schlug zu, das Auto fuhr davon. Ihr bleiches, geschwollenes Gesicht hinter der abgedunkelten Scheibe, die Augen stur geradeaus. Kein Winken, nicht einmal ein Blick.

Ich weiß noch, wie ich den Rücklichtern nachschaute, die um die Kurve bogen und verschwanden. Und ich weiß auch noch, wie ich dachte: *Wenigstens kann es nicht noch schlimmer werden.*

28

Hinter Lornas schräg liegendem Kopf schäumten die Wellen am Bullauge vorbei. Das dumpfe, beharrliche Dröhnen des Tragflächenboots hätte auch mich einlullen sollen, aber ich litt mittlerweile an chronischem Schlafmangel, was zur Folge hatte, dass ich mich ständig aufgedreht fühlte. In meinem Kopf herrschte ein statisches Surren, auch wenn meine Augen vor Müdigkeit brannten.

Nachdem Georgie mich vor der Kirche hatte stehen lassen, war ich so durcheinander gewesen, dass Lorna mich zum Auto führen musste, während ich unzusammenhängendes Zeug brabbelte.

»Jess«, fiel sie mir ins Wort, »machen Sie mal eine Pause. Sie treiben sich noch selbst in den Wahnsinn mit all diesen Fragen. Fahren Sie mit mir für ein paar Tage auf die Insel. Kommen Sie zu Atem. Dann können Sie Ihr ausgefeiltes Gehirn wieder anderen Dingen zuwenden.«

Einen Augenblick lang dachte ich darüber nach, nach Hause zu gehen, nach Milton View, und mich dort in meinem Elend zu vergraben, während die Welt um mich herum sich weiterdrehte. Die ganze Aufregung wegen Nichtigkeiten: die Prüfungsvorbereitungen der Zwillinge, die Operation des Musikantenknochens meines Vaters, die Sorge meiner Mutter wegen des Knöterichs, der hinter dem Haus die Regenrinne nach unten zog.

»Keine Fragen mehr«, nickte ich. Mit zitternden Fingern klickte ich den Sicherheitsgurt ein. »Wann können wir los?«

Ich betrachtete Lornas schlafendes Profil (das auch jetzt noch unglaublich schön war – die Flut ihrer Haare an ihren hohen Wangenknochen, die lange, gerade Linie ihrer Nase) und dachte daran, wie oft ich in den vergangenen vierundzwanzig Stunden mein Versprechen gebrochen hatte.

Denn die Fragen waren nicht verstummt. Sie häuften sich immer weiter auf.

Wie viel hatte Alec mir verheimlicht? Was hatte er mir über seine Familie verschwiegen – und warum? Warum hatte er behauptet, seine Mutter wäre gestorben, denn das hatte er; ich hatte angestrengt darüber nachgedacht und war mir ziemlich sicher.

Hatten sie ihn dort in Südafrika wirklich ermordet? Hatte seine Schwester recht damit? Wenn es ein Mord gewesen war, hätte man doch bestimmt etwas bei der Obduktion finden müssen, außer einer ganz normalen Reaktion auf Schmerzmittel. Hatte nicht auch die Untersuchung in England einen Schlussstrich unter die Sache gezogen? Und selbst wenn nicht – würden sie wirklich einen Journalisten töten? Und wer waren »sie« überhaupt? Politiker? Die Minenbesitzer? Und wo war Basti, Alecs Bruder? Warum war er nicht bei der Beerdigung gewesen? Konnte ich ihn in Südafrika ausfindig machen, hinfliegen und mit ihm reden? Woher sollte ich das Geld bekommen? Alec hatte behauptet, dass er zwei Tage nachdem er mich im Old Swan verlassen hatte, vor dem Untersuchungsausschuss erscheinen müsse, aber seine Schwester hatte erklärt, er sei gestorben, kurz bevor er seine Aussage machen konnte – und das war zwei Wochen später gewesen. In diesen zwei Wochen war Georgie bei ihm gewesen. Warum hatte sie das über Lorna gesagt? Dass sie eine Lügnerin sei, eine *verdammte Lügnerin?*

Und so weiter und so fort. Es hörte einfach nicht auf. Die Fragen wurden immer zahlreicher, wie Fledermäuse, die sich in einer Höhle versammeln, während meine Augen sich allmählich an die Dunkelheit gewöhnten. Schlaf … wenn ich nur schlafen könnte.

Ein paar Reihen weiter vorne redete eine große Frau in stakkatoartigem Italienisch auf zwei Mädchen ein, die vermutlich ihre Töchter waren. Eine von ihnen erinnerte mich mit ihrem langen, nichtssagenden Gesicht und dem kurzen Bob an ein Mädchen, mit dem ich zur Schule gegangen war. Sam Seagry, eine Nervensäge mit bleichen Wimpern und einer lauten, nasalen Stimme. Ich war nicht sehr nett zu ihr gewesen, fiel mir jetzt ein, während ich auf das zerklüftete Meer hinausblickte. Sogar regelrecht unfreundlich. Ich fragte mich, wo sie jetzt war. Ich hätte mich zu gerne bei ihr entschuldigt.

Schließlich schlief ich wohl doch ein, denn das Nächste, woran ich mich erinnere, war ein Mann in einer blauen Uniform und einem glänzenden Glatzkopf, der schrecklich aus dem Mund roch. Er schüttelte mich grob wach und sagte etwas auf Italienisch, was ich zuerst nicht verstand. Als er es ungeduldig wiederholte, dämmerte mir, dass wir den letzten Halt des Wassertaxis erreicht hatten und alle aussteigen mussten.

»Dovete scendere. Non si può dormire.«

Ich blinzelte verdattert und setzte mich auf. Der Motor trudelte mit einem zischenden Geräusch, wie Luft, die aus einem Ballon strömt. Die Kabine war so gut wie leer. Die wenigen verbleibenden Passagiere tippelten im Gänsemarsch über eine Metallrampe.

Lorna rollte ihren Kopf in meine Richtung und schlug die Augen auf. Einen Moment lang starrte sie mich an, und ein Ausdruck von Verwirrung und irgendwie … Erschrecken zog über ihr Gesicht, sodass ich drauf und dran war, ihr zu sagen, ich würde mit demselben Boot wieder zurückfahren. Doch dann blinzelte sie, und ihre Miene veränderte sich so schnell, dass ich glaubte, ich hätte mir die ganze Sache nur eingebildet.

»Wie fühlen Sie sich?«, fragte sie und schüttete ein paar Pfefferminzdrops aus einer Schachtel.

Wie eine Irre. »Ich bin froh, dass wir da sind.«

»Gut«, sagte sie. »Gehen wir. Nino wird schon auf uns warten.«

Ich folgte ihr die Rampe hinunter, geblendet von dem gleißenden Sonnenlicht. Hinter mir klapperte mein Trolley über das Metall.

Und so erlebte ich meine Ankunft auf der Insel – traumatisiert und berauscht von zu wenig Schlaf und zu viel Kummer. Aber ich kann mich noch ganz genau daran erinnern, als ob ich gerade jetzt auf diesem Anleger stehen würde: An die Wand aus warmer Luft, die mich empfing, als ich aus der klimatisierten Kabine kam, an den Geruch nach Meer und Dieselabgasen, vermischt mit irgendetwas Mineralischem, von dem ich später erfuhr, dass es von der Sonne erhitztes Vulkangestein war.

Der Hafen war winzig, nicht mehr als eine Ansammlung von kleinen blauen und weißen Häusern entlang einer gepflasterten Promenade. Dahinter erhob sich der Buckel der Insel, riesengroß und scheinbar leer: Schichten von rauen Hügeln, die in den dunstigen blauen Himmel ragten.

Ein paar Leute standen an einer Stelle, wo Kisten auf den Anleger ausgeladen wurden. Einheimische, vermutete ich, angesichts der sonnengebräunten, wettergegerbten Gesichter, die auf Vorräte vom Festland warteten. Ein paar von ihnen riefen Lorna Grußworte zu. Ein Mann mit nacktem Oberkörper, einer Sonnenbrille und fransigen Jeans-Shorts schlenderte über den Anleger. Erst dachte ich, dass er ebenfalls eine Lieferung erwartete, bis er wie ein römischer Zenturio die Hand hob. *»Ciao, Prof!«*, rief er.

»Schau ihn dir an«, sagte Lorna mit einem schiefen Lächeln. »Nino, mein sogenannter Verwalter. Hat noch nie in seinem Leben auch nur einen Handstreich getan.«

Aus der Nähe betrachtet, war er viel älter als auf den ersten Blick. Als er die Sonnenbrille nach oben schob, sah ich die tiefen Krähenfüße um seine Augen. Die dichten schwarzen Haare wurden an den Schläfen schon grau. *»Prof«*, wiederholte er, während er seine Hände ein bisschen zu lang auf ihren Hüften liegen ließ, als er sie auf beide Wangen küsste. *»Più bella che mai.«*

Lorna entwand sich seinem Griff. »Nino, mach dich nicht lächerlich. Es ist keine zwei Wochen her. Das ist Jess, eine meiner Studentinnen.«

Nino musterte mich mit seinen kleinen, glänzend schwarzen Augen, und mir fiel auf, wie hart sein Blick war. Dann legte er den Kopf leicht schräg.

»Nino Rondello«, sagte er und streckte die Hand aus. Der leichte Singsang in seiner Stimme klang, als würde er sich darüber freuen, dass sein Name sich reimte. Die Halbmonde unter seinen Fingernägeln waren schwarz, als ob er mit Motoröl gearbeitet hätte. »Aber ich glaube, wir sind uns schon einmal begegnet, nicht wahr?«

Ich schüttelte den Kopf. »Ich bin zum ersten Mal hier.«

Nino ließ mein Gesicht nicht aus den Augen. »Aber vielleicht woanders. Sie denken wahrscheinlich, ich bin so ein Landei, das nie die Insel verlässt.«

Sein Akzent, eindeutig italienisch, hatte gleichzeitig auch einen amerikanischen Einschlag.

»*Basta,* Nino«, mischte sich Lorna ein. »Das arme Mädchen ist gerade angekommen. Lass sie mal durchatmen.«

Nino lachte laut auf und zeigte seine wunderschönen weißen und regelmäßigen Zähne. »Sie müssen einer ihrer Lieblinge sein«, sagte er zu mir. »Die anderen beschützt sie nicht so vehement.«

Lorna warf ihm einen bösen Blick zu, den er ungerührt erwiderte. Etwas schien zwischen ihnen vorzugehen, und einen Moment lang dachte ich, sie würden anfangen zu streiten. Was meinte er damit? Waren schon andere Studenten hier gewesen? Aber dann nahm mir Nino meinen Trolley aus der Hand, und wir gingen über den Anleger, während sich die beiden unterhielten, als wäre nichts gewesen, in einem entspannten Gemisch aus Englisch und Italienisch.

Wie es *la mamma* ging, wollte Nino wissen. Immer noch am Leben? Schlimm, schlimm. Ob Lorna wüsste, dass sein Großvater genau das Gleiche durchgemacht hatte? Hatte immer weitergelebt und den Sauerstoff aus der Luft gesaugt. Alle saßen im Krankenhaus herum und verschwendeten ihre Zeit an dieses widerliche Skelett. Ein guter Arzt würde ihr den Weg erleichtern, *capisce?* Und wenn nicht, gab es doch andere Möglichkeiten. Er hätte kein Problem damit, die Sache mit *un cuscino* zu erledigen. Also, wenn Lorna seinen Flug bezahlen würde, würde er jederzeit nach London fliegen und ihr diesen Gefallen tun …

»*Un cuscino?*«, fragte ich Lorna.

Sie drehte sich zu mir um und warf mir einen sarkastischen Blick zu. »Ein Kissen.«

Am Fuß eines steilen Hangs, wo ein burgunderfarbener Jeep

mit offenem Dach unter einer Bougainvillea geparkt war, blieben wir stehen. Lorna meinte, ich solle mich auf den Beifahrersitz setzen, neben Nino. »Du musst die Aussicht genießen. Ich bin die Strecke schon tausendmal gefahren.«

Es war Mittag geworden, und der heiße Ledersitz brannte sich durch den dünnen Stoff meiner Hose in meine Haut. Ich drehte mich um und suchte nach dem Sicherheitsgurt, aber bevor ich ihn finden konnte, warf Nino mir einen Blick zu und lachte. Dann ließ er den Motor aufheulen.

»*Cara,* hier auf der Insel hat niemand einen Gurt, außer dem Polizisten. Und der legt ihn auch nur dann an, wenn er *sbronzo* ist.«

»*Sbronzo?*«

»Besoffen«, klärte mich Nino auf.

Lorna beugte sich vor. »Lass das Mädchen einfach den verdammten Sicherheitsgurt anlegen, klar?«

Nino zuckte mit den Schultern.

Er löste die Handbremse, und der Wagen schoss vorwärts.

29

Die Straße schlängelte sich durch die Hügel, ein felsiges Buschland mit Ginster und Farnen, eingefasst von niedrigen, uralten Steinmauern, die den Hang hinaufstolperten. Sie waren verwittert und überwuchert und sahen aus wie fremdartige, ineinander übergehende Gräber. Frische und kühle Luft umwirbelte uns und brachte den Duft nach wilden Kräutern und trockenem Gras mit sich. Ich fühlte die warme Sonne auf meinem Gesicht, während wir durch Schlaglöcher schaukelten. *Vielleicht hat Lorna recht,* dachte ich. *Vielleicht kann ich mich hier ein bisschen selbst verlieren, kann die Welt vergessen.* Den Gedanken vergessen – wenigstens für eine Weile – an seine Schönheit, die begraben in der kalten Erde lag.

Nino war zum Italienischen übergegangen und erkundigte sich nach der Gesundheit von jemandem. »*Ragazzo*« konnte sowohl Junge als auch Freund bedeuten, so viel wusste ich noch. Er redete vermutlich über Steady – seine Stimme hatte einen hässlichen, anzüglichen Ton angenommen. Eine Weile versuchte ich, ihrem Gespräch zu folgen, aber sie sprachen zu schnell und ich konnte nichts mehr verstehen.

Hin und wieder kamen wir an einem Haus vorbei, an eckigen Kästen mit flachen Dächern und kleinen Fenstern. Ein paar davon hatten nackte, kittfarbene Wände und sahen so aus, als seien sie noch während der Bauphase aufgegeben worden, als ob irgendein schreckliches Ereignis die Bauarbeiter auf ewig vertrieben hätte.

Nino fuhr mit nur einer Hand am Lenkrad in die Haarnadelkurven und warf mir gelegentlich ein Lächeln zu, während wir an überhängenden Felsen vorbeirasten, die mit Stahlnetzen gesichert waren.

»Fahr langsamer, Nino«, sagte Lorna mit scharfer Stimme. »Du weißt, dass ich es nicht leiden kann, wie du in die Kurven fährst.«

Ich klammerte mich mit beiden Händen an meinem Sitz fest und schob meine Beine so weit zur Seite, dass er beim Schalten mit seiner Hand nicht mehr mein Bein streifen konnte. An einer Kurve, die aussah wie alle anderen, fuhr Nino schließlich auf eine Ausweichbucht und schaltete den Motor aus. Das einzige Haus, das ich sehen konnte, war ein Stück zurückgesetzt. Der Putz blätterte von den Wänden ab und quer über der Terrasse waren durchhängende Wäscheleinen gespannt.

Grillen zirpten, und das Geräusch machte die Stille laut.

»Sind wir da?«

Lorna kletterte vom Rücksitz und setzte sich den Rucksack auf ihre mit Sommersprossen übersäten Schultern. »Nicht ganz.«

Mittlerweile hatte ich fast keine Blutungen mehr. Jedenfalls musste ich keine dicken Binden mehr tragen, die mir das Gefühl gaben, ich hätte ein Sandwich in der Hose. Gelegentlich durchzuckte mich noch ein schmerzhafter Stich, aber das war nicht schlimmer als ein leichtes Sodbrennen. Eigentlich war ich körperlich wiederhergestellt. Aber ich hatte die Rechnung ohne den Fußmarsch nach Beccafumo gemacht.

Steinstufen führten von der Straße aus nach unten und mündeten in einen Pfad aus festgetretener roter Erde, der sich durch den Ginster und zwischen Vulkangestein hindurchschlängelte. Lorna war so wendig wie eine Gämse und kam viel schneller voran als ich. Es dauerte nicht lange, da war sie nur noch eine kleine Gestalt in der Ferne, die gelegentlich hinter großen Felsen und hohem Gebüsch verschwand und wieder auftauchte. Nino blieb hinter ihr, und ich musste mir mühsam einen Weg durch das Gestrüpp bahnen. Disteln zerkratzten meine nackten Beine, und ständig rutschte ich auf losem Geröll aus, während ich an die Kurse bei ihr denken musste, wenn ihr Gehirn so weit vorausschoss, dass es unerreichbar für uns erschien, und sie sich dann umschaute und überrascht merkte, dass niemand ihr folgen konnte. Nur dass es mir jetzt so vorkam, als ob sie gar nicht wollte, dass ich sie einholte, sondern sie es im Gegenteil darauf anlegte, so viel Abstand wie möglich zwischen uns zu bringen.

Ein paar Minuten später, als ich gerade an einem hohen Felsen vorbeihastete, blieb ich wie angewurzelt stehen. Mein Magen hievte sich empor. Rechts von mir war das Land zu Ende, fiel abrupt in eine tiefe Schlucht ab. Ein kleiner Kieselschauer, den ich losgetreten hatte, purzelte die Klippe hinunter und regnete ins Meer, das etwa hundert Meter unter mir schäumte. Vor mir lag ein gewundener Pfad, der nicht breiter war als ein Fenstersims.

»Heilige Scheiße«, murmelte ich. Halt suchend legte ich eine Hand an die warme Felswand und spähte nach unten. Das Meer schien auf dieser Seite der Insel viel wilder und unberechenbarer zu sein. Es brodelte über scharfkantige Felsen, die wie riesige Zähne aus dem Wasser ragten. Ich lehnte mich dichter an die Wand. Vor meinen Augen drehte sich die Welt.

»Du fühlst den Drang zu springen, nicht wahr?«, sagte Nino, der zurückgekommen war. Er bog um die Ecke und versperrte den Blick auf die Sonne. »Manchmal fühle ich auch dieses Verlangen, wenn ich den Klippenrand sehe. Das liegt daran, dass die Insel voller Geister ist.« In seiner Stimme lag ein sanfter, lockender Ton. »Es ist wohl nicht der Wunsch zu sterben, sondern frei zu sein.«

Ich starrte ihn an. Mein Herzschlag hämmerte in meiner Kehle. Sein Gesicht war schwarz im Schatten. Warum streckte er nicht die Hand aus, um mir zu helfen?

Mehr Kiesel rutschten ab und prasselten über die Kante. Meine Finger krallten sich in den Fels hinter mir. Meine Beine fingen an zu zittern und wurden bleischwer, und ich dachte: *Wenn ich mich jetzt bewege, kann ich mich nicht halten. Ich werde abrutschen, ich schaffe es nicht.* Einen Augenblick lang, mit dem Rücken an die Felswand gepresst, empfand ich nichts als bodenloses Entsetzen. Ich sah mich die Klippe hinunterstürzen und wie eine Stoffpuppe gegen die Felsen prallen. Dann ein Aufplatschen, und ich versank im Meer. Danach nichts mehr.

»Bitte«, sagte ich, und ich hörte die schrille Panik in meiner Stimme. Da lächelte er. Seine herrlichen Zähne strahlten, und er streckte die Hand aus. Ich zögerte kurz und packte dann zu. Sein Griff, mit dem er mich auf sicheren Boden zog, war fest und beruhigend. Seine Brust war mir so nah, dass ich den sauren Geruch wahrnehmen konnte, der von seinen Achselhöhlen aufstieg.

»Danke«, murmelte ich. Am liebsten hätte ich etwas ganz anderes gesagt. Mir lief der Schweiß über den Rücken und durchnässte mein T-Shirt. Meine Beine zitterten immer noch so stark, dass ich kaum stehen konnte.

»*Piacere,* Jess«, sagte Nino fröhlich, drehte sich um und verschwand wieder über den schmalen Pfad.

Der Pfad verlief ungefähr eine Viertelmeile an der Klippe entlang, gefühlt waren es zehn.

An einer Stelle musste ich auf allen vieren über einen Felsen krabbeln, und als ich um eine Kurve bog, blieb mir fast das Herz stehen, als ich eine tote Ratte mitten auf dem Weg liegen sah, die steifen Beine gen Himmel gereckt. Fliegen krochen über die zermatschte rosa Wunde an ihrem Kopf.

Lorna war längst meinen Blicken entschwunden, und auch Nino war schon weit voraus. Als ich um die nächste Biegung kam, veränderte sich die Landschaft mit einem Mal. Ich stand am Fuß einer Wiese, die sich bis zum Vulkan hinaufzog. Die Luft war feucht, und überall summten Bienen. Oben auf dem Hügel, leicht verschleiert im gleißenden Sonnenlicht, lag eine Ansammlung von einigen Häusern.

Wie war es möglich, dass so viele Menschen an einem solchen Ort lebten? Aber als ich näher kam, begriff ich: Das war ein Geisterdorf. Die Häuser waren allesamt verlassen und befanden sich in den unterschiedlichen Stadien des Verfalls. Einige waren noch weitgehend intakt, nur dort, wo Böden und Fenster sein sollten, wuchsen Gras und wilde Blumen. Andere lagen schon in Trümmern, die mit Gestrüpp überwuchert waren.

»Nino?«, rief ich. »Nino?«

Ein leises Echo, aber keine Antwort. Im Gestrüpp raschelte es, und irgendetwas huschte über einen Stein. Ich hörte meinen Atem, der hektisch und laut in meinen Ohren klang.

»Nino?«, rief ich wieder, diesmal drängender. »Lorna?«

Der Schmerz in meinem Bauch verschärfte sich. Eine Weile stolperte ich zwischen den Ruinen herum und suchte nach einem Weg, aber obwohl es etliche Lichtungen gab, wo kein Gras auf dem Felsen wuchs, landete ich immer wieder in einer

Sackgasse. *Wo bin ich?*, dachte ich voller Panik. *Bin ich wirklich hier draußen auf dieser Insel mit Lorna, oder ist das nur ein abgefahrener Traum?* Vielleicht lag ich immer noch schlafend auf dem Tragflächenboot und mein schlechtes Gewissen hatte mich auf Reisen geschickt, sorgte dafür, dass ich allein und verlassen zwischen diesen toten Häusern herumlief und mich meine Panik zu überwältigen drohte.

Da, eine Bewegung vor mir. Etwas Glänzendes blinkte zwischen ein paar Steinen, ein langer Streifen aus Khaki und Schwarz floss wie Quecksilber dahin, ehe er im langen Gras verschwand. Die hohen Halme zitterten. Ein stummer Schrei stieg in meiner Kehle auf. Ich wirbelte herum und ging schnell in die entgegengesetzte Richtung, auf einen halb verfallenen Bogendurchgang zu.

»Lorna! Nino!« Ich schrie jetzt, und mein Schrei endete in einem Schluchzen.

»Hier!« Ninos Stimme klang so nah, dass ich zusammenzuckte.

Er stand hinter dem Bogen und lehnte an einer der Säulen, zwischen den Zähnen einen steifen Grashalm, das Gesicht ausdruckslos. Ich fragte mich, wie lange er schon da stand. Er musste gehört haben, wie ich rief.

»Wo ist Lorna?«, fragte ich gepresst.

»Ein Stück den Krater hoch.« Er deutete den Hang hinauf und sagte etwas auf Italienisch, das ich in meinem benebelten Kopf übersetzte: *Sie fürchtet sich nicht so leicht.* Dann marschierte er weiter.

Ich beeilte mich, um mit ihm Schritt zu halten. Grashalme streiften meine Hüften. »Ist das der Grund, warum die Menschen hier ihre Häuser verlassen haben? Weil sie zu nah am Vulkankrater waren? Sie hatten Angst?«

Aber er hörte mich nicht, vielleicht wollte er auch nicht antworten. Jedenfalls verschwand er wortlos durch einen bröckeligen Steinbogen. Und da hörte ich es. Das Schluchzen. Es war ein hoher Ton, vermutlich von einem Kind, einem Mädchen oder einem sehr kleinen Jungen. Ich blieb stehen und schaute mich um. Ganz plötzlich hörte das Schluchzen auf. Es war kein Mensch zu sehen, nichts, kein Geräusch, nur das dumpfe Summen der Insekten in den Sträuchern. *Das liegt daran, dass die Insel voller Geister ist.*

»Je-ess«, säuselte Ninos Stimme mir zu. Er stand auf der anderen Seite des Bogens. »Bitte beweg deinen Arsch … tut mir leid, ich vergaß, du bist Engländerin – also bewegen Sie Ihren Hintern. Hier in der Nähe leben Schlangen. Sehr unangenehme. Kommen Sie schon«, sagte er, als ich durch den Bogengang eilte. »Ein Freund von *la Prof* wurde gebissen. Wenn der Apotheker ihr nicht eingeschärft hätte, immer Medizin im Haus zu haben«, fuhr er fort und deutete eine Spritze in seinen Oberarm an, »dann wäre die Sache nicht so gut ausgegangen. Ich allerdings habe keine Angst vor Schlangen, aber wenn ich eine Nadel sehe …« Er erschauderte.

Noch ehe ich ihm sagen konnte, dass ich vermutlich gerade eine Schlange gesehen hatte, deutete er über meine Schulter und lächelte breit. *»Eccola!«*

Etwa zwanzig Meter den Hang hinauf, hinter ein paar Büschen, schwebte eine Gestalt ganz in Orange mitten in der Luft. Eine Sekunde lang dachte ich, Schlaf und Trauer hätten mich nun endlich so weit gebracht, dass ich den Verstand verlor.

Tief hängende Wolken verhüllten ein Haus aus grob behauenen, erdfarbenen Sandsteinen. Lorna stieg gerade von einer flachen Dachterrasse herunter. Es sah so aus, als hätte sie geduscht, denn sie trug frische Sachen und das Haar, das sie zu einem Pferdeschwanz zusammengebunden hatte, war feucht. Wenn ich nicht so hundemüde gewesen wäre, hätte ich sie gefragt, ob es ihr gut ging. Ihre Augen waren gerötet und auch das Gesicht hatte rote Flecken. Aber der Schmerz in meinem Unterleib, der mittlerweile wie mit Nadeln stach, ließ mich alles vergessen. Ich wollte mich einfach nur noch hinsetzen.

»Ein ganz schöner Fußmarsch, nicht wahr?«, sagte sie und nahm meine Hand. »Kommen Sie, ich zeige Ihnen Ihr Zimmer.«

30

Nach der brütend heißen Sonne kam es mir im Haus sehr kühl und dunkel vor. Das Innere bestand aus einer Küche mit einem unebenen Boden aus Terrakottafliesen und einem Wohnzimmer mit grob verputzten Wänden. Über einem leeren Kamin hing der Druck einer Waldlandschaft im Nebel. Lorna führte mich eine Treppe nach unten in einen noch dunkleren Raum und öffnete den Laden vor einem kleinen Fenster. Das Licht erhellte ein kleines Zimmer mit abgerundeten Wänden aus fleischfarbenem Sandstein. Der Anblick des kleinen Doppelbetts mit sauberen weißen Laken hätte mich beinahe umgehauen.

»Kommen Sie hoch, wenn Sie so weit sind«, sagte Lorna und wandte sich dann zum Gehen, als ob sie mir so viel Freiraum wie möglich geben wollte. »Ich setze Nudelwasser auf.«

Ein paar Minuten lang saß ich einfach wie benebelt auf der Bettkante. Dann ging ich in das winzige Badezimmer und spritzte mir etwas kaltes Wasser ins Gesicht. Ich merkte, wie mein Herz, das seit jenem Moment am Rand der Klippe wie ein Presslufthammer gewummert hatte, sich wieder beruhigte. Jemand hatte ein Marmeladenglas mit einem kleinen Strauß frischer Blumen auf die Ablage über dem Waschbecken gestellt. Einen Spiegel gab es nicht, wofür ich sehr dankbar war.

Ich wuchtete den Trolley auf das Bett, zog den Reißverschluss auf und holte ein paar saubere Sachen heraus. Ich beschloss, dass ich mir eine Pause gönnen würde, eine Pause von allem, einschließlich mir selbst. Meine Nerven lagen blank, alles war aus dem Ruder gelaufen. Nichts fühlte sich mehr sicher an, am allerwenigsten mein Geist.

Lorna kam gerade mit einer großen Schüssel mit Nudeln aus der Küche, als ich nach oben kam. »Bringen Sie das raus auf die Terrasse, ja?«, sagte sie und reichte mir die Schüssel und ein großes Stück Käse.

Unter einer mit Wein berankten Pergola stand ein kleiner Holztisch mit zwei Gedecken.

»Ich habe Nino runter in den Laden geschickt, um ein paar Sachen einzukaufen«, sagte Lorna und zog den Korken aus einer Flasche Weißwein. Das Lächeln war auf ihr Gesicht zurückgekehrt, aber ihre Augen blickten immer noch abwesend. »Er meint, in den nächsten Tagen würde es Sturm geben.«

Ich schaute auf das ruhige Meer und den blauen, wolkenlosen Himmel. »Was passiert bei Sturm?«

»Dann sind wir von der Außenwelt abgeschnitten. Es ist ziemlich primitiv hier.« Der Korken löste sich mit einem leisen Plopp, und sie schenkte mir ein. »Hier draußen ist das Meer der Gott.«

Was weiß ich noch von diesem Essen? Alles und nichts. Ich nahm immer noch die Schmerzmittel, die ich von der französischen Ärztin bekommen hatte, mehr aus einem Verlangen heraus, mich zu betäuben, als um den körperlichen Schmerz zu lindern. Vielleicht war das der Grund, warum mir der Wein sofort zu Kopf stieg. Vielleicht war es aber auch noch der Schock oder der Schlafmangel. Auf jeden Fall sehe ich heute alles wie durch eine verschmierte Linse: Lorna, die mir ebenfalls erfrischt vorkam, die Sonnenfunken auf ihrem rotgoldenen Haar, hinter ihr der Ozean, Blau in Dunkelblau in Tiefblau. Dann blitzartig Bilder von Alec, die in regelmäßigen

Abständen in meinem Kopf auftauchen – seine Augen, die mich aus dem Leichenwagen anstarren, seine Hände, die mein Gesicht umfassen, meinen Körper. Wenn das geschah, zwang ich mich, stattdessen Lorna zu betrachten, mich auf Einzelheiten zu konzentrieren, als ob ich mich daran festhalten und verhindern könnte, abzustürzen: das Muster der Sommersprossen auf ihrem Schlüsselbein, die bleiche Unterseite ihrer Arme. *Gott sei Dank,* dachte ich immer wieder. *Gott sei Dank ist sie da.*

Ihre merkwürdige Stimmung schien vorbei zu sein. Sie erzählte mir, wie sie an das Haus gekommen war. Offensichtlich war sie vor acht Jahren bei einem Spaziergang zum Vulkankrater über die Fundamente gestolpert und hatte spontan entschlossen, dass sie an dieser Stelle ein Haus errichten wollte. Diese Entscheidung führte zu einer zweijährigen Baukatastrophe, in der mehrere Hubschrauber vorkamen, einige Esel, Studenten, die beim Ausheben der Baugrube halfen, und viel Schmiergeld. Nino führte den offiziellen Titel eines Verwalters, während sie weg war, aber die meiste Arbeit erledigte eine Frau aus dem Dorf, die regelmäßig hier sauber machte und nach dem Rechten sah.

»Und was macht Nino dann?«, fragte ich spitz.

»Er beschwindelt Touristen«, sagte Lorna unverblümt. »Er hat eine der Ruinen im Geisterdorf zusammengeflickt und eine Art Restaurant daraus gemacht. Er wohnt auch dort. Er knöpft Touristen eine Menge Geld für Wandertouren ab, und wenn sie dann erschöpft und am Verhungern sind, bringt er sie zu diesem Haus und serviert ihnen gnadenlos überteuertes Essen. Er kocht immer Kaninchen und behauptet, er habe es am Morgen selbst geschossen. Dabei kauft er es in dem kleinen Supermarkt am Hafen.«

»Mögen Sie ihn?«

»Nino?« Lorna lachte. »Gute Frage.« Sie lehnte sich zurück, und die Lachfältchen verschwanden. »Er ist unehrlich und – wie ich vermute – ziemlich sadistisch. Er findet es lustig, Touristen auf den schmalen Klippenpfaden in Angst und Schrecken zu versetzen. Irgendjemand hat mal gesagt, dass die Welt ohne Nino Rondello ein besserer Ort wäre – aber dem kann ich nicht zustimmen.« Sie schenkte mir noch etwas Wein ein. »Kommen Sie, ich bin Ihnen schon weit voraus.«

Nachdem wir gegessen hatten, streckte ich mich auf einem Liegestuhl aus, während sich Lorna in die Hängematte legte und mir noch mehr Geschichten über die Insel erzählte.

Die Sonne wurde glühend orange, wie eine kandierte Frucht, und glitt dann unter die Kante der Pergola. Die Hängematte knarrte in der Brise. Lorna ließ einen nackten Fuß heraushängen, und ich sah die sandfarbenen Sommersprossen auf ihrem schlanken Fußgelenk. »Ich wünschte, mein Vater hätte dieses Haus sehen können«, sagte sie unvermittelt.

Ich dachte an das Foto im Schlafzimmer ihrer Mutter, an den gut aussehenden Mann mit dem zerzausten kastanienbraunen Haar. *Er war ein wunderbarer Mistkerl, mein Vater.*

»Wie ist er gestorben?«, fragte ich, enthemmt durch die zweite Flasche Wein, das hypnotische Licht und das Gefühl, von allen Regeln dieser Welt befreit zu sein.

»Er war ein Trinker«, sagte Lorna, setzte sich in der Hängematte auf und griff nach ihrem Weinglas. »Das war der einzige Schlamassel, aus dem er sich nicht herausreden konnte.«

Ein aufkommender Wind fuhr in die Blüten der Bougainvillea und das Besteck auf dem Tisch klimperte leicht. Lorna schaute aufs Meer hinaus.

Ihr Profil war kantig und streng, wie von einer antiken römischen Münze.

»Er hat alles bis zum Äußersten getrieben, mein Vater. Einschließlich der Liebe. In den ersten siebzehn Jahren meines Lebens stand ich völlig unter seinem Bann. Wir haben Touren gemacht, durch Frankreich und Irland, haben die Kunden kennengelernt, denen er Wein verkaufte, und den Blarney-Stein geküsst. Ich war seine Lieblingstochter, seine beste Freundin, seine Komplizin. Meine Mutter und meine Schwester blieben meistens außen vor. Dann habe ich einen Studienplatz in Cambridge bekommen. Und von da an hasste er mich.«

Cambridge. Also hatte sie dort nicht nur gelehrt, sondern auch studiert. »Warum sollte er Sie deswegen hassen?«

Lorna schwieg eine Zeit lang. Als sie mir antwortete, wehte der Wind ihre Worte in die entgegengesetzte Richtung und ich musste die Ohren spitzen, um sie zu verstehen.

»Es hat eine Weile gedauert, bis ich das begriffen hatte. Schließlich erkannte ich, dass er trotz seiner impulsiven, romantischen Art Frauen überhaupt nicht leiden konnte, jedenfalls nicht, wenn sie nicht vollständig unter seiner Kontrolle standen. Er wollte die Oberhand, nicht mehr und nicht weniger. Cambridge war ein Schritt zu weit in Richtung Unabhängigkeit, ein Schritt weg von ihm, der Anflug eines Verrats. An dem Tag, an dem ich den Brief mit der Zusage bekam, haben meine Freunde im Pub eine Party für mich geschmissen. Ich bat ihn zu kommen. Er blieb zu Hause und trank Whisky. Und als ich heimkam, stand er aus seinem Sessel auf, das Hemd geöffnet, die Haare wild in alle Richtungen abstehend …«

Lornas Lippen waren blass geworden. Bilder zuckten mir durch den Sinn.

»Was hat er Ihnen angetan?«

Ihre Augen glitten wieder von mir weg, und ich dachte schon, sie würde es mir nicht sagen. Ich dachte, dies sei einer dieser Momente, in denen sich die Distanz zwischen uns zeigte, so ähnlich wie die Mauer, gegen die ich gerannt war, als ich nach Steady und Grace fragte, nach Sybil oder ob sie je ein Kind bekommen hatte.

Dann schaute sie mich wieder an. Ihre Augen waren merkwürdig hell. Und als sie weitersprach, hatte sich ihre Stimme verändert. Sie war dumpf und ein bisschen rau, ohne die übliche Selbstbeherrschung.

»Er ist ausgerastet. Ich meine, richtig ausgerastet. Er hat seinen Sessel umgeworfen, dann kam er zu mir und hat meine Hand gepackt.« Geistesabwesend ballte sie ihre rechte Hand, als ob sie sich an seinen Griff erinnern würde. »Er stieß mich auf das Sofa und legte sich auf mich, vollkommen bekleidet. Natürlich habe ich mich gewehrt. Ich habe um mich geschlagen und an ihm gezerrt. Aber er war ein großer, kräftiger Mann, und ich habe kaum noch Luft bekommen, so schwer war er.«

Sie atmete langsam durch ihre Nase, ein und aus. Ihre Nasenflügel bebten.

»Er hat nicht versucht, mich zu ficken, Jess. Aber ich wusste, dass er es wollte. Ich fühlte seine Erektion an meiner Hüfte. Er lag nur da, drückte mich nieder und presste mir den Atem aus den Lungen. Und er sagte immer wieder: ›Sei bloß still, sei bloß still, sei bloß still.‹«

Ich schwieg und fühlte das Entsetzen zwischen uns wie eine bleischwere Last.

Lorna nickte. »Was die Sache so kompliziert macht, ist, dass nichts Substanzielles passiert ist. Er hat weder seine Hand in meine Unterhose gesteckt, noch mich irgendwie verletzt. Aber an diesem Tag hat er mir das Herz gebrochen. Und noch etwas anderes. Er hat mein Vertrauen zerstört. Seitdem habe ich immer gezweifelt, ob es bei der Liebe nicht in Wahrheit nur um das Verlangen zu besitzen geht. Besonders bei den Männern.« Ihr Gesicht war plötzlich sehr kalt und hart. »Na ja, … genug davon. Wir verderben ja die schöne Aussicht.«

Ich zögerte, weil ich nicht wusste, ob sie von mir erwartete, das Thema weiter zu verfolgen. »Mein Gott, Lorna, das tut mir so leid …«

»Bitte«, sagte sie und schüttelte den Kopf. »Nicht. Reden wir über jemand anderen.«

»Natürlich«, sagte ich eilig. Jemand anderen, sie wollte über *jemand* anderen reden …

Ich ging in Gedanken die Liste in meinem Kopf durch: nicht Steady, nicht Alec, nicht Georgie …

Lorna beobachtete ein paar Sekunden lang, wie meine kleinen grauen Zellen ratterten, dann lachte sie laut auf. »Oder vielleicht doch über *etwas* anderes.«

Gegen Ende der zweiten Flasche dösten wir wohl ein. Ich erwachte von dem Klirren von Glas auf Porzellan und setzte mich blinzelnd auf. Lorna stand unter der Pergola und räumte den Tisch ab.

»Ich wollte Sie nicht wecken«, sagte sie. »Aber die Stechmücken kommen. Ich hatte Angst, dass Sie gestochen werden.«

Ich stand auf – mit bedächtigen Bewegungen, damit ich nicht anfing zu schwanken. Die Sonne war nicht merklich tiefer gewandert, aber das Licht war irgendwie körnig geworden. Auf dem Meer zeigten sich mehr weiße Schaumkronen.

Der Wind hatte aufgefrischt und kreiste um die Terrasse. Ein Glas fiel um und rollte auf den Rand des Tischs zu.

Wir bugsierten die Sachen in die Küche. »Möchten Sie Tee?«, fragte Lorna und stellte den Wasserkocher an.

Mir wurde plötzlich schwindelig und ich musste mich an den Küchentisch setzen. »Es geht mir gut, danke.«

Lorna setzte sich zu mir, holte ein Päckchen Tabak heraus und eine Packung Zigarettenpapier und fing an, sich eine Zigarette zu drehen. Mein Herz verkrampfte sich, als ich ihr dabei zusah, wie sie mit ihren feingliedrigen, schnellen Fingern die Zigarette rollte. Ein leichtes Lecken an der gummierten Kante, ein kurzer Dreh, dann zweimal auf den Handrücken klopfen. Es war noch keine vier Wochen her, da hatte Alec sich zum letzten Mal in meinem Beisein eine Zigarette gedreht, vor dem Fahrradverleih, an seinen Leichenwagen gelehnt. Mir brach der Schweiß aus, und ich stand schnell auf.

»Alles okay?«, fragte Lorna und musterte mich. »Sie sehen ein bisschen grün aus im Gesicht. Wahrscheinlich die Kombination aus Sonne und Wein. Sie sollten sich hinlegen.«

Der Raum schwankte unter meinen Füßen. »Sie haben wahrscheinlich recht«, murmelte ich.

»Gehen Sie ruhig. Ich bin hier fast fertig.«

So, wie ich war – in meinen Kleidern –, krabbelte ich unter die Decke. Das leichte Zittern hatte sich zu Krämpfen hochgeschraubt, und ich hatte das Gefühl, eine riesige Faust würde mir das Gehirn zerquetschen. *Zu viel Alkohol im Blut,* dachte ich. *Ich sollte etwas Wasser trinken.*

Der Tag wirbelte durch meinen Kopf wie ein schlecht geschnittener Film. Das Meer, der Fußmarsch, das Geisterdorf, Lornas Stimme, ihre Finger beim Drehen der Zigarette. Oder war das Alec? Alecs Geist, der durch den Raum wanderte. Etwas tauchte am Rande meines Bewusstseins auf. Paranoide Gedanken, wilde Pferde kurz vor dem Durchgehen. Doch dann zog mich der Schlaf in seine Arme, so erbarmungslos, als hätte mir jemand eine Betäubungsspritze verpasst.

31

Graues Licht sickerte durch die Ritzen der Fensterläden. Dann die mittlerweile vertraute Welle aus Trauer, als ich zu mir kam und mich erinnerte. Aber irgendetwas war, während ich schlief, an die Oberfläche meines Bewusstseins aufgestiegen. Etwas, das ich aus meinem Traum mitnahm ins Wachsein: Alec, der eine Zigarette rollte und prüfend die dünnen Enden zwischen Daumen und Zeigefinger drückte.

Nikotin. In meinem Essay über Gifte war Nikotin eines meiner Beispiele – das Essay, das Lorna als umständlich und behäbig bezeichnet hatte. *Tragödie in drei Akten.* Drei Opfer, und jedes war an Nikotinvergiftung gestorben. Der erste Mord (an einem Pfarrer, der einen Cocktail trank) fiel auch nach der Obduktion nicht auf. Der zweite (an einem starken Raucher) wurde nur deswegen entdeckt, weil die Symptome des Opfers denen des Pfarrers aufs Haar glichen.

Christies Mörder setzten oft Gifte ein, deren tödliche Wirkung durch ihre üblicherweise harmlose Verwendung verschleiert werden konnte – *zu offensichtlich! Was wollen Sie mir damit sagen?* – hatte Lorna an den Rand geschrieben. Und das war das Problem: Das wusste ich nicht genau, außer dass Christie die Methoden ihrer Mörder gerne da versteckte, wo jeder sie sehen konnte. Digitalis, Akonit, Strychnin. Alles ist giftig, es kommt nur auf die Menge an.

Irgendwo schlug eine Tür zu, und ich zuckte zusammen. Über mir erklangen Schritte, etwas Schweres schabte über den Boden des Wohnzimmers. Im Halbdunkel griff ich nach meinem Handy. Das Display leuchtete auf, als ich den Knopf drückte. Keine Verbindung. 4.42 Uhr morgens. Britische oder kontinentale Zeit? Ich lag ganz still und lauschte, während das Displaylicht wieder erlosch. Kein Laut mehr. Nur das Geräusch meines Atems.

Alec sei in seinem Hotelzimmer zusammengebrochen, behauptete man. Er habe ein Übermaß an Schmerzmitteln im Körper gehabt. Niemand, der ihn kannte, würde je an einen Selbstmord glauben. Seine Schwester Celia machte eine Verschwörung für seinen Tod verantwortlich. Aber wenn es Mord war, war er geschickt ausgeführt worden. Würden diejenigen, die Stevie auf offener Straße erschossen hatten, sich wirklich solche Mühe machen? War es nicht wahrscheinlicher, dass jemand, der Alec kannte, dem er ohne zu zögern die Zimmertür geöffnet hätte, die Tat begangen hatte? Vielleicht sein Bruder Basti, der sich wünschte, Alec wäre nie geboren worden? Aber sie standen sich nicht mehr nahe, hatten keinen Kontakt mehr. Woher hätte Basti wissen sollen, dass Alec in diesem Hotel war und darauf wartete, vor dem Untersuchungsausschuss auszusagen?

Georgie hatte gewusst, wo er war. Sie war nach Südafrika geflogen, um ihn zu sehen, voller Zorn und Schmerz. Schmerz … Sie hatte doch immer irgendwelche Tabletten in der Tasche. Hauptsächlich legale, hammerharte Schmerzmittel aus der Schatzkiste ihrer Mutter. Er hatte sie von sich gestoßen; es wäre ganz einfach für sie gewesen, ihm das Zeug ins Glas zu schütten. Ich hatte schon so oft mit angesehen, wie geschickt und unbemerkt sie in Seminaren Tabletten eingeworfen hatte.

Dann war da noch Lorna mit ihrem umfassenden Wissen über Giftstoffe. »*Man sagt,* Martindales Pharmacopoeia *war das am meisten zerfledderte Buch in ihren Regalen. Was ziemlich beeindruckend ist. Ich habe ihn auch gelesen, von Anfang bis Ende.«*

Lorna hatte Geld. Mit ein paar Klicks auf ihrem Computer hatte sie unsere Flugtickets auf die Insel gekauft. Nach Südafrika zu fliegen, wäre für sie kein Problem. Alec hatte mich gewarnt, ihr nicht zu vertrauen. Georgie hatte sie als Lügnerin bezeichnet. *Eine verdammte Lügnerin.*

Hier geriet mein Geist vollkommen außer Kontrolle, und ich bremste scharf ab.

Ich suchte nach Verbindungen, die keine Verankerung in der Realität hatten. Lorna kannte Alec kaum, war ihm nur ein paar Mal begegnet. Leute wurden nicht einfach zu Mördern, weil sie die Gelegenheit dazu hatten, auch wenn sie wütend oder liebeskrank waren.

Das Viereck aus Licht rings um den Fensterladen wurde heller. Ich bekam plötzlich Platzangst und schob die Bettdecke weg. Mit dem Licht meiner Handytaschenlampe stieg ich die Treppe nach oben. Der Stein unter meinen Füßen war kalt.

Ein unscharfes Frühmorgenlicht ergoss sich ins Wohnzimmer. In der Küche stand eine Schranktür offen und ein Glas Wasser auf dem Tisch.

Ich ging hinaus auf die Terrasse. Lorna saß mit dem Rücken zu mir auf der niedrigen Umfriedungsmauer und schaute über das Land. Sie regte sich nicht, als ich auf sie zuging.

»Lorna?«

Der Morgennebel hing wie riesige Spinnweben über dem Geisterdorf.

»Lorna.«

Sie drehte sich um. Ihr Gesicht wirkte müde, die Lippen waren blass. Sie lächelte schwach. »Tut mir leid, ich war meilenweit weg. Ich habe gerade an meine Mutter gedacht.«

»An Ihre Mutter?«

»Warum sie nicht loslassen will. Es war seltsam, bei ihr zu sein – in der Woche, bevor Sie aufgetaucht sind. Ich war seit Jahren nicht mehr so lange am Stück mit ihr zusammen gewesen. Vielleicht noch nie in meinem Leben. Tagsüber war sie die meiste Zeit ohne Bewusstsein, aber nachts fingen die Albträume an. Wie sie sich in ihrem Bett herumgeworfen hat … und die Geräusche, die aus diesem winzigen Körper kamen! Scheiße. Ich habe morgens um zwei Uhr Brandy in mich hineingeschüttet, um wieder schlafen zu können. Gott sei Dank hat Howie jeden Tag hereingeschaut, ansonsten wäre ich wohl verrückt geworden.«

Und ich bin eine blöde Idiotin, die zu viele Krimis liest. Lorna war in der Woche, bevor Alec starb, ununterbrochen bei ihrer Mutter gewesen, und dann, als er im Sterben lag, bei mir in der Klinik.

Sie bedachte mich nun mit diesem für sie typischen, forschenden Blick. »Wie läuft's da drin?«, fragte sie und tippte sich mit dem Finger gegen die Schläfe.

Ich zögerte.

Lorna nickte und schaute wieder aufs Meer.

»Was meinen Sie – wie schnell können Sie den Berg hinunterlaufen?«

Der Pfad – wenn man das einen Pfad nennen wollte – fing gleich hinter dem Geisterdorf an und führte etwa zweihundert Meter einen beängstigend steilen Hang hinunter zu einem Kiesstrand.

Wir schlitterten zwischen Farnen und Sträuchern nach unten, traten lockere Steine und Erde los und blieben nur wenige Male stehen, um zu Atem zu kommen. Etwa nach einem Drittel des Weges, als ich versuchte, zu Lorna aufzuschließen, stolperte ich über einen Stein und hätte beinahe das Gleichgewicht verloren.

»Gibt es einen Grund für die Eile?«, wollte ich wissen.

Lorna lachte mir nur zu. Ihre Schultern glänzten vor Schweiß.

»Es gibt immer einen Grund.«

Wir brauchten etwa eine halbe Stunde bis nach unten. In der Bucht herrschte völlige Windstille. Das Meer war ein glänzender Spiegel, der die lang gestreckten, pinkfarbenen Wolken reflektierte. Die Felsen, die aus dem Wasser ragten, wurden durch ihr Spiegelbild doppelt so groß. Winzige Wellen leckten leise zischend an dem Kiesstrand. Lorna legte ihr Handtuch auf die Steine, trat die Schuhe von den Füßen und zog sich aus, als ob ich gar nicht da wäre.

Ich stand auf den Steinen, ein paar Meter von ihr entfernt, das Handtuch wie ein Cape um meine Schultern gelegt, und fing ebenfalls an, mich auszuziehen.

Ich drehte mich um. Sie streifte gerade ihre Unterhose ab. Ihre Schönheit fesselte mich. Ich konnte nicht anders, ich musste sie anstarren: die kleinen, aufwärts gerichteten, mit Sommersprossen übersäten Brüste mit den rosigen Nippeln, der kastanienbraune Flaum zwischen ihren langen, schlanken Beinen, die ebenfalls so dicht mit Sommersprossen besetzt waren, dass es aussah, als hätte sie sich im Sand gewälzt.

Ich glaube, sie wusste, dass ich sie beobachtete, aber sie ließ sich Zeit, ehe sie sich umdrehte und mich anlächelte.

»Ich schwimme normalerweise ohne«, sagte sie und hielt einen schwarzen Badeanzug hoch. »Aber ich dachte, es macht Ihnen vielleicht etwas aus. Ist das so, macht es Ihnen etwas aus?«

»Aber nein, nicht doch«, sage ich.

Aber nein, nicht doch. Hatte ich das gerade gesagt? Ich klang wie meine Mutter, die ein weiteres Stück Käsekuchen ablehnte. *Vor einer halben Stunde lag ich im Bett und dachte, sie sei eine Mörderin, und jetzt schwimmen wir zusammen nackt im Meer.*

»Prima«, sagte Lorna und warf den Badeanzug auf den Boden. »Also dann ohne. Das ist auch viel schöner.«

»Andererseits«, murmelte ich, »ist es vielleicht um diese Tageszeit noch zu kalt …«

»Kalt?« Lorna brach in ihr rollendes Lachen aus. »Das Wasser hier ist wie in einer Badewanne.« Und damit rannte sie los. Ihr heller Po leuchtete vor dem Blau des Wassers, das um sie herum aufspritzte, als sie sich mit einem kleinen Jubelschrei hineinstürzte.

Einen Augenblick lang saß ich mit brennenden Wangen da und wünschte, ich wäre mehr wie Lorna – mutig, ungestüm, mit mir selbst im Reinen. War sie schon mit anderen Mädchen hier zum Schwimmen gewesen? Waren es mutigere Mädchen gewesen, die ihr ohne zu zögern nackt nachrannten? Waren sie ihre Liebhaberinnen gewesen? Vor der Beziehung mit Steady? Oder auch währenddessen?

Dann dachte ich: *Was soll's, Jess Walker,* nahm all meinen Mut zusammen, warf den Badeanzug von mir, rannte über den Kies und tapste in die Wellen. Als das Wasser mir gegen die Waden klatschte, blieb ich aufkeuchend stehen, und dann – weil ich umgedreht wäre, wenn ich mir die Zeit zum Nachdenken genommen hätte – stürzte ich mich ebenfalls hinein.

Das Wasser war so kalt, dass es brannte. Anfangs hielt ich meinen Kopf in die Höhe und machte schnelle, kleine Paddelbewegungen, als ob ich das Wasser ringsum aufwärmen könnte, und dann, als ich dachte, ich würde es nicht länger aushalten, und mit den Zehen nach dem sandigen Boden unter mir tastete, schrie Lorna: »Sie müssen sich einfach hingeben!« Weit draußen, etwa vierzig Meter von mir entfernt, sah ich ihren Kopf aus dem Wasser ragen. Schaum breitete sich kreisförmig um sie aus. »Tauchen Sie unter!«, schrie sie.

Ich holte tief Luft und ließ mich nach unten sacken, zog das Wasser um mich wie einen schweren Vorhang. Es schlürfte zwischen meinen Beinen, und ich atmete einen Strang Luftblasen aus, bis ich keinen Sauerstoff mehr hatte. Ich weiß nicht, was in diesen wenigen Sekunden unter Wasser geschah, aber als ich wieder nach oben kam, mit brennenden Lungen und prickelnder Haut, da fühlte ich mich so euphorisch und erfrischt wie eine Schlange, die sich endlich ihrer alten, abgenutzten Haut entledigt hatte. Es muss mir im Gesicht gestanden haben, denn Lorna grinste. »Ich hab's Ihnen ja gesagt.« Dann schwamm sie mit kräftigen Kraulbewegungen hinaus ins Meer. Die Arme durchschnitten das Wasser, und ich folgte ihr, versuchte, ihre flinken, gleichmäßigen Armschläge zu imitieren. Eine Weile schwammen wir gemeinsam durch die Bucht, während sich der Himmel über uns veränderte, sich erst in einem tiefen Fuchsia färbte, bis dann ganz plötzlich alles Rot aus ihm verschwand. Das Licht wurde flacher, gelblich, und dann sah alles in der Bucht wieder ganz normal aus. Lorna schaute mich an und trat Wasser, die Haare glatt nach hinten gestrichen wie das Fell eines Otters. Ihr nasses, sommersprossiges Gesicht war zum Dahinschmelzen schön, und ich wusste, ohne dass sie es mir erklären musste, warum wir uns so beeilt hatten: wegen der Magie des frühen Morgens.

Da lachte ich laut auf, und der Klang erschreckte mich selbst. Eine Frau, die so lachte, war voller Freude und Leben und hatte nicht gerade den Mann, den sie liebte, verloren und die

Chance auf ein Kind weggeworfen. Einen Moment lang fühlte ich, wie diese schreckliche, schreckliche Schuld in einer hohen Welle über mir zusammenschlug, und ich schämte mich meiner Wankelmütigkeit und dieser unverhohlenen Liebe für Lorna. Dann tauchte ich wieder unter. Als ich diesmal nach oben kam, war die Schuld verschwunden, und wenn es nicht so abgedroschen klingen würde, würde ich behaupten, ich fühlte mich wie neu geboren.

Ich bin schlecht in Geografie und kann auch Entfernungen nicht gut abschätzen. Ich habe mir später oft Karten angeschaut und versucht herauszufinden, wo wir an diesen drei sonnendurchtränkten Tagen waren, bevor der Sturm kam. Ich glaube, wir haben fast die ganze Insel erwandert. Jedenfalls waren wir jeden Tag vier oder fünf Stunden unterwegs, meistens auf den Eselspfaden, die sich kreuz und quer durch das Buschland zogen.

In der ersten Stunde wärmten wir uns noch auf, denn Haare und Haut waren vom Schwimmen im Salzwasser immer noch klamm und klebrig, aber im Laufe des Vormittags wurde die Sonne immer heißer, genau wie wir, und wenn sie als gleißender weißer Ball am kobaltblauen Himmel stand, sodass unsere Achselhöhlen und Schenkel im Schweiß schwammen, setzten wir uns in den Schatten eines Olivenbaums oder einer Mauer und aßen das Lunchpaket, das wir im »La Sirena« gekauft hatten, einem kleinen Restaurant am Hafen, das nur hin und wieder geöffnet hatte. (Lorna weigerte sich, in die Bar nebenan zu gehen, die immer offen war und auch sehr ansprechend aussah. »Auf keinen Fall«, sagte sie in einem Ton, der mich an das Fallbeil einer Guillotine erinnerte. Wahrscheinlich hatte sie sich mit dem Eigentümer oder einem Mitarbeiter zerstritten.)

Alec ging mir nie lange aus dem Sinn. Ich tat mein Bestes, um mich nicht von den unbeantworteten Fragen quälen zu lassen. Lorna hatte ja recht, bevor Alecs Familie nicht mehr Informationen hatte, sollte ich meinem Kopf etwas Ruhe gönnen. Aber während ich hinter ihr her über die schmalen, von Hufen getretenen Pfade lief, fühlte es sich so an, als wären es Straßen in meinem Geist, die ich unbedingt bis zu ihrem Ende gehen musste. War es möglich, dass er wirklich an den Schmerzmitteln gestorben war, die man in seinem Körper gefunden hatte, und wenn ja, wieso hatte er so viel davon genommen? Georgie hatte behauptet, er hätte gesund und munter ausgesehen. Hatte sie ihm die Tabletten verabreicht?

Manchmal kam es mir so vor, als ob mein Geist, in dem ständig diese Fragen kreiselten, sich vollständig von mir gelöst hätte. Und ich hatte nur dann die Möglichkeit, ihn zurückzuholen, wenn ich mich auf die Gegenwart konzentrierte: auf das Knirschen des trockenen Grases unter meinen Sohlen, die feuchten Locken auf Lornas Nacken.

Eines Tages – wenn ich mich richtig erinnere, waren wir gerade auf dem Weg zu dieser kleinen gelben Kirche mit dem Fragment eines römischen Mosaiks, das ein galoppierendes Pferd zeigte – begann Lorna, die mit schwingenden Armen vor mir über einen dieser schmalen Wege ging, über Sybil zu sprechen.

»Sybil hat immer gepfiffen, wenn sie gestresst war«, sagte sie übergangslos, als wäre kaum eine halbe Minute vergangen, seit ich sie in Graces Küche in London nach Sybil gefragt hatte. »Das war eins der Dinge, die ich an ihr so mochte. Es war irgendwie süß, wie sie sich dadurch verriet. Wenn sie sich wegen irgendetwas oder irgendjemandem Sorgen machte, dann kam dieses Pfeifen, richtig laut, und immer im falschen Moment. Aber es passierte nicht oft, denn es gab wenig, was sie aus der Ruhe brachte. Vor ihr hatte ich noch nie jemanden gekannt, der aus einer Position der Stärke heraus die Regeln brach – und wie sie die Regeln brach! Aus schierer Lebenslust und Überschwang, nicht um irgendetwas zu zerstören. Was irgendwie beängstigend ist, wenn man darüber nachdenkt. Aber Sybil war ein einzigartiges Geschöpf.«

»Was ist in Cambridge passiert? Haben Sie wegen ihr die Uni verlassen?«, fragte ich. Über uns wölbte sich der blaue Himmel und vor uns kräuselte sich das endlose Meer, und nichts – so schien es mir – konnte so schlimm sein, dass man an einem solchen Tag nicht darüber redete.

Aber sobald ich das Wort »Cambridge« aussprach, kehrten die warnenden Stimmen zurück: die beiden Mädchen vor der Arche, die düsteren Behauptungen von Alec und Georgie. Wollte ich es denn wirklich wissen?

Sie schwieg und hörte auf, mit den Armen zu schwingen. Aber sie sah sich nicht um, sondern ging schneller, als wir einen flachen Abschnitt erreichten. Der nasse Schweißfleck auf der Rückseite ihrer Weste war größer geworden. Erst hatte er die Form von Deutschland gehabt, jetzt war es Frankreich.

An einer verfallenen Mauer aus grob behauenen Steinen – den Überresten einer Terrasse, wo früher Getreide angebaut worden war – blieb Lorna stehen und schaute mich an, zum ersten Mal, seit sie angefangen hatte zu reden. Das Licht ließ ihre Augen bernsteinfarben glänzen. »Man kann nach Gründen suchen, wenn man jemanden verliert«, sagte sie schließlich. »Ich habe mich deshalb fast selbst in den Wahnsinn getrieben. Aber manchmal muss man einfach loslassen.«

Ich dachte an Alec und schüttelte den Kopf. »Ich glaube nicht, dass ich das kann«, sagte ich.

Lorna schaute mich ein paar Sekunden lang an. Es war ein so intensiver Blick, dass die Zeit selbst sich zu krümmen schien. Einen Augenblick lang dachte ich, sie würde sich vorbeugen und mich küssen.

»Es gibt so viele Ähnlichkeiten zwischen Sybil und Ihnen«, sagte sie. »Nicht nur das Aussehen. Die gleiche Neugier. Dieser gleiche weite, frische Geist, der einen wie magisch anzieht. Sie kennen Ihre Macht noch nicht, aber das werden Sie eines Tages.«

Und damit wandte sie sich ab.

Also stimmen die Gerüchte?, wollte ich sie fragen. *Haben Sie eine Studentin gefickt? Hatten Sie auch für mich diese Art von Gefühlen?*

Aber ich fragte sie nicht, nicht weil ich Angst hatte, sondern weil ich den Eindruck hatte, dass sie mir etwas gereicht hatte, einen zarten Seidenfaden, den ich nicht zerreißen wollte. Wir setzten uns mit dem Rücken an die Mauer ins Gras und aßen gemächlich kauend unser Picknick. Seite an Seite blickten wir aufs Meer hinaus, umgeben von den Klängen der Insel, von dem Surren der Insekten im Gras und dem Dröhnen dicker Bienen. Als wir uns danach satt und zufrieden in den Schatten legten, trennten nur wenige Zentimeter unsere ausgebreiteten Arme. Der Himmel über uns war so unglaublich blau und vollkommen leer, bis auf hauchzarte Schleierwolken oder hin und wieder einen Raubvogel, der sich träge auf der Thermik nach oben tragen ließ.

32

Am Tag des Sturms war die Luft so schwer vor Feuchtigkeit, dass mich die einfachsten Bewegungen – wie ein paar Stufen hochsteigen oder das Ober- und Unterteil der störrischen Espressokanne zusammenschrauben – enorme Kraft kosteten.

Lorna schien sich von der knisternden Atmosphäre nicht beeindrucken zu lassen und verbrachte den Großteil des Tages mit Unkrautjäten und dem Sprühen von Schädlingsbekämpfungsmittel. Das kleine Obst- und Gemüsebeet war von Blattläusen befallen. Ihre Haare hatte sie mit einem Schal hochgebunden, und ihr ärmelloses Top war dunkel vor Schweiß.

Ich konnte kaum den Blick von ihr abwenden. Ihre Haut hatte die Farbe von gebranntem Karamell angenommen – fast genau dieselbe Farbe wie ihre Haare und ihre Augen – und sie kam mir schlanker und fitter vor durch das Schwimmen im Meer. Ich sah, wie sich die kleinen Muskeln in ihren Oberarmen bei der Gartenarbeit bewegten. Wenn sie eine Pause machte, saßen wir in Korbstühlen auf der Terrasse und aßen Pfirsiche, die so reif waren, dass uns der Saft über die Hände lief.

Ich ging ihr eine Weile zur Hand und stopfte Unkraut in Müllsäcke, dann legte ich mich in die Hängematte und blätterte *Alibi* durch, das ich in der kleinen Büchersammlung gefunden hatte. Zum ersten Mal, seit ich mit Alec davongelaufen war, dachte ich wieder an mein Studium.

Das Trimester fing in zehn Tagen an, obwohl die meisten Kurse in der kurzen Zeit zwischen den langen Osterferien und dem Sommer nicht verpflichtend waren. Hier draußen fiel mir die Vorstellung schwer, überhaupt wieder zurückzugehen. Die Universität kam mir so unglaublich weit entfernt vor, so unfassbar ohne Alec und Georgie. Sogar ohne Nick. Ohne sie musste ich wieder ganz von vorne anfangen, nur diesmal mit einem gebrochenen Herzen. Einsamer als zuvor. Und doch … Ich schaute in den Garten, wo Lorna mit in die Hüften gestemmten Händen dastand und auf den Horizont hinausblickte, an dem sich schwarzblaue Wolken zusammenbrauten.

Lächelnd senkte ich den Blick wieder zu dem Roman auf meinem Schoß.

Ich war eingenickt, und als ich aufwachte, war die Luft plötzlich kühl geworden. Ich fühlte einen Blick auf mir und schrak hoch. Lorna stand mit zwei Gläsern Rotwein und einer Decke am Fußende der Hängematte. »Der Sturm ist bald da«, sagte sie, gerade als ein Wind über die Terrasse fegte und das Weinlaub zum Rascheln brachte. »Halten Sie die mal und rutschen ein Stück, ja?«

Zu meiner unbändigen Überraschung kletterte sie zu mir in die Hängematte, aber so, dass wir einander ansahen. Die Hängematte schwankte heftig, und ich kicherte, während ich die Gläser hoch über meinen Kopf hob und mich bemühte, nichts zu verschütten.

»Okay«, sagte sie, zog mein Buch unter ihren Beinen hervor und kuschelte sich ein bisschen tiefer. »Erzählen Sie mir mal, was für eine Idee Sie für Ihre Abschlussarbeit haben.«

Aufgewühlt und berauscht von dem intensiven Blick aus ihren Augen, die mir so nah waren, plapperte ich drauflos: Obwohl *Alibi* das berühmteste Beispiel für einen unzuverlässigen Erzähler war, wollte ich mich auf *Ein Frühling ohne dich* konzentrieren, eine romantische Tragödie, die Christie unter einem Pseudonym geschrieben hatte. »Bitte sagen Sie mir, wenn ich Quatsch erzähle«, bat ich sie.

»Reden Sie weiter«, sagte sie. Ihr Gesicht verriet nichts.

Ich richtete mich in der Hängematte auf, um überzeugender zu wirken. Bei der Lektüre des Buchs hatte mich die Erzählerin so stark an meine Mutter erinnert, dass ich eine Gänsehaut bekam. Diese perfekte Mittelklassehausfrau, die sich selbst ihr ganzes Leben lang in den Hintergrund gestellt hatte … dann das langsame, meisterhafte Aufdecken dessen, was der Leser zwischen den Zeilen wahrnimmt: dass sie von ihren Kindern verabscheut und von ihrem Mann, der seit Langem eine andere Frau liebt, nur geduldet wird. Es ist der Selbstbetrug, der ihrer Version der Ereignisse die Glaubwürdigkeit raubt.

»Gut«, sagte Lorna und nippte an ihrem Wein. »Das ist gut. Gefällt mir.«

»Aber mehr habe ich noch nicht«, gestand ich. »Ich brauche mindestens noch ein weiteres Buch.«

»Klar«, sagte Lorna und bewegte die Hüften, um die Hängematte zum Schaukeln zu bringen. »Und angesichts dessen, was Sie gerade vorgetragen haben, fällt die Entscheidung wohl nicht schwer.«

Ein paar Sekunden lang schaukelten wir schweigend. »Tut mir leid«, sagte ich dann. »Ich kann Ihnen nicht folgen.«

»Na, na, Jess«, sagte Lorna. »Sie sind scheinbar etwas eingerostet … unzuverlässige Erzähler. In welchem Jahr wurde *Alibi* veröffentlicht?«

»Ähm …«

»1926. Was ist noch in diesem Jahr passiert?«

»Also … das war das Jahr, in dem sie verschwand.«

»Richtig. Wie Sie sich vielleicht erinnern, dachten einige

Leute, dass ihr Verschwinden nur ein geschickter PR-Gag sei, um ihr neues Buch – *Alibi* – zu promoten. Und dann *Ein Frühling ohne dich,* zwanzig Jahre später verfasst, in einer Art Schreibwut innerhalb von drei Tagen. Später nannte sie dieses Buch dasjenige, das sie ganz und gar zufriedenstellte, das Buch, das sie immer hatte schreiben wollen. Warum? Die Protagonistin ist kein Abziehbild von Agatha Christie, aber es gibt Übereinstimmungen. Beide Frauen gingen ein paar Tage lang verloren – und fanden dabei die Wahrheit. Und genau wie Agatha, die während ihres Verschwindens alles durchschaute und die Realität akzeptierte, die ihren Selbstbetrug erkannte und ihre emotionale Schwäche, kehrt auch die Protagonistin des Buchs ins »echte Leben« zurück und setzt die Scheuklappen wieder auf. Sie taucht ab in ein Leben voller Selbsttäuschung. Genau wie Agatha, die sich, nachdem Archie sie verlassen und ihr Herz gebrochen hatte, mehr und mehr von der Öffentlichkeit zurückzog.«

»Sie wollen also damit sagen«, sagte ich langsam, »dass Christie selbst eine unzuverlässige Erzählerin ist?«

»Bingo«, strahlte Lorna. »Die Frau, die sich nach 1926 nie mehr richtig in die Augen schauen konnte. Die ihr gebrochenes Herz ihr Leben lang verleugnete. Was bedeutet, dass der perfekte Text für Ihre Seminararbeit …« Sie brach ab und schaute mich erwartungsvoll an.

»Christies Autobiografie ist?«

»Ausgezeichnet«, sagte Lorna und nippte lächelnd an ihrem Glas. »Ich wusste doch, dass Sie nicht umsonst meine Lieblingsstudentin sind. A plus, oder was man sonst so dieser Tage als Höchstnote bekommt.«

Ich grinste und trank einen großen Schluck Wein. Nein, ich würde im nächsten Trimester nicht allein sein, nicht jetzt und auch nicht in den kommenden drei Jahren. Denn jenseits der Trauer und des Bedauerns, die Alecs Geist folgten, jenseits der verlorenen Freundschaften, war Lorna.

In diesem Moment setzte der Donner ein: ein dumpfes, tiefes Grollen, wie ein weit entferntes Ungeheuer, das sich im Schlaf umdreht.

»Wir sollten reingehen«, sagte Lorna. »Gleich geht die Show los.«

Der Wind frischte deutlich auf und brachte die Löffel in den Schalen zum Klappern. Als ich aufstand, kam mir der feste Boden nach dem Schaukeln der Hängematte seltsam vor – als ob ich immer noch schwanken würde. Mir wurde schwindelig. Wie viele Gläser Wein hatte ich getrunken?

Wieder donnerte es, diesmal näher. Ein Glas fiel um und rollte über den Tisch. Lorna fing es mit einer Hand auf und sagte, ohne zu lächeln: »Helfen Sie mir bitte beim Abräumen, ja?«

Ich stellte die Teller zusammen. Ihre Stimmung schien sich verändert zu haben, sie kam mir irgendwie unruhig vor.

»Es ist doch nicht gefährlich hier oben im Sturm, oder?«, fragte ich etwas nervös. »Ich meine, es gibt doch einen Blitzableiter oder so was Ähnliches?«

»Natürlich«, sagte sie kurz angebunden. »Keine Sorge.«

Wir saßen etwa seit einer Viertelstunde im Wohnzimmer – ich weiß noch, dass wir gerade eine Partie Backgammon angefangen hatten und darüber diskutierten, ob man mehr als fünf Steine auf einem Feld übereinanderstapeln durfte – als es plötzlich einen lauten Schlag tat. Erst dachte ich, es wäre der Sturm, der einen Fensterladen klappern ließ, doch dann kamen noch mehr Schläge und der Klang einer Stimme.

»PROF … PROFFFFFF!«

»Herr im Himmel, das ist Nino«, sagte Lorna und stand schnell auf. »Was zum Teufel macht er bei diesem Wetter hier draußen?« Wieder hämmerten die Schläge, gefolgt von einer Reihe italienischer Flüche.

Lorna zog den Riegel auf, und Nino fiel praktisch ins Haus.

»Diese verdammten *turista*«, keuchte er. »Ich habe ihm gesagt, er soll auf dem Weg bleiben. Wollte bloß mal ins Meer pissen! Sieht ja keiner, meinte er!«

»Was ist passiert?«, fragte Lorna.

Nino schoss ihr eine Antwort in stakkatoartigem Italienisch entgegen, die ich nicht verstand. Noch ehe er zu Ende geredet hatte, marschierte sie bereits in die Küche.

»Wie groß ist er?«, rief sie über die Schulter. Die Kühlschranktür ging auf.

»Ziemlich schwer«, sagte Nino. »Hundert Kilo, schätze ich.«

»Wann?«

Nino schaute auf seine Armbanduhr. »Vor knapp zwanzig Minuten. Ich bin den ganzen Weg gerannt.«

»Ist er in Panik geraten? Wenn er durchdreht, wird es nur noch schlimmer.«

»Er ist nicht gerade begeistert.«

»Bring mich zu ihm, dann hol Hilfe.«

Ich hörte, wie sie im Kühlschrank herumsuchte. Flaschen klirrten. Ich starrte Nino an. »Was ist passiert?«

Er runzelte die Stirn, schüttelte den Kopf und rief Lorna wieder etwas auf Italienisch zu.

Mit einer Art Erste-Hilfe-Set kam sie wieder ins Wohnzimmer. Sie zog schnell den Reißverschluss auf und holte eine Spritze und ein paar Ampullen heraus, die sie gegen das Licht hielt. Erstaunt hielt ich den Atem an.

»Kann mir bitte mal jemand sagen, was los ist?«

»Schlangenbiss«, sagte Lorna knapp. »Ein Wanderer. Ich muss so schnell wie möglich zu ihm.«

Ich fühlte, wie etwas in meiner Brust zusammenzuckte, empfand einen Stich aus Angst – und noch etwas anderes. Vielleicht Erregung. Eine Entschlossenheit. »Kann ich helfen?«

»Ja, können Sie«, sagte Lorna und schob die Ampullen wieder in die kleinen Gummilaschen. »Taschenlampen und Regenjacken sind in der Diele. Wenn der Sturm losbricht, bevor die *Guardia* eintrifft, wird es da draußen sehr nass und sehr dunkel.«

»Er wird losbrechen«, sagte Nino, »und alle werden sagen, was für ein beschissener Fremdenführer ich bin, weil ich sie bei diesem Wetter mit rausgenommen habe. Aber wir hatten jede Menge Zeit, und wenn alles nach Plan gelaufen wäre …«

»Sie?«, fragte Lorna schnell.

»Ja«, sagte Nino. »Ihn und das Mädchen. *La figlia.* Vielleicht zwölf oder dreizehn. *Molto bella.* Aber strohdumm. Ist überall stehen geblieben und hat fotografiert. Ich habe ihr gesagt, dass wir uns beeilen müssen. Ich kenne die Insel, ich kenne das Wetter. Und was ist jetzt? Jetzt hockt sie am Rand der Klippe und heult und ihr Vater hat Gift im Bein.«

Lorna zog den Reißverschluss wieder zu und stand auf.

Sie drehte sich zu mir um. »Sind Sie dabei, Jess?«

Ich zögerte keine Sekunde. »Natürlich.«

»Dann los.«

33

Obwohl es erst später Nachmittag war, hatten die Sturmwolken fast das gesamte Tageslicht geschluckt. Es hätte genauso gut acht oder neun Uhr abends sein können. Als wir das Geisterdorf erreichten, hörten wir das Donnergrollen direkt über uns. Eine Sekunde später durchzuckte ein gezackter Blitz dramatisch die Luft.

»Wir sollten uns unterstellen«, sagte Nino nervös.

»Dazu haben wir keine Zeit«, sagte Lorna, ohne ihre Schritte zu verlangsamen. »Geht weiter. Und passt auf, wo ihr hintretet, hört ihr?«

Wieder ein Blitz, diesmal wie eine Wand aus Licht. Die Welt wurde ein- und wieder ausgeschaltet.

»Niemand sollte jetzt noch unterwegs sein«, murmelte Nino. Aber er kehrte nicht um, sondern beschleunigte im Gegenteil seine Schritte. Genau wie ich. Es war unvorstellbar, Lorna nicht zu gehorchen, wenn sie so war wie jetzt. Es hätte mich nicht gewundert, wenn alle Geister der Insel sich erhoben hätten und ihr gefolgt wären.

Wir hatten die Ruinen hinter uns gelassen und befanden uns auf einem grasbewachsenen Abhang, als es einen lauten Schlag tat, gefolgt von einer abrupten Stille. Dann ertönte ein Zischen, wie das statische Rauschen eines Radios.

Eine Sekunde später fühlte ich es auf Kopf und Schultern: Es hatte angefangen zu regnen.

Irgendwann – waren wir immer noch auf dem Abhang oder hatten wir schon den Klippenpfad erreicht? – drehte sich Lorna um und schaute mich an. Ihr Haar war dunkel geworden und klebte an ihren Wangen, die Wimpern gespickt mit Regentropfen, das Gesicht entschlossen, aber leuchtend, so leuchtend. Und sie sagte: »Das ist es, Jess. Das ist Leben. Das.«

Aber wenn ich jetzt darüber nachdenke, glaube ich, dass – obwohl die Erinnerung mir so lebendig vor Augen steht, dass ich die Hand ausstrecken und ihre kalte, nasse Wange berühren und das Muster mit dem Finger nachziehen konnte, das der Regen auf ihr Gesicht gemalt hatte, der sich zitternd in der Kuhle auf ihrer Oberlippe sammelte – es ein Traum gewesen sein muss. Denn die echte Lorna hätte das niemals sagen können.

Auf dem Klippenpfad gingen wir im Gänsemarsch, Nino voraus, den Kopf wie ein angreifender Bulle zum Schutz gegen den Regen gesenkt, dann Lorna, dann ich.

Ich wusste, dass ich nicht nach unten schauen sollte, aber ich tat es trotzdem: strömender Regen, der in die Tiefe schoss, wo weiß gefleckte Wellen schäumten. Danach versuchte ich, den Anblick zu meiden. Der Pfad war glitschig. Wir hatten ziemlich viel Wein getrunken. *Nicht runterfallen, um Gottes willen.*

Es kam mir wie eine Ewigkeit vor, aber in Wirklichkeit waren sie gar nicht so weit entfernt, nicht einmal auf halbem Weg zur Straße. Sie warteten unterhalb des Pfades, im Schutz eines überhängenden Felsens. Ein Mann in den mittleren Jahren lag auf dem Boden, das Mädchen kauerte neben ihm.

Er war riesig, die Brust so mächtig wie ein Fass, mit schroffen, vor Schmerzen verzerrten Gesichtszügen, die in seiner Angst furchterregend wirkten. Seine Tochter neben ihm hatte ein schmales, blasses Gesicht und den ungelenken Körper eines Mädchens, das noch nicht in die Pubertät gekommen war, mit dünnen Beinen, die zu schwach aussahen, um ihr Gewicht zu tragen. Sie schluchzte und redete immer wieder schrill auf Deutsch auf ihren Vater ein. Nino, der sich auf die andere Seite des Verwundeten gekniet hatte, bemühte sich, mit der winzigen Schere an seinem Taschenmesser das Hosenbein des Mannes aufzuschneiden. Jemand – wahrscheinlich Nino, denn das Mädchen hätte höchstwahrscheinlich nicht die Kraft dazu gehabt – hatte das verletzte Bein des Mannes auf einen Felsen gelegt.

Vater und Tochter sahen uns erleichtert entgegen. »Sind Sie ein Doktor?«, fragte der Mann mit einem schweren Akzent auf Englisch. Er hatte große, dunkle Tränensäcke unter den Augen.

Lorna lächelte ihn an (»Das bin ich in der Tat.«) und mit ein paar unbeschwerten Worten – »Darf ich mich hier zu Ihnen setzen?« – und einem knappen Nicken zu Nino, der aufstand und in Richtung Tal lief, um die *Guardia* zu holen, hockte sie sich hin und öffnete das Erste-Hilfe-Set. Sie stach die Nadel der Spritze in eine Ampulle und zog die klare Flüssigkeit in den Zylinder.

Das Mädchen warf einen Blick auf die Spritze und quietschte entsetzt auf. Ihr Vater redete schnell in ihrer Muttersprache auf sie ein. Seine Stimme war dumpf und angespannt.

Lorna schaute das Mädchen an. »Du denkst jetzt wahrscheinlich, was für ein fürchterliches Pech dein Vater hatte, erst von einer Schlange gebissen zu werden und dann auch noch in einem Sturm im Freien festzusitzen«, sagte sie im Plauderton. »Aber wenn du einmal darüber nachdenkst, wie groß die Wahrscheinlichkeit ist, dass hier um die Ecke jemand wohnt, der das Gegenmittel für das Schlangengift hat und kommt, um zu helfen … das nenne ich Glück.« Sie hielt die

Ampulle außerhalb des Blickfelds des Mädchens, aber ich sah, dass sie eine andere Flüssigkeit mit dem Serum vermischte, sodass es sich bewölkte. »Das ist übrigens eine ganz hübsche Wegstrecke, die ihr heute zurückgelegt habt.«

Das Mädchen schniefte und unterdrückte die Tränen, und der Vater entspannte sich ein bisschen. *Ziemlich clever,* dachte ich, als ich Lorna betrachtete.

Sie plauderte weiter, während sie seinen Knöchel untersuchte, wobei sie mich bat, ihr mit der Taschenlampe zu leuchten. Ich sah die rote Schwellung auf seinem Rist, mit zwei winzigen Punkten in der Mitte, wie mit einem purpurroten Filzstift dorthin gemalt. Lorna wirkte unbeeindruckt und fragte den Mann, ob er irgendwelche Allergien hätte. »Katzen, Pferde, Penizillin?« Er solle sich Zeit nehmen, um genau zu überlegen, meinte sie. Keine Eile, das sei eine wichtige Frage. »Nino hat Sie im Geisterdorf bewirtet, nicht wahr? Ich wette, er hat Ihnen erzählt, dass er das Kaninchen für das Mittagessen selbst gefangen hat, richtig? In Wahrheit holt er es aus der Gefriertruhe im Supermarkt unten am Hafen.«

Ich dachte gerade, dass Lorna eine ganz wunderbare Ärztin geworden wäre – ruhig, ohne die Kühle, die meine Mutter ausstrahlte –, als ich überrascht sah, dass ihre Hand mit der aufgezogenen Spritze angefangen hatte zu zittern. Als ich ihr ins Gesicht sah, erkannte ich, wie ihre Züge in Unordnung gerieten und sich Nervosität und Angst breitmachten. Und eine merkwürdige Nacktheit.

Dann stach sie die Nadel ein und leerte den Zylinder.

Und ich dachte: *Aha. Du bist also auch nur ein Mensch.*

34

»Sie können ruhig mein Bad benutzen. Unten wird's im Moment kein Wasser geben«, sagte Lorna, die aus ihrem Schlafzimmer kam und mir ein Handtuch zuwarf. Mit einem zweiten rubbelte sie sich die Haare trocken. »Ich mache uns was zu trinken.«

Ihr Schlafzimmer sah genauso aus wie meins, nur größer, mit den gleichen nackten Steinwänden und dem gleichen Steinboden. Ein großes Doppelbett mit weißen Laken, ein kanariengelber Schminktisch mit einem Spiegel. Ich ging ins Badezimmer, wusch mir meine eiskalten Arme und Beine mit heißem Wasser ab und rieb mich trocken, so gut ich konnte. Der Wasserhahn gab ein lang gezogenes, klagendes Ächzen von sich, und aus dem Spiegel sah mir mein wildes Gesicht mit von Kälte und Regen blutunterlaufenen Augen entgegen. Meine Zähne waren noch fleckig von dem Rotwein, den ich vor einigen Stunden getrunken hatte. Es kam mir wie eine halbe Ewigkeit vor. Anderthalb Stunden, nachdem wir den Verwundeten versorgt hatten, traf die *Guardia Costiera* ein, mit gelben Warnschutzjacken und einer Trage. Die Strahlen ihrer Kopflampen hatten den Regen wie Stäbe durchstoßen. Nino war bei ihnen gewesen; er hatte darauf bestanden, sie zu führen.

Ich weiß nicht, warum ich noch einmal hinschaute, aber als ich durch ihr Schlafzimmer in Richtung Zimmertür ging, fiel mein Blick auf den gelben Schminktisch. Ich blieb stehen und trat dann ein paar Schritte näher.

Das kenne ich doch, dachte ich. *Das kenne ich …* Aber ich hatte den Gegenstand noch nie zuvor gesehen. Ein kleines, sich aufbäumendes Pferd aus Porzellan mit goldener Mähne und goldenem Schweif.

Ich starrte das Porzellanpferd an. In meinem Kopf drehte sich alles. Vertraut, und doch wieder nicht. Ich hätte schwören können …

Und dann fiel es mir wie Schuppen von den Augen.

Ich weiß nicht, wie lange ich da stand. Vielleicht nur drei Minuten, aber es kam mir wie eine Ewigkeit vor. Mein Gehirn fühlte sich an wie ein Flipper, in dem alle Kugeln auf einmal losspringen. Ein Zufall. Es musste ein Zufall sein. Kleine Porzellanpferde – davon gab es bestimmt Millionen.

Aber die Details, genau so, wie er sie beschrieben hatte: die golden bemalte Mähne und die Augen, das Porzellan, das so weiß war, dass es schon fast bläulich schimmerte … Und schon lehnte ich wieder an der Mauer neben jenem verfallenen Herrenhaus, als er mir die Geschichte seines Bruders erzählte, der alle Gegenstände vom Frisiertisch seiner Mutter durch das Fenster auf die Veranda im Erdgeschoss fegte. Ich war wieder bei Alec. Der Nebel wallte über das Gras, mit lautem Flügelschlagen erhob sich ein Schwarm Tauben aus der Ruine. Seine Augen lachten.

Ich ging vor der kleinen Figur in die Hocke, nahm sie mit zitternder Hand und hielt sie ins Lampenlicht. Halb erwartete ich, dass man die Klebestellen sehen würde, feine, hauchzarte Risse. Aber da war nichts, obwohl die Figur alt wirkte. An einigen Stellen war das Blattgold abgerieben, und eins der Augen war fast blind. Nur ein Zufall, nichts weiter. Ein grausamer Zufall. Ich stellte das Pferdchen wieder auf den Frisiertisch und wandte mich zum Gehen.

Auf halbem Weg nach draußen traf es mich wie ein Blitz.

Die Farbe.

Alec hatte gesagt, der Frisiertisch seiner Mutter sei gelb gewesen.

»Wann war er hier?«

Lorna drehte sich auf ihrem Stuhl um, als ich hinaus auf die Terrasse marschiert kam. Sie lächelte verwirrt.

»Wann war wer hier?«

»Das Pferd, der Frisiertisch ...« Die Worte kullerten wie Steine aus meinem Mund.

Ihr Gesicht wurde ausdruckslos. »Es tut mir leid. Ich verstehe wirklich nicht.«

»Die Art, wie Sie jetzt Ihre Zigaretten rollen ... genau wie er, zweimal Klopfen auf den Handrücken ... Ich dachte, dass mich einfach nur alles an ihn erinnert, dass ich paranoid bin und Gespenster sehe ... Aber das haben Sie von ihm abgeguckt, richtig?« Meine Stimme klang fremd. *Der* ragazzo, *nach dem sich Nino erkundigt hatte, als er uns am Hafen abholte ...* »Alec war hier auf der Insel, stimmt's? In Ihrem Bett. Unter Ihrer Decke. Da hat er die Pferdefigur gesehen ...« Mir zitterten die Beine. Ich ließ mich auf den Stuhl sinken und flüsterte: »Stimmt's?«

Ich machte den Mund auf und wollte lachen, merkte dann, dass das Gurgeln, das mir in der Kehle emporstieg, die reine Hysterie war, und klappte ihn wieder zu.

Eine ganze Weile sagte Lorna nichts. Sie stand da und starrte in den Sturm hinaus, das Gesicht bleich und reglos. *Komm schon,* dachte ich. *Komm schon. Sag was. Irgendwas, um dieses groteske Szenario aus meinem Kopf zu vertreiben. Bring mich wieder dahin, wo ich noch vor ein paar Minuten war: in mein vor Kummer zerrissenes, aber überschaubares Leben.*

Sie schüttelte den Kopf. »Ich weiß nicht, was für eine Geschichte er Ihnen erzählt hat, Jess, wirklich nicht. Aber ja, Alec war hier. Er war hier bei mir.«

Und so geschah es. Ein glänzendes Messer fuhr mir tief in die Seele. Die Leute reden ständig über gebrochene Herzen. Das Gefühl hatte ich, als ich Alec verlor; als mir das Blut zwischen den Beinen hervorströmte. Aber eine gebrochene Seele? Das ist etwas völlig anderes. Es ist so, als würde man wahnsinnig werden. Als ob all die Tatsachen, die man sein ganzes Leben lang kannte – die Schwerkraft, Atmen, was ein Lächeln bedeutet –, außer Kraft gesetzt werden. Alles löst sich voneinander.

Lorna betrachtete besorgt mein Mienenspiel. »Jess, Alec ist nicht … Er ist nicht das, wofür Sie ihn halten.«

»War«, sagte ich bitter.

»Ist«, beharrte Lorna. Wieder drehte sich mir der Kopf, und einen unbeherrschten Moment lang dachte ich: *Sie sagt jetzt, dass er am Leben ist.* Dass die ganze Beerdigung nur ein Streich war. Im Sarg hatte gar keine Leiche gelegen. Er ist hier auf der Insel, irgendwo, unter diesem stürmischen Himmel.

»Jess«, sagte sie sanft. »Der einzige Alec, um den es mir geht, ist der, der immer noch in Ihrem Kopf lebt.«

»Bitte«, sagte ich. Plötzlich fiel mir das Atmen schwerer, als ob wir in großer Höhe wären. »Keine klugen Worte. Nur Tatsachen.«

Sie nickte langsam. »Okay. Fragen Sie mich alles, was Sie wollen.«

Wieder diese Blitze, diesmal wie ein ganzer Vorhang, der die Schwärze des Himmels erschütterte. »Wann hat es angefangen?«

»Wir haben uns Anfang des Herbst-Trimesters kennengelernt, bevor ich Sie traf. Eine Party für diejenigen, die bereits ihr Studium hinter sich hatten und ein Forschungssemester belegten. Im Jon the Don's«, sagte Lorna.

»Es fing also sofort an?« Mir zitterten die Beine. Hinter meinen Augen brannte es.

Lorna biss sich auf die Lippe und wandte den Blick ab. »Beim ersten Mal … Jess, haben Sie uns gesehen.«

»Nein.« Ich schüttelte den Kopf, wollte es nicht sehen. Aber zu spät. Blitzartig sah ich mich selbst rennen, hörte Nina Simones Stimme laut und kehlig in meinen Ohren. Sein Körper hinter dem Fenster des Leichenwagens. Eine Hand am Fenster, der bleiche Unterarm einer Rothaarigen.

»Also Georgie, die ganze Zeit …« Mein Mund fühlte sich taub an und ich bekam die Worte kaum über die Lippen. »Dieses Gerede über Dreiecksverhältnisse.« *Sie hat nicht über mich geredet, sondern über sich selbst.*

»Ich habe versucht, Schluss zu machen. Jedes Mal, wenn ich die beiden zusammen gesehen habe. Aber dann seid ihr alle zusammen bei diesem Puppenspiel aufgetaucht, und Georgie ging es nicht gut; er sagte mir, dass sie ihm nie etwas bedeutet habe, dass er sich nur mit ihr abgab, um über mich hinwegzukommen. Aber jetzt steckte er in der Sache drin … und sie war zu labil. Er konnte sie nicht verlassen. Er hatte Angst, was dann passieren würde.«

Ich dachte an unsere Hände auf dem Tisch in der Bar. Die intensive Spannung in der Luft. Er hatte mir dieselben Ausreden erzählt, hatte alles auf Georgie geschoben. War irgendetwas davon wahr?

»Aber Sie haben ihn trotzdem wieder getroffen«, sagte ich.

»Wir konnte nicht voneinander lassen.«

Ein plötzlicher Windstoß rüttelte an der Tür. Irgendwo im

Haus schlug ein Fensterladen zu. Lorna stand auf. »Wir sollten besser in die Küche gehen.«

Ich stand ebenfalls auf. Das Melodrama des Sturms machte mich wütend. Ich wollte diese Sache nicht zu einer Tragödie hochstilisieren. Georgie hatte recht, Lorna war nichts weiter als eine Lügnerin und Betrügerin. Lorna spürte wohl meinen Zorn, denn als wir in die Küche kamen, knipste sie alle Lampen an und schenkte uns zwei Gläser mit Whisky ein. Ich setzte mich auf einen Schemel ihr gegenüber und schaute ihr direkt ins Gesicht. Unter dem Oberlicht sah man die feinen Linien auf ihrer Stirn. Das Gewirr aus Sommersprossen, den grünen Schimmer in ihren goldfarbenen Augen. In diesem Moment hasste ich ihre Schönheit. Sie war lediglich ein falsches Alibi.

Ich räusperte mich. »Wie oft war er hier?«

»Vier Mal«, sagte sie, ohne zu zögern.

Vier Mal. Vier Mal war er hierher geflogen, um bei ihr zu sein.

»Er war hier bei Ihnen, in Ihrem Zimmer?«

»Ja.«

»In Ihrem Bett?«

»Ja.«

»Wann waren Sie das letzte Mal … mit ihm zusammen.«

»Jess …«

»Sagen Sie's mir einfach.«

Sie nannte mir ein Datum. Eine Woche, nachdem er mich mit einem neuen Leben in mir zurückgelassen hatte.

»Aber das ist unmöglich …«, flüsterte ich. »Oder waren Sie in Südafrika?«

Sie schüttelte den Kopf. »Er kam auf die Insel.«

Ich fühlte, wie sich der Schmerz in meiner Brust ausbreitete. Er hatte mich verlassen. Nach den drei wunderbaren Tagen, die wir zusammen verbracht hatten, hatte er mich verlassen. Er hatte mich verlassen und war geradewegs hierhergekommen. In meinem Kopf drehte sich alles.

»Hat er es Ihnen erzählt? Die Sache mit mir?«

»Nein.« Sie zögerte. »Sie haben mir davon erzählt.«

»Aber er ist nach Südafrika geflogen. Der Minenarbeiter, der ermordet wurde … War das auch alles nur eine Täuschung?«

Aber noch während ich das sagte, dachte ich: *Ich habe die Artikel gelesen. Ich weiß, dass er da war.* Einen Moment lang wusste ich nicht, was ich glauben sollte. Im Old Swan hatte er mich vor Lorna gewarnt, hatte gesagt, dass man ihr nicht trauen könne. Wer war der Lügner und wer sagte die Wahrheit?

»Komischerweise war er bei seiner Arbeit immer ehrlich«, sagte Lorna. »Das glaube ich wenigstens. Er blieb nur ein paar Tage hier, ehe er nach Südafrika flog. Dass er tot war, fand ich gemeinsam mit Ihnen heraus. Ich hatte nichts mehr von ihm gehört. Aber Jess, das ist nicht der Punkt. Der Punkt ist nicht, dass er mein Liebhaber war …«

Zorn stieg in mir auf. »Ach nein?«, sagte ich kalt. »Und was ist dann der Punkt?«

Sie spielte mit dem Salzstreuer auf dem Tisch. »Wissen Sie noch, die Grabrede? Die Geschichten, die er seiner Schwester erzählt hat, von dem Schlüsselmacher … wie hieß er doch gleich?«

Diesmal war ich es, die auswich, als sie meinen Blick festzuhalten versuchte.

»Alfred J. Moon.«

Lorna nickte. »Alec hat es immer darauf angelegt, in die Köpfe von Frauen reinzukommen. Die Dinge neu zu ordnen.

Aber das Problem war, dass er ihnen nicht half, etwas besser zu machen. Er hat sie zermürbt, zerbrochen. Es war immer das gleiche Muster: sich ihnen nähern, ihre Schwachstelle finden, sie ausnutzen. Das ließ sich nie beweisen. Es gab ja keine Waffe. Er wusste, dass jede Frau ihr eigenes Gift in sich trägt. Er musste es ihr nicht einmal einflößen, er musste nur die Flasche umstoßen. Was er tat, wieder und wieder: bei seiner Schwester, seiner Mutter, bei Georgie. Bei Ihnen. Und wahrscheinlich – nein, ganz sicher sogar – bei vielen anderen.«

Ich dachte an die Freundin, die bei dem Mopedunfall ums Leben gekommen war.

»Alles, was ich tat, war meine eigene Entscheidung«, widersprach ich heftig, aber die Worte klangen selbst in meinen Ohren hohl.

»Er wurde adoptiert, als er zwei Jahre alt war«, sagte Lorna. »Halb verhungert, das Kind von Drogensüchtigen. Zanny hat mir erzählt, das eigentliche Problem hätte darin gelegen, dass Davina es ihm erst erzählte, als er schon fast dreizehn war.«

»Sie irren sich«, unterbrach ich sie schnell. »Das war Basti, sein Bruder. Er hat viele Dinge …«

Doch die Worte erstarben auf meinen Lippen.

Lorna schaute mich nur wortlos an.

Alle Hinweise waren die ganze Zeit schon dagewesen. Selbst wenn ich sie weiterhin ignoriert und die Fragen unbeantwortet gelassen hätte, breiteten sie sich vor mir aus, wie Teile eines Puzzles, das ich nicht zusammensetzen wollte.

Tante Zanny hatte das meiste auf dem Weg zur Beerdigung schon verraten. Das Bild, das sie von Alec gezeichnet hatte, war nahezu identisch mit dem, was Alec mir über Basti geschildert hatte.

Das Bild auf dem Kirchenheft der Trauerfeier: *Alexander S. Van Zanten (13. Dezember 1986 – 12. Mai 2012).*

Basti. Sebastian. Ich hatte die Wahrheit in Händen gehalten.

War es die Art, wie er Frauen behandelt hatte – vorausgesetzt, Lornas Behauptungen stimmten –, die ihn kaputt gemacht hatte?

Hatte er mir jemals die Wahrheit über sich erzählt? Vielleicht war das, was er mir sagte, eine Art Halbwahrheit gewesen – wie viele von Alecs Geschichten –, nur dass er ein anderes Ende erfunden hatte, eins, das ihm besser gefiel. Vielleicht war der Mensch, der durch die langen Schatten zu ihm kam, nicht sein Vater gewesen, sondern seine Mutter, die ihm sagen wollte, wer er wirklich war. Vielleicht war sie an dem Tag nicht wirklich gestorben – nur für ihn war sie tot. Oder bildete ich mir auch das ein? Sprach ich ihm eine strukturierte Handlungsweise zu, die niemals existiert hatte?

Ich kann nicht behaupten, dass ich an jenem Abend eine Antwort auf diese Fragen fand, während draußen der Regen niederströmte und wir schweigend auf den harten Stühlen in der Küche saßen – ich vollkommen benebelt von Wein und Whisky, Schock und neuerlicher, orientierungsloser Trauer. Und auch später nicht, als ich im Bett lag und an die Decke starrte und betete, der Schlaf möge mich betäuben.

35

Ich erwachte in einer anderen Welt. Draußen vor dem Fenster wölbte sich der Himmel nicht strahlend blau, sondern erstreckte sich flach und grau, voller tief hängender Wolken. Es regnete immer noch in Strömen, und man konnte nicht erkennen, wo der Himmel aufhörte und das Meer begann. Ich hatte keinen klaren Gedanken in meinem verwirrten, erschöpften und völlig ausgelaugten Geist, nur ein sengendes Gefühl in meiner Brust: Ich musste hier weg. Ich musste weg von dieser Insel, weg von Lorna. Über alles andere – wohin ich wollte, wie ich dorthin kam – würde ich auf dem Flughafen auf Sizilien nachdenken.

Ich zog mich an, warf meine Sachen in den Trolley und verließ mein Zimmer, ohne mich noch einmal umzublicken.

Auf der Treppe hörte ich ein heulendes Geräusch, das mit jeder Stufe, die ich höher stieg, lauter wurde, gepaart mit dem Rauschen von Luft, wie von einem Staubsauger oder einem Gebläse. Als ich durch das Wohnzimmer in die Küche ging, erwartete ich, Lorna dort zu sehen. Aber beide Räume waren leer. Das Geräusch kam aus dem Arbeitszimmer. Einen Augenblick lang war ich in Versuchung, einfach zu gehen – *verschwinde, du musst sie nicht mehr sehen* –, aber zum einen regnete es immer noch wie aus Kübeln, und zum anderen konnte ich noch nie einem Geheimnis hinter einer verschlossenen Tür widerstehen.

Ich stieg die drei Stufen hoch und schob die Tür auf.

Lorna saß im Schneidersitz auf dem Boden, in einem langen weißen, ärmellosen Nachthemd, mit vom Schlaf zerzausten, offenen Haaren, und hielt einen Haartrockner an einen Haufen nasser Bücher. Sie hörte mich nicht über dem Heulen des Föns, und eine Weile beobachtete ich sie bloß, wie sie jede Seite sorgfältig abschälte und einzeln trocknete.

Während ich dastand, dachte ich, wie dieses Bild gestern auf mich gewirkt hätte: lustig und charmant, typisch für die Lorna, die ich kennengelernt hatte, dieser Hauch von Exzentrizität, gepaart mit ihrer Genialität … aber wer war Lorna eigentlich?

Sie schaute hoch und schaltete den Fön aus. Das Prasseln des Regens sprang in die Stille hinein. »Hey«, sagte sie, »haben Sie schlafen können?«

Wut floss durch meine Brust und verätzte mir die Kehle.

»Nicht viel«, sagte ich knapp. »Ich gehe jetzt.«

Sie schaute auf den Trolley und zu dem hohen Fenster, das letzte Nacht wohl offen gestanden hatte, weshalb eine ganze Wand voller Bücher durchnässt worden war. Jetzt war es geschlossen und gab den Blick frei auf eine Welt voller Wind und Regen.

»Bei diesem Wetter fährt kein Boot«, sagte sie. »Außerdem könnten Sie sich auf dem Klippenpfad den Hals brechen.«

Mir lag schon eine sarkastische Erwiderung auf der Zunge. Aber sie hatte natürlich recht. Es machte keinen Sinn, bei diesem Regen vor die Tür zu gehen. Schon gar nicht allein. Selbst bei gutem Wetter war Nino der Einzige, der den Klippenpfad allein bewältigte.

»Ich muss weitermachen, bevor noch mehr Schaden entsteht«, sagte Lorna. »Würden Sie mir das bitte mal geben?«

Sie deutete auf ein Buch, das mit der Oberseite nach unten vor meinen Füßen lag und klatschnass war. Als ich es aufhob, las ich den Titel: *De Spijbelaars*, und darunter Lornas Name. *Die Absteiger* in einer anderen Sprache.

»Holländisch«, sagte Lorna, die meine Gedanken gelesen hatte. »Von den Niederländern habe ich einen sehr großzügigen Vorschuss bekommen.« Ihre Mundwinkel zogen sich leicht nach oben. »Klingt wie Kauderwelsch, finden Sie nicht …?« Dann schaute sie mir ins Gesicht und zuckte mit den Schultern. »Aber Ihnen ist wohl nicht nach Reden zumute.«

Ich weiß nicht, wie lange ich im Wohnzimmer saß, den Trolley neben mir auf dem Boden, und dem Sturm draußen lauschte, während ich darauf wartete, dass es aufhörte zu regnen, und Lorna nebenan mit dem Fön die Bücher trocknete. Ich starrte das Waldbild über dem Kamin an. An manchen Stellen konnte man nicht erkennen, wo der Nebel aufhörte und die Bäume anfingen.

Nach einer Weile wurde das Trommeln des Regens auf dem Dach sanfter, und ich ging hinaus auf die Terrasse und beobachtete das Wetter im Schutz der Pergola. Hinter dem Schleier aus Regen sah ich die weißen Kämme der zerklüfteten Wellen draußen auf dem Meer.

Kurze Zeit später kam Lorna heraus und schaute sich um.

»Ich versuche es mal mit einem Spaziergang. Nur hinunter zum Klippenpfad und zurück. Ich nehme nicht an, dass Sie mitkommen wollen, oder?«

Mit steinerner Miene starrte ich geradeaus.

Lorna seufzte und ging wieder ins Haus. Nach ein paar Minuten stiefelte sie mit ihren Regensachen die Treppe hinunter und stapfte durch das hohe Gras in Richtung Geisterdorf.

Unter meiner Wut stieg wie eine langsame Flut etwas anderes, Schlimmeres auf: das schmutzige Gefühl der Scham und

Erniedrigung. Seit den Tagen und Nächten im Old Swan war ich von Schuldgefühlen wegen Georgie zerfressen worden. Doch diese Schuld war immer unterdrückt worden durch die Erinnerung an das, was zwischen uns gewesen war. *Das hier,* hatte er gesagt und mir dabei in die Augen geschaut, *das hier ist rein.* Und ich hatte ihm geglaubt. Ich hatte geglaubt, dass das, was sich über Monate hinweg zwischen uns entwickelt hatte, romantisch und unausweichlich war. Aber in Wahrheit war es nur eine Nebenhandlung gewesen, ein schmückendes Beiwerk für den echten Coup.

Und die ganze Zeit war es Lorna gewesen. Lorna, meine Mentorin, meine Vertraute, meine Befreierin. Lorna, die mich gerettet hatte, als ich am Boden lag. Ich sah sie vor mir, wie sie durch den japanischen Garten auf mich zukam, sonnengebräunt und wunderschön, mit dem Licht in ihren Haaren. Das alles war eine Illusion gewesen.

Sie hatte zugelassen, dass ich mir die ganze Schuld wegen Georgie gab, dass ich den Verrat auf mich nahm, von Anfang an. Schon bei dem ersten Besuch bei ihr zu Hause, dieses ganze Gerede über Dreiecksverhältnisse. Und als ich in meiner Verzweiflung nach ihr gegriffen hatte, war sie bereitwillig zur Stelle gewesen, nicht als mein Schutzengel, sondern …?

Selbst inmitten meiner Wut raubte mir die Vorstellung den Atem.

Ich schüttelte den Kopf, als ob ich die Frage abwimmeln konnte. Aber sie hatte bereits ihre Fühler in mein Bewusstsein ausgestreckt und sich dort festgesetzt, schlang sich um Erinnerungen und beanspruchte sie für sich. Ich dachte daran, wie ich mit Lorna unter dem Kastanienbaum gesessen und ihr von meinen Zweifeln bezüglich der Abtreibung erzählt hatte. *Wenn es etwas gibt, was Dame Agatha mich gelehrt hat, dann dass Mord relativ ist.* Dann die Zweifel wegen Nick, der Vorschlag, dass ich in eine Klinik gehen sollte … Wie groß war ihr Wunsch gewesen, dass ich das Kind ihres Liebhabers abtreiben würde?

Ich stand auf und ging mit zitternden Beinen zum Rand der Terrasse. Der Zorn fühlte sich bedrohlich an, ich wusste nicht, was ich damit anstellen sollte. Suchend schaute ich in den Regen hinaus, ob ich Lorna sehen konnte. Da war sie, auf dem Weg durch die Ruinen der Geisterstadt.

Es war verrückt, bei diesem Regen rauszugehen, unbesonnen und unverantwortlich. Aber natürlich dachte Lorna, die Verfasserin von *Die Absteiger,* dass die Regeln nicht für sie galten. Es war gar nicht verwunderlich, dass sie in der Lage gewesen war, mit Alec hinter unser aller Rücken ein Verhältnis zu haben – hinter Georgies Rücken, hinter meinem, hinter Steadys, die ganze Zeit. Es war nicht verwunderlich, dass sie die Abtreibung und meine Trauer so problemlos hatte stemmen können. Wie würde ich mich fühlen, wenn sie nicht zurückkäme? Der Druck in meiner Brust wurde schier unerträglich. Plötzlich war die Luft so voller Schmutz, dass ich kaum noch atmen konnte. *Gut,* dachte ich, *ich würde mich gut fühlen.*

Inmitten des Chaos und der Wut erschien plötzlich ein kleiner, reiner, weißer Fleck, der Ruhe und Frieden ausstrahlte.

Könnten Sie dazu getrieben werden …?

Einen Moment lang, vielleicht eine Sekunde, vielleicht auch länger, stand ich da, vollkommen hypnotisiert von diesem Gedanken.

Lornas kleine, undeutliche Gestalt auf dem Klippenpfad, weit unter mir.

Ich bräuchte fünf Minuten, um dorthin zu joggen, vielleicht zehn. Ein kurzer, gut geplanter Stoß, mehr war nicht nötig. Ich sah sie vor mir, wie sie stolperte und mit wedelnden Armen in den Abgrund stürzte. Ihr Aufprall im Meer ließ kaum Gischt aufspritzen. Sie hätte bei diesem Wetter nie an der Klippe entlanggehen dürfen.

Die harten, nassen Kanten der Steine in der Mauer schnitten mir in die Handfläche.

Ich blinzelte und zwang mich zu atmen.

Hol mich hier raus, dachte ich. *Irgendjemand. Hol mich bitte hier raus.*

Mit eingezogenen Schultern, um mich gegen den Regen zu schützen, klopfte ich an Ninos Tür. Er öffnete und schaute hinter mich, auf der Suche nach Lorna, aber er stellte keine Fragen.

»Jetzt fährt kein Boot. Vielleicht heute Abend, ja.«

»Kann man gefahrlos nach unten laufen?

Er zuckte mit den Schultern. »Klar, solange man weiß, was man tut.«

»Ich würde gerne eine Weile hier warten, bevor wir gehen.«

Und so warteten wir, während der Regen auf das Wellblechdach prasselte, bis ich sicher war, dass Lorna auf dem Rückweg nach Beccafumo war und wir ihr nicht mehr begegnen würden.

Sehr langsam gingen wir den Klippenpfad entlang. Hin und wieder schaute Nino über die Schulter zu mir hin. Diesmal versuchte er keine Scherze, als wir an dem Abgrund vorbeikamen, sondern reichte mir ohne zu zögern die Hand. Wir kamen an dem überhängenden Felsen vorbei, wo der Mann und seine Tochter gelegen hatten. Nichts deutete auf ihre Anwesenheit hin. Es war, als ob ich mir alles nur eingebildet hätte. Ich überlegte, ob ich ihn nach Alec fragen sollte – wann er das erste Mal hier war, wie lange er geblieben war, was für einen

Eindruck sie zusammen gemacht hatten, aber damit hätte ich mich nur selbst gequält.

Am Hafen hatte nur das kleine Café geöffnet. Das Büro des Wassertaxis war geschlossen, genau wie das La Sirena. Die Stühle auf der Terrasse hatte man auf die klatschnassen Tische gestellt. Ich gab Nino das meiste von dem Geld, das ich bei mir hatte, als wir uns verabschiedeten, und seine Miene hellte sich leicht auf.

»Sie kommen klar, ja? Sie müssen wahrscheinlich lange warten. Und das Essen hier ist …« Er bewegte die Hand von einer Seite zur anderen. Ich dachte, er würde jetzt gehen, ohne noch einmal zurückzublicken. Doch stattdessen zögerte er und fing mit seinen kleinen, ruhelosen Augen einen Moment lang meinen Blick ein.

»*La Prof.* Wie alle Frauen … sie ist kompliziert. Aber sie hat ein gutes Herz.«

Wenn das Gift sich nicht bereits in mir ausgebreitet hätte, hätte ich womöglich gelacht.

Fünf Stunden lang wartete ich in dem Café, bis das Taxibüro öffnete. Ich trank bitteren Kaffee und überlegte, ob Lorna auftauchen würde. Die meiste Zeit wünschte ich mir, sie käme nicht.

Der Regen ließ nach und hörte dann unvermittelt ganz auf. Als das Luftkissenboot in einem großen Bogen in die Bucht einfuhr, lugte die Spätnachmittagssonne durch die Wolken, und ein paar der Geschäfte öffneten. Tische und Stühle wurden wieder auf die Promenade gerückt.

Noch auf dem Laufsteg suchte ich mit meinem Blick den Anleger und den Hafen nach einem Aufblitzen eines rotgoldenen Haarschopfs ab, aber vergeblich.

Als das Boot von der Insel ablegte, brannte die Sonne allmählich die letzten Regenwolken weg. Die Insel verwandelte sich wieder in diese reglose, schlafende Masse, wie sie sich bei meiner Ankunft präsentiert hatte. Das Licht strich sanft über die sinnlich erscheinenden Kurven der Hügel und hinterließ Pfützen aus Schatten in den bewaldeten Tälern.

Ich schaute dorthin, wo der Klippenpfad anfing, und sah die verschwommenen Konturen des Geisterdorfs inmitten des Grüns, gleich unterhalb von Lornas Haus.

Es war so hoch, dachte ich, viel höher, als ich vermutet hatte, als ich dort gewesen war. Vor ein paar Tagen war dieses Haus und alles, was damit zu tun hatte, Teil der Romanze um Lorna gewesen: die Abgelegenheit, zu der nur wenige Auserwählte Zutritt hatten. Jetzt sah ich es als ein Symbol ihrer Arroganz. Hoch oben auf dem Hügel, scheinbar so natürlich in die Landschaft eingepasst, so ursprünglich in seiner Ausstattung, aber letztendlich nur eine andere Art von Elfenbeinturm. Einer, aus dem sie auf uns Sterbliche herunterblickte, ihre Wahl traf, mit unseren Seelen spielte und uns dann wieder fallen ließ.

36

Sobald ich wieder auf dem Festland war und mein Handy einschaltete, wurden die zahlreichen Nachrichten und verpassten Anrufe piepend hochgeladen, wie eine Nachricht in Morsecode. Mein Vater hatte sich ein paar Mal gemeldet. *(Deine Mutter meint, du seist überstürzt aufgebrochen, wollte nur fragen, ob es dir gut geht.* Was im Klartext bedeutete: *Deine Mutter hat gesagt, ich soll dich anrufen, ich habe keine Ahnung, was ich sagen soll.)* Nick hatte getextet. *(Hab gehört, was mit Alec passiert ist; bin für dich da, wenn du reden willst.)* Und eine Reihe von Anrufen von Georgie, außerdem zwei kurze Textnachrichten: *Bist du auf der Insel?* Und ein paar Tage später: *Sag Bescheid, wenn du wieder da bist.* Keine Unterschrift. Normalerweise hinterließ sie immer eine ganze Reihe von Smileys.

Noch vom Flughafen aus versuchte ich, sie anzurufen.

Nur die Mailbox.

Mit steifen Fingern textete ich:

Bin auf dem Rückweg. Können wir reden? J.

In Heathrow hinterließ ich eine nichtssagende Nachricht auf dem Handy meiner Mutter. (Ich konnte mich darauf verlassen, dass sie nicht an den Apparat ging, der Empfang in Milton View war ziemlich mies, und außerdem waren Handys für sie etwas, das man in der Küche liegen ließ und auf das man abends einen Blick warf. Dass es *Mobil*telefone waren, hatte sie noch nicht begriffen.) Dann stieg ich in den Zug.

Auf der Insel hatte ich die Zeit völlig vergessen und war überrascht, dass das Trimester bereits angefangen hatte. Der Campus war voller Studenten. Es war hier zwar viel kälter, aber das Wetter war klar und schön, und die Stufen der Schüssel waren mit schwatzenden und rauchenden Studenten besetzt. Mit gesenktem Kopf ging ich an allen vorbei. Auf dem Weg durch die Schwingtür ins Studentenwohnheim kam mir Walt entgegen, der auf meinem Flur wohnte. Er blieb stehen und sagte: »Hey, Jess, wie waren die Ferien? Hast du schon von der Bienenpetition gehört?«

»Hey«, murmelte ich, ging aber zügig weiter.

Georgies Zimmer war leer. Ich hatte geahnt, dass sie nicht zurückgekommen war, dass sie nie mehr zurückkommen würde, aber der Anblick ihres Zimmers und der nackten Matratze verursachten auch in mir ein Gefühl der Leere. Als ob man im Krankenhaus das verwaiste Bett eines Verwandten betrachtet, der gerade gestorben ist, während die Putzfrau den Boden wischt. Der einzige Beweis, dass sie hier gewesen war, war ein kleiner Stapel mit Bildern, die früher an der Wand gehangen hatten – einschließlich des Fotos von Amelia Earhart –, auf der wattierten Auflage, mit der sie die unbequeme Matratze erträglich machen wollte. (»Ich weiß, ich benehme mich wie die Prinzessin auf der Erbse, aber du lieber Gott, diese Matratzen sind so hart wie ein Sack voller Artischocken.«)

Bedeutete die Matratzenauflage, dass sie doch zurückkommen wollte, oder hatte sie sie bloß vergessen? Mir wurde plötzlich schwindelig, und ich setzte mich auf die Bettkante.

Ich sollte etwas essen, dachte ich unbestimmt. Abgesehen von einer Tüte sehr salziger italienischer Kräcker, die ich mir auf dem Rückflug gekauft hatte, hatte ich nichts zu mir genommen.

Dann sah ich etwas ganz oben auf dem Regal; rot und silbern blitzte es in meinem Augenwinkel auf – das Etikett einer Wodkaflasche, Georgies Lieblingssorte. Sie hatte immer eine Flasche dort stehen, als Reserve. Die Putzfrauen hatten sie vermutlich übersehen. Ich stieg auf die Matratze, um dranzukommen.

Ich ging wieder in mein Zimmer. Die Flasche war noch zu drei Vierteln voll. Nach ein paar Schlucken aus meinem Zahnputzbecher wich die Schwerfälligkeit der letzten Tage von mir. Ich trank weiter. Mein Kopf wurde klar. *Alles wird gut,* dachte ich. *Ich muss mich nur wieder daran gewöhnen, allein zu sein.* Das war ja früher nie ein Problem gewesen.

Ich versuchte noch einmal, Georgie zu erreichen. Beim ersten Mal klingelte ihr Handy ein paar Mal, ehe die Mailbox dranging. Beim zweiten Mal wurde der Anruf nach dem ersten Klingeln abgelehnt.

Kurz darauf kam eine SMS.

Hab deine Nachricht gekriegt.

Ich wartete, aber es kam nichts weiter. Als ich wieder anrief, war das Telefon ausgeschaltet. Ich trank, bis ich bewusstlos wurde.

Als ich einmal aufwachte, gefangen in diesem Niemandsland zwischen Wachsein und Schlaf, hörte ich einen Gesprächsfetzen in dem kommenden und gehenden Stimmengewirr vor meiner Tür.

»Hast du die Sache mit Georgie Duncan gehört?«, fragte eine Stimme, die mir irgendwie bekannt vorkam. Es war der Geschichtsstudent aus dem zweiten Semester, dem Georgie in der ersten Woche des letzten Trimesters eine Abfuhr erteilt hatte. Wie hieß er doch gleich? Max. »Kaum zu glauben, oder?«

»Eigentlich nicht. Sie war doch immer bis oben hin voll mit Pillen, man konnte es beim Gehen förmlich klappern hören.«

»Nein, ich meine doch ... ihren Freund.« Max' Stimme wurde genüsslich vor Freude, den neusten Klatsch verbreiten zu können. »Der Typ aus Südafrika. Er ist gestorben. Deshalb hat sie versucht, sich umzubringen. Hast du das nicht gewusst?«

Ich versuchte, mich durch das Netz aus Schlaftrunkenheit nach oben zu kämpfen. *Nein,* wollte ich zu diesem Max sagen. *Ich dachte, du studierst Geschichte. Du hast die Chronologie völlig durcheinandergebracht.* Aber der Cocktail aus tiefsitzender Müdigkeit und Alkohol zog mich wieder nach unten.

Wenn ich träumte, träumte ich von Fleisch. Totes Fleisch; lebendige, ineinander verschlungene Körper; eine Wasserleiche mit Schaum vor den Nasenlöchern und Augenhöhlen, aus denen kleine Krebse krochen; Lorna und Alec, die sich rhythmisch wiegten, ihre sommersprossigen, sandfarbenen Beine um seinen gebräunten Rücken geschlungen.

Georgie fand mich auf dem Dach der Arche. Ich saß auf der Mauer und stopfte angewidert ein Eier-Mayonnaise-Sandwich in mich hinein (*zum halben Preis,* wie auf dem Aufkleber stand – und genau so schmeckte es auch).

Ich war so in meinen Gedanken versunken, dass ich sie nicht kommen hörte.

»Du lebst also.«

Ich wirbelte erschrocken herum und hätte beinahe mein Sandwich fallen gelassen.

»Pass auf.« Georgies Miene war kalt. »Du willst doch nicht vom Dach fallen.«

»Nein.« Meine Stimme zitterte, so durcheinander war ich. Ich schluckte und setzte noch einmal an. »Ich kann dir gar nicht sagen, wie …«

»Ja, was soll's.« Sie schaute mich an. Ich glaubte, einen feuchten Schimmer in ihren Augen zu erkennen. »Es ist echt nervig, wenn man sich um jemanden Sorgen macht, den man am liebsten umbringen möchte.«

Mein Herz flog ihr entgegen. »Hör zu, es gibt so viel, was …«

»Du spielst also den Clochard vom Campus, was?«, fiel sie mir ins Wort.

Ich blinzelte. Dann schaute ich an mir herunter. Meine gesamten Kleider drehten sich gerade in der Waschmaschine im Wohnheim, und ich trug einen Mantel über einem langen, mottenzerfressenen Nachthemd aus der Zeit von Königin Viktoria (das ich einmal in einem Schrank in Milton View gefunden hatte), dazu ein Paar Gummistiefel. »Ich stehe ein bisschen neben mir.«

»Sag bloß?«, erwiderte Georgie mit bitterem Spott und wollte sich abwenden.

»Können wir kurz reden?«, sagte ich schnell. »Bitte.«

Sie schüttelte meine Hand ab, die ich instinktiv auf ihren Arm gelegt hatte. »Es gibt nichts zu sagen, Jess. Ich wollte nur meine restlichen Sachen holen. Und bei der Gelegenheit wollte ich mich verabschieden.«

Sie ging in Richtung Feuertreppe.

»Hey!« Ich stand auf und ging ihr nach. »Warum hast du mich dann angerufen? Du hast es mehrmals probiert. Und du hast geschrieben, ich solle mich bei dir melden, wenn ich wieder da bin.«

»Halte dich einfach von Lorna Clay fern«, warf sie über die Schulter zu mir hin. »Sie ist nicht nur eine Lügnerin, sie ist auch gefährlich.«

»Also weißt du über sie und Alec Bescheid?«

Georgie blieb stehen und drehte sich dann langsam zu mir um.

»Du scheinst nicht sehr überrascht zu sein«, sagte ich. »Wusstest du es?«

Wir saßen auf dem Bett in meinem Zimmer – wie unzählige Male zuvor in den vergangenen beiden Trimestern. Ich hatte ihr fast alles erzählt und nur das weggelassen, was unnötigen Schmerz verursacht hätte. Alec und Lorna beim Sex im Leichenwagen. Meine Schwangerschaft.

»Nicht mit Sicherheit«, sagte Georgie und trank einen Schluck aus der Wodkaflasche. »Als ich nach der Beerdigung Steady anrief, um ihm zu sagen, dass ich die Uni verlassen würde, haben wir auch über Alec gesprochen. Aufgrund seiner Fragen merkte ich, dass er einen Verdacht hatte.«

Ich dachte daran, als ich ihm in Lornas Büro begegnet war, wie er ihre Papiere durchgesehen hatte. Dann an Alecs Beerdigung, als er ihre Hand gehalten hatte. Was hatte Lorna über ihn gesagt? *So viel Romantik ist selten.*

»Was meintest du damit, Lorna sei gefährlich?«, fragte ich.

»Gib mir noch mal die Flasche«, sagte Georgie und trank noch zwei Schlucke.

»Alecs Freundin, die gestorben ist.« Sie hielt kurz inne. »Das war diese Studentin von Lorna in Cambridge. Sie war der Grund, warum Lorna Cambridge verlassen hat.«

Mir stockte der Atem. Ich starrte sie an, während sich die Teile so einfach und mühelos zusammensetzten, dass es für mich so aussah, als wäre es schon immer ein Ganzes gewesen.

Alec auf Gideons Party: *Du hast mich an jemanden erinnert. Es ist absolut verblüffend.*

Lorna auf der Insel: *Es gibt so viele Ähnlichkeiten zwischen Sybil und Ihnen. Nicht nur das Aussehen.*

»Sybil.«

Georgie nickte.

»Alec hat ein Semester in Cambridge studiert«, sagte Georgie. »Das war vor sechs Jahren. Er war mit ihr zusammen.«

Mein Kopf tat weh. »Er hat Lorna also schon damals kennengelernt?«

Georgie schaute mich ernst an. »Deshalb bin ich fast ausgerastet, als Steady mir gesagt hat, du seist auf der Insel. Du hast zwar unsere Freundschaft mit Füßen getreten, aber deshalb will ich noch lange nicht, dass dir was passiert. Mir wäre es viel lieber, wenn du ein paar Jahre lang so richtig schön leidest.«

Mein ganzer Körper wurde erst heiß, dann kalt. »Oh Gott …«, sagte ich. Ich wusste schon, was sie sagen würde, noch bevor sie es aussprach.

Georgie nickte. »Die drei waren zusammen. Damals auf der Insel. Als Sybil starb.«

Georgie wusste auch nicht viel mehr als das. Und sie wollte auch gar nicht mehr wissen, sagte sie, als sie aufstand. Sie war fertig mit uns. Mit uns allen. Mit Alec. Mit Lorna. Sie verstummte kurz und fixierte mich dann mit ihren kühlen blauen Augen. »Mit dir.«

Der Schock ihrer Worte und der Krampf in meinem Magen verschlugen mir die Sprache. Ich versuchte es trotzdem: »Ich weiß, was ich getan habe, ist unverzeihlich.« Ohne die Miene zu verziehen, schaute sie mich an. »Wenn du mir nur noch eine Chance gibst, dann mache ich es wieder gut. Bitte.«

Aber sie schüttelte den Kopf und wandte sich ab. An der Tür blieb sie noch einmal stehen, als ob sie etwas sagen wollte. Aber sie tat es nicht. Und noch Jahre später habe ich versucht zu erraten, was es war.

Die beiden Microfiche-Lesegeräte in der Zentralbibliothek der Cambridge University standen im Keller.

Ein paar Stunden, nachdem Georgie gegangen war, hatte sich der Nebel aus Schock in eine Art scharfe Entschlossenheit verwandelt. Ich musste nur ein paar Mal telefonieren und mir eine Zugfahrkarte kaufen, um dahin zu kommen, wo ich hinwollte.

Ziemlich altertümlich, dachte ich und empfand trotz allem eine gewisse Erregung, während ich an dem Terminal saß und begleitet von dem leisen, statischen Rauschen und dem schwachen Geruch nach Essig das Rad drehte, um mir die alten Ausgaben der *Cambridge Evening News* anzuschauen.

Klick.

Klick.

Ich fand das Datum, an dem Lorna Cambridge verlassen hatte, und arbeitete mich von da an rückwärts. Der Artikel war so klein, dass ich ihn beinahe übersehen hätte – nur ein paar Zentimeter unter der Rubrik »In aller Kürze« in der äußeren Spalte der rechten Seite.

Sybil Waugh, 21, Studentin des Instituts für Anglistik im Caius College, war in Italien bei einem Motorradunfall ums Leben gekommen. Eine kurze Beschreibung des Unfallhergangs, der Name der Insel und der ihres Vaters, der an einem anderen College Jura lehrte. Weder Lorna noch Alec wurden erwähnt.

Ich starrte den surrenden Bildschirm an, bis die Schrift vor meinen Augen verschwamm.

Also war Alecs Version korrekt, so schien es jedenfalls.

Ich dachte an Lornas Geständnis im Sturm, an ihr bleiches, gefasstes Gesicht. *Fragen Sie mich alles, was Sie wollen.*

Warum hatte sie behauptet, sie hätte Alec erst im letzten Trimester kennengelernt. Was wollte sie sonst noch verheimlichen?

Ich dachte an Steady am Fenster in Lornas Büro. Wie er im Garten in der gefrorenen Erde grub. Dann später, wieder in ihrem Büro, als er die Post durchsah – vielleicht, um einen Verdacht bestätigt zu sehen. Lorna war in London gewesen, als Alec starb. Sie hatte sich rund um die Uhr um ihre Mutter gekümmert. Es waren Osterferien, und er hätte mühelos ein Flugzeug nach Südafrika nehmen können. Um diese Zeit hätte keiner einen Philosophieprofessor vermisst.

Zurück in Norwich setzte ich mich an meinen Schreibtisch und schrieb Lorna eine E-Mail. Ich wollte sie sobald wie möglich treffen. Ich hatte Fragen. Die Abwesenheitsmeldung kam Sekunden, nachdem ich meine E-Mail abgeschickt hatte. Aber ein paar Minuten später erhielt ich ihre Antwort.

Hab gehofft, von Ihnen zu hören. In London. Bin am Donnerstag zurück. Bei mir zu Hause, 12 Uhr?

Erst als ich später die E-Mails durchsah, die ich Anfang des Trimesters erhalten hatte, fiel mir eine aus dem Sekretariat des Instituts für Anglistik auf:

Hiermit möchten wir alle Studenten von Dr. Clay darüber informieren, dass sie sich in der kommenden Prüfungsphase wegen eines Trauerfalls im Sonderurlaub befindet. In dieser Zeit wird Dr. Porter für alle Betroffenen zur Verfügung stehen …

Lange Zeit starrte ich auf die Worte auf dem Bildschirm, bis sich die Buchstaben zu merkwürdigen Gebilden verformten, zu codierten Schnörkeln, in denen ich endlos viele Bedeutungen las. Dann stieg eine heiße Wut in meiner Brust auf und ich klappte das Notebook zu.

37

Drei Tage lang rüstete ich mich, als ob ich in den Krieg ziehen würde. In einen Krieg auf unbekanntem Terrain mit einem Feind, den ich ebenfalls noch nicht kannte. Ich stellte mir den Wecker auf sechs Uhr morgens und ging auf dem leeren Unigelände joggen, um den See herum, vorbei an den verwaisten Bänken, durch den Wald. Wenn ich zurückkam, klatschnass vor Schweiß, stellte ich mich unter die Dusche und stellte das Wasser so eiskalt, dass es brannte. Dann setzte ich mich mit nassen Haaren und einem starken schwarzen Kaffee an meinen Schreibtisch und nahm meine Seminararbeit in Angriff.

Ich las und machte mir seitenweise Notizen. Meine Handschrift war kleiner und ordentlicher als gewöhnlich, als ob ich nur einen begrenzten Vorrat an Papier und Tinte hätte. Nachts, wenn die Albträume kamen, drang ich mit Gewalt in sie ein und zwang mich zum Aufwachen. Ich setzte mich im Bett auf, schaltete die Nachttischlampe ein und las ein Buch, bis ich die Bilder aus meinem Kopf vertrieben hatte.

Als ich schließlich in die Straße einbog, in der Lorna wohnte, fühlte ich mich zwar nicht weniger nervös als vorher, aber ein bisschen weniger zerschlagen, als ob sich eine dünne Haut über der Wunde gebildet hätte, die – obgleich sie keiner Belastung standgehalten hätte – einen kleinen Schutz gegen die Tränen bot.

Ich hatte mich auf einen Ansturm ihrer Schönheit gefasst gemacht, aber die Lorna, die mir die orangene Tür öffnete, sah aus wie ein schlechtes Abziehbild der Frau, die ich kannte: käsebleich, abgesehen von einer wunden Oberlippe, dunkle Ringe unter den Augen, und der Bereich rund um ihre Lippen wirkte rotfleckig, als hätte sie Fieber. Ich selbst hatte mich sorgfältig zurechtgemacht, hatte einen Gürtel in meine Jeans gezogen, damit sie mir nicht von den Hüften rutschten, meine dunklen Locken zu einem straffen Pferdeschwanz zurückgebunden, was mir einen ernsten, gefassten Ausdruck verlieh. Ich hatte sogar etwas Make-up aufgelegt, das ich in meinem Kulturbeutel entdeckt hatte: Rouge auf meinen eingefallenen Wangen, ein bisschen Lipgloss, den mir meine Schwester vor einer gefühlten halben Ewigkeit geschenkt hatte. Der Geruch, mädchenhaft und fruchtig, versetzte mir einen sehnsüchtigen Stich: Heimweh.

Lornas Blick glitt über mich. »Sie sehen beschissen aus«, sagte sie unverblümt. »Haben Sie eine Hungerkur gemacht? Aber was soll ich da sagen? Ich weiß nicht, was mehr am Aussehen einer Frau zehrt: ein Haus auszuräumen oder eine Scheißerkältung.«

Ich verzog keine Miene. Über ihre Schulter hinweg sah ich die Kisten und Kartons in der Diele stehen. Die Tür zur Küche stand offen, ebenso wie die Küchenschränke. Auf dem Tisch stapelten sich Teller und Gläser.

»Ich habe die E-Mail bezüglich Ihres Sonderurlaubs bekommen«, sagte ich steif. »Sie ziehen also um.«

Obwohl mich Lornas Anblick nicht kalt ließ, war meine Stimme kraftvoll und fest. Ich sah, wie sich ihre Augen ganz leicht weiteten. Dann wurde auch ihre Haltung brüsker. *Kein Smalltalk. Gleich zur Sache.*

»Wir müssen hier rein«, sagte sie und umschiffte auf dem Weg zu einer Tür ein paar zugeknotete schwarze Müllsäcke. Ich folgte ihr. »Überall sonst steht alles voll.«

Verglichen mit dem Rest des Hauses war dieses Zimmer fast bizarr altmodisch. Es war eher ein Salon als ein Wohnzimmer, obwohl es so klein war. Wir hatten hier während der »Bummelstunde« einige Nachmittage verbracht, in den zwei weichen Ledersesseln, die vor dem Kamin standen. Diese intensive, glückliche Intimität, die kleinen Ausbrüche von Euphorie, während wir uns Ideen und Scherze zuwarfen. All das schien einem anderen Zeitalter anzugehören.

Ich setzte mich in einen Sessel, während sie Kaffee holte.

»Tut mir leid wegen des Feuers«, sagte sie, als sie mit einem Tablett zurückkam. »Der Kamin raucht wie verrückt. Aber sie haben die Heizung ein paar Tage zu früh abgestellt. Was natürlich für meine Erkältung der Todesstoß war.« Sie erzählte, wie oft sie bei dem Stromversorger angerufen hatte und dass es ein Gesetz geben sollte, das Vivaldi als Pausenmusik in der Warteschleife verbot. Aber mein Gesicht war wohl in Stein gemeißelt, denn nach einer kurzen Weile ließ sie es bleiben.

»Wie lange gehen Sie weg?«, fragte ich.

Sie hielt meinem Blick stand. »Ich komme nicht wieder. Ich gehe in die Staaten. An die Westküste.« Stanford, meinte sie, lockte mit einer Professur. Jede Menge Geld und viel Freizeit.

Mein Magen drehte sich um.

»Wann reisen Sie ab?«

»Am Montag.«

In drei Tagen. Ich versuchte, mir meinen Schock nicht anmerken zu lassen.

»Ich mache erst mal Urlaub«, sagte sie, »fahre ein bisschen

herum, vielleicht von der Ostküste quer durchs Land bis an die Westküste. Ich wollte schon immer mal in einem grünen Cadillac fahren … Die Kündigung reiche ich während meines Sonderurlaubs ein.«

Der ganze Zorn, den ich in den vergangenen zehn Tagen gefühlt hatte, brach mit einem Schlag wieder durch, wie ein Geysir. »Sonderurlaub – wegen eines *Trauerfalls?*«, höhnte ich. »Echt jetzt? Wegen wem? Wegen Alec? Oder wegen Ihnen?«

»Meine Mutter ist am Freitag gestorben«, sagte Lorna.

Ich blinzelte und ließ mich gegen die Rückenlehne sinken. Damit hatte ich nicht gerechnet. »Das tut mir leid.«

»Muss es nicht. Es war eine Erleichterung für alle Beteiligten. Und für mich war es ein Katalysator. Mir ist dadurch klargeworden, wie lange ich schon in der Luft hänge. Im Niemandsland.«

»Was ist mit … Professor Steadman?«

»Hugh kommt nicht mit.«

Oh, dachte ich, sprach es aber nicht aus. Mein Bild von ihr geriet leicht ins Wanken. Ich hatte mir vorgestellt, dass sie immer noch so tat, als sei mit Steady alles in Butter, obwohl sie ihm Hörner aufgesetzt hatte. Ich wollte sie fragen, ob sie sich getrennt hatten, weil sie ihm von Alec erzählt hatte. Vielleicht hatte sie deshalb die Ringe unter den Augen, wegen Hugh. Aber das hieße, ein Interesse an ihren Gefühlen zu zeigen, was mir absolut nicht angebracht erschien.

»Mein Buch ist ebenfalls Vergangenheit«, setzte sie hinzu und schenkte zwei Espressotassen voll. Der Kaffee war dick und schwarz, wie wir ihn auf der Insel getrunken hatten. »Mit Christie bin ich fertig. Ich habe versucht, eine feministische Revolution mit einer Frau loszutreten, die keine Feministin war. Sie hätte es sein können, sein müssen, aber sie war es nicht. Am

Ende hat sie den Kopf in den Sand gesteckt, hat dafür gesorgt, dass in ihrem Leben und ihrem Werk zum Schluss immer die Ordnung wiederhergestellt wird, und sei es auch nur an der Oberfläche. Das Chaos und der Herzschmerz, die darunter lagen, haben ihr zu viel Angst gemacht.«

Auch das schockierte mich. Sie hatte länger als ein Jahr an diesem Buch gearbeitet. Der Verlag und die Leser warteten bereits darauf. Sie war mit Christie »fertig«? Aus diesem fadenscheinigen Grund? Lorna hatte sich einen Namen als Schriftstellerin gemacht, und sie wurde gut dafür bezahlt. Sie wusste ganz genau, dass in den Detektivgeschichten des »Goldenen Zeitalters« ein gutes Ende obligatorisch war. Die Täter waren nicht wild oder inspirierend, es waren kaputte Typen. Die Detektive räumten die Bude auf, sie experimentierten nicht herum. Der Trick war, so hatte sie uns beigebracht, ein bisschen tiefer zu graben …

»Und was jetzt?«

Sie warf mir ein schiefes Lächeln zu und löffelte Zucker in ihre Tasse. »Ich werde mir eine echte Außenseiterin suchen, an der ich mir die Zähne ausbeißen kann. Das passt besser zu mir.«

Ich nickte knapp und spürte die Verlockung in meinem Geist. *Lass dich nicht darauf ein. Das sind bloß Worte.*

»Aber genug davon.« Sie reichte mir die Tasse und betrachtete mich prüfend. Ihre blutunterlaufenen Augen hatten nichts von ihrer Geradlinigkeit eingebüßt. »Wie geht es Ihnen?«

»Ganz gut.«

»Wirklich?«

»Ja.«

Sie legte einen Fußknöchel über den anderen. Ihre nackten Füße waren sonnenbraun, und die Haut unter den Nägeln heller als der Rest. Wahrscheinlich war nach dem Sturm die Sonne wieder herausgekommen, dachte ich. Ich konnte sie buchstäblich vor mir sehen, wie sie auf den Felsen in der Bucht lag, wo sie immer schwimmen ging, auf einen Ellbogen gestützt, die Wange in die Hand gelegt, wie sie es so gern tat, und dem Spiel der Sonne auf den Wellen zuschaute.

»Ich bin wegen Sybil hier«, sagte ich und zog den Zeitungsartikel aus meiner Tasche, den ich mir in Cambridge ausgedruckt hatte.

Sie beugte sich vor und nahm mir das Blatt aus der Hand.

Dann schaute sie zu mir auf, und eine Sekunde lang blitzte etwas in ihrem Gesicht auf. Eine winzige Regung ihrer Lippen, ein Leuchten, wie ich es im Seminar schon gesehen hatte, wenn ich etwas Kluges gesagt hatte. *Stolz,* dachte ich verblüfft. *Sie ist stolz auf mich, auf meine gründliche Recherche.*

»Wie haben Sie es geschafft, Ihren Namen aus der Presse herauszuhalten? Und den von Alec?« Ich beugte mich leicht vor. »Warum ist er nach Norwich gekommen? Um mit Ihnen zusammen zu sein?«

Sie fummelte eine Weile an den Ziernieten des Sessels herum. Ich wurde ungeduldig, weil ich der Überzeugung war, dass sie nur eine dramatische Pause machen wollte. Dann jedoch sah sie auf. Der Schmerz in ihrem Gesicht war ungeschminkt und echt, die Augen glänzten hell hinter einem Schleier aus Tränen. »Ich war auch in ihn verliebt, wissen Sie?«

Ich schüttelte den Kopf und wandte den Blick ab. *Tu das nicht.* Meine Brust wurde eng. *Bitte, nicht das.*

»Mir tun so viele Dinge leid, Jess«, sagte Lorna und wischte sich mit dem Handrücken über die Augen. »Dass ich mich so abgrundtief in die Sache verstrickt habe. Dass wir hier im Haus Sex hatten, während Hugh nur einen Steinwurf entfernt eine

Vorlesung über Moral hielt.« Ihre Stimme klang merkwürdig gehetzt. »Dass wir eben noch einander abschworen und uns im nächsten Moment ineinander verloren. Dass es war, als würde ich vom Rand einer Klippe springen, wenn ich ihn küsste, jedes Mal …«

Ich packte die Armlehnen und betrachtete die Flecken, wo das Sonnenlicht das Leder ausgebleicht hatte. Ich wollte aufstehen und gehen, wollte mir die Ohren zuhalten, aber ich war zu gebannt, um mich zu rühren. Ich musste da durch.

»Was ist auf der Insel passiert?«, fragte ich. »Mit Sybil.«

Lorna stand auf und ging zu dem Beistelltisch, auf dem verschiedene alkoholische Getränke in geschliffenen Glaskaraffen standen, an deren Hälsen kleine silberne Etiketten an zierlichen Ketten hingen. Sie griff nach der Flasche, auf der WHISKY stand.

»Möchten Sie auch etwas?«, fragte sie und schenkte sich drei Fingerbreit ein.

Ich nickte. Sie reichte mir ein Glas und setzte sich dann wieder. Die Vorhänge an den Fenstern waren halb geöffnet und sie saß wie zweigeteilt in ihrem Licht und Schatten da.

»Jess, wenn ich Ihnen das erzähle … dann werden Sie verstehen, warum ich Ihnen die Wahrheit bisher verschwiegen habe. Ihre Meinung von mir wird gewiss noch tiefer sinken als jetzt schon.«

Ich verkniff mir eine sarkastische Bemerkung. *Egal, was sie sagt,* dachte ich, *es kann sowohl Wahrheit als auch Lüge sein.*

»Als ich Sybil fragte, ob sie Alec mit auf die Insel bringen wollte, geschah das ohne Hintergedanken«, sagte Lorna. »Sie und ich standen uns sehr nah. So ähnlich wie es zwischen Ihnen und mir war. Aber damals kannten wir uns bereits seit drei Jahren. Sie war ganz verrückt nach ihrem neuen Freund.

Er kam aus einer anderen Welt, war klug und keck und gut aussehend. Sie hatte ihn schon ein paar Mal zu mir nach Hause mitgebracht. Das war, bevor ich Hugh kennenlernte. Ich war sechsunddreißig und Single. Ich hatte ständig irgendwelche Studenten bei mir im Haus. Und ich war auf dem Höhepunkt. *Die Absteiger* war gerade erschienen, und irgendwie machten alle einen ziemlichen Hype um mich.«

Um dich machen immer alle einen Hype, dachte ich und sah zu, wie sie die Füße unter ihren Körper zog. *Und das weißt du auch genau.*

»Ich habe sie beide auf die Insel eingeladen. Es war kurz bevor Sybil anfangen musste, für ihre Abschlussprüfungen zu lernen. Ungefähr zu dieser Zeit im Jahr wie jetzt.«

Ich nickte. In dem Zeitungsartikel stand das Datum: der 20. Mai.

»Auf der Insel kommt einem alles anders vor, wie Sie ja wissen«, sagte sie und schaute in ihr Glas. »Kurz nachdem wir ankamen, fing es an.«

Und sie beschrieb, wie sich die Atmosphäre zwischen ihr und Alec veränderte. Anfangs waren es nur Kleinigkeiten, Momente, wenn sie sich umdrehte und sah, dass er sie in unpassenden Situationen beobachtete – wenn sie las oder wenn Sybil etwas sagte. Er bot ihr an, sie bei Erledigungen zu begleiten, auch wenn sie seine Hilfe nicht brauchte. Und dann ihre Gespräche, die aufflackerten wie Feuer, wenn sie allein waren, als ob etwas Drängendes zwischen ihnen war, zwischen den Worten, und nie genug Zeit, um alle auszusprechen.

Dann, eines Abends, fuhr Lorna fort, etwa nach einer halben Woche, ging Sybil früh zu Bett, und sie beide blieben noch sitzen und tranken ein Glas Wein. Alec streckte seine Hand aus und fing an, Lornas Finger zart zu streicheln. Nichts, was eine

Grenze überschritten hätte, aber … na ja, meinte sie, es fühlte sich trotzdem an wie Sex.

Ich saß kerzengerade da, während sie sprach, als ob ich vor Gericht ein Urteil erwarten würde, aber jetzt fühlte ich, wie ich zusammensackte, als ob man das Stützgerüst um meinen Körper abgebaut hätte. Etwas in meiner Brust zerriss. *Was? Nicht einmal das? Nicht einmal das darf ich behalten?*

Die Sonne blendete Lorna, aber ich glaube nicht, dass sie es bemerkte, denn sie fuhr unbeirrt fort. Ihre Stimme nahm ein wenig Fahrt auf, als ob sie froh wäre, die Worte aussprechen zu dürfen.

»Danach lag eine Spannung in der Luft, sobald wir beide im selben Raum waren. Ich hörte, wie sich unsere Atmung beschleunigte, wenn wir nah beieinander standen. Wenn er nicht da war, konnte ich die ganze Sache abtun. Er war bloß ein Junge, ein attraktiver Junge, der seine Macht testete. Ich dachte, dass Sybil von der ganzen Sache nichts mitbekommen hätte.«

Lorna strich mit dem Finger über den Rand ihres Glases. »Eines Abends fuhren die beiden mit den Mopeds nach unten zum Hafen, in die Bar neben dem La Sirena. Ich ging zu Fuß.«

»Die Bar, in der wir nie waren?«

Lorna nickte. »Ich kann nicht einmal mehr das Schaufenster ansehen oder die Tische draußen auf der Terrasse, wo wir saßen.«

Dann beschrieb sie den Streit, von dem Alec mir erzählt hatte, wie er Sybil fertiggemacht hatte, weil sie sich an die Wirtschaft »verkaufen« wollte. Alles war so, wie ich es von ihm gehört hatte, nur dass Lorna dabei gewesen war. Sie hatte miterlebt, wie er Sybil Stück für Stück auseinandergenommen hatte.

»Dann ging sie auf mich los«, sagte Lorna. Ihre Stimme war

rau und trocken, als ob die Worte, die aus ihrem Mund kamen, ihr wehtun würden. »Sie schrie mich an, ich hätte ihn mit meinen Ansichten vergiftet. Ich hätte ihn auf sie gehetzt. Ich würde ihn ihr wegnehmen wollen.«

»Aber war es nicht auch so?« Meine Stimme war kalt und hart.

In Lornas Augen traten Tränen. »Nein, so war es nicht …« Ihre Lippen waren leichenblass geworden, und ihre Stimme wurde ganz leise. »Ja, da war diese Spannung zwischen Alec und mir. Aber verstehen Sie denn nicht, Jess? Ich war *verrückt* nach Sybil. In dem Moment habe ich die Fassung verloren, wahrscheinlich aus lauter Frust. Es gab so viel, was ich ihr nicht sagen konnte … wie ich für sie empfand. Ich fing an, sie ebenfalls anzuschreien.«

Als Sybil nach draußen gerannt war, hatte sich Alec an Lorna gewandt: »Sie müssen sie davon überzeugen, dass zwischen uns nichts ist«, hatte er gesagt und ihr die Schlüssel gegeben.

Lorna war diejenige gewesen, die Sybil mit dem Moped nachgefahren war. Sie war diejenige gewesen, die die Kurve zu schnell genommen und Sybil eingeklemmt hatte. Sie war es, die Sybil dazu gebracht hatte, frontal gegen eine Mauer zu fahren.

Lange Zeit war es still in dem kleinen Zimmer.

Nach dem Unfall beschlossen sie zu sagen, dass Alec auf dem Moped gesessen hätte. Teilweise wegen der Versicherung, die nicht gezahlt hätte, wenn herausgekommen wäre, dass Lorna gefahren war, aber auch, weil Alec nach der Untersuchung einfach wieder nach Südafrika verschwinden konnte. Wenn Lornas Name in Zusammenhang mit dem Unfalltod einer Studentin in die Presse gekommen wäre, hätte das ihre Karriere ruiniert.

»Ich weiß, das klingt eiskalt, aber so war es nicht. Ich war abgrundtief verzweifelt und voller Schuldgefühle. Alec war ebenfalls am Boden und wollte helfen. Damals schien es mir so am besten zu sein. Und«, an dieser Stelle machte Lorna eine kurze Pause und sah zur Decke hoch, »irgendwie passte es ihm in den Kram, das merkte ich damals schon. Irgendetwas gefiel ihm, das ganze Drama, die Tragödie, die unmittelbar mit ihm zu tun hatte.«

»Haben Sie danach mit ihm geschlafen?«

Sie schüttelte den Kopf. »Nein, damals nicht. Er ging wieder nach Südafrika. Ich verließ Cambridge. Ich hatte Angst, es würde herauskommen. Aber auch, weil ich ihren Geist überall sah. Im Innenhof des Colleges, in meinem Büro, in jedem Mädchen mit langen dunklen Haaren, das mit dem Rad an mir vorbeifuhr. Alec und ich blieben lose in Kontakt. Ein Jahr später kam er nach England, um seine Tante zu besuchen. Zu der Zeit war ich bereits in Norwich.«

Ich nahm einen großen Schluck Whisky. Ich wusste, was sie als Nächstes sagen würde.

Es war eine kurze, aber leidenschaftliche Affäre. Beide waren sich darüber einig, dass es zu nichts führen würde. Nicht nur wegen des Altersunterschieds, sondern auch wegen Sybil. Kurz nachdem Alec nach Südafrika zurückgekehrt war, lernte Lorna Hugh kennen. Und dann, im letzten Sommer, hörte sie plötzlich wieder von Alec, der ihr schrieb, was mit seiner Zeitung passiert sei. Er bat sie um Hilfe für ein Stipendium. Lorna ließ sich darauf ein, unter der Bedingung, dass sie so tun würden, als wären sie sich nie zuvor begegnet.

Was sie mir über ihre erste Begegnung erzählte hatte – dieses unerwartete Gefühl, das über ihr zusammenschlug, diese Anziehung, wie eine Droge – war die Wahrheit gewesen. Sie hatte ihn fünf Jahre lang nicht gesehen. Sie war nicht darauf vorbereitet gewesen, dass er kein Junge mehr war, sondern ein Mann.

Sie versuchte, sich von ihm fernzuhalten, aber ihr Verlangen war zu stark. Sie gab sich selbst ständig Versprechen, die sie innerhalb von Minuten wieder brach.

Lorna starrte ins Feuer, und ich wusste, dass sie ihn vor sich sah. Ich fühlte, wie mir der kalte Schweiß ausbrach, und grub meine Finger in die Armlehnen des Sessels.

»Rückblickend weiß ich, dass er mich vom allerersten Tag an bearbeitet hat. Er war viel zu clever, um direkt über Hugh zu lästern. Stattdessen sprach er meine größte Schwäche an: meine intellektuelle Eitelkeit. Er verwendete meine eigenen Worte gegen mich. Sein Argument war, dass *Die Absteiger* zwar allem entsprach, woran ich glaubte, mein Buch über Christie aber ein Sinnbild für den Kompromiss war, zu dem ich mein Leben gemacht hatte.«

Erst nach Weihnachten, als Lorna erkannte, wie es um Georgie stand, zählte sie eins und eins zusammen. Sie begriff, dass sich die Geschichte mit Sybil wiederholte. Dass Alec eine erschreckende Taktik in seinem Verhalten Frauen gegenüber an den Tag legte. Er behauptete zwar immer, er würde sie befreien, in Wirklichkeit aber höhlte er sie aus.

Lorna nahm ihr Whiskyglas.

»Es dauerte eine Weile, bis ich das begriffen hatte. Diese Nacht … wie er sie völlig aus der Fassung gebracht hat, die Zweifel, die er in ihr gesät hat … Der Ausdruck auf seinem Gesicht, als er mir die Schlüssel zuwarf.« *Du musst ihr nachfahren.*

Lorna trank den letzten Schluck Whisky. »Die Wahrheit ist,

dass ich mich der Sache nicht stellen wollte, also tat ich es nicht. Erst, als ich hörte, dass Georgie mit einer Überdosis ins Krankenhaus eingeliefert worden war. Sie hat mir erzählt, dass er mit Ihnen weggefahren war. Und ich sah, wie es wieder passierte. Genau so wie damals. Ein tödliches Dreieck; er benutzte eine Spitze des Dreiecks, um die andere zu erstechen.«

Sie schwieg und hielt ihr leeres Glas in der Hand, das Gesicht ausgezehrt und leer.

Der Kamin rauchte, die Hitze meiner Wut war abgekühlt. Zurück blieb ein dumpfer, sich ausbreitender Schmerz.

»Warum machen Sie sich die Mühe?«, fragte ich schließlich mit einer ausdruckslosen Stimme, die mir selbst fremd war. »Nach all den Lügen. Ich verstehe nicht, warum Sie mir das alles erzählen.«

»Nein? Wirklich nicht …?« Lorna verstummte. Den Kopf immer noch gesenkt, betrachtete sie die Naht auf der Armlehne des Sessels. Ich konnte nur ihren Scheitel sehen, und zum ersten Mal fielen mir die dünnen grauen Strähnen in ihrer rotbraunen Mähne auf. Als sie hochschaute, schwammen ihre Augen in Tränen. »Weil Sie immer noch an einer Illusion festhalten, Liebes. Und ich habe Angst, dass Sie Ihr Leben damit vergeuden, einem falschen Idol nachzuweinen. Einer Liebe, die nicht wirklich war, und einem Kind, das nie geboren werden sollte.«

Das Bild, das ich von Lorna gehabt hatte, als ich herkam – die Lorna, gegen die ich hatte kämpfen wollen – bekam Splitter und Risse, als hätte jemand einen Spiegel mit einem Hammer bearbeitet. Überall auf dem Boden lagen bereits die Scherben.

Nach ein paar Sekunden gab ich auf. Ich konnte ihrem Blick nicht standhalten, und so schaute ich stattdessen den Couchtisch an. Es war ein mächtiger, lackierter Holzklotz mit einer

Glasplatte darauf. Unter der Platte hatte sich in den Rillen und Ritzen des Holzes Staub angesammelt. Ich fragte mich, wie man das jemals wieder sauber kriegen sollte.

Nicht lange danach verabschiedete ich mich. Lorna brachte mich zur Tür. Als ich ihre Schwelle überschritt, empfand ich einen tiefen Schmerz in meiner Brust, einen Schmerz, der – wenn ich jetzt so darüber nachdenke – seitdem nicht mehr verschwunden ist.

»Wissen Sie, Jess …« Sie zögerte, die Hand auf dem Türrahmen liegend. Ihre Augen suchten meine, und ihre Wangen wurden rot, sodass ich hätte glauben können, sie wäre nervös – wenn es nicht Dr. Lorna Clay gewesen wäre, die vor mir stand.

Ich wartete darauf, dass sie weitersprach.

»Wir könnten in Kontakt bleiben«, sagte sie. »Nur hin und wieder eine Nachricht. Dann hätte er wenigstens in dieser Hinsicht nicht gewonnen.«

Ich senkte den Blick und dachte eine Weile darüber nach. Ich stellte mir die folgenden Jahre vor, in denen ich mich würde durchkämpfen müssen, an ihrer Bürotür vorbeigehen, mit dem kleinen Schild, das mir sagte, sie sei nicht da, in die Vorlesungssäle, die noch ihren eigenen, inspirierenden Zauber verströmten, in die Seminarräume, wo sie mir den Kopf verdreht hatte mit dem Versprechen von einem Leben, das größer sein würde als ich selbst. Das war schon etwas wert, aber es war nicht genug.

»Ich kann nicht.«

Sie blinzelte schnell und wandte sich dann ab. »Ich verstehe.«

Als ich die Gartenpforte erreichte, rief sie noch einmal meinen Namen.

Ich blieb stehen und drehte mich um.

»Tun Sie mir noch einen Gefallen?«, sagte sie. »Dann sind Sie mich los.«

Ich zögerte. »Okay.«

»Ihre Familie«, sagte sie, »das scheinen gute Leute zu sein.«

38

Ich fuhr mit dem Bus vom Bahnhof bis oben an die Straße, die in einer Kurve nach Milton View führte. Es war einer dieser trüben, feuchten und deprimierenden Tage Ende Mai, wenn sich alle Engländer nach dem Frühling sehnen und mit dem Gedanken spielen auszuwandern. Ich umschiffte mit meinem Trolley die Pfützen auf der Straße, ging vorbei an dem Feld mit Farmer Roberts' Kühen, die sich nicht beim Grasen stören ließen. Jemand hätte mich vom Bahnhof abgeholt, wenn ich darum gebeten hätte. Aber irgendwie wäre mir das demütigend vorgekommen.

Der Land Rover stand in der Garage, mit dem Heck nach außen, was bedeutete, dass jemand kürzlich darauf unterwegs gewesen war, was nicht oft geschah. Als wir noch klein gewesen waren, waren wir in diesem Wagen überall hingefahren, zum Picknick, zu Radtouren und zum Zelten. Wenn das Zelt hinten auf dem Rücksitz gelegen hatte, stritten wir immer darüber, wer auf den Notsitz musste. Ich ging an der Garage vorbei zur Rückseite des Hauses. In der Einfahrt stand Freddies Wagen. Und der von Stef.

Sonntagsessen. Du lieber Gott. Alle waren da.

Die Klinke der Hintertür war so schwergängig wie immer. Ich trat ins Haus, die Brust eng, doch was mir entgegenschlug, war Stille. Kein Schaben von Hundekrallen auf den Bodenfliesen, kein Stimmengewirr im Wohnzimmer. Ich stand mit dem Trolley in der Hand in der Diele und lauschte. Nichts.

»Hallo?«, sagte ich und ging langsam weiter. Der Griff des

Trolleys, den ich losgelassen hatte, schlug klappernd auf dem Boden auf. »Jemand zu Hause?«

Ich ging in die Küche, aber sie war leer, alles war aufgeräumt und blitzsauber. Kein Bratengeruch oder der Dampf von gekochten Kartoffeln. Einen Augenblick lang war mir, als hätte ich versehentlich das falsche Haus erwischt, dann dämmerte es mir: natürlich, Mittagessen im Pub. Sie waren vermutlich querfeldein gegangen. Ein Gefühl der Ernüchterung machte sich breit. Ich hängte meine Jacke auf und ging langsam nach oben.

Mein Zimmer schien unbewohnt zu sein, das Bett frisch bezogen, die Tagesdecke faltenfrei. In der Luft hing der Geruch nach Fliegen, die von der Deckenlampe versengt worden waren.

Ich legte mich auf das Bett und spürte diese Verwandlung vom Erwachsenen zum Kind, die ich jedes Mal durchmachte, wenn ich nach Hause kam, wie ein Märchen im Rückwärtsgang: Der Schwan wurde wieder zum hässlichen Entlein. Über meinem Bett befand sich der höchste Punkt des Zimmers, wo die schrägen, mit Holzbalken versehenen Wände in die Dachneigung übergingen. Die Decke war immer noch hellblau, wie ich sie eigenhändig gestrichen hatte, als Stef ausgezogen war und mir das Zimmer vererbt hatte.

»Es soll so sein, als hätte ich den offenen Himmel über mir«, hatte ich gesagt. Prätentiös und altklug, waren das die Stützpfeiler, auf denen meine Kindheit ruhte? Hatte ich mich aus Angst, das vergessene mittlere Kind zu sein, ihnen entfremdet, mich auf meine unbeholfene Art selbst zum Außenseiter gemacht?

Eine Weile döste ich vor mich hin, bis von unten Geräusche zu hören waren, das Öffnen und Zuschlagen von Türen, das

Bellen eines Hundes, Stimmen und Gesprächsfetzen auf der Treppe.

»... Jess' Tasche?« Das war einer der Zwillinge.

»Hallo-o! Ist das die verlorene Tochter?« Die Stimme meines Vaters.

Ich rannte die zwei Treppen nach unten und blieb dann auf dem Absatz oberhalb der Diele stehen, schaute nach unten in die geröteten, nach oben gewandten Gesichter. Nasse Haare, rote Nasen. Mein Herz schlug wie wild.

»Schicke Frisur«, brach mein Bruder schließlich das Schweigen. »Nennt man das nicht ›shabby chic‹ oder so ähnlich?«

Alle sahen mich an. Die Zwillinge grinsten, als sei ich die Pointe zu einem unerwarteten Witz. Die Augen meines Vaters glänzten verdächtig. Langsam ging ich die restlichen Stufen nach unten. Gladstone drängelte sich mit wedelndem Schwanz zu mir durch. Ich kniete mich hin und kraulte ihm die Ohren, dankbar für die Ablenkung. Dann richtete ich mich auf und wandte mich meiner Mutter zu. Sie knöpfte ihren Mantel auf, und einen Moment lang blickten wir uns an, wie wir es immer getan hatten, als ob wir einander nur durch einen Schleier sehen würden. Dann öffnete sie ganz leicht ihre Arme, und ich ließ mich hineinsinken. Ich fühlte ihre Rippen unter dem dünnen Material ihrer Bluse, das leichte Klopfen ihres Herzens.

»Wo um alles in der Welt kommst du denn her?« Sie wich leicht zurück, und ich schaute ihr ins Gesicht. Es kam mir ein bisschen älter vor, ein bisschen müder. In ihren Augen stand ein erleichtertes Flackern, gemischt mit etwas anderem. Etwas Kompliziertem, das nicht so leicht zu entschlüsseln war.

Dann drehte sie sich um und hängte ihren Mantel auf, sodass ihre Worte nur leise an meine Ohren drangen. »Du bleibst doch eine Weile, nicht wahr?«

39

Zwei Wochen später betrat ich einen Friseurladen in einer Kleinstadt an der Nordküste von Norfolk. Es war nur eine Kundin anwesend, eine ältere Frau mit einem Handtuch über den Schultern, sehr rot geschminkten Lippen und einer Menge Alufolie in den Haaren. Sie machte große Augen, als sie mich sah, und Verwirrung wandelte sich in Erkennen und schließlich in den verzweifelten Ausdruck einer Frau, die in einer äußerst unvorteilhaften Situation erwischt wurde.

»Du liebe Güte!«, sagte sie. »Sie sind doch diese nette, stille Freundin von Alec, nicht wahr?«

Tante Zanny ausfindig zu machen, war – wie Freddie sich auszudrücken pflegte – so leicht gewesen wie mit dem Wind zu pissen. Ich konnte mich von meinem Spaziergang am Strand mit Alec noch vage daran erinnern, wo sie wohnte. Und sie hatte Lorna und mich auf dem Weg zur Beerdigung mit einem Wasserfall an Informationen übergossen. Zu den Aussagen, denen man Glauben schenken konnte, hatte abgesehen von einer detaillierten Krankheitsgeschichte ihres West Highland Terriers, der leider nicht mehr unter uns weilte, auch der Name des Nachbardorfs gehört, wo sie an zwei Tagen in der Woche in einem Geschäft aushalf, das Deko-Artikel und Nippes verkaufte. (»Kein richtiger Job, eher eine Gefälligkeit.«) Der Mann der Ladeninhaberin Rosie war vor Kurzem an Kehlkopfkrebs gestorben – was allein schon schlimm genug gewesen wäre, aber als das Testament verlesen worden war, hatte Rosie erfahren, dass er in Ipswich noch eine zweite Ehefrau gehabt hatte.

»Sicher«, hatte Rosie gesagt, als ich sie nach Tante Zanny gefragt hatte. »Sie ist beim Friseur, wie üblich.«

Ich setzte mich auf den leeren Drehstuhl neben Tante Zanny und ließ sie gegen die Spiegelwand mit mir reden. Auf der Autofahrt hierher hatte ich mir zurechtgelegt, was ich als Grund für mein Hiersein anbringen wollte: In den letzten Wochen hätte ich darüber nachgedacht, ob ich Alecs Familie um Informationen über die Todesursache bitten soll, aber ich wollte ihnen nicht zu nahe treten. Doch abgesehen von jenem ersten Moment verletzter Eitelkeit schien Tante Zanny mein Kommen überhaupt nicht zu wundern, und so war sie es selbst, die bereits nach kurzer Zeit das Gespräch auf die Familie Van Zanten richtete.

Ich hatte wahrscheinlich die Neuigkeiten schon gehört? Nein? Tante Zanny machte erst ein trauriges, dann ein dankbares Gesicht. Sie habe sich schon gefragt, ob tatsächlich nur die Familie und enge Freunde Bescheid wussten, der innere Kreis, wie man so schön sagte … Vielleicht sollte ich dann lieber Fragen stellen …

Ich biss mir auf die Lippen. »Auf der Trauerfeier sagte Celia, dass sie noch mehr Informationen über seinen Tod erwarten würden.«

Tante Zanny nickte. »Sie haben den Ergebnissen der Obduktion in Südafrika nicht getraut. Alles war sehr schwammig. Multiples Organversagen, so etwas in der Art. Also baten sie um eine zweite Meinung. Man hatte Proben genommen, die nach der Bestattung ausgewertet wurden.«

Die Ergebnisse waren für die Familie niederschmetternd, erklärte mir Tante Zannys Spiegelbild. So merkwürdig das klingen mochte, sie hatten auf ein politisch motiviertes Attentat gehofft, weil das seinem Tod etwas Heldenhaftes verliehen hätte. Besonders die arme Divvy hatte sich in diese Idee verbissen. Oh, Alec war ein schwieriges Kind gewesen, und das war noch eine Untertreibung, aber Davina war seine Mutter und sah in ihm immer nur das Gute, vielleicht weil er adoptiert worden war: Sie klammerte sich an den heldenhaften Ruhm dessen, was er in seinem Beruf erreicht hatte. Das *Risiko,* das er einging, um diese schreckliche Sache mit den Minenarbeitern aufzudecken. Viele Menschen wollten nicht, dass über diese Sache geschrieben wurde. Er hatte über die Zeitung Morddrohungen erhalten. Und dann der Arbeiter, der ermordet worden war ... Sie selbst hatte die Sache nicht verfolgt – »Ich lese den *Daily Telegraph*«, erklärte sie, »und da wurden Alecs Artikel nicht gedruckt, nicht einmal in der Wochenendausgabe, aber er hat Preise gewonnen und all das, also war er wohl sehr gut. Er war schon immer klug gewesen. Sehr, sehr klug.« Ihre Augen huschten zur Seite, als die Friseurin mit einem kleinen Rollwagen neben sie kam. »Ah, Zeit zum Ausspülen? Pauline ist eine Meisterin der Farbe«, sagte sie zu mir, als ob die Frau, die vorsichtig die Alu-Päckchen auswickelte, taubstumm wäre. »Aber es dauert immer ewig. Man sollte doch meinen, dass es mit den Jahren schneller geht, aber ich sitze immer mindestens zwei Stunden hier, nicht wahr, Pauline?«

»Was hat die Obduktion ergeben?«, fragte ich erwartungsvoll.

»Etwas schrecklich Banales«, sagte Tante Zanny, während Pauline vorsichtig die Alufolienschichten löste. Einige Strähnen mit einer klebrigen Masse hingen in Zannys Nacken. Der Geruch brannte wie Eis in meinen Augen. »Ich musste dabei an meine Freundin Eloise denken. Ihr Bruder Harry hat verbranntes Brot aus einem Toaster gezogen – mit einem Messer, und *zisch!,* das war's. Stromschlag. Getötet von einem Toaster.

Ich weiß«, sagte sie und warf mir einen Blick zu, »man muss unwillkürlich grinsen, obwohl es kein bisschen komisch ist. Zum Waschbecken?« Sie stand auf, als die Friseurin ihren Stuhl nach hinten zog. »Ich muss bloß schnell dieses Zeug rauswaschen lassen, dann können wir uns weiter unterhalten.«

Etliche Zeitalter vergingen, bis Tante Zannys Haare ausgespült, zweimal shampooniert und ihre Kopfhaut ausgiebig massiert worden war. Als sie mit trocken gerubbelten Haaren, die ihr wie bei einem Jungvogel fedrig vom Kopf abstanden, zurückkam, hatte sie den Faden verloren und erzählte mir von einem Terrierwelpen, den sie sich in ein paar Tagen anschauen wollte. »Natürlich kann kein Hund Crumpet ersetzen, das ist auch gar nicht meine Absicht ...«

Ich brauchte ein paar Sekunden, um mich zu beherrschen.

»Alec«, sagte ich. »Wir sprachen von Alec.«

»Ach, ich Dummerchen«, sagte Tante Zanny. »Manchmal lässt mich mein Gedächtnis im Stich. So fängt es ja für gewöhnlich an ... Nicht, dass ich Alec jemals vergessen könnte.« Plötzlich wirkte sie verzweifelt und ihre Augen füllten sich mit Tränen. »Dass er vor mir gestorben ist, ist einfach unvorstellbar für mich, wissen Sie? Dieses ganze *Leben,* und nichts ist übrig geblieben.«

Ich nickte und wandte den Blick ab. Meine Brust wurde eng. Einen Moment lang konnte ich kaum noch atmen. Würde ich es immer als Teil von ihm betrachten, dieses Kind, das ich nicht bekommen hatte? Würde es gemeinsam mit mir älter werden, bei mir bleiben – als Geist, gerade außerhalb unserer Wirklichkeit, sodass nur ich es sehen konnte?

Tante Zanny streckte die Hand aus. »Tut mir leid, Liebes«, sagte sie und legte ihre Hand auf mein Knie. »Ich weiß nicht, ob das, was man herausgefunden hat, ein Schreck oder eine

Erleichterung für Sie sein wird. Es war schlussendlich alles sehr unspektakulär«, sagte sie und wischte sich über die Augen. »Keine dubiosen Umstände, kein politisch motiviertes Attentat. Er ist an einem allergischen Schock gestorben.«

Ich blinzelte ihr Spiegelbild an. Mein Mund wurde staubtrocken.

»Ja. Na, Sie wissen schon. Das kennt man ja von Nüssen und Erdbeeren. Was es bei ihm war, weiß ich nicht. Sein Herz ist einfach stehen geblieben.«

Ich erinnerte mich an eine frühere Mitschülerin von mir, für die ein Bienenstich tödlich gewesen wäre und die ständig ein Gegenmittel an einer Kordel um den Hals trug. Sie ließ dieses Gegenmittel nie aus den Augen. Wenn sie im Sportunterricht Netball spielte, hielt der Lehrer die Kordel für sie fest.

»Ach je, ich bin ja kein Doktor«, sagte Tante Zanny. »Aber wie heißt es doch gleich ... dieses Wort ... Liebes, würden Sie bitte einen Stuhl weiterrutschen, damit Pauline mehr Platz hat?« Sie schaute mich an und ihre Stimme veränderte sich. »Sie müssen ihm sehr nah gestanden haben, wenn Sie den ganzen Weg hierher gekommen sind. Ich vermisse ihn schrecklich, Sie nicht auch?«

Das war es also. Ich hatte mir auf der Fahrt hierher alles Mögliche ausgemalt, und diese Nachricht, die eigentlich eine Erleichterung sein sollte – er war nicht erdolcht oder vergiftet oder auf dem Altar irgendeines Politikers oder Minenbesitzers geopfert worden –, war im Grunde genommen ein entsetzlicher Schlag. Der Alec aus meinen Träumen besaß eine Lebenskraft, die auf eine derart banale Art und Weise nicht ausgelöscht werden konnte.

In einer Art Trance fuhr ich wieder nach Hause. Die kleinen weißen Striche der Fahrbahnmarkierung sausten unter meinen Rädern nach hinten. *Fühlt es sich so an, wenn man eine Liebe begräbt? Dieses Loch im Magen, der kalte Stich der Einsamkeit?*

Vor mir tauchte die Abzweigung auf. Ich wechselte die Fahrbahn und setzte den Blinker.

Wenn ich heimkomme, dachte ich, *werde ich Nick anrufen.*

40

Es gab eine Zeit, da habe ich jeden Tag an Lorna gedacht. Ich kämpfte mit dem Verlangen, mich bei ihr zu melden, obwohl ich nicht wusste, ob ich sie umarmen oder erwürgen wollte.

Ich hielt überall nach ihr Ausschau. Anfangs sogar auf dem Campus, was nicht ganz abwegig war, in der Arche, am See oder an den Fahrradständern, wo ich immer genau hinschaute, ob ich das flaschengrüne Rad mit dem Korb entdeckte.

Liebe macht abergläubisch, und ich war mir sicher, dass ich – falls sie an die Uni zurückgekehrt war – der erste Mensch sein würde, dem sie begegnete. Immer, wenn ich jemanden mit einer ähnlichen Haarfarbe und einem Körperbau wie ihrem sah – was nicht sehr oft geschah –, machte mein Herz einen Satz, und Panik überkam mich, ein instinktives Verlangen, mich zu ducken.

Georgie kehrte nicht zurück. Ich schickte ihr in regelmäßigen Abständen E-Mails, die sie nie beantwortete. Sie hatte eine neue Handynummer, und die persönliche Assistentin legte auf, sobald ich mich mit meinem Namen meldete. Nach ein paar Monaten gab ich es auf. Im zweiten Studienjahr gab ich auch meinen Studiengang auf. Im Sommertrimester, nachdem Lorna gegangen war, wurde Dr. Porter mein Betreuer. Aber er konnte mir nicht vergeben, dass ich eine Lorna-Jüngerin gewesen war, und mir wurde klar, dass ich fertig war mit dem Geschichtenerzählen. Geschichten, das war die Stärke von Lorna und Alec gewesen. Früher war es mir wie Magie vorgekommen, die Erschaffung neuer Welten. Jetzt erschien es mir wie eine Flucht vor der Wahrheit.

Ich wechselte das Fach und fing an, Jura zu studieren. Ich wollte Strafverteidigerin werden. Vielleicht ließ ich mich ein Stück weit von Agatha Christie inspirieren, aber vermutlich doch eher von meinem überbordenden Gefühl der Ungerechtigkeit, das wie ein Stein in meiner Brust festsaß. Zu Walts Überraschung und Entzücken schloss ich mich so gut wie jeder Petition und jedem Protestmarsch an, den er veranstaltete. Trotzdem fiel mir Jura ziemlich schwer. Ein Buch über das Zivilrecht zu lesen, kam mir ungefähr so vor wie eine Packung Cracker zu essen, ohne etwas zu trinken zu haben, um die Krümel hinunterzuspülen.

Aber die trockenen Themen kamen mir auch gelegen, zumindest in gewisser Hinsicht. Ich arbeitete konzentriert und bemühte mich sogar um ein einigermaßen funktionierendes Privatleben. Aber die Leute um mich herum erschienen mir so furchtbar jung, und obwohl ich mir alle Mühe gab, ich schaffte es einfach nicht, mich für die Themen zu interessieren, über die sich die anderen Studenten unterhielten. Manchmal saß ich allein auf der Kuss-und-Tränen-Bank am See und kam mir ein bisschen idiotisch vor, als ob ich auf ein Blind Date warten würde, von dem ich genau wusste, dass es nie auftauchen würde.

Es war ganz und gar Nick zu verdanken, dass wir Freunde blieben. Er war lieb und unterhaltsam und vor allem nicht nachtragend. Ein paar Monate lang konnte ich mir mit ihm nicht mehr als eine gute Kameradschaft vorstellen. Dann lud er mich eines Abends zu einer Dinnerparty zu sich nach Hause ein, und als ich zu ihm kam, sah ich zu meiner Überraschung, dass ich der einzige Gast war. Nach dem Essen saßen wir auf dem Sofa, tranken Wein und lauschten dem tiefen und kehligen Bedauern in Tom Waits' Stimme. Etwas in mir schmerzte. Nick schaute mir ins Gesicht und lächelte. Dann verschränkte er die Hände hinter dem Kopf, lehnte sich in die Sofakissen zurück und wirkte auf einmal furchtbar verschroben und weise und mindestens tausend Jahre alt. Dann fing er an, mir von Altwasser zu erzählen.

»Weißt du noch, als wir damals die Zauberpilze gegessen haben und ich irgendwas über Flüsse gebrabbelt habe?«

Einer stummen Übereinkunft zufolge hatten wir nicht mehr über Georgie oder Alec gesprochen. Ich fühlte, wie mein Herz einen Schlag aussetzte.

»Ich habe doch bestimmt diese geschwungenen Biegungen erwähnt, nicht wahr?« Er beugte sich etwas nach vorn und malte ein S auf mein Knie. Ich nickte und fühlte, wie das Blut dort, wo er mich berührt hatte, etwas schneller floss. »Habe ich dir auch von Altwasserseen erzählt?«

Ich schüttelte den Kopf, während sich die Wärme in mir ausbreitete.

»Wenn ein Fluss so stark mäandert, dass er sich von dem Hauptstrom ablöst, bildet er einen kleinen See. Ich finde diese Seen wunderschön, aber auch ein bisschen traurig«, sagte Nick. »Denn es ist, als ob die Zeit stillsteht. Und ein Teil von mir, ein großer Teil, möchte sie wieder in Bewegung setzen.«

Wir küssten uns, und ich fühlte, wie mir Herz und Körper leichter wurden, und einen Augenblick lang dachte ich, alles würde gut werden.

Und dann, ein paar Minuten später, hatte ich eine handfeste Panikattacke.

Hin und wieder sah ich Hugh über den Campus laufen, und selbst aus der Entfernung kam mir sein Gesicht grauer vor, älter, leerer, als ob jemand einen falschen Filter vor eine Kameralinse gesteckt hätte. Ich wechselte immer die Richtung, wenn ich ihn sah, damit wir uns nicht zu nahe kamen. Doch dann, in meinem zweiten Jahr, saß ich einmal in einer Pause zwischen zwei Seminaren in der Schüssel, als ich ihn vorbeigehen sah. Aus einem Impuls heraus sprang ich auf und ging zu ihm.

Ich bedauerte meinen Entschluss sofort. Sein freundliches, faltiges Gesicht hörte nicht auf zu lächeln, aber ein dünner Schleier schien sich vor seinen Augen zu senken.

»Ich bin's, Jess. Vielleicht erinnern Sie sich nicht …«

»Natürlich erinnere ich mich«, antwortete er ohne große Regung.

»Ich wollte mich nur bei Ihnen bedanken«, sagte ich, wobei mir die Worte nicht leichtfielen. »Sie waren sehr freundlich, als es mir nicht gut ging, und Sie haben mir wirklich geholfen.«

Er verzog keine Miene. »Wie geht's mit Ihrem Studium voran?« Er zögerte kurz. »Finden Sie sich zurecht, jetzt, da Lorna weg ist?«

Nein, wollte ich sagen. *Nein, ich finde mich überhaupt nicht zurecht. Was ist mit Ihnen?*

Stattdessen erzählte ich ihm, dass ich jetzt Jura studierte. Ich sah, wie ein leichtes Funkeln in seine Augen trat. »Oh je«, sagte er. »Was für ein Glück, Lorna ist nicht da. Sie würde Sie umbringen.«

Ich holte tief Atem. »Haben Sie … Kontakt zu ihr?«

Steadys Augen flackerten kurz. »Nein«, sagte er dann. »Nein, gar keinen. Aber ich glaube, sie ist immer noch in den Staaten. Ich denke – besser gesagt: ich hoffe –, dass es ihr dort mehr zusagt als hier. Sie ist einzigartig, nicht wahr, und dieser Ort hier war schlussendlich zu klein für sie.«

Ich nickte und biss mir auf die Lippe. Dann verabschiedete er sich von mir und wünschte mir von Herzen Glück, aber mit einer Endgültigkeit, die mir sagte, dass er es nicht sonderlich schätzen würde, wenn ich ihn noch einmal ansprach. Aber später, in meinem Zimmer, ging mir auf, wie großzügig das war, was er gesagt hatte. Er hatte schließlich viel mehr zu vergeben als ich. Und ich dachte: Nick hat mir vergeben, Hugh hat Lorna vergeben. Wer bin ich denn, dass ich so nachtragend bin?

Ich hatte ganz schön Nervenflattern, als ich mich an meine Tastatur setzte. Dann stürzte ich mich in die Internetrecherche, die ich bislang mit der einstudierten Disziplin einer trockenen Alkoholikerin vermieden hatte. Was mich schon nach wenigen Sekunden erschreckte, war die Tatsache, wie wenig ich fand. Und keine Information stammte aus der Zeit nach unserem letzten Gespräch, bis auf ein paar kurze Presseberichte darüber, dass sie in Zukunft in Stanford unterrichten würde, eine Erwähnung in einem Artikel über die Abwanderung von qualifizierten Fachkräften ins Ausland und eine kleine Nachricht in einer Literaturzeitschrift, der ich entnehmen konnte, dass Lorna während ihrer Lehrtätigkeit in den USA ein Buch über Angela Carter schreiben würde. Das Einzige, was darauf hinwies, dass sie am Leben war, war das Fehlen einer Todesnachricht.

Was zum Teufel ist da los?, dachte ich und starrte den blinkenden Cursor an.

Ich schrieb eine kurze E-Mail – *Hab mich bloß gefragt, wie es Ihnen geht* –, die aber nicht zugestellt werden konnte. *Undelivered mail.*

Ich fing an, herumzutelefonieren. Erst rief ich in Stanford an. Lorna war dort nicht mehr tätig, informierte mich eine Stimme aus dem Institut für Anglistik knapp. Nein, leider hatte sie auch keine Post- oder E-Mail-Adresse hinterlassen. Ich rief die Zeitschrift an, die über Lornas Buchprojekt über Angela Carter berichtet hatte. Die Journalistin war ausweichend – sie habe die Information über eine Pressemitteilung erhalten, erklärte sie. Nein, sie könne sich nicht daran erinnern, woher. Dann hatte ich eine Eingebung. Ich holte *Die Absteiger* aus dem Regal, las die Danksagung durch und notierte mir den Namen ihrer Agentin.

Die Agentur ausfindig zu machen, war ein Kinderspiel. Ich wählte die Nummer.

»Felicity ist den ganzen Tag in einem Meeting. Darf ich fragen, worum es geht?«, fragte eine Mädchenstimme.

Ich holte tief Atem. »Lorna Clay.«

Nach einer kurzen Pause ertönte ein Klicken, dann hatte ich eine Frau am Apparat. Ihre Stimme war tief, voller Zigaretten und drängend. »Wer ist da? Haben Sie Informationen über Lorna?«

Ich legte auf.

Jetzt fing ich richtig an, nach ihr zu suchen. Ich fuhr nach London, in die Straße, wo Grace wohnte, aber das spanische Au-Pair-Mädchen, das mir die Tür öffnete, sagte mir, dass Grace nicht da sei, während sie gleichzeitig über die Schulter hinweg ein paar kleine Kinder zur Ordnung rief. Sie gab mir Graces E-Mail-Adresse, und ich musste ihr zweimal schreiben, ehe sie mir in zwei Zeilen erklärte, sie habe keinen Kontakt zu Lorna. Soweit sie wüsste, sei ihre Schwester in die Vereinigten Staaten gezogen.

Ich suchte das Heim auf, in dem Lornas Mutter gelebt hatte.

Die kleine, bebrillte Empfangsdame blickte mich bei der Erwähnung von Lornas Namen hoffnungsvoll an. Ob ich gekommen sei, um die überfällige Wasserrechnung zu begleichen? Aber als ich ihr den Grund meines Besuchs erklärte, schüttelte sie den Kopf, und ihre Miene verschloss sich wie mit einem Fensterladen. »Wenn Sie irgendjemanden von den Clays ausfindig machen, lassen Sie es mich bitte wissen«, sagte sie schnippisch. »Ich habe hier noch etliche Dokumente, die unterschrieben werden müssen.«

Nach kurzer Überlegung fiel mir der Name des Restaurants auf Lornas Insel wieder ein: La Sirena. Ein paar Tage lang klingelte es, ohne dass am anderen Ende der Leitung jemand den Hörer abnahm. Ich dachte schon, dass die Nummer, die ich gefunden hatte, falsch wäre, und war kurz davor aufzugeben.

Schließlich hatte ich Erfolg, aber der italienische Kellner, den ich in der knisternden Leitung hatte, wusste nicht, wovon ich redete, geschweige denn, von wem. Der Manager, den ich danach an die Strippe bekam, sagte mir, dass er *»La Prof«* natürlich kennen würde, aber, so meinte er, sie habe die Insel wohl eine Zeit lang nicht mehr besucht, etwa seit zwei Jahren. Und Nino war für die Hauptsaison nach Sizilien gefahren. Keiner wusste, wann er zurückkommen würde. Oder ob überhaupt.

Natürlich hielt ich auch nach Alec Ausschau. Aber nicht so oft und immer mit einem Gefühl von Angst, denn wenn er zu mir kam, was häufig nachts geschah, dann mit einer Wucht, die mich mit Schmerz erfüllte. Er riss mich mit zurück ins Old Swan, zurück zu diesen nebelverhangenen Tagen, als die Hirsche durch den Dunst staksten, oder zu diesem Zimmer mit den gelben Tapeten im Haus von Lornas Schwester, zurück zu dem Gefühl, dass etwas in mir zerbrochen war, dass *ich* etwas zerbrochen hatte, und dass es niemals wieder heilen würde. Und die Tränen, die dann flossen, waren heiß und kamen aus dem Abgrund meiner Seele, aus jenem Teil, dem wir nicht jeden Tag ins Auge blicken, denn dazu muss man auf die andere Seite gehen.

Und dann, eines Tages im Frühling, als ich an der Arche vorbeiging, merkte ich, dass ich schon seit einer ganzen Weile nicht mehr zu Lornas Bürofenster hinaufgeschaut hatte. Und mir wurde klar, dass beide, Lorna und Alec, aus meinen täglichen Gedanken in den Hinterkopf gewandert und mehr oder weniger aus meinem Blickfeld verschwunden waren.

Und dann wurde das Leben wieder gewöhnlich.

41

Etwa sechs Jahre, nachdem Georgie sich aus meinem Leben verabschiedet hatte, entdeckte ich das Foto ihrer Mutter in der Zeitung.

Ich saß in meiner Kaffeepause auf einer Parkbank in North London und blätterte die Zeitung durch, als ich plötzlich innehielt. *Die kenne ich doch, wer ist das?* – Ein kleines Schwarz-Weiß-Bild von einer lachenden jungen Frau.

Lady Melinda Duncan ist im Alter von 64 Jahren verstorben. Lady Duncan wurde berühmt durch die »Heretic«-Tage, das bacchanalische Musik- und Improvisationsfestival, das alljährlich auf dem Landsitz der Familie …

Ich sauste zurück zu meinem Schreibtisch und schrieb Georgie eine E-Mail. Nach ein paar Wochen bekam ich Antwort.

Jess Walker. Ich habe mich immer gefragt, wie es wohl sein würde, wenn du dich wieder bei mir meldest. Ich habe in den letzten Jahren oft an dich gedacht. Ja, es waren schwierige Monate. Ich dachte eigentlich, schwarze Spitze würde mir stehen, aber ich war ein greinendes Wrack. Ich habe geheult wie ein italienisches Klageweib …

Sie fragte mich, wie es mir ergangen sei. Ich antwortete ihr unverzüglich.

Es wird dir leidtun, dass du mich das gefragt hast. Ich arbeite seit knapp zwei Jahren als Rechtsbeistand für eine Anwaltsfirma in London. Ich trage jeden Tag Marineblau und habe mir das Haar glätten lassen. Die Bürofeiern jeden Donnerstag in der Krypta sind ziemlich wild, aber ...

Ich hielt inne und merkte, wie meine Augen anfingen zu brennen. Schnell tippte ich weiter.

Ich habe oft das Gefühl, dass ich gleich verhaftet werde, weil ich etwas vorgebe zu sein, was ich nicht bin. Aber vielleicht geht das jedem so, der mit Wirtschaftskriminalität zu tun hat.

Die Schilderung dessen, was sie in den vergangenen Jahren erlebt hatte, traf mich wie ein Schock. Nachdem sie die Uni verlassen hatte, wanderte sie zwei Jahre lang von einer Entzugsklinik zur anderen, einmal rund um die Welt.

Nach einer schweren Tablettensucht einen kalten Entzug zu machen, ist ungefähr so, als würde einem der Kopf unter Wasser gedrückt. Als ob man ertrinkt und gleichzeitig gesagt bekommt, man müsse atmen. Und die Therapeuten und Krankenschwestern sind deine Peiniger.

Danach zog sie aufs Land, in eine kleine Mühle an einem Bach, neben einer Wiese.

Du auf einem idyllischen Bauernhof?, schrieb ich zurück. Das kann ich mir nicht vorstellen ...

Ja, ich weiß. Eine ziemliche Kehrtwende, was?

Sie wohnte am Rand eines Dorfes, das als »typisch englisch« galt, erzählte sie mir: reetgedeckte Cottages, ein Gastropub mit Craft Beer und Ossobuco, jeden dritten Sonntag Gottesdienst.

Anfangs dachte ich, das bin nicht ich. Alle, die hier wohnen, haben eine ganz bestimmte Einstellung. Aber langsam mache ich mir Sorgen, dass ich doch hierher passen könnte.

Aus einer Laune heraus hatte sie sich eine Töpferscheibe gekauft und ein altes Hobby wieder aufleben lassen. Die Sache lief gut. Sie organisierte gerade ihre zweite Ausstellung, denn die erste in einer kleinen Galerie von South London war ein Überraschungserfolg gewesen. Sie hatte alle Objekte verkauft. Ihr Liebesleben war ein Scheißhaufen gewesen – *Ich meine das wörtlich: ein echter Haufen Scheiße* –, bis sie sich vor vier Monaten mit einem Mann anfreundete, der ganz in der Nähe einen Käseladen betrieb. (Der Laden war gleich neben der Kirche und sie nannte ihn »Der heilige Laib«.) Sie sei schon ganz fett geworden vor lauter Käse, meinte sie, und sie habe den Verdacht, dass sie laktoseintolerant war, aber sie sei wohl verliebt. Ob ich sie besuchen kommen wolle.

Und so stand ich an einem kühlen, klaren Herbsttag mit einem unbehaglich flauen Magen vor Georgies Haus. Es war knapp sechs Jahre her, seit man Alec begraben hatte.

Georgie öffnete die Tür.

Und es war so, als ob sie eine Pforte in die Vergangenheit geöffnet hätte. Ich war nicht darauf gefasst, was ihr Anblick – barfuß, echt, dreidimensional – in mir auslösen würde.

»Ich weiß«, sagte sie. »Das liegt an dem Käsemann. Ich habe ungefähr fünfzehn Pfund zugelegt. Du siehst aus ...« Sie musterte mich von oben bis unten und fing plötzlich an zu grinsen, »als ob du dir gleich in die Hose machst.«

»Es tut mir so leid«, sagte ich, als wir uns umarmten. »Alles tut mir leid. Die Sache mit deiner Mutter tut mir leid. Dieser Hellseher aus Kerala war offenbar eine echte Niete.«

Und da lachte Georgie so, wie sie es früher getan hatte. Dieses Lachen, das ich so liebte, mit weit nach hinten gelegtem Kopf, sodass ich ihr hässliches Muttermal sehen konnte.

Sie war immer noch die Georgie, die ich kannte, immer noch trocken, witzig, glamourös, selbstironisch. Aber sie hatte einen Großteil dieser nervösen Energie abgelegt, die einem immer das Gefühl gegeben hatte, man müsste sich nach ein paar Stunden in ihrer Gegenwart hinlegen und eine Runde schlafen. Sie hatte sich »geerdet«. Und da war noch etwas anderes, eine leichte Distanziertheit in ihren Augen und ihrer Stimme, die mir im Herzen wehtaten. Sie schien mir nichts mehr nachzutragen, brachte mir echte Wärme und Zuneigung entgegen, aber trotzdem gab es zwischen uns eine Art Narbengewebe, knotig und verhärtet.

Sie lieh mir Gummistiefel, und wir gingen spazieren, kletterten über Grenzmauern, die grün von Moos waren.

Eine Weile redeten wir über ihre Mutter. »Sie war schon immer von einer Art Todeswunsch beseelt. Und dann, als sie wusste, dass es so weit war, wurde sie ganz entspannt.« Georgie atmete scharf ein und ich merkte, dass sie mit den Tränen kämpfte.

Auf dem Weg in Richtung Wald sprachen wir über dies und das: über ihre bevorstehende Ausstellung, den Mann mit dem Käseladen, was aus den Leuten von der Uni geworden war.

(»Hast du gehört, dass Walt einen Managerposten bei Coca-Cola angenommen hat? – Der miese Verräter.«) Es gelang mir nicht, die Anspannung in meiner Stimme zu unterdrücken, als ich sie fragte, ob sie noch mit Nick in Kontakt sei. Hin und wieder, meinte Georgie. Sie wusste, dass er irgendeinen extrem coolen und wichtigen Job hatte, irgendwas mit Erdbebenmessungen. »Seismisch, wörtlich genommen. Aber er war schon immer viel cooler als wir anderen, stimmt's?« Kürzlich hatte sie eine Rundmail von ihm erhalten, wegen einer Storytelling-AG, die er angeleiert hatte.

»Eine Storytelling-AG?«

»Ja. Klingt richtig toll. Wir sollten mal hingehen. Er nennt es den ›Dienstagsclub‹.«

Mein Herz benahm sich mit einem Mal ganz merkwürdig. Ich musste blinzeln und schaute zur Seite. *Er weiß es noch.*

»Ja«, sagte ich und merkte, wie mich eine Wärme durchzog. »Ja, das wäre echt schön.«

Danach schwiegen wir, während wir im Gänsemarsch Schlammpfützen auswichen oder durch die Blätterhaufen raschelten. Gerade als ich völlig entspannt an einem Brombeerstrauch stehen blieb und ein paar reife Beeren pflückte, sagte sie: »Du bist noch nicht über sie hinweg, stimmt's?«

Ich wusste sofort, wen sie meinte, aber eine Art innerer Verteidigungsmechanismus sorgte dafür, dass ich den Brombeerstrauch nicht aus den Augen ließ. »Was?«

»Über Lorna und Alec. Du hast die Sache noch nicht verarbeitet.«

Ich schaute kurz zu ihr hin und wandte den Blick dann wieder ab, aber der rotgoldene Schimmer des Herbstlaubs blinzelte mich spöttisch an. Meine Stimme klang spröde. »Ich denke kaum noch an sie.«

»Das meine ich ja«, sagte Georgie. »Du hast sie in irgendeiner Kiste in deinem Geist eingeschlossen, wo sie vor sich hin modern und dich irgendwann mal krank machen. Du ersäufst sie Woche für Woche bei den Bürofeiern in dieser Krypta.« Sie drehte sich zu mir um und bot mir ein paar Brombeeren an, die so prall waren, dass der Saft dunkle Flecken auf ihrer Haut hinterließ, aber ich sah die Herausforderung in ihrem Blick.

Und ich dachte: *Stimmt das?* Hatte ich sie weggesperrt, weil ich Angst vor den Erinnerungen und dem Schmerz hatte? Oder schlimmer noch – und darauf zielte Georgies Bemerkung wohl ab –, weil ich Angst vor dieser anderen Version von mir hatte? Angst vor dem, was ich in ihrem Fahrwasser finden würde?

Lorna war eine Tür zu einer anderen Welt gewesen. Alec ebenfalls. Ich war ihnen gefolgt, hatte Grenzen überschritten, und die Welt war plötzlich bunt geworden. Aber es war auch ein Erdrutsch gewesen, eine Lawine, die damit geendet hatte, dass Alec unter der Erde lag und meine Hände blutbesudelt waren. Georgie war die Betrogene, Nicks Herz war gebrochen und Lorna war verschwunden. Seitdem hatte ich alles auf Sparflamme gehalten, in meinem Bestreben nach Sicherheit, eng eingewickelt in meinem reglementierten Leben. In meiner Welt hatte alles einen Sinn, aber nichts eine Bedeutung. Ein Leben, in dem ich aus Angst vor dem Feuer nicht einmal mehr eine Kerze anzündete.

»Kannst du dich noch an diesen steifen Spießer aus dem Pub erinnern, wo wir die Pilze genommen haben? Der mit der schwangeren Frau und den beiden blonden Bübchen?«, fragte mich Georgie. »Tja, ein paar Wochen danach hat er mich angerufen. Er klang irgendwie weinerlich und ein bisschen zittrig.

Er meinte, er hätte meine Nummer durch einen Freund bei der Polizei herausgefunden.«

Ich riss die Augen auf. »Du machst wohl Witze! Davon hast du mir nie was erzählt …«

»Er hat behauptet, er hätte zwei Wochen lang nicht schlafen können. Dass mein Anblick, wie ich mich ausgezogen und splitternackt in den Fluss gestürzt hätte, seine ganze Welt auf den Kopf gestellt hätte. Er hatte seinen Job aufgegeben, seine Familie verlassen und spielte mit dem Gedanken, eine Geschlechtsumwandlung vornehmen zu lassen …«

»Du *machst* Witze!«

»Es war Alec, wer sonst?«, sagte Georgie grinsend. »Aber wenn er nicht angefangen hätte zu lachen, hätte ich ihm die Sache abgekauft. Sein Akzent war perfekt: ehemaliger Soldat, mittelmäßiger Schulabschluss …«

Ich lachte.

»Er war schon ein verdrehter Mistkerl«, sagte Georgie.

Ich nickte und zwang mich zu einem Lächeln, aber mein Herz zog sich zusammen. Als ich sie anschaute, sah ich, dass es ihr genauso ging. Und in der Gewissheit, dass wir diesen Verlust teilten, lag etwas Bittersüßes.

Am Waldrand hielt mir Georgie ein kleines Gatter auf und ließ mich durch.

»Ich dachte mir schon, dass da was zwischen euch läuft«, sagte sie. »Ich war nur ständig so high, dass ich es einfach ignorierte. Aber ich habe gesehen, wie du gestrahlt hast, wenn er mit dir redete. Und an dem Abend, als du in dem Puppentheater ausgerastet bist, ist er dir nachgerannt. Als ich in die Bar kam, habt ihr beide irgendwie … geglüht.«

Ich errötete und empfand gleichzeitig eine seltsame Dankbarkeit. »Es tut mir leid.«

Georgie nickte, sagte aber nichts mehr. Die Sonnenflecken, die durch das Blätterdach der Bäume fielen, malten ein Tarnmuster auf ihre Haut, das sich ständig veränderte, während sie ging.

»Aber schlussendlich«, meinte sie schließlich, »obwohl ich genau weiß, was er mir angetan hat – dir … *uns*«, sagte sie mit einem Blick auf mich, »tut es mir doch leid, dass er so sterben musste. Dass er durch seinen Tod kein politischer Märtyrer wurde, dass an der Sache nichts Romantisches oder Dramatisches war. Dass es so quälend lange gedauert hat …«

Ich runzelte die Stirn. »Ich glaube nicht, dass es so war«, sagte ich. »Mir wurde gesagt – diese Tante hat es mir erzählt –, dass es eine allergische Reaktion war. Nicht besonders würdevoll, aber doch zumindest ziemlich schnell.«

Georgie schüttelte den Kopf. »Leider nicht.«

Und sie erzählte mir, dass sie während der Wochen, die sie nach einem Anfall in einer Klinik in Kapstadt verbracht hatte, mit Alecs Schwester in Kontakt getreten war. Alec, sagte sie, sei von einer Schlange gebissen worden. Bei der zweiten Obduktion waren die Bissspuren gefunden worden. Aber es war nicht der Schlangenbiss, der ihn umgebracht hatte. Merkwürdigerweise hatte er auf das Gegengift reagiert. Eine seltene, aber nicht gänzlich unbekannte Komplikation. Serumkrankheit nannte man so etwas. Es hatte Wochen gedauert, bis man alles herausgefunden hatte – Celia bestand darauf, dass die Proben ein weiteres Mal untersucht wurden. Er war nicht einfach tot umgefallen, sondern hatte sich scheinbar vollständig von dem Biss erholt. Der Kollaps kam ein paar Wochen später. Ein Organ nach dem anderen versagte, wie bei einem alten Mann.

Georgie schwieg, trat nach einem Stock und schaute ihm

nach, wie er über die Erde polterte. »Die Ironie bei der Sache ist, dass ich es ihnen hätte sagen können, wenn ich da gewesen wäre. Mein Vater hatte recht: Es ist was faul, wenn jemand gegen Pferde allergisch ist.«

Sie drehte sich um. Ich war ein paar Schritte hinter ihr zur Salzsäule erstarrt.

»Alles okay?«

»Nur falsch aufgetreten«, sagte ich und beugte mich zu meinem Knöchel hinunter, um Zeit zu gewinnen. Ich atmete den torfigen Geruch des Herbstlaubs ein und versuchte, mich wieder unter Kontrolle zu bringen. Bilder zuckten vor meinem geistigen Auge auf. *Mein Gott,* dachte ich. *Wie konnte mir das nur entgehen?*

Wir redeten nicht mehr viel über die Vergangenheit. Nur noch ein einziges Mal kam die Sprache auf Lorna, in Georgies Atelier.

»Schon komisch, dass sie einfach so verschwunden ist, nicht wahr? Meinst du, sie taucht irgendwo ganz unerwartet wieder auf und tut so, als litte sie unter Gedächtnisschwund? Oder denkst du, dass sie wirklich unglücklich war und wir es nur nie begriffen haben? Glaubst du, dass sie überhaupt noch lebt?«

Ich dachte an den Satz, den sie in unserem ersten Seminar an das Whiteboard geschrieben hatte: *Menschen verschwinden, wenn sie um jeden Preis gesehen werden wollen.*

»Ich weiß es nicht«, sagte ich langsam. In meinem Kopf drehte sich alles. »Aber ich fange auch erst allmählich an zu begreifen.«

Georgie reichte mir einen Stiftebecher, den sie kürzlich fertiggestellt hatte, ein schmuckloses, weißes Objekt, schlicht und wunderschön, perfekt, bis auf eine kleine Delle an einer Seite, die sie mit dem Rand ihres Daumenballens eingedrückt hatte. »Kennst du das japanische Konzept des Wabi-Sabi? – fehlerhafte Schönheit. Erst wenn man die Unvollkommenheit des Lebens akzeptiert, lernt man, wahre Schönheit zu schätzen. Ziemlich pfiffig, was?«

Ich nickte und berührte die kleine Vertiefung in dem Becher.

»Danke«, sagte ich, und in meiner Brust machte sich ein Gefühl breit, das mir das Reden schwer machte. Ich dachte: *Wenn ich sie das nächste Mal sehe, sage ich ihr, wie dankbar ich ihr wirklich bin.* Dankbar für sie, für ihre Freundschaft. Für sie alle, auf gewisse Weise. Dafür, was sie mich hatten fühlen lassen.

Das Blatt Papier, das an einer von Zetteln überquellenden Korktafel über ihrem Schreibtisch hing, erwähnte sie mit keinem Wort. Ich hatte die Seite aus meinem Tagebuch herausgerissen und ihr geschenkt, als wir uns damals an Weihnachten, als ich ein paar Tage bei ihr verbracht hatte, verabschiedeten. Die Tinte war verblasst, aber das Motiv war noch gut zu erkennen: Es war meine miserable Zeichnung von ihr, schlafend im Gewächshaus.

42

Nino hatte sich nicht im Mindesten verändert. Mit dem gleichen trägen, schlendernden Gang wie vor sechs Jahren kam er mir auf dem Anleger entgegen. Als er den Laufsteg erreichte, sah ich, dass sein Haar nicht – wie man hätte erwarten können – mehr graue Strähnen aufwies, sondern weniger. *Typisch Nino,* dachte ich und grinste in mich hinein. *Eitler als ein Pfau.* Er ließ sich die Haare färben.

Die Zeit schrumpfte zusammen, und mit einem Mal fühlte ich mich meinem verletzten, verwirrten neunzehnjährigen Selbst so verbunden, kamen mir der Anblick und die Gerüche der Insel – der hässliche Betonanleger, die weichen Hügel, das Klatschen der Wellen und die Mischung aus Diesel und Salz – so vertraut vor, dass ich erst nicht merkte, dass er mich überhaupt nicht erkannte.

»Signorina«, sagte er, wobei sein Blick kurz zu meinem nackten Ringfinger zuckte, ehe er sich wieder mit einem breiter werdenden Lächeln meinem Gesicht widmete. »Willkommen. Sie waren schon mal hier, sagen Sie?«

Ein paar Tage nach meinem Besuch bei Georgie hatte ich wieder im La Sirena angerufen und mich, während ich in der knisternden Leitung wartete, auf eine weitere Enttäuschung vorbereitet. Und daher war ich regelrecht erschrocken, als ich Ninos leicht unwirsche Stimme hörte. Ich erzählte ihm, ich sei eine Freundin von *La Professoressa,* die ein paar Tage in Beccafumo verbringen wollte. Nein, ich würde allein kommen. Nino hatte misstrauisch geklungen, als ob ich ihm eine Ermäßigung für seine Dienste aus den Rippen leiern oder gar überhaupt nichts bezahlen wollte, aber schließlich war er damit einverstanden gewesen, mich mit einem Wagen am Hafen abzuholen.

Ich dachte, er wüsste sofort, wer ich war. Aber seine kleinen dunklen Augen musterten mich voller Interesse, jedoch ohne Erkennen. »Sie bleiben nur kurz?«, fragte er und bot an, mein Handgepäck zu tragen; mehr hatte ich nicht dabei. »Wie schade, das Haus ist immer für Besucher bereit, aber niemand kommt.« Er betrachtete die weiße Bluse und den Blazer, meine übliche Arbeitskleidung, die ich heute Morgen angezogen hatte. »Eine kleine Auszeit vom Büro, was?«

»Ja.« Ich lächelte. »Eine kleine Auszeit.«

Nino hielt mir die Beifahrertür auf. Es war ein anderer, neuerer Jeep, doch er parkte immer noch an derselben Stelle, unter der überhängenden Bougainvillea. Ich solle aufpassen, meinte er, während er ein paar Blüten vom Sitz fegte, das Leder sei heiß.

Die Tatsache, dass er sich nicht mehr an mich erinnerte, hatte mich aus der Fassung gebracht. Natürlich, ich war nur sechs Tage auf der Insel gewesen, sagte ich mir, und das vor sechs Jahren. Er hatte seitdem Hunderte, vielleicht Tausende Touristen über die Insel geführt. Dass diese sechs Tage zu den dramatischsten zwei Wochen meines Lebens gehörten, zwei Wochen von solcher Intensität, dass sich alles seitdem wie eine schlechte Kopie davon anfühlte, hatte für ihn keinerlei Bedeutung.

Nino wendete auf dem Pier und fuhr dabei am La Sirena vorbei, vor dem dieselben blauen Tische und Stühle standen. Die weiße Farbe blätterte von den Wänden ab. Jemand sollte dieses Restaurant kaufen und aufpeppen, dachte ich. Ein neuer Anstrich, etwas Werbung. Ich sah förmlich die Terrasse vor mir, wie sie vor Gästen überquoll, ein fröhliches Bild, voller Leben.

»Il Professore«, sagte Nino beiläufig und hupte eine träge Möwe an. »Er ist einverstanden, dass Sie bleiben?«

Ich starrte ihn an. »Sie meinen *La Professoressa?*«

Ich hatte in den ersten Jahren nach Lornas Verschwinden regelmäßig auf der Insel angerufen, und jedes Mal hatte man mir dieselbe Geschichte erzählt. Jedes Mal war eine kleine Welle aus Traurigkeit und Verlust über mir zusammengeschlagen. Erst jetzt ging mir auf, dass sie Lorna möglicherweise gedeckt hatten. Dass sie sich vielleicht die ganze Zeit hier vor der Welt versteckt hatte.

»Ich meine *Professore* Steadman«, sagte Nino abrupt. »Von *La Prof* habe ich viele, viele Jahre nichts mehr gehört. Ich dachte früher, sie sieht die Insel als richtiges Zuhause.« Er zuckte mit den Schultern. Sein Gesicht hatte einen harten Ausdruck angenommen. »Aber wohl doch nicht.« Er schaute zu mir hin, während wir die Küstenstraße hochfuhren. »Bitte legen Sie den Sicherheitsgurt an, *Signorina*«, sagte er streng. »Dieser neue Polizist, er hat keine Ahnung. Er verteilt Strafzettel wegen jeder Kleinigkeit.«

Es war fast unheimlich, dass sich auch das Haus – wie Nino – kein bisschen verändert hatte.

Wie ich ja sehen konnte, sagte er zu mir, während er die Läden entriegelte, hatte er alles in Ordnung gehalten, wie damals, als *La Prof* noch hergekommen war. So hatten *Professore* Steadmans Anweisungen gelautet, als er zum letzten Mal hier war. Alles solle genau so bleiben. Der Garten. Das Haus.

Ach Steady, dachte ich. *Sie warten also immer noch. Es tut mir so leid.*

»Wann war er denn das letzte Mal hier?«, fragte ich, während ich in einer Art Trance über die Terrasse ging. Da war die Hängematte, in der Lorna und ich zusammen gelegen hatten; da stand der Tisch mit den blau-weißen Fliesen, wo wir am Tag des Sturms zu Mittag gegessen hatten. Ich fühlte noch die Schwüle in der Luft an jenem Tag, den salzigen Geschmack des Meeres im Wind, den drohenden Sturm.

Nino dachte angestrengt nach, wobei er die Augen himmelwärts richtete und nachzählte. Dann nannte er mir das Jahr. Ich nickte betäubt. Genau zu dem Zeitpunkt hatte ich festgestellt, dass Lorna verschwunden war. Steady war vermutlich hier gewesen und hatte nach ihr gesucht.

Nino erzählte mir schon etwas anderes. Ich registrierte den verteidigenden Ton in seiner Stimme, ehe mir die Bedeutung seiner Worte klar wurde.

Manchmal käme er mit ein paar Wanderern hier herauf. Wenn das Wetter umschlug oder jemand müde wurde oder sich einen Knöchel verstauchte. Dann erlaubte Nino seinen Gästen, hier etwas zu essen und zu schlafen. Er sei sich sicher, meinte er, dass *Il Professore* nichts dagegen hätte. Und wenn die Gäste darauf bestanden hätten, ihm *un po' di qualcosa* zu bezahlen, habe er es immer – immer! – direkt dem Konto für das Haus gutgeschrieben. Und erst letzte Woche hatte er eine neue Zisterne bestellen müssen; die alte sei vollkommen durchgerostet gewesen …

»Aber natürlich«, murmelte ich und dachte: *Das erklärt den neuen Jeep.*

Vielleicht erklärte es auch Ninos misstrauischen Ton, als ich ihm am Telefon gesagt hatte, ich wollte zu Lornas Haus. Vielleicht dachte er, *Il Professore* hätte mich geschickt, um ihn zu kontrollieren, weil irgendjemand aus dem Dorf etwas über ihn erzählt hätte.

»*Grazie,* Nino«, sagte ich und drehte mich zu ihm um. »Ich komme jetzt allein zurecht. Hier, nehmen Sie …« Und ich tastete in meiner Tasche nach ein paar Euros, die ich auf dem Flughafen eingetauscht hatte.

»Aber Sie haben ja gar nichts zu essen«, sagte er und starrte mich an.

»Bis morgen früh werde ich schon nicht verhungern«, sagte ich. »Wirklich, ich kenne den Weg ins Dorf.«

Nino zuckte mit den Schultern, teils fassungslos, teils resigniert.

Als er sich zum Gehen wandte, legte er den Kopf leicht schräg. Wann genau ich hier auf der Insel gewesen sei, wollte er wissen.

Einen Augenblick lang kämpfte ich mit dem seltsamen Verlangen, ihm alles zu erzählen. Er würde sich erinnern, wenn ich den Deutschen erwähnte, der von der Schlange gebissen worden war, die Rettungsaktion im Sturm.

»Ach«, sagte ich kopfschüttelnd, »das ist schon sehr lange her.«

Sobald er verschwunden war, tat ich etwas, um das meine Gedanken ständig gekreist waren, während ich in dem Luftkissenboot aus Sizilien gesessen und durch das Bullauge auf die Gischt oberhalb der Wasserlinie gestarrt hatte. Ich ging in Lornas Zimmer.

Da war es. Es stand immer noch auf ihrem gelben Frisiertisch. Das kleine, sich aufbäumende Porzellanpferd, das mir Alec so detailliert beschrieben hatte. Ich strich mit der Hand über die helle, glatte Oberfläche, wischte den Staub ab und betastete die mit Gold gemalten Augen.

Hatte es irgendeine Bedeutung, dass es immer noch hier war?

Es war Alecs Geschichte gewesen, die er eigens für mich im Old Swan erfunden hatte. Ich wusste nicht einmal, ob dieses Pferd Lorna irgendetwas bedeutet hatte. Also spielte es keine Rolle, dass es noch hier war. Und schon gar nicht war es der Beweis dafür, dass sie eines Tages wiederkommen und es holen würde.

Eine plötzliche Kälte zog mir über den Rücken. Ich wirbelte herum, das Pferd immer noch in der Hand. Aber da war niemand. Nur eine leere Matratze in einem leeren Zimmer. Ich setzte mich auf die Bettkante. In meiner Brust schmerzte es.

»Verdammt noch mal, wo seid ihr zwei?«, flüsterte ich.

In dieser Nacht schlief ich in Lornas Bett, und zwar ganz bewusst. Ich rechnete mit Albträumen. Mit vielen Albträumen. Womit ich nicht gerechnet hatte, waren die Wachgedanken. Die Bilder, die mir seit jenem Moment mit Georgie im Wald nicht mehr aus dem Kopf gingen.

Nino im Geisterdorf, am Tag meiner Ankunft, der mir erzählte, dass ein Freund von Lorna von einer Schlange gebissen worden war.

Lorna im Sturm, mit der Spritze in der Hand, die den Deutschen fragte, ob er irgendwelche Allergien hätte. Er solle sich Zeit nehmen, hatte sie gemeint. Das sei wichtig.

Der Grund, warum ich den Gedanken, dass Lorna bei Alecs Tod ihre Hand im Spiel gehabt hatte, immer für abwegig gehalten hatte, war die Tatsache, dass sie bei mir gewesen war, als er starb, auf der anderen Seite der Welt. Es war einfach unmöglich, hatte ich mir immer wieder gesagt. Ich war ja selbst ihr Alibi. Wie hatte ich nur dieses Zitat von Christie vergessen können, das Lorna so leicht von den Lippen ging? *Das Unmögliche kann nicht geschehen sein, folglich muss das Unmögliche, allem Anschein zum Trotz, eben doch möglich sein.*

Alec war vom Old Swan aus direkt zu Lorna auf die Insel geflogen. Er war der Freund gewesen, den Nino erwähnt hatte – der von der Schlange gebissen worden war. Die Frage war nur: Hatte sie gewusst, dass – und wie – er auf das Gegenmittel reagieren würde? Sie war an jenem Tag bei Georgie gewesen, als er abgelehnt hatte, zusammen mit den anderen auszureiten. Lorna hatte gemeinsam mit Georgie über den Eintrag im Gästebuch gelacht, der auf seine Allergie anspielte. War es möglich, dass sie das alles in Betracht gezogen hatte? War es möglich, dass sie es *nicht* getan hatte?

Ich starrte an die Decke und stellte mir die Frage, die mich seit meiner Unterhaltung mit Georgie nicht mehr losgelassen hatte.

Hatte Lorna, als sie die Nadel in Alec stach – vielleicht in eine Ader seiner Hand, eine dieser wunderschönen, ruhelosen Hände –, gewusst, was passieren würde? Hatte sie in diesem Moment das perfekte Verbrechen begangen, bei dem nicht das Gift die Mordwaffe war, sondern das Gegenmittel? Denn wer würde schon jemanden verurteilen, weil er ein Heilmittel verabreicht hatte?

Die Vorstellung von Lorna als feministische Rächerin, die dem Mann zum Verhängnis wurde, der die Schwächen der Frauen ausnutzte, war verlockend und sehr einleuchtend. Und wenn sie es wirklich getan hatte – was davon war geplant gewesen, was im Affekt geschehen, aus der Situation heraus? Vielleicht hatte sie sogar die Möglichkeit, dass er gebissen wurde, vorausgesehen, hatte nachgeholfen, das Schicksal herausgefordert, hatte ihn mit nackten Beinen hinunter in die Ruinen gebracht, wo die Schlangen ihre Nester hatten. Und dann, ein paar Tage später, hatte sie ihn ins Luftkissenboot gesetzt, als lebende Leiche.

Und wenn es so war, war es vielleicht dies, was sie mir an jenem Tag in ihrem kleinen Wohnzimmer gestanden hatte. Nicht die Sache mit Alec und Sybil, sondern die dunklere Tat. Alec, das perfekte Opfer: ein Mensch, der eine negative Wirkung auf die Welt hatte. Lorna, die perfekte Mörderin: die Wissenschaftlerin, die davon träumte, die Regeln zu brechen.

Oder tat ich bloß wieder das, was ich die ganze Zeit getan hatte? Machte ich aus einer ganz gewöhnlichen Frau einen Mythos?

Denn natürlich konnte sie es gar nicht getan haben. Es ergab keinen Sinn – jemanden gezielt in ein Schlangennest zu führen, damit er gebissen wurde. Und dann, nachdem das gelungen war, zufällig ein Gegenmittel zu haben, gegen das die Person allergisch war. Und selbst wenn Lorna von dieser Allergie gewusst hätte, hätte sie den Rest nicht voraussehen können: die Zeitverzögerung, während der sich Alec scheinbar erholt und Gelegenheit hatte, den Tatort zu verlassen, ans andere Ende der Welt zu reisen, wo sein Leben ebenfalls bedroht war, wodurch sie das perfekte Alibi gehabt hatte. *Unfug,* dachte ich. *Gefährlicher Unfug.*

Und für ein paar Augenblicke glaubte ich, sie vor mir zu sehen, wie sie in einem kalten Bergsee schwamm – vielleicht in den Adirondacks oder irgendwo, wo die Landschaft grüner und weicher war, vielleicht in Neuseeland. Doch dann verblasste das Bild und machte einem anderen Platz: ein Einfamilienhaus irgendwo in einer heißen Großstadt, wo sie – ein

Stück weit abseits von dem Lärm – in einer Hängematte lag und las, das Haar kürzer, mit einem anderen Namen …

»Was fesselt uns so an einem ungelösten Rätsel«, hatte uns Lorna einmal im Seminar gefragt, »das uns dazu bringt, uns vorzubeugen und nach einer Antwort zu suchen? Ist es nur der Ehrgeiz, dass jeder derjenige sein will, dem die Lösung einfällt, oder hoffen wir viel eher, dass niemand das Rätsel je lösen wird? Denn wenn man die Antwort findet, wenn man die Sache aufklären und abschließen kann, sie in einer einzigen Realität verankern, geht der Zauber verloren. Hoffen wir nicht alle – selbst die überzeugtesten Realisten von uns –, dass es eine Antwort jenseits unseres Verstehens gibt? Ein Himmel über uns, trotz allem.«

Hatte Lorna uns fragend zurückgelassen, ohne jeglichen Hinweis, um sich selbst zu einem Mythos zu erheben? Oder geschah es um unseretwillen, dass sie keine Spur hinterließ?

Die Dunkelheit verschmolz bereits mit der Morgendämmerung, als mir klar wurde, dass der Grund, warum mir ständig Antworten durch den Sinn zogen, nur um mir wieder zu entgleiten – um sich aufzulösen wie Alecs Rauchringe –, bei Lorna selbst zu suchen war, in ihrer Natur. Denn bei all der Selbstsicherheit, die sich in ihrem Werk widerspiegelte – bei all den Offenbarungen, die sie in ihren Seminaren wie Drogen verteilte –, lag etwas Unergründliches in ihrem Kern, etwas, das ständig in Bewegung war und sich veränderte, wie eine optische Täuschung. Etwas, das Steady begriffen hatte, das ständig am Verschwinden gewesen war.

Etwas, das tatsächlich mythisiert werden wollte, vermisst. Das aber nicht gefunden werden wollte.

Am folgenden Morgen ging ich zum Schwimmen in die Bucht. Ich verpasste den Sonnenaufgang. Als ich aufwachte, stand eine strahlende Sonne bereits hoch am Himmel. Die Möwen segelten kreischend durch die Luft.

Erleichtert merkte ich, wie der Tag die Schrecken der Nacht vertrieb. Trotz allem fühlte ich mich wach und erfrischt. Mir war irgendwie, als würde es in meinen Adern summen, als ob das Blut sich ankündigen würde, bevor es hindurchfloss.

Und ich war am Verhungern. Trotz Ninos Behauptung, ich hätte nichts zu essen, trieb ich nach einer kleinen Weile ein Glas mit Mandeln auf, ein nicht mehr ganz so frisches Brot und sogar eine leicht verschrumpelte Orange. *(Wie oft übernachtest du eigentlich hier, Nino?)*

Ich setzte mich auf die Mauer der Terrasse und verspeiste mein Picknick, wobei ich den leicht vergorenen Geschmack der Orange ignorierte. Dann machte ich mich mit dem Badetuch unter dem Arm auf den Weg zur Bucht. Die Konturen der Felsen und Sträucher waren so scharf umrissen, dass es mir in den Augen wehtat.

Wir waren damals etwas früher im Jahr hier gewesen. Die Sonne brannte schon heißer, aber das Meer war immer noch genauso kalt. Ich breitete mein Badetuch auf einem flachen Felsen aus und zog mich aus. Das Licht glitzerte bebend auf der fast reglosen Wasserfläche des Meeres.

Ich schaffte es, ungefähr eine Viertelstunde im Wasser zu bleiben. Meine Arme und Beine pumpten, um die Kälte aus meinem Körper zu vertreiben, bevor ich aufgab. Später, dachte ich mir, gehe ich am Meer entlang zum La Sirena und bestelle mir ein großes Mittagessen. Ich konnte mir vorstellen, ein kleines Boot zu mieten und noch ein paar Tage zu bleiben. *Vielleicht auch noch ein bisschen länger,* dachte ich lächelnd.

Ich kam aus dem Wasser, trocknete mich ab und legte mich – eingewickelt in das Handtuch, aber trotzdem noch zitternd – auf den Felsen.

Als ich hinaufblickte in den hohen blauen Himmel, dachte ich an einen kühlen Tag am Anfang jenes Frühjahrstrimesters. Ende Januar, vielleicht. Wir gingen an dem Kanal spazieren, der durch den Campus führt. Georgie, Nick und ich unterhielten uns, und irgendwann drehte ich mich um und sah, dass Alec und Lorna ein Stück zurückgefallen waren. Sie waren stehen geblieben und diskutierten über irgendetwas. Sie tadelte ihn für seinen trägen Gedankengang, und er schüttelte den Kopf. »Aber woher wissen Sie das? Woher *wissen* Sie das?« Einer forderte den anderen heraus, aber ich kann mich heute nicht mehr daran erinnern, wer von beiden es war. Ich weiß nur noch, wie sie dastanden, die Augen funkelnd und hell, ihr Atem wie Rauch in der Luft.

Und da fiel mir auf, dass mit der Zeit meine Gefühle für Alec und Lorna ineinandergeflossen waren. Denn wenn ich heute an sie denke, empfinde ich bei beiden dieses weiße Glühen. Nicht diese verdrehte Variante davon, die er – und vielleicht auch sie – kanalisiert hatten, sondern diese gleißende Konzentration und Aufmerksamkeit, mit denen beide die Dinge angingen, sie knackten und zu einem Kern vordrangen, der den meisten Menschen entgeht.

Und immer dieselbe Note in ihren vibrierenden, ruhelosen Seelen. Eine Erregung, die immer noch in mir hochsteigt, während ich mein alltägliches Leben lebe.

Diese Stimme, die mir ins Ohr flüstert: »Das ist der Moment. Mach schon. Greif zu. *Jetzt.*«

DANKSAGUNG

Wenn man so lange braucht wie ich, um ein Buch zu schreiben, dann kann man ziemlich sicher sein, dass es eine peinlich große Zahl an Menschen gibt, bei denen man sich bedanken muss – sowohl solche, die mir beim Schreiben geholfen haben, als auch jene, die in den längeren, wichtigeren Phasen dazwischen für mich da waren.

Bedanken möchte ich mich zuerst bei meiner außergewöhnlichen Agentin Claire Paterson für ihr Vertrauen in mich, ihre Unterstützung und ihr Durchhaltevermögen, das mich über die Ziellinie gebracht hat. Bei allen von Janklow and Nesbit, einschließlich Alison Hunter für ihre großartige Arbeit jenseits des großen Teichs. Bei meinen klugen und einfühlsamen Lektoren, Alexis Kirschbaum bei Bloomsbury und Helen Richard bei Putnam Penguin, die mir halfen, Tiefe, Weite und Glanz in meinen Text zu bringen. Ich habe das Gefühl, dass ich mit euch beiden und auch mit euren Teams das große Los gezogen habe.

Danke für viel Hilfe beim Schreiben: besonders an Maggie Hamand und ihre Lehrer im Kurs »Complete Creative Writing«, die mir geholfen haben, meine Fähigkeiten zu verbessern und diesen so wichtigen Rhythmus zu finden, den man braucht, um einen Entwurf anfertigen zu können; an die inspirierende Charlotte Mendelsohn, die mir beigebracht hat, dass Herzblut beim Schreiben das Wichtigste ist; Nicholas Casewell von Alistair Reid Venom Unit, der mir großzügig seine Zeit gewidmet hat, seine Intelligenz und Imagination. Und an die kürzlich verstorbene Lorna Sage, die meine Welt während meines Masterstudiums an der UEA erhellt und mich zu den angenehmen Seiten von Lorna Clay inspiriert hat.

Wenn ein Buch zu schreiben so etwas ähnliches ist wie ein Kind zu bekommen, dann ist meine Schwester Samantha in diesem Fall die Ersatzmutter: von der ersten Idee in unserem Wanderurlaub in Filicudi, durch etliche Entwürfe, durch die ich mich gequält habe, war sie immer für mich da, um mir zu helfen, einen Plot und Szenen zu entwickeln. Und sie hat mir nie gezeigt, wie gelangweilt sie war, wenn sie etwas zum siebten Mal machen musste: Es gibt nicht genug Pullover auf dieser Welt, um dir zu danken. Dank auch an meine andere Schwester Joanna, ebenfalls eine talentierte und großherzige Leserin, aber wichtiger noch: wahrer emotionaler Ballast. Ohne sie würde ich immer noch auf irgendeiner Umgehungsstraße herumkurven, hätte mein Handy im Kühlschrank liegen lassen und wüsste nicht, was für ein Tag heute wäre. Danke an den Rest meiner Familie: an Dad, Noush und Jonathan, dass sie an mich geglaubt haben; an Xanthe, die für mich die Welt in den Fugen hält, und an Berenice, die mir beigebracht hat, einen Sinn in ihr zu finden.

Danke an meine besten Freundinnen und Schreibgefährtinnen Lucinda und Eva, und an Christianne, die mir immer das Gefühl gibt, als wären wir noch in Rom. Cocktails umsonst für meine Lieblingsleute, die jedes Jahr in ihren Tanzschuhen aufkreuzen und zu kurze Reden halten: Zumbs, Sasha, Alice BB, Jonny und Julianne, Ed Havard, Ed Haddon, Mark, Rob, Benji, Jo und Rupert, Louiza und Jonny, Apples und Daniel, Mel und Ben, Ads, Tim und Dixie, Frank und Saba *(in absentia)*. Ebenfalls danke an Ellie und Alex, meine ganz besonderen und viel zu klugen Cousins für ihre Hilfe, ihren Humor und ihre cleveren Bemerkungen zu den späteren Versionen des Buchs; an Tods und Debs für ihre Schreibsolidarität, Angela und Michael für ihre Liebe und Unterstützung; und an Gaia, die mich in Podere I Toscioni schreiben ließ, meinem Lieblingsort auf der ganzen Welt.

Ein riesengroßes neonbeleuchtetes Dankeschön an Emma Freud, die mich aus den Cafés geholt hat, wo ich mit Ohrstöpseln an meinem Manuskript gearbeitet habe, und mir ein eigenes Zimmer gegeben hat; an Ben, durch den mein eigenes Zimmer nicht mehr ganz allein mir gehört, aber umso besser. Und an Natalie, die mir in den vergangenen zwei Jahren den Spagat zwischen Mutterschaft und Schriftstellerei erst ermöglicht hat (und auch noch vergnüglich).

Der größte Dank geht an Samuel und Elsie, die Geduld mit mir bewiesen haben und sich später sehr mit mir freuten, als das Buch endlich fertig wurde. Ein Buch zu schreiben, schien mir immer das Wichtigste auf der Welt zu sein, bevor ihr geboren wart. Jetzt weiß ich es besser.

Als ich James kennenlernte, gab er vor, Hilfe bei dem Buch zu benötigen, an dem er schrieb. Wir gingen ein paar Mal zum Mittagessen, wobei ich dachte, das seien geschäftliche Meetings, und er dachte, es seien Verabredungen. Zwölf Jahre später tue ich manchmal immer noch so, als würde ich ihm helfen. Aber die Wahrheit ist, dass er – Ehemann, Lektor, Vater, Abenteurer, Champion, Freund – derjenige ist, der die Welt für mich am Laufen hält.